KB271977

스노우 걸

스노우 걸

하비에르 카스티요 장편소설
박설영 옮김

할머니,

이 책을 읽지는 못하셔도

느끼실 수 있으리라 믿습니다.

그리고 어머니,

제 모든 것의 본보기가 되어주신 분.

이 책을 두 분께 바칩니다.

눈부시게 아름다운 장미에도

가시가 무성히 자란다는 사실을

알고 싶어하지 않는 사람이

여전히 존재한다.

일러두기

본문 중 외래어는 국립국어원 외래어표기법을 따랐으나, 제목과 본문에 쓰인 '스노우'는 관용적 쓰임을 살려 '스노'가 아닌 '스노우'로 표기했다.

차례

1장 ~ 61장

에필로그

감사의 말

1장

뉴욕
1998년 11월 26일

최악의 상황이 언제 벌어질지는 아무도 알 수 없다.

그레이스는 화려한 추수감사절 행렬에서 잠시 고개를 돌려 남편의 어깨에 목마를 탄 채 행복에 겨워 환하게 웃고 있는 딸아이를 올려다보았다. 아이가 두 다리를 신나게 흔들고 있고 남편이 아이의 허벅지를 두 손으로 단단히 붙들고 있었다. 훗날 그녀의 기억은 사뭇 달랐지만. 메이시스 백화점의 산타클로스가 거대한 왕좌에 앉은 채 웃으며 다가오고 있었다. 키에라는 산타의 장식 차량에 앞서 걷고 있는 장난꾸러기 요정, 엘프, 거대한 진저브레드 인간, 테디 베어의 행렬을 이따금 손으로 가리키며 기쁨의 비명을 질러댔다. 비가 내리고 있었다. 가랑비가 보슬보슬 내리며 방수복과 우산을 적셨다. 돌이켜보면 그 빗방울들은 내내 눈물을 닮아 있었는지도 몰랐다.

"저기!" 키에라가 소리쳤다. "저기 좀 봐!"

에런과 그레이스는 키에라의 손가락이 그리는 선을 따라갔다. 아이의 손가락이 구름을 향해 둥둥 떠가는, 뉴욕 마천루 사이로 높이 올라가며 점점 작아지는 새하얀 헬륨 풍선을 가리키고 있었다. 그때 아이가 들뜬 표정으로 엄마를 내려다보았다. 그레이스는 아이에게 안 된다고 말할 수 없음을 금방 알아차렸다.

그레이스는 고개를 돌려 메리 포핀스처럼 차려입은 여자가 서 있는 한 모퉁이를 쳐다보았다. 한가득 떠 있는 흰 풍선 아래서 메리 포핀스가 우산을 활짝 펼친 채 가까이 다가오는 모든 아이에게 풍선을 나눠주고 있었다.

"풍선 갖고 싶어?" 그레이스는 딸아이가 어떻게 답할지 훤히 알고 있었다.

키에라는 너무 들떠서 대답을 못 할 지경이었다. 아이는 입을 활짝 벌려 함박웃음을 지으며 고개를 끄덕였다. 아이의 뺨에 보조개가 선명히 패였다.

"하지만 산타가 거의 다 왔단 말이야! 놓치면 어쩌려고!" 에런이 반대했다.

키에라의 보조개가 사라지며 가끔 음식이 끼곤 하는 앞니 사이의 작은 틈이 드러났다. 이튿날인 아이의 생일을 축하하기 위해서 집에 준비해둔 당근케이크가 생각났다. 에런은 아이의 생일을 떠올리고 항복했다.

“알았어.” 그가 말을 이었다. “저 풍선은 어디서 받는 거야?”

“메리 포핀스가 모퉁이에서 나눠주고 있어.” 그레이스가 초조하게 대답했다. 사람들이 주위로 가까이 몰려들기 시작하자 조금 전의 평화는 그들이 그날 저녁에 먹을 예정인 칠면조 속 버터처럼 녹기 시작했다.

“키에라, 엄마랑 같이 자리 지키고 있어.”

“싫어! 메리 포핀스 볼 거야.”

에런이 한숨을 내쉬자 그레이스는 남편이 또 항복할 것을 알고 웃었다.

“우리 마이클은 이렇게 고집불통이 아니어야 할 텐데.” 에런이 아내의 불룩한 배를 쓰다듬으며 말을 덧붙였다. 그레이스는 임신 5개월 차였다. 키에라가 아직 어리다는 것 때문에 처음에는 걱정스러웠지만 에런은 이제 둘째가 생긴다는 사실에 신이 났다.

“아빠를 쏙 빼닮아서 그런 거야.” 그레이스가 웃었다. “아니라고 어디 부정해보시지.”

“좋아, 꼬마 아가씨. 우리 풍선 받으러 가자!”

에런이 키에라를 다시 어깨에 태우고 빠르게 모여드는 군중을 뚫고 모퉁이를 향해 나아가기 시작했다. 그가 몇 걸음 채 못 가 멈추더니 그레이스를 향해 몸을 돌리고 소리쳤다. “당신 괜찮겠어?”

“괜찮아! 빨리 갔다 와! 산타가 오고 있어!”

목마를 탄 키에라가 다시금 엄마에게 함박웃음을 지어 보이자 사방으로 행복의 빛이 뿜어 나갔다. 몇 년 후 그레이스는 공허함이 그렇게 암울하지는 않다고, 고통이 그렇게 심하지는 않다고, 비통함이 그렇게 숨 막힐 정도는 아니라고 자기 최면을 걸 때마다 이 장면, 딸아이가 웃고 있는 이 마지막 기억에서 위안을 얻었다.

메리 포핀스에 가까이 다가간 에런이 키에라를 땅바닥에 내려놓았다. 훗날 절대 용서 못 할 선택을 한 줄도 모르고. 그는 그렇게 하면 딸아이가 메리 포핀스에 가까워지리라고, 딸아이 옆에 쪼그리고 앉아 풍선을 달라고 직접 부탁하게 독려할 수 있으리라고 생각했다. 인간은 최악의 결과가 나올 수 있을 때조차 한껏 기대를 품고 행동하기 마련이다. 밴드의 음악 소리가 인파의 환호 소리와 뒤섞이고 수백 개의 팔다리가 사방에서 스치며 밀려 들어오자, 키에라는 겁이 나서 아빠의 손을 꽉 잡았다. 그때 키에라가 메리 포핀스처럼 꾸민 여자를 향해 다른 손을 뻗었다. 메리 포핀스가 곧 모든 것을 잃게 될 아빠의 뇌리에 영원히 맴돌 말을 했다.

"이 깜찍한 꼬마 숙녀는 설탕 한 스푼을 좋아할까요?"

키에라가 웃었다. 그리고 에런이 훗날 기억하기로 웃음과 꾹 누른 키득거림의 중간쯤 되는 작은 코웃음 소리를 냈다. 이런 게 우리 머리에서 지워지지 않는, 우리가 최대한 열심히 매달리게 되는 종류의 기억이다.

그것이 그가 들은 딸아이의 마지막 웃음이었다.

메리 포핀스가 가녀린 손가락으로 건넨 풍선 줄을 키에라가 막 쥐려는 찰나, 또 한 번 빨간 꽃가루가 발사되는 바람에 아이들이 신이 나서 다시 환호성을 질렀다. 부모와 관광객들은 사방에서 난데없이 들이닥치는 혼잡한 물결에 갑자기 신경이 바짝 곤두섰다.

그리고 그때 필연적인 일이 벌어졌다. 그렇지만 에런은 훗날 그 짧은 2분 동안 다르게 선택할 수 있었던 수많은 일들을 생각했다. 자신이 풍선을 받을걸, 키에라에게 그레이스 옆에 있으라고 우길걸, 메리 포핀스에게 왼쪽이 아니라 오른쪽으로 다가갈걸, 같은 후회들을.

누군가 에런을 세게 밀쳤다. 에런은 한걸음 뒤로 물러났다가 36번 가와 브로드웨이 모퉁이에 서 있는 가로수 둘레에 처진 낮은 화단 울타리를 딛고 비틀거렸다. 바로 그 순간이 키에라의 손가락 감촉이, 그 온기, 부드러움, 그 작은 손이 그의 검지, 중지, 약지를 꽉 쥐던 느낌이 마지막으로 느껴진 때였다. 아이의 손을 놓친 에런은 다시는 그 손을 못 잡게 되리라는 것을 알지 못했다. 사람들이 넘어지면서 도미노 효과가 벌어지지만 않았어도, 즉시 바닥에서 일어나기만 했어도 결과가 달랐을 것이다. 하지만 행렬을 피해 뒤로 이동해 인도로 돌아가려던 사람들이 그의 손과 다리를 짓밟았고 그 바람에 몇 분 동안 사람들 발 아래에 있을 수밖에 없었다. 에런은 바닥에 쓰러진 채 최대한 크게 소리쳤다.

“키에라! 꼼짝 말고 거기 서 있어!”

바닥에 쓰러져 있으면서 에런은 딸아이가 “아빠!” 하고 부르는 소리를 들은 것만 같았다.

그는 짓밟혀 멍이 든 채로 간신히 일어나 키에라가 메리 포핀스 옆에 더 이상 없다는 것을 알아차렸다. 넘어졌던 사람들이 힘겹게 일어서 자기 자리를 되찾으려 애를 썼다. 그들 틈바구니에서 에런이 다시 소리쳤다.

“키에라! 키에라!”

주변 사람들이 무슨 일이 벌어지고 있는지 모르고 놀란 표정으로 그를 쳐다보았다. 그는 메리 포핀스 복장을 한 여자에게 달려갔다.

“내 딸 봤어요?”

“흰 우비 입은 여자애요?”

“네! 어디 있어요?”

“제가 풍선을 건네주자마자 인파가 몰려서 다들 흩어졌어요. 그 틈에 사라졌는데, 같이 있는 거 아니었어요?”

“키에라!” 에런은 그 여자의 말을 끊고 몸을 돌려 주위를 둘러보면서 다시 소리쳤다. 그는 수백 개의 다리 사이로 딸아이를 찾았다. “키에라!”

그때 그 일이 일어났다. 최악의 순간에 벌어지곤 하는 일, 새처럼 하늘에서 모든 걸 내려다볼 수 있었다면 순식간에 해결할 수 있었을 그 일이. 누군가 흰 헬륨 풍선을 놓쳤는데 하필 에런이 그것을 본 것이었다. 일어날 수 있는 최악의 일이었다.

에런은 길을 가로막고 있는 인파를 힘겹게 뚫고 풍선이 떠오른 지점으로 달려갔다. 그러면서 "키에라! 우리 딸!" 하고 부르던 지점에서 멀어졌다.

동시에 메리 포핀스도 소리치기 시작했다. "여자애가 사라졌어요!"

에런이 이윽고 흰 풍선이 하늘로 떠오른 곳에 다다르자 웬 남자와 머리를 양쪽으로 동그랗게 말아 올린 그의 딸이 은행 앞에서 웃으며 풍선을 향해 작별의 손짓을 하고 있었다.

"흰 우비 입은 여자애 못 봤어요?" 에런이 절박한 목소리로 물었다.

남자가 걱정 어린 시선으로 그를 바라보더니 고개를 저었다.

에런은 계속 사방을 두리번거렸다. 그는 걸리적거리는 것들을 죄다 밀치면서 모퉁이를 향해 뛰었다. 기분이 참담했다. 수천 명의 사람들이 주위에 엉켜서 팔, 다리, 머리에 시야가 가려졌다. 어찌나 막막하고 무력하던지 가슴에서 심장이 사라질 것만 같았다. 산타의 행렬에서 들려오는 트럼펫 소리가 날카로운 초인종 소리처럼 고막을 찢으면서 그의 외침을 허공으로 삼켜버렸다. 인파는 북적거렸고 산타클로스는 장식 차량 위에서 웃고 있었다. 온 세상이 그를 가까이서 보려고 했다.

"키에라!"

그는 이런 상황을 까맣게 모른 채, 과장된 동작으로 춤을 추는 거대한 진저브레드 인간을 보고 있는 아내에게 최대한 가까이 갔다.

"그레이스! 키에라가 안 보여!" 그가 숨을 헐떡였다.

"뭐라고?"

"키에라가 안 보여! 바닥에 내려놨는데 애가… 사라졌어." 에런의 목소리가 떨렸다. "애가 안 보여."

"방금 뭐라고 했어?"

"애가 안 보인다고."

그레이스의 들뜬 얼굴이 순식간에 혼란에 이어 공포로 변하더니 그녀가 소리치기 시작했다. "키에라!"

두 사람 모두 사방을 돌아다니며 아이의 이름을 외쳤고 어느덧 주위 사람들이 하던 일을 멈추고 키에라를 찾는 데 합류했다. 저 멀리에서는 퍼레이드가 계속되고 있었다. 산타클로스가 부모들의 어깨에 목마를 타고 따라오는 아이들을 향해 웃으며 손을 흔들어주고는 해럴드 스퀘어에 멈춘 다음, 축제 시즌이 공식적으로 시작되었음을 선언했다.

반면 영혼까지 쥐어짜서 목이 터져라 딸아이를 찾던 에런과 그레이스는 한 시간 후 모든 것이 영원히 바뀔 운명이었다.

2장

미렌 트리그스
1998

불행은 인내할 수 있는 사람을 찾고
복수는 인내할 수 없는 사람을 찾는다.

키에라 템플턴 실종 사건에 대해 처음 들은 건 컬럼비아 대학에서 수학 중일 때였다. 나는 언론대학 입구에서 〈맨해튼 프레스〉 한 부를 집어들었다. 학생들이 큰 꿈을 품에 안고 최고로부터 배우기를 바라며 신문사가 무료로 배포해둔 신문이었다. 밤새 어느 황량한 뉴욕 거리를 달려서 내 그림자로부터 도망치는 반복되는 악몽에 시달리다 일찍 눈을 뜬 터였다. 그 불길한 이미지 덕분에 나는 동이 트기 전 일어나 샤워하고 학교에 갈 채비를 했다. 이른 시간이라 학부 건물 복도가 썰렁했다. 그 편이 더 좋았다. 낯선 사람들 사이를 지나가는 것도, 사람들의 표정과 속삭임을 의식한 채 강의실에 우르르 들어가는 것도 싫었다. 그 순간

나는 더 이상 미렌이 아니라 "그 여자애" 혹은 "쉿… 다 듣겠다"로 지칭되는 존재였다.

가끔은 그들의 말이 맞는다는 생각이 들었다. 내 이름이 사라져버린 게 아닐까, 지금의 나는 그냥 그날 밤의 유령이 아닐까 하는. 거울에 비친 나를 보고 내 눈을 찬찬히 응시하면서 자문하곤 했다. '너 아직 거기 있니, 미렌?'

그날은 유달리 이상했다. 추수감사절이 끝나고 일주일째 되던 그날, 키에라 템플턴이라는 여자아이의 얼굴이 지구상에서 가장 많이 읽히는 신문 1면에 실렸다.

1998년 12월 1일자 〈맨해튼 프레스〉의 헤드라인은 이러했다. "키에라 템플턴을 보셨나요?" 사진 아래에는 이렇게 한 줄이 적혀 있었다. "자세한 사항은 12면에서" 자연스러운 모습의 키에라는 놀란 표정으로 신문 1면에서 우리를 쳐다보고 있었고, 초록색 눈동자는 카메라 너머 무언가에 초점이 맞춰져 있었다. 그것이 전 국민의 머릿속에 각인될 이미지였다. 아이의 얼굴은 어린 시절 내 모습을, 눈에 서린 감정은… 성인이 된 나를 떠올리게 했다. 너무 상처 입기 쉽고 약하고… 만신창이였던 나를.

1998년에 열린 일흔한 번째 메이시스 퍼레이드를 미국인이 좋게 기억하는 이유는 두 가지다. 첫째, 여전히 역사상 최고의 퍼레이드로 여겨진다는 점이다. 열네 개의 악단과 엔싱크, 백스트리트보이즈, 마티나 맥브라이드의 공연, 수백 명의 고적대와 세서미 스트리트의 전 캐릭터가 펼친 플래시 몹, 거기에 끝없이 이어지는 소방관 복장을 한 광대들의 행렬까지 투입된 행사였다. 그 전해에는 바람 때문에 행사에 큰 차질이 있었다. 풍선 때문에 부상자와 피해가 발생했고 보라색 공룡 바니 풍선을 통제하고 바닥으로 끌어내리기 위해 관중들이 풍선을 터트려야 하는 상황까지 있었다. 행사는 아수라장 그 자체였고 조직 위원회는 곤두박질친 명성을 회복하기 위해 온 힘을 쏟아부었다. 아이가 거대한 바나나 아기 돼지 베이브, 5층짜리 높이의 피글렛에게 맞을 수도 있는 퍼레이드에 아이를 데려갈 부모는 어디에도 없었다. 조직위 수뇌부들은 모든 잠재적 위험을 제거하라는 임무를 부여받았다. 1998년 퍼레이드는 한 치의 실수도 없이 순조롭게 진행되어야만 했다. 그들은 거대한 풍선의 높이와 크기를 제한했고, 그 말인즉 으리으리한 우디 우드페커는 영구 퇴출임을 의미했다. 장식 차량 행렬을 이끄는 임무를 맡은 참가자들은 캐릭터들을 통제하는 집중 훈련 과정을 이수했다. 쇼는 보는 이들의 넋을 빼놓았고 약 20년이 지난 오늘날에도 온 국민이 산타클로스를 뒤따르던 푸른 옷의 엄청난 행렬이 최종 목적지인 해럴드 스퀘어으로 향하던 광경을 아직 생생하게 기억하고 있다. 퍼레이드는 그야말로 대성공이었다. 그날 키에라 템플턴이라는 겨우 세 살 된 어린아이가 인파 속에서 흔적도 없이 사라졌다는 사실만 제외하면.

탐사보도 수업 강사인 짐 슈모어는 강의에 늦었다. 당시 그는 일반 뉴스의 비중이 꽤 높은 경제지 〈월스트리트 데일리〉의 편집 부국장을 겸임하고 있었는데 예전 기록을 찾기 위해 시립 기록 보관소에 다녀온 듯했다. 그는 강단에 서서 〈맨해튼 프레스〉를 한 부 들고 화난 듯 흔들면서 물었다.

"왜 이렇게 했다고 생각하나요? 키에라 템플턴의 사진을 이토록 직설적인 헤드라인과 함께 1면에 넣은 이유가 뭘까요?"

나보다 두 줄 앞에 앉아 있던 적극적인 세라 마크스가 큰 소리로 답했다. "그러면 시민들이 아이를 보고 알아볼 수 있으니까요. 아이를 찾는 데 도움이 될 거예요. 누군가 아이를 보고 경찰에 신고할 수도 있죠."

슈모어 교수가 고개를 절레절레 흔들더니 나를 지목했다. "트리그스 양, 어떻게 생각하나요?"

"안타깝지만 판매 부수를 올리려는 겁니다." 내가 주저 없이 말했다.

"계속해보세요."

"제가 읽은 기사에 따르면 아이는 해럴드 스퀘어에서 일주일 전에 사라졌습니다. 곧장 경보가 발령됐고 퍼레이드가 끝나자마자 온 도시가 아이를 찾아 나섰죠. 기사 내용을 보니 퍼레이드가 열린 그날 저녁 뉴스에 벌써 아이의 사진이 공개됐고, 다음 날 아침 CBS 뉴스에서도 아이의 사진을 보여줬더군요. 이틀 뒤 맨해튼의 가로등이란 가로등이 죄다 아이 사진으로 도배됐죠. 그러니 일주일이 지난 지금 1면에 사진을 실은 건, 도움을 주려는 게 아니라 이 상황이 만들어낸 병적 호기심의 시류에 편승하려는 거예요.”

슈모어 교수가 잠시 뜸을 들이다 대답했다.

“학생도 진작에 이 사진을 봤을 텐데요? 그날 밤이나 이튿날 아침에 뉴스를 못 봤나요?”

“네, 교수님. 저희 집에는 티브이가 없어요. 그리고 거주지가 할렘이에요. 부잣집 외동딸의 실종 전단지가 그곳 가로등에까지 붙지는 않아요.”

“음, 그렇다면 신문사가 목적을 달성한 거 아닌가요? 모든 시민이 아이의 얼굴을 알아보게 됐잖아요? 정말 아이를 찾을 가능성을 높이려고 그런 게 아닐까요?”

“아니요. 제 말은, 부분적으로는 그렇지만 진짜 의도는 그게 아니에요.”

“계속 설명해보세요.” 내가 자신이 기대한 결론에 거의 다다랐음을 알고 그가 말했다.

“그 신문사에서 CBS가 이미 아이의 얼굴을 공개했다는 사실을 언급한 건 자신들이 미아 찾기를 이용하는 첫 번째 언론사라는 비난을 받기 싫어서예요. 하지만 실제로는 이용했죠.”

“하지만 덕분에 학생도 키에라 템플턴의 얼굴을 알게 됐잖아요, 아이를 찾는 데 힘을 보탤 수도 있게 됐고요.”

“그렇죠, 하지만 그건 그들의 최종 목표가 아니에요. 그들의 진짜 목표는 판매 부수를 늘리는 거예요. CBS는 정말 도움을 주려고 일찍 사진을 공개했을 수도 있지만 지금 이 신문사는 그저

이 이야기를 질질 끌고 싶어 하는 것처럼 보여요. 많은 사람이 관심을 보이니까 여기서 최대한 뽑아먹으려는 것뿐이에요."

슈모어 교수가 나머지 학생들을 향해 고개를 돌리고 놀랍게도 박수를 치기 시작했다.

"제대로 짚었어요, 트리그스 양." 그가 고개를 끄덕이며 말했다. "이것이 제가 여러분에게 바라는 사고방식입니다. 1면에 오르는 이야기 뒤에 뭐가 숨어 있을까? 왜 이 실종 사건이 다른 사건보다 중요할까? 지금 이 순간 온 나라가 키에라 템플턴을 찾는 이유가 뭘까?" 슈모어 교수는 잠시 말을 멈췄다가 선언하듯 말했다. "온 나라가 키에라 템플턴 찾기에 가담한 건 돈이 되기 때문이에요."

지나친 단순화였지만 부정하기 힘들었다. 하지만 나는 그런 안타깝고도 부당한 현실 때문에 키에라 실종 사건에 이끌렸다.

"안타까운 건… 여러분도 곧 깨닫게 되겠지만, 언론이 이런 실종 사건을 좇는 게 사리사욕 때문이라는 겁니다. 여러분이 부당하거나 안타까워서 어떤 사건을 기사화해야겠다고 생각할 때 여러분의 편집장은 오직 이런 질문만 던질 겁니다. 이 기사를 실으면 신문이 더 많이 팔릴까? 이 세상은 이익을 원동력 삼아 나아가는 곳입니다.

가족들이 언론에 도움을 요청하는 이유도 같아요. 결국 세간의 주목을 받지 못하는 사건보다 받는 사건에 더 많은 경찰 자원이 할당되니까요. 이게 현실입니다. 오늘날 정치인들은 여론을 자기편으로 끌어당기는 것만을 중시하죠. 그렇게 모든 게 돌고 돌아요. 다들 이야기를 움직이려 해요. 누군가는 돈을 벌기 위해, 또 다른 누군가는 희망을 되찾기 위해."

나는 화가 나서 침묵을 지켰다. 실은 반 전체가 그런 듯했다. 절망적이었다. 우울했다. 그 후 슈모어 교수는 키에라 사건이 벌써 지나간 뉴스이기라도 한 것처럼 주제를 바꿔 허드슨강둑에 설립 중인 주차장 공사 자금의 횡령 의혹에 시장이 연루됐을 가능성을 시사한 기사에 대해 논하기 시작했다. 그런 다음 교외 지역으로 퍼져나가며 뉴욕의 저소득층에 심각한 타격을 입히고 있는 신종 마약 사건에 대한 자신의 취재 현황을 공유하며 수업을 마쳤다. 수업은 쉼 없는 집중포화처럼 현실을 확인시켜주었다. 학생들은 처음엔 한껏 열의에 차 수업에 들어왔다가 모든 것에 의문을 품고 낙심하며 강의실을 나섰다. 지금 생각하면 교수님은 원하는 바를 이룬 것 같다.

한 주의 수업을 마무리하기 전 슈모어 교수는 보통 학생들에게 그 주 동안 조사할 주제를 과제로 내주었다. 지난주에는 한 정치인이 비서를 성폭행한 사건이었다. 이번 주에는 여느 때와 달리 그가 돌아서서 칠판에 이렇게 적었다. "자유 주제"

"무슨 뜻인가요?" 뒷줄에 있던 한 학생이 물었다.

"오늘 자 신문에서 가장 관심이 가는 주제를 골라 조사하세요."

이러한 과제를 받으면 자신의 능력을 양껏 시험해보고 자신이 정치와 부패, 사회적 이슈, 환경 문제, 비즈니스계의 치열한 이해 다툼 중 어떤 종류의 탐사보도에 가장 잘 맞는지 파악할 수 있다. 그날의 주요 기사 중 하나는 허드슨강의 특정 구역에 수백 마리의 물고기가 떼죽음을 당한 사건이 있은 후 화학 약품이 강으로 흘러들어 갔을 가능성에 초점을 맞춘 기사였다. 과제로 삼기에 이만큼 쉬운 주제가 없었다. 나를 비롯해 반 전체가 단번에 이 사실을 알았다. 강물 샘플을 떠서 학교 연구소에 분석을 의뢰한 뒤 강물이 물고기 사체로 뒤덮이게 만든 화학 약품이 무엇인지 식별하면 되었다. 그런 다음 강 상류의 화학 회사 중에서 그러한 화학 물질이 함유된 제품을 제조하거나 폐기물을 발생시킨 곳이 어디인지 알아내면 짜잔, 끝이었다. 식은 죽 먹기였다.

수업이 끝나자 작년에 같은 책상에 앉았던 크리스틴 마크스가 심각한 표정으로 내게 다가왔다. 크리스틴은 남자가 꼬이는 인간 자석으로 유명한 친구인데, 전에는 사이가 좋았지만 이제는 대화만 해도 속이 메스꺼웠다.

"안녕 미렌, 이따가 우리랑 같이 강물 샘플 뜨러 가지 않을래? 완전 거저먹기야. 다들 오늘 저녁에 12번 부두에 가서 시험관 몇 개에 샘플을 담고 맥주 한잔하자고 얘기하는 중이야. 다 준비됐어. 잘생긴 남자애들도 몇 명 올 거야."

"이번엔 빠질게."

"이번에도?"

“별로 내키지 않네.”

크리스틴이 인상을 찌푸렸다가 다시 원래의 체념한 표정으로 돌아갔다.

“이봐, 미렌… 제발… 이제는 좀… 그게, 너도 알잖아….”

크리스틴이 무슨 말을 하려는지도, 말을 끝맺을 수 없으리라는 것도 알았다. 작년 이후로 둘 사이가 굉장히 소원해진 터였다. 뭐, 내가 세상과 한없이 거리를 둔 것도 사실이다. 이제는 혼자 학업에 전념하는 편이 더 좋았다.

“그 일과는 아무 상관 없어. 그리고 동정하듯이 말하지 말아 줘. 다들 나를 그런 식으로 쳐다보는 데 신물이 나. 난 괜찮아. 그게 다야.”

“미렌….” 크리스틴이 마치 내가 어리석다는 듯 매달렸다. 분명 어린애들한테 말할 때도 저런 소리를 낼 것이다.

“그럼 됐지? 어쨌거나 난 방류 사건을 조사할 생각 없어. 구미가 안 당겨. 이번엔 자유 주제니까 다른 걸 조사하려고.”

크리스틴은 언짢아 보였지만 겉으로 드러내지 않았다. 그녀도 겁쟁이었다.

“그러면 뭐?”

“나는 키에라 템플턴 실종 사건을 조사할 거야.”

“그 꼬마애? 진심이야? 그런 사건은 사소한 것 하나도 건지기 진짜 어려워. 다음 주에 교수님한테 제출할 증거 자료는커녕 그 비슷한 단서도 못 구할걸.”

"그러면 어때? 적어도 그 사건을 돈 때문에 조사하지 않는 사람이 생기는 거잖아. 그 가족은 개인적 이익을 바라지 않고 딸에 관심을 보이는 사람을 가질 자격이 있어."

"아무도 그 아이한테 관심 없어, 미렌. 네 입으로 말했잖아. 이 과제는 성적을 올리기 위한 거지, 깎아먹기 위한 게 아니야. 좋은 학점을 받을 기회를 날리지 마."

"너한테는 좋은 일일 텐데, 아니야?"

"바보 같은 짓 하지 마, 미렌."

"어쩌면 바보 같은 짓이 내 전공인지도 모르지." 나는 대화를 끝내려고 그렇게 말했다.

그렇게 모든 게 거기서 끝날 수도 있었다. 하찮은 기자 지망생이 벌이는 소득 없는 일주일짜리 조사가 될 수도, IJ 과목(우리는 이 과목을 이렇게 불렀다)의 기말 점수에 아무 지장도 안 주는 사소한 과제를 말아먹고 끝낼 수도 있었다. 하지만 운명은 내게 키에라 템플턴의 수색 방향과 운을 바꿀 만한 중요한 정보를 찾기를 바랐다.

3장

뉴욕
1998년 11월 26일

컴컴한 구덩이 밑바닥에서도 더 아래로 떨어질 수 있다.

키에라가 사라지고 몇 분이 지난 뒤 그레이스는 에런의 휴대폰으로 911에 전화를 걸어 딸을 못 찾겠다고 혼이 나가서 설명했다. 그레이스와 에런이 목이 터져라 절박하게 부르짖는 모습이 다수의 목격자에게 목격된 직후 경찰이 지체 없이 도착했다.

"부모님 되시나요?" 현장에 도착한 첫 번째 경찰이 군중 사이를 헤집고 해럴드 스퀘어와 브로드웨이 모퉁이에 도착해서 물었다.

수십 명의 구경꾼들이 에런과 그레이스, 경찰 주위를 에워싸고 세상에서 가장 소중한 사람을 잃어버린 두 사람이 무너지는 모습을 지켜보았다.

“제발 아이를 찾아주세요. 제발요.” 그레이스가 애원했다. 그
레이스의 뺨 위로 눈물이 줄줄 흘러내렸다. “누군가 아이를 데
려간 게 틀림없어요. 애가 아무나 따라갔을 리 없어요.”

“진정하세요, 어머님. 저희가 찾아드리겠습니다.”

“애가 너무 어려요. 게다가 혼자 있어요. 제발 도와주세요. 혹
시 누가…? 세상에… 누가 애를 데려갔으면 어떡하죠?”

“진정하세요. 겁을 집어먹고 길모퉁이 어딘가에 서 있을 겁니
다. 지금 인파가 너무 많으니 다른 경찰들에게 알리고 경보를 울
릴게요. 저희가 찾을게요, 약속드릴게요. 아이가 사라진 지 얼마
나 됐죠? 마지막으로 본 게 언제인가요?”

그레이스가 주위를 둘러보았다. 사람들의 걱정스러운 얼굴이
눈에 들어오자 경찰의 말이 귀에 들어오지 않았다. 에런이 시간
을 지체하지 않으려고 나섰다.

“기껏해야 10분 전이요. 바로 여기였어요. 목마를 태우고 풍
선을 얻으러 갔다가 애를 내려놨고… 그리고 사라졌어요.”

“따님이 몇 살인가요? 수사에 도움이 되도록 인상착의를 알
려주시겠어요? 무슨 옷을 입고 있었나요?”

“세 살이에요. 그게, 내일 세 살이 돼요. 머리는… 검은색이고
포니테일을 했어요. 아니, 두 갈래로 묶었어요. 그리고 청바지
에… 두꺼운 맨투맨 상의를… 흰색을 입었어요.”

“연분홍색이야, 에런. 제발 좀!” 그레이스가 끼어들었다.

“확실해?”

그레이스가 크게 한숨을 쉬었다. 당장이라도 기절할 것만 같았다.

"옅은 색 맨투맨이에요." 에런이 계속했다.

"10분밖에 안 됐으니 근처에 있을 겁니다. 인파가 너무 많아서 이동하기 힘들 거예요."

한 경찰이 무전기를 들고 지시를 내렸다.

"전 부대 주목하기 바란다. 10-65. 반복한다, 10-65. 3세 여아가 실종됐다. 검은 머리, 청바지에 옅은 색 맨투맨 상의 착용. 위치는 36번 가 해럴드 스퀘어와 브로드웨이 인근." 경찰이 잠시 말을 멈추더니 두 다리에 힘이 풀리기 시작한 그레이스를 향해 고개를 돌렸다. "따님 이름이 뭐죠, 어머니? 저희가 따님을 찾아드리겠습니다, 약속합니다."

"키에라요. 키에라 템플턴이요." 에런이 쓰러지기 일보 직전인 그레이스를 대신해 답했다. 에런은 아내의 다리가 갑자기 말을 듣지 않는 것처럼 점차 그녀의 몸이 무거워짐을 느꼈다. 매 순간 아내를 부축하는 것조차 힘들어졌다.

"아이 이름은 키에라 템플턴." 경찰이 무전기에 대고 거듭 말했다. "반복한다, 10-65. 세 살 여아, 검은 머리에…."

그레이스에게는 딸의 인상착의를 설명하는 소리가 더 이상 들리지 않았다. 심장이 미친 듯이 쿵쾅거리고 피가 동맥을 타고 퍼져나가는 압력을 사지가 버티지 못했다. 그레이스가 눈을 감으며 에런의 품 안으로 쓰러지자 놀란 시민들이 헉 하고 숨을 들이쉬며 주위로 모여들었다.

"안 돼, 그레이스… 지금은 안 돼…." 그가 속삭였다. "제발, 지금은 아니야…."

에런이 아내를 최대한 부축하다 조심스레 땅바닥에 눕혔다.

"걱정하지 마… 긴장 풀어, 여보." 그가 아내의 귀에 대고 소곤거렸다. "금방 괜찮아질 거야…."

그레이스가 넋이 나간 표정으로 바닥에 눕자 놀란 경찰들이 무릎을 꿇고 도와주었다. 한 여자가 가까이 다가왔고, 에런은 그제야 영문을 궁금해하는 사람들로 어느새 포위됐음을 깨달았다.

"그냥 공황 장애예요! 제발… 뒤로 물러서주세요. 공간을 좀 만들어주세요. 공간이 필요해요."

"전에도 이런 적 있나요?" 한 경찰이 물었다. 다른 경찰이 무전기로 구급차를 불렀다. 거리는 사방으로 걸어가는 사람들로 발 디딜 틈이 없었다. 교통은 정체 상태였다. 저 멀리서 장식 차량 위의 산타클로스가 아이들을 향해 쉬지 않고 미소를 날렸다. 이 모든 난리통 한구석에서 키에라가 겁에 질려 몸을 움츠린 채 왜 엄마 아빠가 곁에 없을까 묻고 있을지도 몰랐다.

"가끔요. 맙소사! 지난 한 달 동안은 멀쩡했어요. 공황은 몇 분 있으면 괜찮아질 거예요, 그나저나 부탁이니 키에라를 찾아주세요. 우리 딸을 찾게 도와주세요."

땅바닥에서 잠든 것처럼 보이는 그레이스의 몸에 경련이 살짝 일자 구경꾼들이 그 모습을 보고 소리를 질렀다.

"아무것도 아니야. 별거 아니야. 여보, 금방 끝날 거야." 에런이 그레이스의 귀에 대고 속삭였다. "키에라를 찾을 거야. 숨을 쉬어…. 내 말 들리는지 모르겠지만… 호흡에 집중해, 금방 괜찮아질 거야."

평온하던 그레이스의 표정이 공포로 바뀌면서 검은자가 위로 올라갔다. 에런은 그레이스가 아프지 않기만을 바랐다. 주위를 에워싼 무리들이 조금씩 가까이 밀려들면서 사방에서 조언을 하는 목소리가 경찰 무전기 소리와 한데 엉켰다. 갑자기 한쪽 사람들이 길을 터주기 시작하더니 구급요원 두 명이 들것과 구급상자를 들고 나타났다. 경찰 두 명이 합류하며 인파를 밀어내기 시작했지만 그래도 군중은 점점 거리를 좁혀왔다.

에런은 구급요원이 제 역할을 할 수 있도록 두 걸음 물러나 양손으로 입을 가렸다. 혼이 쏙 빠지는 것 같았다. 딸은 몇 분 전에 사라졌고 이젠 아내가 공황 발작으로 쓰러졌다. 그의 눈에서 눈물이 주르륵 흘러내렸다. 너무 힘들었다. 평소에 자제력을 잃거나 사람들 앞에서 감정을 보여주지 않는 그였다. 게다가 그 순간 너무 많은 눈이 쳐다보고 있어 최대한 눈물을 참았다. 하지만 눈가에 눈물 한 방울이 맺히고 말았다.

"환자 이름이 뭔가요?" 구급요원이 소리쳤다.

"그레이스요." 에런이 크게 대답했다.

"발작은 처음인가요?"

"아니요… 가끔 했어요. 치료를 받고 있는데…." 목이 메어 말이 더 안 나왔다.

"그레이스… 환자분, 제 말 들리나요." 구급요원이 안심시키듯 말했다. "많이 좋아졌어요… 벌써 진정되고 있어요." 그가 에런에게 고개를 돌리고 물었다. "환자가 약물 알레르기가 있나요?"

"아니요." 그가 멍하니 대답했다. 에런은 무엇에 집중해야 할지 몰랐다. 자신을 주체할 수 없었다. 그는 이리저리 서성이며 땅바닥을 쳐다보다가 키에라를 찾기 위해 사람들 다리 사이 먼 곳을 필사적으로 살폈다.

"키에라!" 그가 소리쳤다. "키에라!"

한 경찰이 그에게 옆으로 따라 나오라고 요청했다. "저기, 따님을 찾으려면 남편분의 도움이 필요합니다. 아내분은 괜찮아요. 응급대원들이 잘 보살피고 있어요. 어느 병원으로 모시길 바라나요? 선생님은 저희와 함께 여기 남으셔야 합니다."

"병원요? 아니, 괜찮아요. 5분이면 괜찮아질 거예요. 큰일 아니에요."

응급대원이 에런에게 다가와 말했다. "조용한 곳으로 가야겠습니다. 구급차가 한 구역 떨어진 곳에 있는데 거기서 안정을 취하는 게 좋겠어요. 그곳에서 선생님을 기다리겠습니다. 중한 상황이 생기지 않는 한 병원으로는 모시지 않을게요. 걱정 마세요. 그냥 불안 발작일 뿐이니까. 몇 분이면 괜찮아질 겁니다. 그러고 나면 편히 쉬셔야 해요."

그들 쪽으로 막 다가온 경찰 한 명이 갑자기 놀란 표정을 짓더니 무전기에 응답했다.

"본부, 마지막 부분을 반복해줄 수 있나?"

몇 미터 떨어진 에런에게 무전기 소리는 들리지 않았지만 경찰의 표정은 보였다.

"무슨 일인가요?" 그가 외쳤다. "어떻게 돌아가는 거예요? 키에라예요? 애를 찾았나요?"

경찰은 무전기를 주의 깊게 들으며 에런이 자신을 향해 서둘러 걸어오는 것을 보았다.

"침착하세요, 템플턴 씨, 네?"

"무슨 일이죠?"

"저쪽에서 뭔가를 찾았다는군요."

4장

**2003년, 11월 27일
키에라 실종 5년 후**

절대 포기하지 않는 자만이 원하는 것을 찾는다.

11월 27일 아침 9시, 뉴욕 센트럴파크 웨스트와 77번 가가 만나는 모퉁이, 수백 명의 도우미과 자원봉사자가 막 지면에서 떠오르려 하는 거대한 공기 주입식 모형 주변을 서성거렸다. 거대한 풍선을 공중에 띄우고 뉴욕 거리를 이동해 해럴드 스퀘어의 메이시스 백화점 앞까지 도착하는 행렬의 모든 참가자들이 자신이 담당한 캐릭터 의상을 걸친 채 무리 지어 집결해 있었다. 하늘을 나는 작지만 용감한 새끼돼지 베이브를 담당한 이들은 분홍색 스웨터를, 카리스마 넘치는 미스터 모노폴리를 담당한 사람들은 우아한 검은색 정장을 걸치고 있었다. 그 유명한 인형 병사를 맡은 사람들은 푸른색 점프수트를 입었다. 해럴드 스퀘어에서는 알록달록한 스웨터를 걸친 '아메리카 싱스' 합창단의 인상적인 플래시 몹을 시작으로 미국 최고의 가수들의 퍼포먼스가 이어졌다.

도심은 거대한 파티장으로 변했다. 거리를 채운 시민들의 얼굴엔 웃음꽃이 피었고 아이들은 퍼레이드가 지나갈 예정인 구간들로 신나게 걸어갔다. 심지어 NBC는 재계의 거물인 도널드 트럼프가 헬기를 타고 맨해튼의 격자 형태 구획을 따라 이동하는 퍼레이드를 항공뷰로 보여주었다.

키에라 템플턴의 실종은 시민들의 기억에서 희미해졌지만 무의식에서까지 지워진 것은 아니었다. 부모들은 이전과 달리 아이를 단단히 붙들고 거리를 걷는 등 각별히 주의를 기울였다. 퍼레이드 경로 중에서도 인파가 붐빌 가능성이 가장 높은 과열 지역은 피했다. 메이시스 백화점 맞은편인 최종 목적지 타임스퀘어나 그보다 아래쪽인 브로드웨이는 관광객, 어른들, 근처 도시에서 온 사람들이 장악하고 있었다. 아이가 딸린 가족들은 센트럴파크 웨스트의 퍼레이드 경로 초입 부근에서 행사를 즐기는 쪽을 택했다. 인도가 넓고 이동할 수 있는 공간이 많아 병목 현상이 발생하거나 사람들이 우르르 몰리리라는 염려가 적었다.

오전 9시 53분이었다. 세서미 스트리트의 빅 버드 모양을 한 풍선이 떠오르기 시작하자 수백 명의 어린이와 부모들이 그 광경을 구경하며 흥분과 미소를 감추지 못했다. 그때 한 취객이 도로 중앙으로 튀어나오더니 눈물이 범벅이 된 얼굴로 고래고래

소리를 질렀다.

"아이들을 간수하세요! 안 그러면 이 도시가 아이들을 삼켜버릴 겁니다! 거리를 걷는 모든 근사한 것들을 삼키듯이 그렇게 삼켜버린다고! 이 도시가 두려운 건 다른 게 아니에요! 사랑하는 존재를 데려간다는 거지, 눈에 보이는 건 죄다 집어삼키는 게 이 도시라고!"

몇몇 부모들이 몇 미터 상공을 떠다니는 거대한 노란 새 모형에서 고개를 돌려 노타이에 얼룩투성이 정장 차림의 취객을 쳐다보았다. 남자는 검은 수염이 덥수룩하고 머리는 엉망이었다. 셔츠 깃에는 찢어진 입술에서 흐른 핏자국이 묻어 있었다. 두 눈에는 고통과 절망이 가득했다. 한쪽 신발만 신고 있어 걸음이 힘겨워 보였다. 다른 발의 흰 양말은 발바닥이 새까맸다.

자원봉사자 두 명이 다가와 그를 진정시키려고 했다.

"저기요, 이른 시간부터 이렇게 취해서 돌아다니시면 어떡합니까?" 한 명이 그를 한쪽으로 유도하려고 애썼다.

"추수감사절에 이러는 거 부끄럽지도 않으세요?" 나머지 한 명이 덧붙였다. "경찰이 끌고 가기 전에 다른 데로 가세요. 애들이 보고 있잖습니까. 어른답게 행동하셔야죠."

"내가 부끄러운 건… 이 행사를 보러 왔던 거요. 애들을 집어삼키는 이 괴물에게… 제물을 바친 거요." 그가 소리쳤다.

"잠깐만…" 한 명이 그를 알아보았다. "당신… 그 아이 아빠 맞죠, 그…."

"네가 뭔데 감히 우리 딸을 들먹여."

"맞다! 그 사람이군요…. 아무리 그래도… 여긴 오지 말아야죠." 그가 이해하려고 애쓰면서 손짓했다.

에런은 두 손으로 머리를 부여잡았다. 간밤에 밤새 술집을 전전하며 술을 마신 터였다. 그러다 문을 연 술집이 한 군데도 안 보이자 식료품점에 들러 진 한 병을 샀다. 계산대의 파키스탄인 직원이 안쓰럽다는 표정으로 그에게 술을 팔았다. 그는 단숨에 병의 3분의 1을 들이켰고 곧장 게워냈다. 울고 싶었다. 메이시스 퍼레이드가 시작되기까지 아직 몇 시간이 남았다. 키에라가 실종된 지 5주년이 되는 날이었다. 그동안 매년 그랬던 것처럼 그 전날도 울면서 잠에서 깼다. 에런은 딸을 잃기 전에는 술은 거의 입에 대지 않았다. 규칙적이고 건강한 생활을 했고 브루클린 내 상류층 동네인 다이커 하이츠에 사는 동안에는 손님이 찾아올 때 화이트와인을 한잔 걸치는 정도가 다였다. 키에라가 실종되고 난 후부터 그는 위스키 없이는 하루도 지낼 수 없었다. 1998년과 2003년의 에런 템플턴은 완전히 다른 사람이었다. 그것만 봐도 그의 삶에 얼마나 큰 시련이 닥쳤는지 확실히 알 수 있었다.

한 경찰이 상황을 보고 뛰어왔다.

"선생님, 여기서 나가주세요." 그가 에런의 팔을 힘껏 붙들고 경계벽 반대쪽으로 가는 길로 안내했다. "퍼레이드에 참여하는 사람들만 들어올 수 있습니다."

"손대지 마!" 에런이 소리쳤다.

"선생님… 제발요…. 체포하고 싶지 않아요. 수많은 애들이 보고 있어요."

에런은 고개를 돌려 도로변을 쳐다보았다. 모든 이들의 시선이 저 멀리서 가스를 주입받고 공중으로 떠오르고 있는 노란 새나 스파이더맨 풍선의 거대한 그림자가 아닌 자신에게 고정돼 있었다. 그는 고개를 떨구었다. 또다시. 그는 만신창이였다. 이성의 끈을 놓아 통제할 수 없는 상태였다. 퍼레이드 날에 찾아오는 감정의 무게를 감당할 수 없었다. 어쩌면 뉴저지의 새 아파트로 돌아가 혼자 울며 잠드는 일이 그에게 남은 유일한 선택지인지도 몰랐다. 하지만 그때 경찰이 에런의 팔을 잡아끌었다. 그가 해서는 안 될 최악의 선택이었다.

에런이 몸을 홱 돌리더니 수백 명의 아이와 부모가 보는 앞에서 경찰의 얼굴에 주먹을 힘껏 날려 그를 바닥에 쓰러트렸다. 사람들이 놀라서 매섭게 야유를 퍼붓기 시작했다.

"부끄러운 줄 알아!" 그중 한 명이 소리쳤다.

"썩 꺼져버려, 이 한심한 놈아!" 또 한 명이 외쳤다.

물통이 날아와 에런의 얼굴에 부딪쳤다. 에런은 놀라서 주위를 두리번거렸지만 어디서 날아왔는지 알 수 없었다.

사람들이 왜 야유를 퍼붓는지, 그의 존재를 왜 불쾌하게 여기는지 그가 생각할 새도 없이 경찰관 두 명이 달려와 그를 땅바닥에 거꾸러트렸다. 먼저 얼굴이 아스팔트에 부딪쳤다. 5초도 채

안 돼 등 뒤로 두 손에 수갑이 채워져 손목에 피가 안 통했다. 아직 충격으로 인한 고통을 뇌가 인지하지 못했고, 몇 분이 지난 후에도 인지하지 못할 터였다. 하지만 경찰관과 자원봉사자가 그를 붙잡고 간신히 일으켜 세우는 것은 느낄 수 있었다. 군중들이 그 광경을 보고 박수를 치는 바람에 절망의 늪에 가라앉은 한 아버지의 외침과 울부짖음은 파묻혔다.

애런은 경찰차에 타자마자 곯아떨어졌다.

한 시간 뒤 에런은 눈을 떠서 자신이 양손이 뒤로 묶인 채 뉴욕 경찰국 제20지구대에 앉아 있음을 알아차렸다. 바로 옆에는 자신보다 나이가 많아 보이는 인상 좋은 남자가 슬픈 얼굴로 앉아 있었다. 얼굴이 욱신거렸다. 한쪽 볼에 말라붙은 피딱지를 떼어내려고 했지만 잘못된 판단이었다. 통증이 사방으로 퍼져나갔다.

"재수 없는 날인가봐요?" 옆에 앉은 남자가 물었다.

"인생이… 재수가 없네요." 에런은 구역질이 나올 것 같았다.

"그렇죠. 바꾸려 애쓰지 않으면 평생 그렇죠."

에런이 시선을 돌려 그를 보고는 고개를 끄덕였다. 그 역시 양손이 등 뒤로 묶여 있다는 사실만 제외하면 전혀 범죄자처럼 보이지 않았다. 에런은 그가 불법 주차 벌금 때문에 잡혀 왔겠거니 생각했다.

갈색 머리 여자가 경찰서 책상 사이에서 나타나 옆의 남자를 호명했다.

“로드리게스 씨, 맞죠?” 그녀가 서류 가방에서 파일을 꺼내며 물었다.

“맞습니다.” 그가 답했다.

“몇 분 후에 강력팀 형사가 와서 몇 가지 질문을 할 겁니다. 변호사를 불러드릴까요?”

에런은 놀란 표정으로 그를 쳐다보았다.

“괜찮습니다. 이미 전부 털어놨어요.” 로드리게스가 차분히 답했다.

“좋습니다, 편한 대로 하세요. 다만 진술하실 때 국선변호인 의 동석을 요구할 수 있다는 건 알아두세요.”

“저는 양심에 떳떳합니다. 숨길 게 없어요.” 그가 웃었다.

“그럼 그러세요.” 경찰관이 답했다. “몇 분 있으면 다른 직원 이 와서 데려갈 겁니다. 그리고 이쪽… 에런 탬플턴 씨. 저와 함 께 가시죠.”

에런은 정중하게 일어나 로드리게스에게 짧게 고개 숙여 인 사를 했다. 그러고는 빠르게 걸어가는 경찰을 뒤따라 걷다가 대 기실에 도착했다.

“여기 소지품이요. 보호자한테 전화해서 데리러 오라고 하세 요.”

“이게 끝인가요?” 에런이 어리둥절해하며 물었다.

“저기… 댁이 주먹을 날린 그 경찰이 영 마음이 쓰인다고 하 더군요. 댁이 누군지 알아보고요, 아시겠어요? 그 친구가 따님과 관련된 그 사건 때 티브이에서 당신을 봤다네요. 댁이 이미 충분히 고통받았고 또 추수감사절 아니냐고 하더군요. 고소도 안 했고 보고서에도 너무 흥분 상태라 체포했다고만 기록했더군요. 경고 조치만 받았습니다.”

“그럼… 집에 가도 되나요?”

“바로는 안 되고요. 보호자가 데리러 와야 갈 수 있습니다. 아직 너무… 그러니까 취한 상태라 혼자 보내드릴 순 없어요. 원하시면 대기실에서 눈 좀 붙이다가 술이 깨면 가도 되지만 추천하고 싶지는 않네요. 추수감사절이잖아요. 집에 가서 한숨 푹 자고 가족과 함께 식사하세요. 근사한 저녁 식사가 기다리고 있을 거 아닙니까.”

에런은 한숨을 쉬고는 로드리게스가 앉아 있는 뒤쪽을 쳐다보았다.

“저 사람은 무슨 죄로 잡혀 왔나요?”

“누구 말씀인가요?”

에런이 그 남자를 향해 고갯짓을 했다. “점잖은 사람 같아서요.”

“아, 저 사람요. 딸을 집단 성폭행한 남자 넷을 간밤에 총으로 쏴 죽였습니다.”

에런은 침을 삼키고 존경스러운 시선으로 로드리게스를 쳐다보았다.

“남은 생을 감방에서 썩겠죠. 하지만 저 사람을 비난하고 싶지는 않네요. 제가 그런 일을 겪었다면… 어떻게 했을지 모르겠어요."

"하지만 댁은 경찰이잖아요. 나쁜 놈들을 감옥에 쳐넣는 게 일이잖아요."

"그래서 하는 말입니다. 사법 시스템에 대한 확신이 별로 없어요. 저 사람이 죽인 자들, 이미 성범죄 전과가 있는 놈들이었어요…. 그런데 어디에 있었는지 아세요? 길거리에요. 모르겠어요. 이 모든 것에 점점 신뢰가 사라져요. 그래서 제가 현장 근무 대신 경찰서에서 서류 처리를 하는 겁니다. 여기서 이러는 게 속 편해요."

에런은 고개를 끄덕였다. 경찰이 가죽 지갑, 열쇠 두 개가 달린 플루토 열쇠고리, 노키아 6600 휴대폰이 담긴 플라스틱 상자를 꺼내 카운터에 올려놓았다. 에런은 지갑과 열쇠를 주머니에 넣고 전화기 알람을 확인했다. 그레이스로부터 부재중 전화가 열두 통이나 온 것을 확인한 그는 문자를 썼다가 보내기 직전에 지웠다. 경찰서에서 나가려면 전화를 거는 편이 제일 빠를 거라고 생각했다.

수화기를 귀에 갖다 댄 지 몇 초 후 반대편에서 여자의 목소리가 들렸다.

"에런?"

"나 좀 데리러 올 수 있어요, 미렌? 좀 난처한 상황에 처했어요."

“네?”

“부탁할게요….”

미렌이 한숨을 쉬었다.

“편집국이에요. 급한 일이에요? 어딘데요?”

“경찰서요.”

5장

미렌 트리그스
1998

사랑하는 것뿐만 아니라 두려워하는 것으로도

그 사람이 누군지 알 수 있다.

그날 강의가 끝나고 오후에 나는 키에라 템플턴의 실종 사건을 다룬 모든 기사를 읽기로 마음먹었다. 사건이 일어난 지 고작 일주일 정도밖에 안 됐는데도 아이를 둘러싼 기사와 뉴스, 루머들이 끊임없이 쏟아지고 있었다. 나는 대학 도서관에 가서 사서에게 '키에라 템플턴'이라는 단어가 포함된, 실종 이후에 발간된 모든 기사를 검색해달라고 부탁했다.

사서의 표정과 매서운 반응이 아직 기억난다. "지난주 신문은 정리가 안 됐어요. 아직 1991년도 기사를 정리 중이에요."

"1991년이요? 지금은 1998년이에요." 내가 대답했다. "기술이 이렇게 급변하는 시대에 데이터화가 7년이나 뒤처졌다는 게 말이 돼요?"

"안타깝지만 그게 현실이에요. 완전히 새로운 기술이니 어쩌겠어요? 하지만 수작업으로는 확인 가능해요. 양이 그렇게 많지 않아요."

나는 한숨을 쉬었다. 한편으로는 그녀 말이 맞았다. 실종 사건이 언급된 기사를 찾는 데 얼마나 걸리겠는가?

"지난주 신문을 볼 수 있을까요?"

"어떤 신문이요? 〈맨해튼 프레스〉, 〈워싱턴 포스트〉….."

"전부 다요."

"전부 다요?"

"전국 단위 신문과 뉴욕주 신문 전부요."

여자는 어이없다는 표정을 지어 보이고 한숨을 내쉬었다.

사서가 옆문으로 사라진 사이 나는 도서관 책상에 앉았다. 사서를 기다리는 그 영원과도 같은 시간 동안 나도 모르게 생각이 그날 밤으로 흘러갔다. 나는 생각을 떨쳐버리기 위해 일어섰다. 그리고 잠시 서가를 서성이며 스페인어로 적힌 책 제목을 읊조리는 데 몰두했다.

등 뒤로 바퀴 소리가 들리기에 돌아보니 사서가 활짝 웃으며 100부가 넘는 신문이 실린 카트를 밀고 오고 있었다.

"그게 전부?" 나는 엄청난 신문 더미에 놀라서 물었다.

"요청하신 자료 맞죠? 지난주에 발간된 신문이요. 전국 단위 신문과 뉴욕주 신문이에요. 무슨 일을 하시는지 모르겠지만 전국 단위 신문이면 충분하지 않아요?”

“이게 딱 제가 원하던 거예요.”

사서는 신문이 잔뜩 쌓인 카트를 창가 책상 옆에 둔 채 카운터로 돌아갔다. 나는 첫 신문을 집어 들고 제목을 훑어보며 종이를 획획 넘기기 시작했다. 내 두 눈이 잡목으로 뒤덮인 땅 위를 누비는 맹금류처럼 이쪽저쪽을 획획 날아다녔다.

조사 내용을 정리하고 기록하는 방식에는 여러 가지가 있는데 어떤 방식을 고를지는 주로 조사자의 본능과 조사 내용에 따라 달라진다. 어떤 경우에는 경찰 파일에 매달리는 게 낫지만, 어떤 경우에는 자치단체 자료실이나 공공 기록부를 뒤지는 게 좋다. 가끔 목격자나 정보원으로부터 중요한 실마리를 얻기도 하고, 순수하게 직감에 의존해야 할 때도 많다. 조사하고 캐내고 관련 정보를 남김없이 모아서 샅샅이 분석하는 것이다. 나는 키에라 템플턴 사건을 맨땅에 헤딩하듯 조사하고 있었다. 실종 사건 보고서를 구하기엔 아직 수사 초기 단계인 데다 어떤 경우가 됐든 FBI 요원이 언론대생 4년 차에게 정보를 공유할 리 만무했다. 만에 하나 FBI가 협조해준다고 해도 상대는 주류 언론사 기자일 테고 그것도 꼭 필요할 때, 사건을 진행하는 데 도움이 될 거라 판단될 때만이었다. 전에도 그런 적이 있었다. 가끔 경찰이 수천 개의 눈이 필요할 경우 대중의 도움으로 살인범을 식별하거나 피해자를 찾기 위해 언론에 기밀 정보를 제공하곤 했다. 키에라 사건처럼 세간의 굉장한 이목을 끄는 사건은 아이가 착용한 복장, 마지막으로 목격된 장소, 심지어 아이가 좋아하는 것을 자세히 보도하면 경찰이 수색 작업을 시작하는 도화선이 되거나 사람들이 중요한 단서를 찾아 신고하게 만들 수도 있다.

나는 키에라가 실종된 그해 추수감사절인 11월 26일 자 신문부터 빠르게 훑었다. 해당 날짜의 신문은 이른 새벽에 인쇄된 까닭에 25일에 일어난 소식과 사건뿐 키에라 소식이 실릴 방법이 없었다.

나는 휴가 시즌이 공식적으로 시작했음을 알리는 헤드라인과 퍼레이드 사진이 실린 이튿날 신문들을 백여 장 훑어보다가 키에라의 실종을 처음 언급한 기사를 발견했다. 〈뉴욕 데일리 뉴스〉의 16면 아래쪽 귀퉁이에 며칠 후 〈맨해튼 프레스〉 1면에 실린 것과 동일한 키에라의 사진이 두꺼운 검은색 테두리를 두르고 처음 등장했다. 사진 아래에는 전날 키에라라는 이름의 세 살짜리 여아가 실종되어 수색이 시작됐다는 내용의 글이 건조하게 적혀 있었다. 기사에 따르면 아이는 청바지와 흰색 또는 연분홍색의 맨투맨 상의, 그리고 누빔 처리된 흰색 패딩 점퍼를 입고 있었다. 그게 전부였다. 실종 시간도, 아이가 마지막으로 목격된 장소도 없었다.

예상대로 다음날 신문에 실린 기사는 그보다 눈에 띄었다. 〈뉴욕 포스트〉는 지면의 절반을 할애해 키에라의 실종 사건을 다뤘다. 톰 월시라는 기자는 이렇게 보도했다.

추수감사절 퍼레이드 도중 실종된 키에라 템플턴 양에 대한 수색이 시작된 지 이틀째에 접어들었다. 세 살 난 이 여자아이는 이틀 전 발 디딜 틈 없는 인파 속에서 사라졌다. 아이의 부모는 뉴욕 시민 모두를 향해 애타는 마음으로 딸을 찾아달라고 도움을 요청하고 있다.

에런과 그레이스 부부가 딸아이의 사진을 들고 있는 사진이 함께 실려 있었다. 얼마나 울었는지 부부의 눈이 퉁퉁 부어 있었다. 그 사진에서 나는 그들 부부의 얼굴을 처음 보았다.

키에라나 퍼레이드에 대해 언급한 면을 따로 빼두면서 날짜별로 신문을 읽어가다 보니 어느새 〈맨해튼 프레스〉 1면에 문제의 그 기사가 실린 날짜에 다다랐다.

시간을 확인한 나는 9시가 다 된 것을 알고 깜짝 놀랐다. 도서관에는 아무도 없었다. 중간고사가 얼마 남지 않아 자정까지 도서관을 개방하긴 했지만 급하게 공부를 해야겠다고 느낄 만큼 임박한 것은 아니었다.

그렇게 늦은 시각까지 밖에 나와 있다니 안 될 말이었다. 나는 추려놓은 신문을 재빨리 가방에 집어넣고 카트를 카운터로 끌고 갔다. 사서가 뒤죽박죽이 된 신문 더미를 보더니 투덜거렸다.

밖으로 나가자 어두컴컴한 뉴욕의 밤이 나를 반겼다. 한쪽 방향을 보니 개미 한 마리 안 보였다. 반대 방향에는 한 쌍의 실루엣이 술집 통로에서 수다를 떨며 자욱한 연기에 둘러싸여 담배를 피우고 있었다. 나는 도서관 안으로 도로 들어갔다. 카운터의 여자가 나를 다시 보더니 거짓 미소를 띠었다.

"전화기 좀 빌릴 수 있을까요?" 내가 물었다. "택시비를 안 가져와서요…. 이렇게 늦게까지 있을 줄 몰랐거든요."

"겨우 9시예요. 거리에 아직 사람들이 다녀요."

"빌려줄 거예요, 말 거예요?"

"빌려… 드릴게요." 그녀가 내게 수화기를 건넸다.

나는 캠퍼스 근처 센트럴 할렘의 월셋집에 살았는데 115번가의 빨간 벽돌 건물로 단과대 건물에서 도보로 10분이 안 되는 거리였다. 단과대 건물은 모닝사이드 공원 동쪽에 위치했고 우리 집은 서쪽이었다. 거리를 두어 개 지나서 공원을 통과하면 바로 우리 집이었다. 문제는 그 시절 그 동네가 험했다는 거였다. 주거용 건물 몇 채와 공공 지원 주택 사업이 생기면서 갱단, 음지에서 놀던 비행 청소년 무리, 약물 중독자, 무고한 희생자를 물색하는 강도들이 공원 바로 위쪽의 한 지역에 뒤섞여 살게 되었다. 낮에는 습격이나 폭행이 눈에 띄지 않았지만 밤이면 상황이 완전히 달라졌다.

나는 그 시간에 응답해줄 유일한 번호로 전화를 걸었다.

"네?" 수화기 저편에서 남자가 말했다.

"나 좀 만나러 올래요?" 내가 물었다. "학교 도서관이에요."

"미렌이야?"

"너무 힘든 날이었어요. 올 거예요, 말 거예요?"

"좋아. 15분 후에 도착할 거야."

“안에서 기다릴게요.”

나는 전화를 끊고 사서가 내가 어질러놓은 신문 더미를 정리하는 모습을 지켜보면서 시간을 죽였다. 잠시 후 팔꿈치에 천을 덧댄 재킷 차림에 둥근 안경을 쓴 슈모어 교수가 문 앞에 나타나 내게 나오라고 신호를 보냈다.

“괜찮아?” 함께 보도를 걷는데 그가 내게 물었다.

“시간 가는 줄 몰랐어요.”

“집에 데려다주고 바로 갈게, 괜찮지? 오래 못 있어.” 그가 방향을 틀어 동쪽으로 걷기 시작했다. “편집국에 문제가 있어. 편집장이 1면에 키에라 템플턴에 대한 걸 뭐라도 실었으면 해. 〈맨해튼 프레스〉 오늘 자 1면 기사를 보고 내일 모든 신문이 따라 할 거야. 이 이야기로 최대한 이윤을 쥐어짜내려는 거지. 솔직히 이런 일에 동참하고 있다는 생각만으로도 속이 메스꺼워.”

나는 그를 따라잡으려고 속도를 높였다.

“그래서 무슨 기사를 내려고요?” 내가 호기심에 물었다.

“아이 엄마가 911과 통화한 내용. 우리한테 음성 파일이 있어.”

“아. 너무하네요.” 나는 눈썹을 치켜올리며 한숨을 쉬었다. “〈데일리〉도 은근 선정적인 걸 좋아하는군요. 거기 경제지 아니에요?”

“그러니까. 그래서 위에서 하는 짓이 역겨운 거야.”

나는 잠시 입을 다물었다. 인도에 닿는 우리의 발소리에, 가로등을 지나자 우리의 그림자가 앞으로 길어지다가 이내 사라지는 모습에 집중했다.

"한마디하면 안 돼요? 다른 기사를 내는 건 어때요? 명색이 부편집장이잖아요."

"판매 부수 때문이야, 미렌. 결국 중요한 건 판매라고." 그가 짜증 난 목소리로 대답했다. "너도 아까 그렇게 말했잖아. 네가 아직 모르는 게 있다면 판매 부수의 위력이 얼마나 크냐 하는 거야. 판매 부수가 왕이야, 그게 가혹한 현실이지."

"그 정도로 심각해요?"

"오늘 자 신문으로 〈맨해튼 프레스〉는 대박을 터트렸어. 어제보다 열 배는 더 팔렸어, 미렌. 나머지 신문사들은 남아돌았는데 말이지. 그쪽은 도박을 해서 이긴 거야."

"열 배나요?"

"내일은 무슨 기사를 낼지 모르지만 이게 언론이 돌아가는 방식이야. 좋든 싫든 키에라 찾기는 앞으로 몇 달 동안 모든 언론의 뜨거운 감자가 될 거야. 애가 금방 돌아오지 않는다면 말이지. 심지어 이 사건을 우려먹을 대로 우려먹고 싶어서 애가 영원히 발견되지 않기를 바라는 매체도 있을 거야. 사람들의 뇌리에서 실종 사건이 가물가물해지고 언론이 그 아이를 잊게 되면 세상 누구도 관심 보이지 않을 추모 기사나 나올 테지. 그렇게 되면 언론에서 그 이야기가 부활하는 건 오직 시체가 발견되거나 타임스퀘어 한복판에서 키에라가 나타날 때뿐일 거야."

그는 정말 의기소침해 보였다. 상심이 가득해 보여서 감히 뭐라 대꾸할 수도 없었다.

우리는 공원 옆 카를 슈르츠 동상에 다다랐다. 나는 시간이 두 배나 걸리는데도 공원을 가로지르는 대신 돌아서 가자고 부탁했고 그는 불평 없이 내 말을 따랐다.

그 순간부터 그는 말없이 내 옆을 지켰다. 연륜에서 비롯된 행동이었다. 그는 나보다 열다섯 살이 많았고 내가 계속 대화를 이어나갈 필요가 없는 사람이었다. 그는 그저 내가 무심코 입을 열기를 기다리고 있었다. 어쩌면 내가 공원을 질러가기 싫어하는 이유를 말해주길 바라는지도 몰랐지만 그 주제는 꺼내고 싶지 않았다. 맨해튼 애비뉴를 따라 올라가 우리 집 문 앞에 도착하자 내가 말했다. "고마워요, 교수님."

"고마워할 필요 없어, 미렌. 알다시피 나는 그냥 도우려는…."

나는 앞으로 성큼 다가가 그에게 감사의 포옹을 했다. 조금이나마 보호받는다는 느낌이 들어 위안이 되었다.

그가 걱정스러운 표정으로 나를 재빨리 밀쳐냈다. 기분이 확 상했다.

"이건… 이건 좋은 생각이 아니야, 미렌. 안 되겠어. 편집국으로 돌아가야 해."

"그냥… 포옹이에요, 짐." 나는 화가 나서 진지하게 말했다. "왜 그러는 거예요?"

"미렌, 그게… 안 되겠어. 가봐야 해. 이건 옳지 않아. 혹시 누가 우리를 보기라도 하면….”

“그게 중요해요?” 나는 그가 나를 거부했다는 사실에 집착하지 않으려 애쓰며 물었다.

“아니, 그냥….” 그가 머뭇거렸다. “그게 사실, 맞아. 중요해. 이제 가야겠어.”

“미안해요, 나는….” 나는 사과했다. “우리가… 친구라고 생각해서.”

“아니, 미렌. 그게 아니라… 그냥 편집국으로 돌아가야 해. 진짜야.”

그는 평소보다 더 긴장한 듯 보였다. 나는 그가 말을 잇기를 기다렸다.

“키에라 템플턴의 엄마가 911과 통화한 음성 파일 말이야.” 그가 결국 털어놓았다. “어딘가 미심쩍은 구석이 있어. 이걸 공개해봤자 누구한테도 득이 안 될 것 같아.”

“더 말해주면 안 돼요? 이번 주 과제로 키에라 템플턴 사건을 조사하려고요.”

“방류 사건이 아니라?” 그가 놀라서 대답했다. “점수를 잘 받고 싶은 줄 알았는데.”

다행스럽게도 포옹에 관한 거북한 화제가 지나가며, 팽팽하던 긴장이 풀렸다.

“잘 받고 싶죠, 하지만 다른 학생들과 똑같이 하고 싶진 않아요. 다들 그 주제를 고를 거예요. 식은 죽 먹기니까. 키에라는 돈에 혈안이 되지 않고 사건을 들여다봐 줄 사람이 필요해요."

슈모어 교수는 동의의 뜻으로 고개를 끄덕였다.

"좋아. 통화 내용 중에서 하나만 알려줄게."

"말해봐요."

"911 녹음 파일을 들으면 그 부모가…."

"부모가 뭐요?"

"뭔가를 숨기는 느낌이야."

6장

"911입니다, 무슨 일이신가요?"

"제… 제 딸아이가 안 보여요."

"그렇군요… 마지막으로 본 게 언제죠?"

"한… 몇 분 전이요… 다 같이 여기서… 퍼레이드를 보다가… 아빠를 따라갔어요."

"아이는 지금 아빠와 있나요, 아님 잃어버렸나요?"

"아빠 곁에 있었는데… 지금은 없어요. 사라졌어요."

"몇 살입니까?"

"두 살, 거의 세 살이요. 내일이 생일이에요."

"네… 선생님은 어디쯤이세요?"

“음….”

“선생님, 어디쯤이시냐고요?”

“그… 36번 가와 브로드웨이가 만나는 모퉁이요. 사람이 너무 많아서 애가 사라졌어요. 애가 아주 작아요. 하나님 맙소사!”

“그리고… 마지막으로 봤을 때 아이가 무슨 옷을 입고 있었나요?”

“애가 입고 있던 게… 잠시만요… , 정확히 기억이 안 나요. 파란색 바지와… 저도 모르겠어요.”

“스웨터나 그 비슷한 건가요? 색깔은 기억하세요?”

“음… 네. 분홍색 맨투맨 티셔츠요.”

“생김새를 간략하게 설명해주시겠어요?”

“머리는… 검고 길어요. 아무나 보고 잘 웃어요. 키는 90센티가 조금 안 돼요. 또래에 비해 작아요.”

“피부색은요?”

“희어요.”

“좋습니다….”

“제발 도와주세요.”

“장소를 조금이라도 이동하셨나요? 근방은 찾아보셨어요?”

“사람들로 발 디딜 틈이 없어서 찾는 게 불가능해요.”

“아이가 점퍼나 외투 같은 걸 입고 있나요?”

“무슨 말인가요?”

“선생님이 말씀하신 분홍색 맨투맨 위에 다른 걸 걸치고 있나요? 지금 뉴욕에 비가 내리고 있잖아요.”

“아… 그렇죠. 패딩 점퍼요.”

“색깔은 기억나세요?”

“음… 흰색이요, 모자가 달렸어요. 네, 모자가 달린 패딩 점퍼에요.”

“알겠습니다…. 전화 끊지 말고 계세요. 곧장 경찰을 그리로 보내겠습니다, 아시겠죠?”

“네.”

몇 초 후, 몇 차례 수신음이 들리더니 다른 여자의 목소리가 들렸다.

“선생님?”

“네?”

“아이가 어느 쪽으로 가는지 보셨나요?”

“음… 아니요. 남편과 함께 있었는데 돌아오지 않았어요. 아이가… 아이가 이미 사라진 뒤였어요.”

“지금 곁에 남편분이 있나요?”

“네, 여기 있어요.”

“바꿔주시겠어요?”

“….”

“네?” 에런이 갈라지는 목소리로 대답했다.

“선생님, 아이가 어느 방향으로 갔는지 보셨나요?”

“아니요, 못 봤어요.”

“그래요… 몇 시에 사라졌는지 정확히 말씀해주세요.”

“기껏해야 5분밖에 안 됐어요, 사람이 너무 많아서 도무지 찾을 수가 없어요.”

“저희가 찾아드리겠습니다.”

“….”

“선생님, 제 말 들리세요?”

“네, 네.”

“순찰 대원이 36번 가와 브로드웨이 모퉁이로 향하고 있습니다. 거기서 기다리세요.”

“제 딸을 찾아주시는 거죠?” 에런이 물었다.

전화기 반대편에서 그레이스가 에런에게 뭐라고 하는 소리가 배경음으로 들렸지만 내용을 알아듣긴 힘들었다.

“그레이스, 지금은 안 돼.” 그가 단호하게 말했다.

“걱정 마세요, 선생님, 따님을 찾을 수 있을 겁니다.”

그레이스의 목소리가 다시 배경음으로 들린다.

“에런, 피 묻은 것 좀 닦아.”

“….”

“선생님?” 상담원이 그를 부른다.

“큰일 날 뻔했네.” 그가 말한다.

수화기 저편에서 후에 경찰관으로 밝혀진 사람의 심각한 목소리가 들린다.

“부모님 맞으세요?”

7장

**2003년 11월 27일
키에라 실종 5년 후**

어두컴컴한 그늘을 비추는 유일한 빛은 희망에서 나온다.

미렌은 흰 블라우스에 검은 정장 치마 차림으로 경찰서에 도착했다. 에런은 갈색 머리칼을 높이 질끈 묶은 미렌이 안내데스크로 당당히 걸어가 질문하는 모습을 대기실에서 바라보았다. 경찰이 에런이 기다리고 있는 곳을 가리켰고, 미렌은 서류에 서명한 뒤 돌아서서 굳은 표정으로 그에게 걸어갔다.

"갈까요?" 미렌이 인사 대신 물었다.

1년 동안 못 봤으나 미렌은 에런이 이런 상황에 처한 것을 보고 그리 놀라지 않았다. 미렌은 키에라를 찾아 나서고, 처음 몇 년 동안 가끔씩 에런과 만나면서 슬픔과 좌절의 소용돌이에 그가 서서히 빠져들며 모든 것이 잠식당하는 모습을 지켜보았다.

미렌이 일상의 무게에 치이고 〈맨해튼 프레스〉에서 기자로 근무를 시작하면서 그들의 관계는 소원해졌고 만남도 조금씩 잦아들었다. 그들이 마지막으로 만난 것은 키에라의 생일인 작년 바로 오늘, 그가 편집국에 나타나 그녀에게 소리를 지르면서 약속을 지키지 않았다고 난리를 쳤을 때였다.

"와줘서 고마워요, 미렌… 달리 부를 사람이 없었어요."

"뭘요, 이 정도 가지고요. 괜찮아요, 에런. 고마워할 필요 없어요."

오후 4시였다. 교통이 뉴욕 북부의 평소 상황으로 돌아가기 시작했다. 퍼레이드가 끝나면서 아이들의 웃음소리가 사라졌고, 다들 추수감사절 정찬이 제시간에 준비되어 있기를 바라며 집으로 돌아간 터였다. 미렌이 두 대의 경찰차 사이에 주차되어 있던 샴페인색 쉐보레 카발리에를 가리켰다. 미렌은 차에 먼저 올라탄 뒤 에런이 타기를 기다렸다.

"이런 모습 보여서 미안해요." 에런이 말했다. 술 냄새가 진동하고 몰골은 엉망이었다.

"걱정 마세요, 신경 안 써요. 이젠 그러려니 해요." 미렌이 짜증스레 말했다.

"오늘이 키에라의 여덟 번째 생일이에요. 그냥… 견딜 수가 없었어요."

"알아요, 에런."

"이런 상황이 감당이 안 돼요. 퍼레이드와 키에라의 생일이 같은 날이다 보니까. 너무 많은 기억이 떠올라요. 그만큼 죄책감도 크고요." 그가 두 손으로 얼굴을 가렸다.

"에런, 나한테까지 변명할 필요 없어요."

"그게 아니라… 이해해줬으면 해서 그래요, 미렌. 지난번에 봤을 때 내가 너무…."

"됐어요, 에런. 그냥 잊어버리세요. 힘든 거 아니까."

"상사들이 뭐래요?"

"뭐, 좋아하진 않죠. 하지만 그럴 수밖에요. 온 미국이 눈에 불을 켜고 찾아다녔던 여자애의 아빠가 안내데스크에 나타나서 우리 기사가 전부 소설이라고 고래고래 소리를 지르는데 누가 좋아하겠어요. 아니라는 거 잘 알잖아요." 미렌이 말하는 동안 에런은 허공을 멍하니 바라보았다. 슬픔이 몸을 멋대로 흔들기라도 하는 것처럼 그의 입술과 오른손이 부들부들 떨렸다.

미렌은 시동을 걸고 조용히 남쪽으로 차를 몰기 시작했다.

"나 때문에 곤란해졌어요?" 에런이 말을 이었다.

"최후통첩이 떨어졌어요. 키에라의 기사에 손도 대지 말래요. 어차피 어디서도 안 받아준다면서요."

에런은 미렌을 쳐다보았다. 그러고는 한동안 곱씹으며 준비한 것처럼 말했다. "키에라가 실종되는 바람에 당신은 일이 잘 풀렸네요."

미렌이 갑자기 브레이크를 밟았다. 안 그래도 그를 데리러 오가는 것이며, 특히 이런 날 그가 또 취한 꼴을 봐야 하는 것에 화가 치밀었는데 그 말이 아픈 곳을 후벼팠다.

"어떻게 그런 말을 할 수 있어요, 에런? 난 할 수 있는 최선을 다했어요, 알잖아요. 나보다 당신 딸을 열심히 찾아다닌 사람은 없다는 거. 그런데 어떻게 그런 말을…?"

"내 말은 그냥 당신 일이 잘 풀렸다는 거예요. 봐요…, 〈프레스〉에서 일하고 있잖아요."

"내려요." 미렌이 분노가 서린 목소리로 말했다.

"아, 그러지 마요…."

"내리라고 했어요!" 그녀가 소리쳤다.

"미렌… 제발요…."

"잘 들어요, 에런. 내가 경찰이 작성한 키에라 보고서를 몇 번이나 읽었는지 알아요? 지난 5년 동안 얼마나 많은 사람을 인터뷰했는지 알아요? 키에라를 찾느라 나보다 더 많은 시간을 쏟아부은 사람은 없어요. 조금 더 깊이 파서 진실을 알아내려고 내가 얼마나 많은 기회를 놓쳤는지 알아요?"

에런은 자신이 미렌의 아픈 곳을 건드렸음을 깨달았다.

"미안해요… 미렌. 그냥 더는 못 버티겠어요…." 그의 목소리가 흔들렸다. "이젠 안 되겠어요…. 매년 오늘이 다가오면 똑같은 말을 중얼거려요. '이봐 에런, 올해 추수감사절에는 최소 한 번은 웃게 될 거야. 올해는 그레이스를 보러 가서 내가 얼마나 멋진 가정을 꾸렸는지 떠올리게 될 거야.' 눈을 떠서 거울 속의 나 자신을 보면서 늘 이렇게 말해요. 하지만 아내와 내가 잃어버린 그 모든 것을, 내가 누렸을 수도 있는 그 모든 삶을, 우리가 잃은 그 모든… 모든 미소를 생각하면, 미칠 것 같아요.”

미렌은 그가 우는 모습을 보면서 혀를 찼다. 하지만 몇 초 동안 그의 모습을 보고 있으니 분노가 가라앉았다.

“젠장.” 그녀가 양손을 핸들에, 한 발을 액셀러레이터에 올리면서 뱉었다.

“집에 데려다줄 수 있어요? 잠을 좀 자야겠어요.”

“그레이스와 통화했어요.”

이제 에런이 불만을 토로할 차례였다. “왜요?”

“그레이스가 종일 전화했는데 당신이 안 받아서 어디 있는지 아냐고 물으려고 나한테 전화했어요. 목소리가 안 좋았어요. 날이 날이니만큼 그레이스도 마음이 힘들었겠죠. 그 모든 오랜 상처들이 다시 벌어졌을 테니까.”

에런은 미렌의 목소리를 살피고는 그녀가 자신이 기억하던 모습보다 훨씬 진지하다고 생각했다. 프로다운 외모와 무표정한 눈빛 때문에 그녀에 대해 늘 갖고 있던 차갑다는 인상이 더 강해졌다.

“솔직히 말해서 그레이스 때문에 당신 전화를 받은 거예요. 그레이스한테 전화해서 당신이 어디 있는지 알려줬더니 최대한 빨리 자기 집으로 데려와 달라고 부탁하더군요. 급한 상황 같았어요.”

“가고 싶지 않아요.” 에런이 단박에 잘라 말했다.

"당신이 결정할 일이 아니에요, 에런. 그레이스한테 약속했어요. 당신을 직접 데려가겠다고요."

"미쳤군요, 키에라의 생일에 어떻게 전처를 보러 가요. 그레이스와 시간을 보낸다 해도 키에라의 생일에는 아니에요."

"내 알 바 아니에요. 난 당신을 데려가야 해요. 그 편이 당신한테도 좋아요. 두 사람 모두 힘든 시간을 보내고 있잖아요. 오직 서로만이 어떤 고통을 겪고 있는지 이해할 수 있어요. 그레이스도 보살펴줄 사람이 필요하고 상태가 더 심하면 심하지 좋진 않아요. 그래도 밖에 나가 술에 취해서 세상 탓을 하며 난동을 피우지는 않지만요."

에런은 아무 대꾸도 하지 않았다. 미렌은 그의 침묵을 동의의 뜻으로 받아들였다. 웨스트 82번 가의 제20번 지구대에서 남쪽으로 차를 몰자 곧바로 허드슨 강변이 나왔다. 그레이스는 운전 내내 입을 다물었고 에런은 창밖으로 자신이 그토록 사랑하던 도시를 혐오스럽게 쳐다보았다. 그도 한때 직장에서 승진하고, 정원에서 아이와 뛰어놀고, 마이클의 출산을 기다리며 그레이스의 불룩한 배를 쓰다듬던 행복한 시절이 있었다. 하지만 그 하얀 풍선이 두둥실 구름 속으로 날아가면서 그 모든 시절도 함께 사라져버렸다.

그들은 곧 강 아래로 맨해튼과 브루클린을 연결하는 배터리 터널에 진입했다. 지상으로 다시 올라오자 끝없이 이어진 신호등에 주기적으로 걸리면서 차들이 이동하는 속도가 느려지기 시작했다. 에런이 대화를 몇 번 시도했으나 미렌은 단답형으로만 대답했다. 겉으로는 추수감사절에 에런 때문에 시간을 허비해서 화가 난 것처럼 보였겠지만 실은 키에라 사건과 선을 긋고 싶어서였다. 그 사건은 이미 그녀의 내면 깊숙이 자리를 잡았고 이제는 도저히 벗어날 수가 없었다.

집집마다 정원이 딸린 단독주택 동네이자 템플턴 부부가 예전에 살던 다이커 하이츠에 들어섰다. 몇몇 집들이 벌써 크리스마스 장식을 설치하고 있는 게 미렌의 눈에 들어왔다. 잠시 후 거리를 조금 돌아서 들어가니, 인도에 서서 거리 양쪽을 두리번거리며 그들을 기다리고 있는 그레이스가 멀리서 보였다. 초조해 보이는 눈치였다.

"왜 저러는 거예요?" 미렌이 물었다.

"나도 모르겠어요." 에런이 어리둥절해하며 대답했다. 저렇게 초조해하는 그레이스는 본 적이 없었다.

그레이스는 짙붉은 가운과 슬리퍼 차림에 머리는 엉망으로 흐트러져 있었다.

당황한 에런이 차에서 내려 그녀에게 다가갔다. "무슨 일 있어, 그레이스?" 그가 큰 소리로 물었다.

"에런… 키에라야."

"뭐?"

"키에라라고! 우리 딸이 살아 있어!"

"무슨 말을 하고 싶은 거야?" 에런이 전처를 이해하려 애쓰며 물었다.

“애가 살아 있다고, 에런. 키에라가 살아 있어!”

“무슨 말을 하려는 거야? 그게 무슨 소리야?”

“이것 좀 봐!”

그레이스가 손을 내밀어 VHS 테이프를 보여주었다. 에런은 도무지 영문을 알 수 없었지만 테이프를 자세히 살피면서 제목 칸에 붙은 흰색 스티커를 보았다. 거기에 마커펜으로 숫자 1이 적혀 있었다. 그리고 그 아래에 그들 부부에게 가장 고통스럽고도 희망적인 단어가 대문자로 쓰여 있었다. ‘키에라’.

8장

미렌 트리그스
1998년

그녀는 기분이 내키면 홀로 춤을 추었고,

애쓰지 않아도 밤에 환히 빛났다.

나는 그 일을 못 본 척 넘길 수 없었다. 슈모어의 말이 마음에 거슬렸다. 911 전화에 무슨 사연이 숨겨져 있을까? 왜 아이의 부모가 뭔가를 숨기는 것처럼 들렸을까? 순식간에 키에라 템플턴을 찾는 일이 처음 생각한 것보다 더 크게 호기심을 자극했다.

"나도 들려줘요." 나는 그가 쉽게 항복할 것처럼 매달렸다.

"안 돼, 미렌. 내일 아침 특종 기사야."

"내가 녹취라도 해서 다른 신문사에 넘길까 봐 그래요? 나도 언론학을 공부하는 학생이에요, 게다가 당신 말고는 이 바닥에 아는 사람도 없다고요. 어차피 내 말에 아무도 귀 기울이지도 않겠지만."

그의 표정이 대답을 대신했다. 그가 답했다. "그건 알지만…."

나는 입맞춤으로 그의 말을 잘랐다. 이번에는 그가 순순히 따라주었다.

내가 그를 이용한다는 걸 그도 알았지만 개의치 않는 것 같았다. 그 일을 겪고부터 나는 남자들로부터 철저히 거리를 두었다. 어떤 상황에서든 어느 누구와도 가까이 지내고 싶지 않았다. 나는 내 주위로 철옹성 같은 벽을 세웠고 누구로부터도 안전하다는 느낌을 못 느낄 거라 생각했다. 그러던 어느 날 개별 지도 시간에 그와 그 끔찍했던 밤에 대해 나와는 무관한 일인 양 대화를 나누기 시작했다. 그는 심지어 내게 그 일에 대해 글을 써보라고 설득하기까지 했다. 시간이 지나면서 그가 나를 성숙하게 대해준 유일한 사람이라는 느낌이 들었다. 같이 강의를 듣던 남학생들은 전형적인 어린 마초처럼 굴었는데, 내 머릿속에서 지워버리기로 마음먹었던 로버트의 모습이 그들 모두에게 있었다. 나는 강의 초반부터 수업 중에 슈모어 교수의 눈이 계속 내게 머무는 것을 눈치챘다. 언론학을 공부하는 여학생들이 그에 대해 내린 평가는 공통적이었다. 강의실을 빛내는 가장 매력적인 교수라는 것. 한결같은 정장 차림 아래로 얼핏 보이는 체형은 늘씬했고, 천사같이 선한 외형은 우리 모두를 매료시키며 그의 안경 너머에, 그 순수한 껍데기 아래에 뜨거운 불덩이가 있으리라는 상상을 안겼다. 하지만 가장 큰 매력은 지성이었다. 〈데일리〉에 실린 그의 기사 논조는 그답게 언제나 진보적이었다. 그는 기사마다 핵심 쟁점을 완벽하게 찾아냈고, 노련한 기자답게 독자를 빨아들이는 리듬을 장착하고 매 문단 읽는 이들을 더욱 깊이 몰입시켰다. 권력자들은 그의 날카로운 눈에 포착될까 봐 두려워했고 정치인들은 기자회견에서 그를 보는 순간 긴장했다. 정치인들에겐 흔치 않은 일이었다. 그의 기사는 언제나 정치와 비즈니스에 초점이 맞춰져 있었고 사건을 조사할 땐 멀찍이 떨어져서 기록물, 서류, 진술, 청구서에 의지했다. 그는 미국의 관심을 사로잡는 유일한 두 세계, 돈과 정치—언제나 밀접히 관련돼 있긴 하지만—에서 벌어지는 어두운 사건들을 깊이 파고들었다. 앞으로 키에라 실종 사건은 그의 세계를 뒤흔들고 나의 세계를 영원히 규정지을 터였다. 이땐 아직 몰랐지만.

"왜 이러는 거야, 미렌? 이게 잘하는 걸까… 모르겠어….."

"이건 당신 책임이 아니에요, 짐. 남들처럼 굴지 마요. 이건 그 누구의 문제도 아닌, 내 일이에요. 내가 어떻게 느끼는지 결정하는 건 나예요, 알겠어요?"

"생각해보니 한동안 그 일에 대해 대화를 안 나눴네. 아무 일 없었던 척한다고 해서 없었던 일이 되는 게 아니야."

"왜 온 세상이 나한테 그 일에 대해 말하라고 난리인 거죠? 왜 빌어먹을 당신도 나 혼자 해결하게 그냥 두지 않는 거예요?"

나는 몸을 돌려서 건물 현관 안으로 들어갔다.

"데려다줘서 고마워요, 짐." 나는 화가 나서 빈정거리는 말투로 말했다.

"미렌, 그럴 의도는 없었어…." 그가 당혹스러워하며 혀를 차고 한숨을 쉬었다.

나는 한 번에 두 계단씩 거의 뛰다시피 올라가서 1층 층계참에 도착해 그의 시야에서 사라졌다. 짐이 밖에서 내 이름을 부르는 소리가 들렸지만 나를 붙잡기엔 너무 늦었다.

나는 집 안으로 들어가 흰색 캔버스화를 신발장에 던져넣고 청바지 버튼을 풀면서 어두컴컴한 침실로 들어갔다. 그리고 잠옷을 걸친 채 거실로 다시 나왔다. 그게 언제나 집에 도착하자마자 내가 맨 먼저 하는 일이었다. 내가 사는 곳은 뉴욕에서 가장 위험한 동네에 위치한 수상쩍은 건물의 작은 월셋집이었다. 창문이 없는 좁은 원룸으로, 리모델링 이력은커녕 승강기도 없고 괜찮은 구석이라곤 한 군데도 없었다. 부엌은 화구끼리 너무 붙어 있어서 프라이팬 하나 놓기도 빠듯한 2구짜리 레인지가 전부였다. 뉴욕에서 찾을 수 있는 최악의 집이라고 해도 과언이 아니었지만 월세는 말도 안 되게 비쌌다. 부모님의 표현처럼 도망자의 은신처를 방불케 하는 그 공간에 나는 월세가 아니라 몸값을 내고 있는 건지도 몰랐다. 그래도 실은 그 집이 장학금을 온전히 보전하면서 내가 감당할 수 있는 유일한 집이었다. 게다가 학교에서 가까웠다.

집에 도착하면 습관처럼 하는 두 번째 행동은 귀가 확인 전화였다. 신호가 몇 번 울리더니 아빠가 전화를 받았다.

"드디어 통화가 됐구나. 막 전화하려던 참이었어. 좀 늦게 왔네, 안 그러니?”

“미안, 미안해. 그러게. 찾을 게 있어서 도서관에 갔었어. 엄마
는 괜찮아?”

“지금 옆에서 머리칼을 쥐어뜯고 있어. 좀 더 일찍 전화해줘
야겠다, 알겠니? 늦을 거면 미리 알려다오. 네 엄마는 네가 이 시
간까지 밖에 있는 걸 싫어해.”

“겨우 9시 반이야, 아빠.”

“알아, 하지만 동네가….”

“내 돈으로 구할 수 있는 집이 여기뿐이야.”

“우리가 보태줄 수 있다는 데도 그러니. 그러려고 모든 돈이
야. 진심으로 보태주고 싶어.”

“벌써 컴퓨터를 사줬잖아. 솔직히 더는 필요 없어. 그래서 학
교에 장학금도 신청한 거야.”

나는 책상을 쳐다보았다. 부모님이 사주신 본디블루 아이맥
이 보였다. 몇 주 전에 출시된 신제품으로 반투명한 청록색 케
이스의 모니터, 흰색 키보드, 당장이라도 굴러갈 것만 같은 둥근
마우스로 이루어져 있었다. 이 제품의 장점이 뭐냐고? 말도 안
되게 빠르다는 거였다. 사용법도 매우 쉬웠고, 내게 제품을 판매
한 영업사원은 애플 설립자가 직접 이 제품을 프레젠테이션하
는 모습을 봤다고 완전 들떠 있었다. 그를 직접 만나기라도 한
것처럼 입에 침이 마르게 찬사를 늘어놓았다. 상자에서 꺼내 준
비하고 실행시키는 건 금방이었다. 이메일 계정을 만들고 이것

저것 만지작거리면서 얼마간 시간을 보내자 작동법에 자신감이 붙었다.

"하지만 겨우 1천300달러잖니."

"엄마 아빠를 위해 쓸 수도 있었잖아요."

아빠가 잠시 기다렸다 말했다. "네 엄마가 바꿔달라는구나."

"알겠어."

엄마가 수화기를 들었다. 입을 떼기도 전에 엄마가 기분이 언짢은 걸 알 수 있었다. 말투만 들어도 부모님 기분이 별로인 건 알 수 있는 법이다.

"미렌," 엄마가 말했다. "조심하겠다고 약속하렴. 네가 너무 늦게까지 밖에 있는 게 내키지 않는구나."

"그럴게, 엄마." 나는 대답했다. 엄마를 속상하게 만들기 싫었다. 엄마는 나보다 노파심이 많았다. 노스캐롤라이나 샬럿과 뉴욕, 서로 1천 킬로미터 거리에 살다 보니 엄마는 딸이 무슨 일을 하고, 어떤 남자와 어울리는지 더 이상 지켜볼 수 없었다. 엄마의 어린 딸이 당신 그늘을 벗어나자, 이제 엄마는 두 팔을 뻗어 내가 햇볕에 상하지 않게 하려고 애를 썼다.

"휴대폰을 하나 장만하는 게 어떠니? 그러면 필요할 때 언제든 전화할 수 있잖아?"

나는 한숨을 쉬었다. 바지 지퍼를 단속 못 하는 소수의 얼간이들 때문에 내가 그토록 많은 예방 조치를 취해야 한다는 사실이 짜증 났다.

“알았어, 엄마.” 나는 반박하지 않고 다시 동의했다. “내일 살게.”

사실 나는 휴대폰에 별로 관심이 없었다. 강의실의 학생들 대부분은 뱀이 먹이를 따라 화면을 돌아다니는 게임에 빠져 있어 쉬는 시간 내내 게임을 하느라 시간을 허비했다. 오전 내내 수업은 나 몰라라 하고 쉼 없이 문자를 보내는 친구들도 있었다. 누가 누구와 농담을 주고받는지, 누가 160자로 제한된 문자 메시지로 사랑을 속삭이는지 훤히 들여다보였다. 한 사람이 문자를 보내면 다른 사람이 곧바로 웃었다. 그리고 그 과정이 반대 방향으로 되풀이되었다. 나는 항상 연결될 수 있다는 그런 느낌이 싫었다. 공중전화가 근처에 있는데 언제나 전화를 받을 수 있게 대기하고 있어야 한다는 필요성에 공감할 수 없었다. 휴대폰이 없어도 나는 잘만 살 것 같았다. 하지만 엄마를 안심시키기 위해 내 소신을 포기해야 했다.

“내일 전화해서 번호 알려줄게.”

“나도 내일 구입하마. 그러면 네가 원할 때 언제든 전화할 수 있잖니, 우리 딸.” 엄마가 만족스러운 목소리로 말했다.

“좋아. 잘 자, 엄마.”

“잘 자라, 우리 딸.” 엄마가 답했다.

나는 전화를 끊고 책상에 앉았다. 신문에서 오려낸 기사를 꺼내자 키에라의 얼굴이 기대에 찬 눈빛으로 나를 쳐다보고 있었다. 키에라의 두 눈이 도움을 구하는 듯했다. 기분이 끔찍했다. 아이의 부모가 두 번 다시 딸을 못 볼 것 같은 느낌이 들면서 절망이 덮쳐왔다. 나는 다시 전화기를 집어 들고 통화를 끝낸 지 1분도 채 되지 않아 부모님께 다시 전화를 걸었다. 엄마가 어리둥절한 목소리로 전화를 받았다.

"괜찮니? 무슨 일 있어?"

"아니, 아무 일도 없어, 엄마. 그냥 사랑한다고 말하고 싶어서."

"우리도 사랑한다, 우리 딸. 너 정말 괜찮니? 말만 해, 우리가 내일 당장 보러 갈 테니."

"괜찮아. 진짜야. 그냥 그 말이 하고 싶었어. 아무 일도 없어."

"너 때문에 놀랐잖아. 혹시 뭐든 필요하면 말해, 알았지?"

"이번 주에 보러 갈까? 비행기 타고 샬럿으로 갈게."

"진짜야?"

"응, 가고 싶어."

"너무 좋구나! 제프리네 여행사에 전화해서 내일 항공편을 예약해놓으마."

"고마워, 엄마."

"고맙다, 우리 딸. 내일 통화하자."

"내일 통화해, 엄마."

나는 조금 전 통화를 떠올리며 전화기를 물끄러미 쳐다보았다. 하지만 할 일이 산더미였다. 다시 책상 앞에 앉아 컴퓨터를 켰다. 부팅이 되는 동안 키에라 사건과 관련해 수집한 보고서를 재검토하기 시작했다. 슈모어 교수가 속한 일간지 〈데일리〉에서는 12면의 작은 칼럼을 통해서만 키에라 사건을 다루었는데 수색에 별로 진척이 없다는 내용이었다. 경찰 내부 관계자의 말을 빌려 FBI가 수색 권한을 넘겨받고 납치 가능성을 배제할 것이라는 언급도 있었다. 하지만 다른 신문에서 이미 공개한 정보 외에 별다른 내용은 없었다. 그렇지만 기사를 읽다 보면 그들이 칼럼에서 밝힌 내용보다 훨씬 많은 사실을 알고 있으면서도 신중함 때문인지, 사건을 둘러싼 병적인 호기심과 폭력성에 연루되기 싫어서인지 밝히길 꺼려 한다는 느낌이 들었다. 짐이 말해준 내용을 바탕으로 짐작건대 공개되지 않은 정보 가운데 엄마인 그레이스 템플턴이 추후 911과 나눈 통화 내용도 있을 터였다. 하지만 그건 빙산의 일각에 불과함을 나는 알지 못했다.

컴퓨터가 부팅되자 인터넷을 연결했다. 그리고 56킬로바이트 모뎀이 쉴 없이 웅웅대고 툭하면 휘파람을 불어대며 연결음을 마무리하기를 기다리면서 다른 기사를 대강 읽었다. 마침내 인터넷이 연결되자 나는 넷스케이프를 열고 학교 웹메일 사이트 주소를 입력했다. 로그인을 하자 새 메일이 겨우 한 통 와 있는 게 보였다. 환경 잡지에서 인턴을 구한다는 알림이었다. 나는 나중에 답할 수 있도록 메일에 중요 표시를 하고 다시 보고서로 돌아갔다.

나는 두세 시간 동안 보고서를 읽으며 중요한 사실에 형광펜을 치고 검은 몰스킨 다이어리에 의미 있는 정보를 전부 적어넣었다. '해럴드 스퀘어', '부유한 가족', '아빠가 보험회사 매니저', '가톨릭' '실종 시각 11시 45분경', '11월 26일', '비가 옴', '메리 포핀스.'

세 살짜리 여자애가 실종된 그 순간 디즈니 속 완벽한 보모가 하필 그 자리에 있었다는 게 아이러니했다. 나는 메리 포핀스를 연기한 사람이 누구고 거기서 뭘 했는지 조사해야겠다고 스스로 상기시키기 위해 그녀의 이름에 밑줄을 그었다. 그리고 냉장고로 가서 코카콜라를 집었다. 몇 달 동안 저녁 대신 먹은 유일한 음식이었다. 다시 자리에 앉자 굵은 글씨로 표시된 새 메일이 몇 통 도착해 있었다. 첫 번째는 제목란에 '미안', 나머지는 그저 2에서 6까지 숫자만 적혀 있었다.

전부 발신인이 슈모어 교수로, 직장 이메일 주소인 jschmoer@wallstreetdaily.com으로 보낸 메일이었다. 그 메일 주소로 메일을 받은 건 처음이라 나는 깜짝 놀랐다. 내용은 이러했다.

미렌, 지금까지 <데일리>에서 키에라에 대해 조사한 모든 자료를 메일에 나눠서 첨부했어. 다른 곳에 유출하지 않겠다고 약속해줘. 네 눈이면 나보다 더 많은 것들을 찾아낼 수 있을 거야.

_짐

추신. 바보같이 굴어서 미안해.

메일에는 'Kiera1.rar'이라는 이름의 첨부 파일이 붙어 있었다. 나머지 메일에는 본문은 없고 비슷한 압축파일이 첨부돼 있었는데 번호순으로 이어졌다. 나는 아직 무료 사용 기간인 UnRAR을 이용해 첫 번째 파일을 열었다. 그리고 압축파일에 든 자료를 보고 그대로 얼어붙었다. 그것은 11월 26일에 찍힌 비디오 파일 두 개와 키에라 템플턴이 실종된 지역의 CCTV 영상이었다.

9장

1998년 11월 26일

에런은 경찰관을 따라서 군중 속으로 들어갔다. 퍼레이드가 끝나고 나자 사람들이 흩어지기 시작했다. 무전기 너머로 다양한 음성과 새로운 정보가 들렸지만 거리가 너무 시끄러워서 알아들을 수 없었다. 이따금 경찰관이 멈춰서 에런이 잘 따라오고 있는지 확인했다. 몇 분 뒤 그가 35번 가로 방향을 틀더니 한 무리의 경찰들이 걱정스러운 표정으로 모여 있는 출입구에 멈춰섰다.

"무슨 일인가요? 저희 딸은 찾았나요?" 에런이 초조한 표정으로 물었다.

"선생님, 진정하시고요, 네?" 키가 180센티미터쯤 되는 금발

머리 청년 멀튼 경찰이 말했다. 무언가를 발견하고 경보음을 울린 장본인이었다.

“내가 어떻게 진정합니까? 내 세 살 딸아이가 실종됐어요. 아내는 공황 장애로 쓰러졌고요. 내가 지금 진정할 수 있겠냐고요!”

말하고 보니 자신이 뱉은 문장이 낯설지 않았다. 책상 맞은편에 앉은 사람들이 수도 없이 했던 말이었는데 자신이 막상 하게 되니 기분이 묘했다. 에런은 브루클린의 한 보험회사 지점장으로, 그곳에서 근무하는 동안 고객들을 수도 없이 진정시켜야 했다. 회사에서 보험 가입을 거절했거나 고객이 가입한 의료 보험이 수입이 많은 사람도 감당하기 힘든 필수 치료를 보장해주지 않는다는 사실을 확인시켜줄 때였다. 그가 각양각색의 눈동자에서 보았던 그 표정, 두려움, 절망은 지금 에런이 느끼는 감정과 같았고, 누군가 그에게 진정하라고 요구하고 있었다. 하지만 불가능한 일이었다.

“보세요, 선생님. 정신 똑바로 차리고 몇 가지 세부 사항을 확인해주셔야 합니다, 중요한 일이에요.” 그를 그 자리에 데려온 경찰이 말했다.

“뭐라고요?” 에런은 아무 말도 들리지 않았다. 모든 게 너무 버거웠다.

누가 총대를 멜 것인지 결정하기라도 하듯 경찰들이 서로를 쳐다보았다.

그들 뒤에 서 있는 건물은 웨스트 35번 가 225번지 주상복합 단지로 1층에 여아의 원피스를 판매하는 가게가 있었다. 쇼윈도 안에는 오색찬란한 색깔의 원피스를 입은 어린아이 크기의 마네킹들이 가득했다. 딸이 그 옷을 입은 모습을 상상할 때 내면에서 느껴지는 고통에 비하면 무지갯빛 풍경이었다. 그는 얼마 후 집에서 있을 추수감사절 정찬 때 키에라가 특별한 옷을 입고 싶어할까 봐 그레이스에게 이 가게를 알려줘야겠다고 자기도 모르게 기억까지 해두었다.

“저를 따라오세요.” 머튼 경찰이 심각한 목소리로 말하며 225번지의 유리문을 조심스레 밀었다.

에런은 따라 들어갔다. 가게 안에는 경찰관 몇 명이 구석에서 전부 쪼그리고 앉아 현장을 확인하며 그를 기다리고 있었다.

“아버지 되십니까?” 그중 한 명이 일어나 신원을 확인하며 손을 내밀어 악수를 청했다.

“맞습니다. 무슨 일이죠?”

“저는 아서 앨리스테어 경찰입니다. 몇 가지 질문에 답해주시겠어요?”

“음… 네, 그러죠. 말만 하세요. 그런데… 해럴드 스퀘어로 돌아가면 안 될까요? 키에라가 우리를 찾고 있을지도 모르는데 그레이스와 제가 여기 와 있어서 불안하네요. 실은 아내가 공황 장애가 왔거든요. 키에라가 돌아올 경우를 대비해 근처에 있고 싶습니다.”

“걱정 마세요….” 그가 에런이 성을 말해주길 기다렸다.

“템플턴입니다.”

“템플턴 씨.” 그가 말을 이었다. “저희 경찰이 해럴드 스퀘어 일대를 샅샅이 뒤지고 있습니다. 안심하세요, 혹여 따님이 나타난다 해도 안전할 겁니다. 바로 무선기로 소식을 전해줄 거고, 모든 게 하나의 소동으로 남을 겁니다. 지금 당장은 선생님이 우리를 도와줬으면 합니다.”

에런이 고개를 끄덕였다. “무슨 일을요?”

“따님 복장이 어땠는지 다시 설명해주시겠어요?”

“네… 흰색 오리털 패딩 점퍼와 분홍색 맨투맨 상의를 입었어요. 아래에는 청바지에 스니커즈를 신었고요… 신발 색깔은 기억이 안 납니다.”

“걱정 마세요. 잘하고 계십니다.”

나머지 경찰들이 구석에서 쪼그리고 앉아 있다가 일어나 옆에 섰다. 그중 하나가 출구로 향하면서 에런의 등을 두어 번 조용히 두드려주었다.

“머리칼이 길고 검어요, 보통은 풀고 있지만 오늘은 양 갈래로 묶었어요.”

“좋아요. 아주 좋습니다.” 앨리스테어 경찰이 답했다.

“이걸 물어보려고 이리로 데려온 건가요?”

경찰이 잠시 기다리다 말을 이었다.

“이쪽 구석에 있는 옷이 따님 것인지 확인해주시겠어요?”

"뭐라고요?" 에런이 소리쳤다.

그는 조금 전까지 경찰들이 쪼그리고 앉아 있던 곳으로 두 걸음 걸어가 작은 옷 뭉치를 보고 단번에 키에라의 분홍색 상의임을 알아보았다. 흰색 패딩 점퍼도 있었다. 최근 몇 주 동안 아이가 외출 전에 너무 입기 싫어해 매일 아침 놀다가 중간중간 실랑이를 벌이며 수없이 입혀주었던 옷이었다. 조금 전 함께 퍼레이드를 볼 때 자신의 어깨에 닿아 있던 키에라의 머리칼과 똑같은 길이의 머리 뭉치가 청바지 위에 놓여 있는 것도 보였다. 순간 에런은 발 밑이 흔들리고 폐에서 공기가 빠져나가는 듯했다.

그가 큰 소리로 울부짖었다. 어찌나 쉴 새 없이 소리를 질렀던지 한 마디 절규처럼 들릴 지경이었다. 생전 처음 느끼는 강렬한 고통이 상상도 못 할 어두운 심연 속으로 그를 내던졌다.

"안 돼!"

10장

2003년 11월 27일
키에라 실종 5년 후

불이 켜지면

얼굴도 밝게 비추지만 동시에,

영혼의 구석에 그늘도 드리운다.

그레이스가 안으로 서둘러 걸어가면서 말했다. "당신도 봐야 해, 에런. 애가 무사해. 우리 딸아이 말이야. 키에라가 무사히 살아 있어."

에런과 미렌은 어안이 벙벙해 그녀를 따라갔다. 그들은 가여운 그레이스가 마침내 실성했다는 듯이 서로를 쳐다보았다.

"무슨 소리를 하는 거야, 그레이스? 저 비디오테이프는 뭐야?"

"우리 딸, 키에라야. 잘 지내고 있어. 무사하다고." 그레이스가 그가 간신히 들을 수 있을 정도로 속삭이며 되풀이했다.

에런은 집 안으로 들어가 눈 밖으로 사라진 전처를 찾았다.

그레이스가 다시 말을 하자 에런은 그녀의 목소리를 따라갔다.

"이걸 봐야 해. 우리 딸이야, 에런. 키에라라고."

목이 콱 멘 게 그날만 두 번째였다. 에런은 눈앞에서 돌아가고 있는 이 일이 내키지 않았다. 전처의 행동이 너무 이상했다. 그가 현관에서 우편함 근처에 서 있던 미렌에게 들어오라고 손짓했다. 미렌은 그의 부름을 받고 안으로 들어갔지만 여전히 무슨 일인지 알지 못했다.

"그레이스, 여보." 에런이 부엌으로 들어가며 말했다. 그레이스가 바퀴 달린 작은 선반 위에 텔레비전을 설치하고 비디오플레이어를 올려둔 터였다. "저 비디오테이프는 뭐야? 크리스마스 휴가 때 찍은 영상이야? 그거 맞아?"

미렌이 부엌에 들어와 기대에 찬 표정으로 문틀에 몸을 기댔다.

"오늘 우편함을 확인해봤는데 이 봉투가 들어 있었어, 에런. 누군가 키에라가 담긴 테이프를 놓고 갔어."

미렌이 당황하여 끼어들었다.

"키에라에 대한 단서가 담긴 테이프에요? 그런 뜻인 거죠? 보안카메라에 찍힌 새로운 영상인가요? 제가 영상이라는 영상은 프레임별로, 초 단위로 죄다 몇 번이고 확인해봤어요. 그날 찍힌 영상은 이미 경찰이 파일로 전부 갖고 있어요, 그레이스. 제가 그 지역의 거리며 가게며 전부 확인했다고요. 그날 기록된 영상은 확인이 끝났어요. 그밖에 다른 건… 없어요, 그레이스. 수사는 막다른 골목에 다다랐어요.”

“아니요.” 그레이스가 불쑥 입을 열었다. “이건 다른 거예요.”

“그게 뭔데요?” 미렌이 다시 물었다.

“키에라요.” 그레이스가 에런이 남은 평생 잊지 못할 표정을 지으며 두 눈을 커다랗게 뜨고 중얼거렸다.

비디오테이프는 120분 길이의 TDK 제품으로 라벨을 붙이는 움푹 들어간 가운데 부분에 흰색 스티커가 바르게 붙어 있었다. 그 위에는 마커펜으로 ‘키에라’라는 글자가 대문자로 또렷하게 적혀 있었다.

그레이스는 플레이어에 비디오테이프를 넣고 텔레비전을 켰다. 화면이 금세 사방에서 흑백 점들이 깜빡이며 눈이 내리는 영상으로 바뀌었다. 회색 산요 텔레비전 스피커에서 백색 소음이 흘러나오자 미렌은 언젠가 보았던 잊을 수 없는 공포 영화를 떠올렸다. 그레이스가 소리를 키웠다. 에런은 무슨 일이 일어날지 전혀 감을 못 잡고 전처를 바라보았다. 미렌은 이 상황이 견딜 수 없어 자리를 뜨려 했다. 그녀는 1993년 폭탄 트럭이 세계무역센터를 공격한 사건에 대한 탐사보도 기사를 쓴 전설적인 기자이자 자신의 상사인 필 마크스가 키에라 건에서 손을 떼라고 부추기며 했던 말을 생각했다.

“미렌, 탐사보도 기자의 최고 덕목이 끈기와 인내심이란 건 알지만 키에라 건이 자네 경력을 끝장낼 거야. 그러니 그냥 두게. 혹여 실수라도 하면 자네는 미국 역사상 가장 유명한 여아 실종 사건을 망쳐버린 기자로 기억될걸세. 그런 사람이 되지 말게. 나는 자네가 편집국에서 부패한 사업가를 잡아내고 세상을 바꿀 이야기를 쓰길 바라네. 벌써 이 사건에 너무 많은 시간을 쏟아부었어."

눈보라가 지지직 소리를 내며 검은 점으로 가득한 화면 속을 계속 몰아치더니 검은 점이 흰 점으로, 흰 점이 검은 점으로 바뀌었다. 미렌은 언젠가 사이비 과학 잡지에서 읽은 기사를 떠올렸다. 티브이 화면에 등장하는 흰 눈이 부분적으로 빅뱅과 우주의 기원의 흔적이라는 내용이었다. 그 시기에 방출된 방사선이 화면에 영상을 만들어내는 브라운관에 극초단파 형태로 영향을 미쳤고 그 결과 80년대 영화 속 유령들이 특히 좋아하던 춤추는 불꽃 같은 점들이 생겨났다는 거였다. 미렌은 흑백의 화면을 보면서 키에라에게 어떤 일이 벌어졌을까 생각했다. 정지돼 있으면서도 움직이는 그 이미지는 마음속에서 가장 고통스러운 기억을 끄집어내려는 듯 슬픈 생각을 부추겼다. 미렌은 왜 그레이스가 그토록 동요했는지 이해되었다. 미렌이 입을 열려는 찰나, 비디오테이프 영상이 갑자기 바뀌며 화면 속 눈보라가 사라졌다.

"키에라?" 에런은 놀라서 숨을 삼켰다.

영상은 방 한쪽 구석 위에서 고정된 채 녹화된 것으로 침실을 비추고 있었다. 벽지에는 감청색에 오렌지꽃 문양이 반복적으로 그려져 있었고, 한쪽 벽에는 벽지의 꽃 색깔과 어울리는 주황색 침대보가 깔린 싱글 침대가 놓여 있었다. 영상 중앙에 있는 창문에는 얇은 커튼이 고요히 드리워져 있었는데 바깥은 아직 화창한 낮인 게 분명했다. 하지만 에런과 그레이스의 눈에서 기쁨의 눈물을 쏟게 만든 가장 비극적인 존재는 오른쪽 아래 모서리, 작은 인형의 집 옆에 숨겨져 있었다. 바로 일곱에서 여덟 살가량 되어 보이는, 바닥에 쪼그리고 앉아 인형을 가지고 놀고 있는 검은 머리 여자아이였다.

"말도 안 돼." 미렌이 낮게 웅얼거렸다. 그녀를 완전히 바꾸어 놓은 그날 밤처럼 미렌의 심장이 쿵쾅거렸다.

11장

눈부신 낮이 지나면

어두운 밤이 기다리고 있다.

퍼블릭 아카이브 수업이 끝나자 크리스틴이 미렌에게 폴짝폴짝 뛰어왔다. 미렌은 교수가 나가고도 몇 분 동안 칠판의 강의 내용을 아직 받아적고 있었다.

"미렌, 같이 가자. 톰의 집에서 파티가 있는데… 초대받았어."

"파티?" 미렌이 시큰둥하게 물었다.

"응. 파티가 뭔지는 알지?"

"하하하."

"대학생들이 자주 여는 건데… 아, 잠깐만, 너도 대학생이구나." 크리스틴이 농담을 던지며 미렌이 쓰고 있던 볼펜을 낚아채 끄트머리를 입에 물었다.

“내가 파티 싫어하는 거 알잖아.”

“일단 들어봐.” 크리스틴이 우겼다. “톰이… 네가 오냐고 묻더라. 톰이 너 좋아하는 것 같아. 진심으로 말이야.”

미렌의 얼굴이 붉어지는 것을 보고 크리스틴이 기회를 놓치지 않았다.

“너도구나! 너도 좋아하는 거였어!” 크리스틴이 소리를 지르더니 다른 사람들이 못 듣게 목소리를 낮추었다.

“톰… 귀엽잖아.”

“귀여워? 너 지금 저 녀석이….” 크리스틴이 책상 위 미렌의 공책 위에 앉아서 톰 콜린스를 향해 고갯짓을 했다. “…귀엽다고 한 거야?”

“그래, 괜찮게 생겼잖아.”

“말해봐. 큰 소리로 똑똑히 말해봐, 데이트하고 싶다고. 애처럼 굴지 말고, 미렌. 너나 나나 다를 거 없잖아.”

미렌이 크리스틴을 보고 웃었다. “너무 노골적이라 싫어.” 미렌이 의자에 등을 기대고는 말을 이었다. “걔랑 데이트를 한다고 해도 너한테는 절대 안 알려줄 거야.”

크리스틴이 웃음을 터트렸다. “파티에 뭐 입고 올 거야? 그전에 우리 만나자.”

“만나?”

“설마 청바지에 운동화 차림으로 갈 건 아니지? 봐, 미렌, 우리 만나서 평범한 여자애들처럼 준비하자. 넌 좀… 특이하다니까."

"특이해?"

"자. 내가 있다가 너희 집에 옷을 가져갈게. 어번 아웃피터스에서 원피스를 몇 개 샀는데, 이 브랜드는 꼭 알아둬야 해, 나 여기 제품 너무 좋아하잖아. 너한테 맞을 거야. 스몰 사이즈 맞지?"

"음… 그럴 필요 없어…. 난 청바지와 스웨터 차림도 괜찮아."

"5시에 너희 집으로 갈게." 크리스틴이 미렌의 말을 무시하고 웃으며 덧붙였다. "같이 옷 갈아입고 파티에 가자. 약속한 거다?"

미렌은 웃었고, 크리스틴은 그 미소를 긍정의 답으로 받아들였다.

그날 수업이 모두 끝난 미렌은 시간을 때우려고 집으로 갔다. 그녀는 샤워를 하고 한동안 거울 앞에서 머리를 어떻게 꾸밀까 고민하며 만지작거렸다. 짙은 머리칼을 풀면 등 중간까지 내려왔다. 그녀의 두 눈에 여러 종류의 불안감이 고스란히 드러났다. 샬럿에서 고등학교를 다니던 시절 수년간 왕따를 당한 결과물이었다. 그녀는 학교에서 언제나 범생이, 가식쟁이, 선생님의 애완견, 누구도 어울리고 싶어 하지 않는 여자애였다. 컬럼비아대학에 입학한 뒤 마음을 열고 친구들과 어울리려고 노력했지만, 자신과 리듬이 너무 다른 도시에서 껍질을 깨고 나오기란 쉽지 않았다. 첫해는 정신없이 지나갔는데 고등학교 시절과 마찬가지로 그녀가 관계를 형성한 유일한 사람들은 교수들이었다. 대학 강의 첫날부터 그녀 옆에 앉은 크리스틴은 미렌과 완벽히 반대의 사람이었다. 그들은 너무 달랐고, 어쩌면 그래서 서로 통한 걸지도 몰랐다. 다른 학생들은 미렌을 언제나 정답만 말하는 똑똑한 학생으로 여겼다. 크리스틴은 수업 중에 대답을 하지도, 과제에 진지하게 임하지도 않았지만 언제든 자신에게 필요한 걸 알아내겠다는 목적 하나만으로 미렌에게 딱 붙어 있었다. 물론 그럼에도 언제나 쉬운 선택지를 택하고 말았지만. 기사를 쓰는 과제의 경우 미렌은 구체적인 뉴스나 장소를 고르고 사례나 독자들이 더 알고 싶어할 논점을 중심으로 기사를 발전시켜 나갔다. 반면 크리스틴은 사건의 기본 사실 관계만 피상적으로 보고하면서 자기 손을 더럽히지 않는 선에서 최소한의 노력으로 숙제를 완성했다. 그들의 접근법은 언론학뿐 아니라 인생의 중요한 일에서도 완전히 달랐다. 인생에서 무언가를 얻고 싶을 때는 두 가지 방식을 취할 수 있다. 몸 사리지 않고 진흙으로 뛰어들어 의기양양하게 살아남기, 아니면 옷이 더러워질까 봐 웅덩이를 둘러서 돌아가기.

초인종이 울리자 미렌이 문으로 달려갔다.

"변신할 준비 되셨나요?" 크리스틴이 반갑게 인사했다. 미렌은 웃었다.

"들어와." 미렌이 미소로 맞았다.

크리스틴이 손에 들고 있던 여행 가방을 소파로 던졌다. 가방을 여니 스팽글, 반짝이, 프린트, 가죽으로 장식된 옷들이 나타났다.

"음악 있어?" 크리스틴이 주위를 둘러보며 말했다.

"이 집에 원래부터 있던 앨러니스 모리세트 CD가 있어."

"그런 구닥다리는 왜 듣는 거야? 그래, 그건 됐고. 이거 입어봐. 오늘 밤에 우리 시골뜨기 아가씨가 톰이랑 재미를 볼 거거든."

미렌은 크리스틴이 이미 서로 합의가 끝났다고 여기는 이 상황을 어떻게 해석해야 할지 몰랐다. 솔직히 말해 이 모든 상황에 긴장이 되기 시작했다. 그래서 그녀는 대답하지 않고 그냥 어영부영 몸을 맡겼다.

그들은 한 시간 동안 옷을 걸쳐보고 립스틱을 바르면서 깔깔대고 반주 없이 음정도 안 맞는 고음으로 〈워킹 온 선샤인〉을 흥얼거렸다. 무슨 일이 벌어지는 건지 깨닫기도 전에 크리스틴이 뒤에서 미렌의 허리를 붙들었고, 미렌은 거울 속에 비친 자신의 달라진 모습에 깜짝 놀랐다. 그렇게 진한 화장은 처음이었다. 짙고 화려한 화장 뒤에 숨는 것은 나약함의 상징이라고, 진짜 자기 모습을 버리고 가면 뒤에 숨는 거라고 생각해서 평소 화장하는 것을 좋아하지 않았다.

"너 좀 봐, 미렌. 너무 예뻐!" 크리스틴이 속삭였다.

미렌은 머리칼을 한쪽으로 쓸어 넘겨 얼굴을 드러냈다. 자신의 그런 모습을 보니 당황스럽고 또 놀라웠다. 미렌은 허벅지 중간까지 내려오는 끈 없는 주황색 원피스를 입고 있었다. 크리스틴이 수년 동안 갈고 닦은 화장 솜씨로 완성한 아이섀도를 보고 미렌은 깜짝 놀랐다. 난생처음으로 자신이 매력적으로 보였다. 하지만 그녀의 수줍은 성격이 한 문장으로 튀어나왔다.

"이렇게 짙은 화장 별로 안 좋아해… 좀… 불편해."

"맙소사, 미렌, 그냥 립스틱과 아이섀도만 살짝 바른 거야. 넌 다른 건 필요 없어. 그냥… 매력 한 스푼을 더한 거야."

"매력 한 스푼….” 미렌이 낮은 목소리로 자신 없게 따라 중얼거렸다.

"빌어먹을 매력 한 스푼이라고!" 크리스틴이 신이 나서 전쟁에 나갈 때의 함성 같은 고함을 질렀다. 그러다 미렌이 처음 듣는 노래를 흥얼거리기 시작했다.

그들은 7시경에 출발해 한동안 걸어가다 웨스트 139번 가의 한 건물에 도착했다. 허드슨강이 내려다보이는 현대식 아파트들이 들어선 곳이었다. 출입구에 같이 수업을 듣는 몇몇 학생들이 술이 가득 담긴 컵을 들고 담배를 피우고 있었다. 한 남자가 창밖으로 몸을 기울인 채로 미렌이 알아듣지 못한 이름의 누군가가 우스꽝스러운 도전을 받아들였다고 소리쳤다. 둘이서 위층으로 올라가는데 누군지 모르는 술에 취한 남자가 미렌의 귀에 대고 무언가를 속삭였고 미렌은 그냥 무시했다.

"파티가 원래 이래?"

"어떤데?"

"다들 훑어보잖아."

"끝내주지 않아?" 크리스틴이 대답했다.

미렌은 못 믿겠다는 표정으로 크리스틴을 쳐다보았다.

파티장에 도착하고 얼마 안 있어 크리스틴은 미렌이 모르는 사람들에게 가서 인사를 건넸다. 크리스틴에겐 어렵지 않은 일이었다. 미렌은 아는 사람이 하나도 없었다. 주위를 둘러보니 한 학년 위의 여학생들이 자기보다 학년이 높은 남학생들에게 추파를 던지는 모습밖에 보이지 않았다. 미렌은 한숨을 쉬었다. 주최자인 톰도 안 보였다. 하지만 이웃에서 못 참을 정도로 시끄러운 음악 소리 가운데서도 그의 묵직하고 활기찬 웃음소리가 집 안을 가득 채운 듯했다. 미렌은 부엌에 놓인 장의자에 혼자 앉아서 누군가 한잔 더 하려거나 술잔에 얼음을 추가하려고 부엌에 올 때마다 유리잔을 정리하느라 바쁜 척했다.

피부색이 짙고 말끔하게 면도를 한 남자애가 다가오더니 입이 찢어질 듯 활짝 웃으며 미렌에게 술을 건넸다.

"내가 맞혀볼게. 미렌, 맞지?"

"어… 맞아." 미렌은 누군가와 대화를 하게 되어 마음이 놓였다. 그다지 혼자라는 기분이 들지 않았다. "크리스틴이 대화하라고 보냈구나, 맞지?"

"크리스틴이 누군지 모르겠는데." 그가 웃으며 답했다.

"보자, 톰의 친구구나. 그 무리 중 하나야." 미렌이 말했다.

"오, 관찰력이 좋은데. 비슷한데 정답은 아니야."

“여기 있는 애들 모두 톰의 친구잖아. 아닌 사람이 어디 있어? 톰이야 워낙 인기가 많아서 여자애들이 죄다… 뭐, 알잖아.”

“그게 말이지, 우연히 알게 된 사이야.”

“어쩌다?”

“실은, 차를 몰고 가다가 톰을 쳤어. 그 후로 친구가 됐지.”

“정말이야?” 미렌이 못 믿겠다는 듯이 눈을 크게 뜨면서 물었다.

“아니, 농담이야.” 그가 곧장 답하며 다시 웃었다. “톰이 누군지 나도 몰라. 친구들이 초대해서 온 거야.”

미렌은 웃음을 터트렸다. 그러다 상황이 이상하게 흘러감을 감지하고 주위를 둘러보았으나 톰도 크리스틴도 보이지 않았다.

“괜찮은 파티네.” 미렌이 3초간의 정적을 깨려고 말했다.

“응, 괜찮은 편이야. 훌륭한 파티를 위해 건배할까?”

그 공허한 클리셰가 미렌의 머릿속에 있는 스위치를 건드렸다. 미렌은 작별인사를 고하려 했다.

“난 오래 안 있으려고. 보통….”

“즐기지 않으니까?” 그가 당황스러운 듯 눈썹을 치켜올리자 이마에 주름이 졌다. 그러니 그가 더 매력적으로 보였다.

“보통 술을 잘 안 마시거든.” 미렌이 답했다. “난 주로 책을 읽거나 집에서 시간을 보내는 걸 좋아해.”

“나도 알지. 난 비교문학 전공이야. 매일 고전 문학을 읽고 또 읽어. 하지만 그렇다고 책만 읽는 건 아니야. 노는 것도 좋아해.

부코스키나… 뭐, 다른 작가들을 좋아하는 것만큼이나.”

“언론학 전공도 아니야?” 미렌은 놀라서 그를 쳐다보았다. 그리고 그가 자신이 가장 좋아하는 작가의 이름을 언급해서 기쁜 마음에 말을 덧붙였다. “네가 좋아하는 걸 찾아서 죽도록 매진하라.”

“부코스키의 말 중에 이런 것도 있지. ‘어떤 사람은 절대 미치지 않는다. 그 얼마나 끔찍한 삶인가.’” 그가 웃으며 말했다. “난 로버트야.” 그가 부엌 조리대에 내려놓은 미렌의 잔에 자신의 잔을 부딪치며 자신을 소개했다.

“난 미렌이야. 만나서 반가워.” 미렌은 웃으며 술잔을 집어 들었다.

12장

미렌 트리그스
1998년

창의력은 루틴에 숨어 있다.

루틴을 무한정 반복할 때에만

모든 것을 바꿀 창의력이 반짝 하고 나타난다.

나는 슈모어 교수가 보내준 이메일에 첨부된 파일을 살펴보기 시작했다. 동영상뿐 아니라 문서도 있었다. 키에라의 아버지, 에런 템플턴의 진술서와 911 신고 전화의 녹취록이었다. 공식적인 경찰 파일의 일부거나 적어도 〈데일리〉가 입수한 자료로 보였다.

파일명은 코드로, 나는 거리 번호, 번지, 그리고 녹화가 시작된 시간임을 금방 알아차렸다. 이를테면 첫 번째 파일명은 'BRDWY_36_1139.avi.'였는데 브로드웨이와 해럴드 스퀘어 부근 36번 가가 만나는 모퉁이와 추수감사절 퍼레이드가 끝난 시점을 가리키는 게 분명했다. 또 다른 파일명 '35W_100_1210. avi'은 웨스트 35번 가와 100번지를 의미했다. 그런 식으로 열한 개의 동영상이 존재했다.

나는 무엇을 기대하고 찾아야 하는지도 모른 채 첫 번째 동영상을 틀었다. 기사에서 읽은 바에 따르면 키에라는 브로드웨이와 36번 가가 교차하는 거리에서 11시 45분경 사라졌다. 그러니 파일의 숫자가 정확하다면 그게 무슨 일인지는 몰라도 몇 분 후 벌어질 터였다.

맨 먼저 우산이 보였다. 사방에 수백 개의 우산이 있었다. 그날 비가 왔던 기억은 없지만 우산 때문에 보안카메라가 충분히 담을 수 있는 것들을 고스란히 담기 힘들었다.

영상은 퍼레이드를 기다리는 우산 무리에서 몇 미터 위쪽의 카메라에 찍힌 것이었다. 화면에는 형형색색의 담요를 덮은 것처럼 빼곡히 모인 우산들이 한 스틸에서 다음 스틸로 넘어갈 때마다 희미한 빛을 내며 흔들렸다. 조금 먼 곳에서는 진저브레드 인간들이 거리 한가운데를 행진하는 게 보였다. 퍼레이드 반대편에는 비옷을 입고 우산을 든 사람들이 철제 장벽 뒤에서 기다리고 있었다. 그 너머 반대편 인도 쪽에 보이는 하이얼 빌딩 덕분에 이곳이 뉴욕 어디쯤인지 쉽게 알 수 있었다. 카메라가 2초에 한 번씩 사진을 찍는 방식으로 기록을 해서 프레임과 다음 프레임 사이에 공백이 길었다.

화면 한가운데에 미동이 없는 밝은색 우산 하나가 카메라 근방의 검은 우산들에 둘러싸여 눈에 띄었다. 나는 화면을 몇 번 건너뛰면서 나머지 녹화분도 같은 내용이라고 확신했다. 유일하게 바뀐 거라곤 우산 카펫의 배치와 진저브레드 인간들이 지나간 자리를 퍼레이드 댄서들이 조금씩 채운 것이었다. 나는 36번가 모퉁이에서 풍선을 나눠주고 있던 메리 포핀스를 찾으려 했지만 해당 지역은 사각지대였다.

퍼레이드 댄서가 카메라와 가까운 펜스에 접근하더니 흰 우산을 들고 있는 사람과 인사라도 나누듯이 몇 프레임 동안 그곳에 멈춰 있는 게 보였다. 나는 6분짜리 영상 전체를 보면서 사람들의 몸짓, 우산 부대의 위치 변화, 움직이는 속도 등 영상에 잡힌 것 이상을 추론해내려고 애썼지만 주목할 만한 특징은 없었다. 그때 웬 남자가 퍼레이드 댄서가 몇 분 전 멈추었던 장소를 향해 뛰어왔다. 우산은 사라지고 보이지 않았다. 한 스틸과 다음 스틸 사이의 생략된 몇 초 동안 바닥에 떨어진 게 아닌가 싶었다. 그리고 키에라의 엄마, 그레이스 템플턴의 얼굴이 보였다.

화질이 그다지 좋지 않았지만 믿기지 않는다는 표정은 읽을 수 있었다. 다음 프레임 속 그레이스는 완전히 공포에 질린 표정이었다. 에런 템플턴이 그녀 옆에 나타났고, 그가 아내에게 무슨 말을 하는 것처럼 보였다. 다음 화면에서 그들은 오른쪽으로 몇 미터 옆, 두 개의 초록색 우산 사이에서 다시 나타났다가 화면 밖으로 사라졌다.

복부를 가격당한 듯한 기분이었다. 그 순간 그들이 어떤 기분이었을지 상상이 안 됐다. 이후 혹시 뭔가 놓쳤을까 싶어서 그 몇 초를 다시 확인했지만 새로운 건 보이지 않았다.

나는 PDF 문서를 열다가 벨뷰 병원에서 발급한 그레이스 템플턴의 입원 서류 일부를 발견했다. 심각한 불안 장애로 인해 구급차에 실려간 모양이었다. 입원 시간이 오후 12시 50분인 것으로 보아 키에라가 사라진 직후인 것이 확실했다. 서류에는 그녀의 사회보장번호, 다이커 하이츠의 주소, 보호자 에런 템플턴의 전화번호가 적혀 있었다.

나는 나머지 동영상 파일의 제목을 따로 적어두고 어딘가에 치워뒀던 뉴욕 지도를 찾아 온 집 안을 뒤졌다. 이윽고 지도를 찾아 CCTV가 찍힌 장소를 지도에 정확히 표시했다. 수사팀이 왜 35번 가에 그토록 집중하는지 모르겠지만 실종 전후 몇 분 동안 그 거리를 따라 다양한 위치에서 찍은 CCTV 영상이 열두 개는 되어 보였다. 모든 정황을 고려했을 때 그 지역을 중심으로 수사가 이루어지는 듯 보여 35번 가에 동그라미를 쳤다.

또 다른 첨부 서류가 눈길을 사로잡았다. JPG 파일로, 열고 나서 이미지를 알아보는 데 몇 초가 걸렸다.

베이지색 대리석 바닥에 던져진 작은 옷더미 사진이었다. 검은 머리칼 가닥 소량이 옷 위에 놓인 게 보였다. 충격적인 사진이었다. 경찰이 시체를 찾아놓고 언론에 아직 알리지 않은 걸까? 아직 대중에 공개되지 않은 또 다른 단서가 있는 걸까? 그 시절에는 사건 사고와 관련된 소름 끼치는 세부 사항들을 밝히겠다는 욕망이 요즘만큼 크지 않았다. 가장 적절하고 도움이 될 만한 정보만 늘 공개되었다. 하지만 그런 관행이 이제 영영 바뀌게 될 것 같았다. 키에라 사건은 이후 몇 년 동안 저널리즘이 근간으로 삼을 기반이 될 터였고, 그 시작을 알린 것이 내 컴퓨터 옆에 놓인 〈프레스〉의 그 날짜 1면 기사였다. 이따금 그 기사를 흘긋 바라보면 키에라가 나를 쳐다보며 이렇게 속삭이는 듯했다.

"당신은 날 못 찾을 거예요."

나는 다음 몇 시간 동안 동영상 파일을 열어 화면에서 본 것들을 분석했지만 의미 있는 단서는 발견하지 못했다. 사실대로 말하자면 확실한 실마리를 찾기에는 별 쓸모없는 자료였다. 슈모어 교수가 내 주의를 돌리려고 그런 자료만 골라서 줬든가, 아니면 〈데일리〉에 그 정보들을 넘긴 경찰 내 정보원이 훗날을 위해 진짜 큰 건은 아껴둔 건지도 몰랐다.

시계를 보니 새벽 3시가 다 되었다. 나는 아무 단서도 없어 보이는 CCTV가 촬영된 지점들에 선을 긋고 다음으로 넘어갔다. 델리 두 곳에서 찍힌 영상에서는 행인들이 가게 앞을 지나다니는 모습 외엔 아무것도 없었다. 식료품 가게 안에서 찍은 영상도, 브로드웨이와 36번 가 모퉁이 지점에 있는, 막 문을 연 프론토 피자에서 찍은 영상도 별다른 게 없었다.

그중 한 파일은 포맷이 살짝 달랐다. 제목이 'CAM_4_34_PENN.avi'였는데 열어보기 전까지는 무슨 뜻인지 이해하지 못했다. 나는 몇 초간 영상을 틀어보았다. 이전 영상들보다는 화면이 매끄럽게 움직였지만 화질이 훨씬 안 좋았다. 렌즈가 더러운

지 안개가 낀 것처럼 화면이 흐릿해서 알아보기 쉽지 않았다. 화면에는 사람들이 지하철 플랫폼에서 열차가 도착하길 기다리는 모습이 흑백으로 담겨 있었다. 겨우 2분 45초 길이라서 그렇게 짧은 분량에 쓸 만한 정보가 있을 것 같지 않았다. 산타 모자를 쓴 여자가 철제 기둥 옆에 서 있고, 그 뒤로 정장 차림의 두 남자가 수다를 떨고 있었다. 여자로부터 세 기둥쯤 떨어진 곳에 부랑자 한 명이 벤치에 몸을 기대고 있었다. 그 밖에도 다양한 무리들이 열차를 기다리고 있었지만 화면 상단에는 다리밖에 잡히지 않았다.

곧이어 열차가 도착하며 제동을 걸자 화면이 흔들렸다. 열차가 들어오는 사이 중년 부부가 흰 바지에 짙은 재킷을 입은 어린 남자아이를 데리고 화면으로 들어왔고 나는 화면 중앙에 잡힌 객차에서 내리는 승객 수를 셌다. 총 열여섯 명이었다. 잠시 후 그 가족과 여자, 정장 차림의 남자 모두 사라졌다. 열차는 역을 떠났고, 사람들은 사라졌고, 부랑자만이 아무 일도 없었던 것처럼 허공을 바라보며 남아 있었다.

13장

1998년 11월 26일

아무리 애써도 퍼즐이 완성되지 않을 때는

한 조각이 사라진 것이다.

에런은 이후 몇 시간 동안 사방을 보는 동시에 어디도 보지 않으며 온 거리를 헤매고 다녔다. 어린아이를 데리고 이동하는 가족과 마주칠 때마다 쫓아가서 그 아이의 눈에서 키에라의 눈빛을 찾으려고 애썼다. 나중에 여러 목격자가 경찰에 털어놓기를, 도시 전체가 들은 척도 하지 않았지만 에런이 발악하듯 고래고래 소리 지르는 모습을 봤다고 했다. 뉴욕 경찰국 소속 경찰들 역시 바닥에 엎드려 차 아래를 살피고, 혹시 층계참에 버려져 있지는 않을까 싶어 문이란 문은 다 열어보는 등 도시 구석구석을 이 잡듯이 뒤졌다. 하지만 시간이 지나 도시에 밤이 내려앉으면서 에런의 시커멓게 타들어가는 마음과는 정반대로 가로등과 불빛이 하나씩 커졌다. 이제 그의 목에서는 힘없는 쉰 소리 밖에 나오지 않았다.

새벽 1시, 경찰이 42번 가와 7번 애비뉴가 교차하는 지점에서 에런을 발견했을 때 그는 한 소화전 옆에 털썩 주저앉아 하염없이 흐느끼고 있었다. 그는 그밖에 어디를 뒤져야 할지 앞이 캄캄했다. 28번 가부터 42번 가까지 동쪽에서 서쪽으로 소리치며 뛰어다니면서 그 지역을 샅샅이 뒤진 터였다. 그러면서 사건이 벌어진 장소인 36번 가 모퉁이로 거듭 되돌아갔다. 근처 공원을 확인하고, 지하철 입구에 대고 아이의 이름을 목이 터져라 외쳤다. 믿지도 않는 신에게 자비를 베풀어달라고 빌었고, 존재하지도 않는 악마와 거래를 맺으려 했다. 하지만 제명보다 이르게 죽음이 찾아오고, 예고도 없이 꿈이 어그러지는 실제 세계에선 언제나 그렇듯 어떤 기도도 먹히지 않았다.

경찰의 무선 주파수를 엿듣고 있던 한 CBS 기자가 메이시스 퍼레이드를 촬영하고 나서 카메라를 치우다가 키에라에 대한 무선 내용을 듣고 제정신이 아닌 상태로 여기저기 뛰어다니는 에런의 모습을 영상으로 담았다. 이 영상은 다음 날 아침 첫 번째 뉴스 특보로 나갔는데, 한 여자 아나운서가 감정이 실리지 않은 기계적인 목소리로 이렇게 보도했다. "어제 센트럴 맨해튼에서 열린 추수감사절 퍼레이드 도중 세 살 난 키에라 템플턴 양이 실종되어 현재까지 경찰이 수색 중에 있습니다. 혹시 아이를 보았거나 관련 정보를 알고 계신 분은 화면 아래로 보이는 실종아동경고시스템 전화번호로 연락주시기 바랍니다.” 특보가 끝나자마자 아나운서는 표정이나 목소리도 바꾸지 않은 채 이스트 리버 건너편의 도로 보수 작업으로 브루클린 다리에 교통정체가 심하다는 뉴스를 이어 나갔다. 그 순간 뉴욕의 모든 언론사가 혼이 쏙 빠진 아버지의 이미지를 찾아 나서면서 선정주의라는 기계를 가동시켰다.

경찰관의 부축을 받아 일어나던 에런은 시끄럽게 울려대는 휴대폰을 쳐다보았다. 모르는 번호로 부재중 전화가 수차례 와 있었다.

“누구세요?”

“벨뷰 병원입니다. 아내분의 불안 증세를 관찰하려고 이곳으로 이송해왔는데요. 몇 시간 동안 상태가 안정적이라서 퇴원하고 싶다고 하시네요. 제 말 듣고 계세요?”

에런은 처음 몇 초 이후로 아무 말도 들리지 않았다. 웨스트 35번 가 225번지 로비에서 그에게 키에라의 옷가지를 보여준 경찰이 앞에 서 있었다. 이름은 기억나지 않았지만 그의 심각하고 슬픈 표정을 보자 남아 있던 모든 희망이 산산조각 나는 듯했다.

그는 흐느꼈다.

경찰관 몇 명이 그를 차에 태워 사이렌을 울리며 이동하는 동안 그의 흐느낌은 계속되었다. 경찰이 아내와 다시 만날 수 있게 병원으로 데려가 주겠다면서 가능한 모든 인력을 동원해 일대를 샅샅이 뒤지고 수색을 계속 이어 나가겠다고 약속했다. 병원으로 가는 길에 에런은 아무 말도 떠오르지 않았다. 대신 길거리의 그림자들을 찬찬히 살피며 교차로가 나타날 때마다 딸이 보이기만을 기대했다. 병원에 도착하자 경찰들이 그레이스가 기다리고 있는, 벽도 바닥도 온통 새하얀 복도 맞은편으로 그를 말없이 데려갔다. 그레이스가 심각한 표정으로 서 있다가 남편 옆에 키에라가 없다는 사실을 마침내 파악하고선 그를 향해 달려오며 소리쳤다. "우리 애는, 우리 애는!" 그녀의 울부짖음이 메아리가 되어 온 병원 건물에 떠나갈 듯 울렸다. 최악의 소식만이 자아낼 수 있는 울부짖음이었다. 그 엄마의 절규는 환자와 그녀를 치료했던 간호사, 의사들의 기억 속에 영원히 박제될 터였다. 그들은 그 부모의 고통이 그들이 살면서 경험한 가장 순수하고 비극적인 것임을 잘 알았다. 그들은 죽음에, 질병과의 사투에, 인간의 삶이 불꽃이 꺼지듯 서서히 소멸하는 것을 목격하는데 익숙했지만 도무지 위로할 수 없는 통곡에는, 부모가 희망에 가득 차 있다가 절망하게 되는 과정을 목격하는 데는 익숙하지 않았다. 그레이스는 에런에게 다가가 그의 가슴을 치고 또 쳤고, 에런은 자기 안의 심연에 빠져 이미 죽은 사람이나 마찬가지였기에 아무런 아픔도 못 느낀 채 그녀의 주먹질을 감내했다. 그레이스가 숨이 넘어가도록 그를 탓하며 소리 지르는 동안 에런은 말없이 눈물만 줄줄 흘리며 기다렸다.

앨리스터 요원이 고개를 젓자, 에런은 그 고갯짓을 그가 받을수 있는 가장 고통스러운 암호문이라고 받아들였다.

14장

2003년 11월 27일
키에라 실종 5년 후

희망은 가끔

작은 지푸라기만으로도 충분하다.

그레이스, 에런, 미렌은 1998년 키에라 실종 사건을 담당했던 벤자민 밀러 수사관을 초조하게 기다렸다. 에런이 갖고 있던 유일한 번호로 몇 번이나 전화를 시도하고 두 시간 후에 마침내 그가 도착했다. 비서가 전화를 받았으나 짜증스러운 대기 음악만 몇 분째 듣게 하다가 결국 아무도 연결해주지 않고 전화를 끊었었다. 다섯 번째 시도에야 드디어 비서가 에런이 하는 소리에 귀를 기울였다.

"키에라요! 저희 애가 살아 있어요! 밀러 수사관을 연결해주세요, 제발요! 키에라가 무사하다고요!"

"뭐라고 하셨어요?"

"제 딸, 키에라 템플턴이요, 살아 있어요!" 에런이 전화기에 대고 거듭 외쳤다.

"저기, 템플턴 씨… 지금 당장은 따님 사건을 재검토하는 건 무리에요…. 새로운 단서도 없고, 밀러 수사관님도 추가 단서가 나타날 때까진 더 이상 당신 전화를 연결하지 말라고 당부했어요. 매년 추수감사절만 되면 전화해서 뭐라고 떠드시잖아요. 전문가의 도움을 받으셔야 할 것 같아요."

"제 말을 못 알아듣는군요…. 키에라가 살아 있다고요! 우리가 봤어요! 비디오로요! 누군가 키에라가 담긴 비디오테이프를 보내왔어요. 우리 애가 살아 있어요!"

비서는 몇 초 동안 답이 없다가 짧게 말을 이었다. "잠시만요."

몇 초 후 음질이 나쁜 전화선 너머로 낮은 목소리가 들렸다. "템플턴 씨? 맞으세요?"

"수사관님, 드디어 연결됐네요! 이리 오셔야 해요. 누군가 비디오테이프가 든 소포를 집에 놓고 갔어요. 거기에 키에라가 나와요."

"새로운 CCTV 영상인가요? 따님이 실종된 직후에 찍힌 영상은 여러 개 확보해서 살펴봤지만 어디서도 결정적인 단서는 없었어요."

"아니요. 거리에서 찍은 영상이 아니에요. 집 안에서 찍은 거예요. 그리고 키에라가 나와요. 현재 모습이요. 여덟 살이요. 딸아이가 침실에서 놀고 있는 모습이에요."

"뭐라고 하셨어요?"

"키에라가 살아 있다고요, 밀러 수사관님. 죽지 않았어요. 키에라는 살아 있어요!" 에런이 들떠서 소리쳤다.

"지금 한 말이 사실입니까?" 밀러가 미심쩍어했다.

"맞아요, 밀러 수사관님. 백 퍼센트 확실해요."

"아내분도 맞다고 하던가요? 따님이 맞다고요?"

"직접 보셔야 해요."

"지금 갈게요. 테이프는 건드리지 말고 기다리세요. 혹시 테이프에… 뭔가 묻어 있을지도 몰라요."

기다리는 동안 그레이스는 키에라가 침실에서 평화롭게 놀고 있는 모습을 봤다는 행복감에 웃다 울다를 반복했다. 에런은 부엌 식탁에 앉아서 허공을 멍하니 쳐다보았다. 이따금씩 감정이 복받쳐 기쁨의 눈물을 흘리기도 했다. 하지만 미렌은 키에라의 이미지에 충격을 받고 할 말을 잃었다. 실마리를 분석하고, 사람들을 인터뷰하고, 2천 페이지가 넘는 경찰 서류를 검토하느라 그토록 오랜 시간을 퍼부었지만 아무것도 건지지 못했기에 여자아이가 놀고 있는 그 단순한 영상이 감당하기 힘들 정도로 벅찼다.

1분이 채 되지 않는 영상 속 나이를 몇 살 더 먹은 키에라는 나무로 된 집에서 인형을 가지고 놀다가 일어나 침대에 인형을 내려놓았다. 그러고는 몇 초 뒤 잠시 머뭇거리더니 문 쪽으로 걸어가 문에 귀를 갖다 대었다. 무릎까지 내려오는 주황색 원피스 차림이었다. 그 상태로 화면이 멈춘 것처럼 보였지만 타이머는 계속 돌아갔다. 35초 뒤, 키에라는 아무 소득이 없다는 듯이 문에서 귀를 떼더니 창문으로 빠르게 걸어갔다. 그러곤 얇은 커튼을 걷고 카메라를 등진 채 창밖을 쳐다보았다.

타이머가 57초를 가리켰을 때 키에라는 침대로 돌아갔고 두 프레임 동안 멍한 표정으로 카메라를 쳐다보았다. 아이가 매트리스에 올려둔 인형을 집어 들기 직전 VCR이 테이프를 뱉어냈다. 다시 화면이 눈으로 가득 찼고 곧이어 템플턴 부부의 세상에 백색 소음이 흘러넘쳤다.

"키에라가 맞다고 백 퍼센트 장담하세요?" 미렌이 이미 답을 알면서 물었다. 여러 권의 가족 앨범에서 키에라의 사진을 수백 장도 넘게 본 데다 사실 세 살에 실종된 후 자라면서 외모가 변했을 걸 감안한다 하더라도 닮았다는 사실을 부인할 수 없었다.

"키에라에요, 미렌. 모르겠어요? 얼굴을 보세요…. 맙소사… 난 50년이 지나도 알아볼 거예요. 우리 딸이라고요!"

"화면의 질이 안 좋아서 그냥 물어보는 거예요. 혹시 영상을…."

"우리 딸이라고요! 아시겠어요?" 그레이스가 화를 내며 말을 끊었다.

미렌은 자신과는 상관없는 일이라는 듯 고개를 끄덕이고 밖으로 나갔다. 담배에 불을 붙이는데 벌써 밤이 찾아왔음을 깨달았다. 그녀는 재킷 주머니에서 휴대폰을 꺼내 편집국에 전화를 걸고선, 제시간에 돌아가 작업 중인 기사를 마무리하지 못하게 된 것을 사과했다.

주변의 이웃집들을 둘러보니 몇몇 집 처마에 크리스마스 전구가 줄줄이 달려 있었다. 사랑하는 사람들이 한곳에 모여 행복을 만끽하는 크리스마스가 템플턴 부부에게는 얼마나 힘들까 하는 생각이 들었다. 수천 개의 작은 전구 불빛이 크리스마스 장식이 없는 유일한 집을 의도치 않게 비추며 포위하듯 둘러싸고 있었다. 불빛이 환히 빛나는 세상에서 빛이 없는 컴컴한 구역은 일종의 신호다. 템플턴 부부의 집은 그 거리에서 전기를 펑펑 쓰지 않고 정원 관리를 내팽개친 유일한 집이었다. 정원의 잔디가 바짝 말라 사방에 흙이 듬성듬성했다. 미렌은 키에라 사건을 직접 조사하기 시작하고 얼마 안 돼 이 집을 처음 방문했을 때를 떠올렸다. 정원의 잔디가 흠잡을 데 없이 완벽하게 관리돼 있다는 게 그녀가 받은 첫인상이었다. 출입로에 근사한 차가 주차돼 있고, 완벽한 가족이라는 그림을 완성하는 작은 깃발이 달린 우편함까지 세워져 있는 안락하고 부유한 가정이라는 느낌이 기억났다. 이제는 그 모든 것이 연기처럼 사라지고 없었다. 고통이 가족의 삶 구석구석 스며들어 건물의 외관, 정원, 창문뿐만 아니라 그 집 안에 발을 들이는 모든 사람의 영혼을 회색으로 물들였다.

얼마 후 회색 폰티악이 헤드라이트를 켠 채 거리 끝에서 나타나더니 정장에 회색 코트를 걸치고 녹색 넥타이를 맨 50대 남자가 차에서 내렸다.

"이런, 다시 보게 되다니 기쁘군요!" 밀러 수사관이 인사를 건넸다.

미렌은 답인사로 눈썹을 치켜올리며 피우던 담배를 바닥에 던졌다.

"정말이에요?" FBI 요원이 집에 들어가기 전에 물었다.

"그런 것 같아요." 미렌이 건조하게 답했다.

에런이 나와서 그를 반갑게 맞이했다.

"와주셔서 감사합니다, 수사관님." 그가 절박한 목소리로 말했다.

"아내가 오븐에 칠면조를 넣어놓고 기다리고 있어요. 부디 헛걸음이 아니길 바랍니다." 밀러가 그곳에 오래 있지 못한다고 미리 변명했다.

그레이스는 울어서 빨갛게 충혈된 눈으로 부엌에 있었다. 집 안으로 들어간 밀러는 그레이스와 인사 겸 포옹을 나누었다.

"잘 지냈나요, 템플턴 부인?"

"이 비디오테이프를 꼭 보셔야 해요, 밀러 수사관님. 키에라에요. 우리 애가 살아 있어요!"

"이걸 누가 줬나요?"

"우편함에 있었어요, 이 봉투 안에요." 그레이스가 식탁에 놓인 푹신한 봉투를 가리키자 밀러가 눈으로만 자세히 살피면서 마커펜으로 적힌 숫자 1을 읽었다.

“봉투를 만졌나요?”

그레이스가 고개를 끄덕이고 양손으로 입을 가렸다.

“비디오테이프는 어디에 있어요?”

“플레이어 안에요.”

테이프가 VCR 입구에 0.5인치 정도 나와 있어 제목용 스티커를 붙이는 검은색 테두리가 드러나 있었다. 눈송이가 춤을 추는 티브이 화면에 사람들의 눈동자가 비쳤다.

밀러가 가슴 쪽 주머니에서 볼펜을 꺼내서 기계 안으로 테이프를 밀어 넣었다. 그레이스는 그의 옆에 쪼그리고 앉아 다시 감기 버튼을 눌렀다. 몇 초 뒤 딸깍 소리가 들리더니 여덟 살이 된 키에라가 다시 화면에 등장했다. 키에라가 인형을 가지고 천진난만하게 놀다가 침대 위에 올려놓고 문에 귀를 대고 소리를 듣더니 창밖을 쳐다보았다. 아이가 카메라를 향해 돌아보고 얼마 후 영상이 멈추었고 아무 일도 없었다는 듯이 플레이어가 테이프를 뱉어냈다.

“키에라가 맞아요?” 밀러 수사관이 염려스레 물었다. “확실히 알아보겠어요?”

그레이스가 몸을 떨면서 고개를 끄덕였다. 그녀의 두 눈에 그렁그렁 맺힌 눈물이 긴장이 풀리면서 다시 한번 얼굴을 타고 흘러내렸다.

“확실해요?”

"진짜 장담해요. 키에라가 맞아요."

밀러가 한숨을 쉬고 앉았다. 그가 몇 초 동안 고뇌하더니 말을 이었다. "이 사실은 공개하면 안 돼요." 그가 부엌 출입문에서 기다리고 있던 미렌을 향해 말했다. "지난번처럼 서커스로 변질되면 안 돼요."

"공개 안 할게요." 미렌이 답했다. "하지만 조사를 재개한다는 조건 하에서요."

"재개? 아직 이 비디오가 뭔지도 몰라요. 이건 그냥 어떤 여자애가 나오는 영상에 불과해요…. 솔직히 말해서 우연히 맥의 딸과 닮은 애일지도 몰라요."

"진심이에요?"

"이것 때문에 인력을 동원할 수는 없어요, 템플턴 부인. 너무 불확실해요. 5년이나 지나서 난데없이 등장한 비디오라… 증거가 너무 미약해서 FBI가 허가하지 않을 거예요. 해마다 얼마나 많은 아이들이 실종되는지 아세요? 우리가 얼마나 많은 사건을 조사 중인지 아세요?"

"당신 딸이 실종됐다면 어떻게 하시겠어요, 수사관님? 말해보세요, 어떻게 하실지?" 에런이 목소리를 높였다. "말해보라고요. 어떤 못된 놈이 당신의 세 살 난 딸을 데려갔는데 딸 생일날 그 애가 아무 일도 없다는 듯이 놀고 있는 모습이 담긴 비디오를 받았다면 기분이 어떨 것 같아요? 어떤 놈이 당신이 세상에서 가장 사랑하는 사람을 납치해가서 몇 년 뒤에 당신 없이도 행복하게 살고 있는 모습을 보여주면서 조롱한다면요?"

밀러 수사관은 아무 답도 할 수 없었다.

"새 단서라고 해봐야 이 비디오와 이 아이가 당신 딸이라는 당신 말이 전부에요. 이걸로는 상관들을 설득하기가 보통 어렵지 않을 겁니다."

"키에라가 맞아요… 밀러." 미렌이 말했다. "맞는다는 거 당신도 잘 알잖아요."

"그렇게 확신하는 이유가 뭐예요?"

"그야 매일 아침 눈 떴을 때 가장 먼저 보이는 게 그 애 얼굴이니까요."

15장

미렌 트리그스
1998년

진실은 거짓보다 찾기 힘들다.

하지만 방심하다가 맞닥뜨렸을 때 훨씬 충격이 크다.

다음 날 아침 자명종 시계가 내 몸이 원하는 것보다 일찍 울렸다. 간밤에 슈모어 교수가 보내준 파일을 검토하고 늦게 잠든 터였다. 아침은 스타벅스에서 산 바닐라라테로 때웠다. 이후 나는 휴대폰 가게에 가서 세상 사람들 전부 사용하는 듯 보이는 검은색 노키아 5110을 사고 카드로 요금을 지불했다. 문자 메시지 50개와 60분 무료 통화가 포함된 패키지였다. 그런 다음 도심의 환한 햇살을 받으며 법원 청사 건물로 걸어갔다. 날씨가 화창했다. 목적지에 도착하자 한 친근한 경찰관이 건물 안으로 들어가려면 입구 보관함에 내 새 휴대폰을 보관해야 한다고 말했다.

"휴대폰 반입 금지입니다." 경찰관은 나와 함께한 지 겨우

15분밖에 안 된, 세상과의 새로운 연락 수단을 내게서 뺏어갔다.

"2주 전에 요청한 파일 좀 볼 수 있을까요?" 나는 법무 비서에게 물었다. 나를 보자마자 상소리를 뱉은 그녀는 40대 흑인 여자로, 시트콤 〈패밀리 매터스〉 속 스티브 우르켈의 엄마와 판박이었다.

"또 왔어요?"

"이건 권리예요, 아세요? 메건법에 따르면 당국은 뉴욕주의 모든 성범죄자 목록을 공개할 의무가 있어요. 주소와 최신 사진도 함께요."

"아직 웹사이트 구축이 완성이 안 됐어요. 아시잖아요. 인터넷이요. 사람들이 맨날 떠들어대는 그거요."

"2주 전에도 똑같이 말했어요. 제 권리를 침해할 순 없어요. 이건 연방법 위반이에요, 알고 계세요?"

"저희도 노력하고 있어요. 정말이에요. 그냥 기록이 너무 많아서 그래요."

"정말 그렇게나 많아요?"

"상상도 못 할걸요." 그녀가 손짓을 하며 말했다.

"직접 봐도 될까요?"

"성범죄자 기록을요? 농담이 지나치시네."

"'공개한다'는 단어가 이해가 안 되세요?"

"좋아요, 알겠어요. 확인해볼게요." 그녀가 마침내 항복했다. "여기서 기다려요."

법무 비서가 복도 끝으로 사라졌다가 잠시 후 다시 나타났다. 그녀를 기다리는 동안 나는 휴대폰을 찾아 입구로 돌아가서 엄마에게 번호를 알려주려고 전화를 걸었다. 하지만 응답이 없어 그냥 두고 다시 비서에게 돌아갔다.

"아가씨? 따라오세요. 자료실로 안내할게요."

5분가량 그녀를 따라가자 법원 건물 지하실에 다다랐다. 반팔 셔츠에 넥타이를 맨 한 남자가 신문을 읽고 있다가 지하까지 내려온 방문객이 있다는 사실에 놀랐다는 듯이 우리를 맞이했다.

"안녕하세요, 폴. 별일 없죠? 방문객이 있는데, 그게… 메건법 때문이에요."

"성범죄자 목록이요? 그 일 때문에 한창 정신이 없어요. 자료실을 전산화하는 중인데… 30년 치 기록이라서 일이 산더미에요."

나는 한 손을 들고 거짓 미소를 지었다.

"자… 여기, 여기 사인하세요." 그가 말했다. "여기서 얻은 정보를 이용해 괴롭힘이나 학대를 저지르거나 사적 제재를 가하지 않겠으며, 이를 어길 시 처벌을 받는다는 사실을 인지했다는 데 동의하는 서류에요."

"당연히 동의해야죠." 내가 답했다. "이해합니다. 범죄자이긴 하지만 그들도 권리가 있지 않겠어요?"

폴이 형광등 불빛 아래로 노란색 타일이 깔린 복도를 따라 나를 안내하더니 문 앞에 멈춰 섰다.

"이 구역에 저희가 전산화하려는 자료가 전부 있어요. 1급부터 3급까지의 성범죄자들이죠." 그가 말을 마치고 문을 열자 마분지 상자가 빼곡히 놓인 철제 선반들이 거대한 미로처럼 펼쳐졌다. "인터넷에 전부 올리지는 않겠지만 이게 현재 저희가 작업하는 자료예요." 그가 말을 이었다. "몇 년 안에는 요약 작업도 마치고 전산화도 끝나겠죠…. 그래도 글쎄요, 지금은 크리스마스가 코앞이라… 컴퓨터에 파일을 입력해 넣을 사람이 없네요."

"이걸 전부요? 지금 농담하시는 거죠?"

그가 입술을 굳게 다문 채 고개를 저었다. "저 선반 세 개에 70년대부터 80년대 초반까지 파일이 있을 겁니다. 그리고, 보자, 다른 두 선반에는 5년 단위로 분류돼 있어요. 보면 알겠지만 꽤 직관적으로 정리돼 있어요. 노란 스티커가 붙어 있는 상자는 3급 범죄자 파일이에요. 강간범, 살인범, 연쇄 소아성애자 같은 가장 위험한 범죄자들이죠. 나머지는… 스토커와 경미한 범죄자들이에요."

나는 마른침을 삼켰다.

2년 전, 여덟 살이던 메간 칸카라는 여자아이가 소아성애 전과가 있는 이웃에게 성폭행당한 후 살해된 일이 있었다. 메건의 부모는 이웃에 위험한 성범죄자가 살고 있다는 걸 알았다면 딸이 집 근처에서 혼자 놀도록 내버려두지 않았을 거라고 주장했다. 그 사건으로 전국이 큰 충격에 빠졌고 논란에도 불구하고 뉴욕 당국으로 하여금 출소한 성범죄자 목록을 의무적으로 공개하게 하는 연방법이 빠르게 통과됐다. 이웃에 잠재적 성범죄자가 거주하는지 알 수 있도록 범죄자의 사진과 현 거주지, 희생자 프로필도 공개 대상이었다. 집 주변에 누가 살고 있는지 알 수 있게 하기 위한 조치였다. 하지만 아직 시행 초기 단계여서 시민들이 쉽게 접근할 수 있는 공개 기록부를 현실화시키는 데는 시간이 좀 걸릴 터였다. 대신 내겐 수 시간을 들여 훑어봐야 하는 파일로 가득한 이 자료실이 있었다.

"저는 바깥 책상에 있을게요. 또 필요한 게 있으면 알려주세요."

폴이 문을 닫고 나가자, 나는 악취를 풍기는 성범죄 파일들 한가운데에 홀로 남겨졌다.

나는 첫 번째 상자를 들고선 그 무게에 깜짝 놀랐다. 상자 안에 노란 마분지 파일이 최소 200개는 있어 보였다. 첫 번째 기록을 꺼내서 보자마자 속이 울렁거렸다. 맨 위 오른쪽 구석에 사흘간 면도를 못 해 수염이 거뭇거뭇하고 눈빛이 흐리멍덩한 60대 백인 남자의 사진이 붙어 있었다. 서류는 단순한 양식에 맞춰 수기로 작성돼 있었다. 내 시선이 상자에 적힌 '기소명'으로 곧장 향했다. '6세 미성년자 성추행'

나는 파일을 접고 다음 파일로 넘어갔다. 내가 찾는 파일이 아니므로 그 개자식을 어떻게 하면 좋을까 생각하느라 내 시간을 낭비하지 않기로 했다. 나는 한 상자씩 옮겨가며 사진을 보고 기록을 읽느라 몇 시간을 보냈다. 온 나라가 썩어 있었다. 그러니까, 남자들이 썩어 있었다. 500개가 넘는 성범죄자 기록을 뒤졌는데 여자는 고작 여섯이었다. 물론 그 여섯 명의 여자들이 한 짓도 남자들이 저지른 잔혹한 행위만큼이나 역겨웠지만 성범죄의 가해자가 주로 남자라는 사실은 분명했다. 일부는 범죄 경력이 늘어나면서 점점 진화했다. 손으로 더듬기에서 조금 더 심각한 성범죄로, 뒤이어 강간, 강간 후 살인으로. 어떤 이들은 병리학적 패턴을 보였다. 그들은 특정 머리 스타일과 동일한 키, 비슷한 나이대를 지닌 특정 유형의 여자에 병적으로 집착하는 유형으로, 2, 30년 전에 첫 범죄를 저지르고 복역했다가 출소 후 같은 패턴을 반복하며 시간이 지날수록 악화되는 경향을 보였다. 하지만 가장 충격적이면서도 대다수를 차지한 사례는 희생자와 가해자가 친족인 경우였다. 서류마다 희생자의 프로필이 기재돼 있었는데 '직계 가족 또는 가까운 친척'이라는 설명이 심심찮게 등장했다.

"개자식들." 나는 큰 소리로 말했다.

나는 폴에게 얼마나 늦게까지 있어도 되는지 묻기 위해 자료실 밖으로 나갔다. 남은 자료를 다 보려면 예상보다 훨씬 시간이 오래 걸릴 것 같았다. 폴이 저녁 6시까지는 괜찮다고 말했다. 나는 법원 근처에서 요기하기로 하고 음식을 기다리는 동안 내가 외우고 있는 두 개의 휴대폰 번호 중 두 번째 번호로 전화를 걸었다.

"누구세요?" 슈모어 교수가 받았다.

"슈모어 교수님? 들려요? 미렌이에요."

"미렌이구나. 내가 보내준 자료는 훑어봤어?"

"네… 그게, 전부는 아니지만… 고마워요."

"보는 사람이 늘어날수록… 좋을 것 같아서. 그리고 네 조언이 도움이 될 것 같았어. 난 네가 다르다는 걸 아니까. 일이 아직 끝난 게 아닐 수도 있어."

"고마워요. 그런데 끝나다뇨?"

"어디서 전화하는 거야? 연결 상태가 안 좋네."

"새 휴대폰으로 하고 있어요."

"음, 연결 상태가 엉망이야."

"끝내주네요. 200달러 넘게 주고 샀는데, 난 돈 버리는 데는 일가견이 있다니까요."

그가 심각한 척 뜸을 들였다. "뉴스 보고 전화한 거구나."

"아직 오늘 자 신문을 못 봤어요. 911 통화 내용은 공개했어요?"

"응… 그런데 아무도 기사를 안 읽어."

"뭐라고요?"

"아무도 안 읽는다고. 통화 내용은 중요하지 않아, 미렌. 이제 아무도 관심이 없어." 슈모어 교수의 음성 뒤로 자동차가 지나가는 소리가 들렸다. 길거리에 있는 모양이었다. "그 기사는 어제 거야. 〈프레스〉에서… 설마, 미안한데, 아무것도 모르는 거야? 대체 어느 행성에 살고 있는 거야?"

"개인적인 일로 법원에 와 있었어요." 나는 상황을 설명하려고 대답했다.

"개인적인 일? 무슨 일인데? 소송에 연루됐어? 누군지 몰라도… 관련자는 잡았어? 나한테 말하지 그랬어. 내가 같이 가줬을 텐데."

"아니, 혼자 자료실을 뒤지는 중이에요."

슈모어 교수가 한숨을 쉬고는 질책하듯 말을 덧붙였다. "알았어… 혹시라도 도움이 필요하면 말해, 알았지, 미렌?"

"물론이죠. 솔직히 지금은 괜찮아요." 나는 거짓말을 했다.

"알았어. 그런데 정말 못 들었어?"

"무슨 소식이요?"

"오늘자 〈프레스〉를 읽어봐. 믿기지 않을 거야. 어떻게 한 건지 모르겠지만…."

"무슨 일인데요?" 나는 불안했다. 불안해서 죽을 것 같았다.

"〈프레스〉 1면을 읽고 나서 전화해." 그가 전화를 끊었다.

"무슨 일이 벌어졌는데요?" 내가 물었지만 이미 그는 전화를 끊은 뒤였다.

웨이터에게 〈맨해튼 프레스〉가 있냐고 물었으나 없다는 대답이 돌아왔다. 휴대폰을 내려놓기 전에 부모님에게 다시 연락해봤지만 아무도 받지 않았다. 슈모어 교수가 말한 소식이 뭘까?

나는 무료 음료가 제공되는 7.95센트짜리 카르보나라 스파게

티를 기다렸다가 신문을 빨리 손에 넣으려는 마음에 허겁지겁 먹어치웠다. 식당은 허름하니 벽마다 거울이 붙어 있었고, 손님들은 대부분 법원에서 아침을 보낸 범죄자들과 그들의 가족이었다. 내가 앉은 좌석 옆쪽 벽면의 거울을 쳐다보니 텔레비전 화면이 비쳤다. 키에라의 얼굴이 보였다. 반대쪽으로 고개를 돌렸지만 거울이 미로처럼 서로를 비추고 있어서 텔레비전이 어디 있는지 파악할 수 없었다.

"볼륨 좀 키워주시겠어요?" 나는 웨이터에게 물었다.

몇 초 뒤 키에라의 얼굴이 사라지고 머리가 희끗희끗하고 표정이 경직된 50대 백인 남자의 얼굴이 나타났다. 처음 보는 사람이었는데 화면 오른쪽에서 왼쪽으로 다음과 같은 헤드라인이 지나갔다. "유력 용의자 체포"

웨이터가 마침내 볼륨을 키우자 아나운서가 다음 뉴스로 넘어가기 위해 멘트를 마무리하는 소리가 들렸다. "…두 아이의 아빠로, 키에라 템플턴을 납치한 유력 용의자인 이 남성은 현재 경찰 당국에 의해 체포돼 구금 중입니다."

16장

1997년 10월 12일, 뉴욕
키에라 실종 1년 전

고통에 대해 말한다는 건 강하다는 증거다.

고통에 대해 말하지 않는다는 건 용감하다는 증거다.

고통이 내 안에 머물며 나와 싸우고 있다는 뜻이니까.

미렌은 무슨 일이 벌어지고 있는지 제대로 파악이 안 됐지만 어째선지 머리가 어지러웠다. 그러다 자신이 모닝사이드 하이츠 공원에서 로버트와 애무하고 있음을 알아차렸다. 그들은 형광 전구가 금방이라도 꺼질 듯 쉴 새 없이 깜빡이는 가로등 아래 벤치에 앉아 있었다.

"그만해… 부탁이야." 그녀가 멍한 상태로 중얼거렸다.

"왜 그래… 뻣뻣하게 굴지 마."

로버트가 그녀에게 계속 입을 맞추었고 그녀는 토할 것 같아서 눈을 감았다. 사방이 빙글빙글 도는 데다 가로등이 깜빡이며 몸 위로 올라탄 로버트의 그림자를 간헐적으로 비추어서 자신이 어디 있는지 가늠하기 어려웠다. 이 지경이 되도록 술을 마신 기억이 없었다. 평소 술을 안 마셔 버릇해서 술이 약한 건가 싶었지만 이유가 뭐가 됐던 기분이 좋지 않았다.

"제발 그만해!" 그녀가 그를 밀치며 소리쳤다.

"너 머리가 어떻게 됐어?"

"안 되겠어… 몸이 안 좋아." 미렌은 현실과 동떨어진 느낌이었다.

갑자기 뉴욕의 차가운 공기가 양 허벅지에 닿는 느낌이 든 미렌은 아래를 내려다보고는 원피스가 가슴 아래까지 올라가 있고 팬티가 찢어진 채 한쪽 다리에 걸쳐져 있는 것을 보고 경악했다.

"부탁이야… 그만해." 그녀가 말했다. 하지만 로버트는 그녀의 말을 못 들은 척하고 커다란 두 손을 그녀의 허벅지 사이에 갖다 댔다. 미렌은 얼마 안 되는 힘으로 반항했지만 빠르게 손을 놀리는 그로부터 벗어날 수 없었다.

멀리서 한 남자의 목소리가 들렸다. 사실 한 명이 아니라 여러 명이 함께 떠드는 소리였다. 미렌은 그들이 자신의 목소리를 듣기 바라면서 마지막 남은 온 힘을 쥐어짜 비명을 질렀다. 그것이 최악의 실수라는 것도 모르고.

잠시 후 말소리와 웃음소리가 점점 더 커지더니 남자들의 그림자가 짙은 어둠 속으로 들어왔다. 가로등이 여전히 몇 초마다 한 번씩 깜빡이며 어둠을 잠깐씩 밝혔다. 로버트가 누군가와 말다툼하는 소리가 들리더니 그가 얼굴이 피범벅이 된 채 바닥에 의식을 잃고 누워 있는 모습이 보였다. 그녀 앞에 남자 셋이 어두운 영혼의 유일한 밝은 면이라 할 수 있는 미소를 띠고 서 있었다. 바지 지퍼가 열렸다. 또 한 지퍼가 열렸다. 그리고 또 하나가 열렸다, 어쩌면 같은 지퍼일지도 몰랐다.

미렌은 눈을 감고 시간이 빨리 지나가기를 간절히 바라며 울부짖었다. 언젠가 읽었던 아인슈타인에 대한 책에서 시간은 상대적이라던 그의 이론이 무슨 말인지 이해가 됐다. 시간은 정말로 상대적이었다. 단, 고통의 크기와 비례했다.

정확히 얼마나 시간이 흘렀는지 알 수 없는 시간이 흐른 후, 미렌은 공원의 칠흑 같은 어둠 속에서 정신을 차렸다. 통증이 심했고 원피스는 가슴 부분이 찢어져 있었다. 립스틱은 번져 있었고 크리스틴이 발라준 아이섀도는 눈물에 줄무늬처럼 길게 번져 뉴욕을 통틀어 가장 슬픈 얼굴이 되어 있었다. 가로등 전구가 마침내 나가서 바로 앞 몇 미터밖에 안 보였다. 그녀는 바닥을 더듬거렸다. 몇 분쯤 더듬으니 집 열쇠가 든 작은 가방이 집혔다. 그녀는 추위에 몸을 벌벌 떨었다. 그날 서쪽에서 얼음장같이 차가운 바람이 불어 파티에 모피 코트를 입고 갔던 게 생각 났지만 코트는 어디에도 보이지 않았다. 그녀는 두 팔로 몸을 감싸고 일어서려 애를 썼다. 구두 한쪽이 사라진 것을 깨닫고 나머지 한쪽도 벗어서 본능적으로 무기 삼아 집어 들었다. 온몸의 뼈마디가 쑤셨다. 돌투성이 바닥에 오른발을 내디딜 때마다 허리가 뻐

걱거렸다. 무릎 여기저기가 까져 있었고 사타구니 사이가 화끈거리며 아팠다. 그녀는 울음을 터트렸다.

미렌은 칠흑같이 깜깜한 공원을 몇 분 동안 걸어가다 마침내 모닝사이드 애비뉴로 이어지는 계단을 발견하고 116번 가 모퉁이로 나왔다. 알고 보니 집 근처였다. 손목을 보았지만 시계도 도둑맞고 없었다. 가방을 확인하니 지갑 역시 사라지고 안 보였다.

웬 남자가 도움을 주려는 듯한 소리가 들렸다. "저기요! 괜찮아요, 아가씨? 무슨 일이세요?"

하지만 그 소리가 어디서 들리는지 파악하기도 전에 미렌은 땅바닥에 구두를 내던지고 달리기 시작했다. 사냥꾼의 총소리를 듣고 다음 총알이 자신에게로 향할까 봐 겁에 질린 토끼처럼 정신이 아득했다. 맨발로 달리면서 그녀는 주위를 둘러보았다. 집 앞에 마침내 도착했을 땐 입 안에서 피 맛이 느껴졌다. 난간에 매달리다시피 계단을 올라가는데 따뜻한 액체가 허벅지를 타고 내려가는 느낌이 들었다. 아래를 내려다보니 피였다. 그녀는 아무도 못 듣게 숨죽여 계속 울었다. 혹시 누군가 자기 꼴을 보고 난투극에 동참해 자신의 몸을 수천 조각으로 갈기갈기 찢어버릴까 봐 두려웠다.

몇 번의 시도 끝에 열쇠가 자물쇠에 들어갔다. 손이 멋대로 부들거려서 열쇠고리가 마치 흥분한 방울뱀의 꼬리처럼 떨렸다. 미렌은 마른침을 삼켰다. 이윽고 집 안으로 들어가자마자 등 뒤로 문을 쾅 닫고 등을 털썩 기댄 뒤 온 힘을 다해 비명을 지르고 또 질렀다.

고개를 들자 소파 옆 탁자에 놓인 전화기가 눈에 들어왔다. 그녀는 울먹이며 기어가듯 거실을 가로질러 수화기를 귀에 갖다 댔다. 통화음이 몇 차례 울리고 나자 한 여자의 졸린 음성이 들렸다.

“여보세요? 이 시간에 누구세요?”

“엄마, 도와줘.” 미렌은 흐느끼며 속삭였다.

17장

1998년 11월 26일

피부에 생긴 거대한 흉터는 가릴 수 있지만
영혼에 생긴 상처는 아무리 작아도 가릴 수 없다.

키에라의 부모가 병원 바닥에 털썩 주저앉아 자신들이 그날 선택할 수 있었던 모든 다른 가능성을 하나씩 떠올리며 서로를 꼭 붙들고 있는 동안, 앨리스터 경찰은 무례를 범하지 않게 적당한 거리에서 기다렸다. 그레이스는 그날 집을 나서면서 비가 내리는 것을 보고 퍼레이드에 가지 말까 하는 생각이 언뜻 머리를 스쳤던 일을 떠올렸다. 키에라가 몇 주째 감기 기운이 있어서 악화되면 어쩌나 걱정하던 차였다. 하지만 아이가 집을 나서면서 생애 첫 추수감사절 퍼레이드를 보러 간다고 행복해하는 모습을 보자 걱정이 눈 녹듯 녹았다. 뒤이어 키에라가 그날 아침 일어나 가장 좋아하는 시리얼이 다 떨어졌다고 실망하던 일이, 아침 식사로 그 알록달록한 작은 설탕 덩어리들보다 건강한 시리얼을 먹어야 한다고 아이를 꾸짖은 일이 떠올랐다. 에런은 그날 아침의 모든 순간을, 키에라의 몸짓 하나하나를, 아이가 실종되기까지의 전 과정에서 달리 선택할 수 있었던 순간들을 머릿속으로 재생시켰다. 그리고 도무지 현실로 받아들이기 힘든 이 비극을 피할 수도 있었던 사소하지만 결정적인 순간들이 너무나 많았음을 알게 되었다. 그런 다음 자신이 전날 밤 늦게 퇴근했던 일과, 키에라가 이미 잠들어서 아이와 놀아주지도 못하고, 아이가 잠들기 전 언제나 그랬듯이 이야기를 읽어주지도 못했던 것을 떠올렸다. 키에라의 실종은 두 사람의 마음속 자괴감의 버튼을 눌렀다. 부부는 모르는 새 자신들을 한층 더 망가뜨릴 만한 순간을 사소한 것까지 낱낱이 뒤졌다. 그때 같이 있어줄걸, 그때 좀 더 많이 입 맞춰줄걸, 그때 야근하지 말고 일찍 올걸, 그때 좀 덜 혼낼걸.

"템플턴 씨…." 앨리스터 경찰이 불렀다. "아무 일도 없었다는 듯이 귀가하시기 어렵다는 걸 압니다만 저희를 믿어주세요. 따님을 꼭 찾아드리겠습니다. 약속드릴게요. 모든 인력을 동원해서 일대를 샅샅이 뒤지고 있고, 뭐라도 건지려고 CCTV를 재차 검토하고 있습니다. 저희를 믿으셔야 합니다."

"하지만… 옷가지며… 그 머리칼이며… 누군가 애를 데려간 거예요, 경찰관님. 우리 딸이 누군가에게 잡혀간 거라고요. 제발 부탁이니 아이를 찾아주세요." 에런이 아직 아무것도 모르는 아내 앞에서 충격적인 정보를 발설한 것을 의식하며 말했다.

"머리칼이라니? 무슨 얘기야?" 그레이스가 놀라서 물었다.

앨리스터 경찰은 입을 다물었다. 실종 아동의 부모에게 부정적인 결과를 암시하는 정보를 전하는 것에 익숙하지 않아 무슨 말을 하는 게 좋을지 심사숙고했다.

"그 문제는 따로 논의드리려고 했어요. 현재 모든 가능성을 열어놓고 수사를 진행하고 있어요. 그렇기 때문에 FBI가 이 사건을 맡을 겁니다. FBI 실종자 전담 부서의 밀러 요원이 몇 가지 질문을 할 텐데 답변을 해주셔야겠습니다. 어디서 만나면 좋을지 지금 그쪽에 알려줘야 합니다."

"FBI요? 당연히 협조해야죠. 알겠습니다. 키에라를 찾기 위한 거라면 뭐든 해야죠. 그분은 지금 어디 있죠?"

"경찰서에 가서 진술서 작성하시고 몇 가지 질문에 답해주시면 됩니다. 그곳에서 만나는 게 어떨까요? 그분이 분명 도와줄 겁니다. 최고의 요원이거든요."

앨리스터 경찰이 그레이스와 에런을 경찰차에 태웠다. 경찰서에 도착한 시각은 새벽 3시 무렵으로 사우스 디스트릭트 경찰서는 한산했다. 경찰이 여섯 명도 안 됐는데 전부 눈이 충혈된 데다 피곤에 찌들어 보였다. 그에 반해 지하실은 북새통이었다. 서른 명가량이 체포되어 그곳에서 밤을 보내고 있었는데 대개 아침에 판사 앞에 서길 기다리는 소매치기와 좀도둑이었다. 에런과 그레이스는 책상에 앉아서 앨리스터 경찰에게 진술했다. 하지만 그는 부부에게 또 한 번 고통을 안겨줄 질문을 던지는 것보다 FBI가 도착할 때까지 시간을 흘려보내려고 하는 듯했다.

앨리스터 경찰이 받은 공식 진술에 따르면 키에라의 부모는 둘 다 오전 9시 45분부터 11시 45분 사이에 브로드웨이와 36번가가 교차하는 모퉁이에 딸과 함께 있었다. 그러다 11시 45분에 에런이 아내를 둔 채 딸만 데리고 풍선을 받으러 갔다. 아이가 사라진 건 그 후 몇 분 사이였다. 에런은 메리 포핀스 분장을 한 여자와 그 부근에 있던 모든 사람들을 잠재적 목격자로 지목했다. 그는 특정 얼굴을 기억해 신원을 알아내려고 온 힘을 다했지만 기억나지 않았다. 모두 완전히 처음 보는 얼굴이었고, 그 야심한 시각, 가뜩이나 전날 엄청난 스트레스를 받고 하루밖에 지나지 않은 상황에서 그들의 얼굴을 떠올리는 건 불가능했다. 그레이스는 키에라와 비슷한 또래의 어린 사내애를 데리고 근처에서 있던 한 가족을 언급했다. 그레이스가 그들을 기억한 건 뱃속에 있는 마이클이 그 나이가 됐을 때의 모습을 상상하고 눈물이 핑 돌았기 때문이었다. 뒤이어 한 퍼레이드 댄서가 웃으며 신이 난 키에라를 보고 그 모습이 귀엽다며 다가와 아이와 하이파이브를 했던 것도 생각해냈다. 이 부분까지의 내용에는 에런 역시 동의했다. 하지만 그레이스가 갑자기 키에라가 실종된 순간 자신이 옆에 없었다는 말을 반복하자 에런은 심히 불안해졌다.

앨리스터 경찰이 진술서 작성을 마친 다음 그들에게 키에라의 사진을 부탁했다. 에런은 키에라가 놀란 표정으로 카메라를 쳐다보고 있는 여권 사진을 지갑에 넣어 들고 다녔다. 그로부터 일주일 후 〈프레스〉가 1면에 다음의 헤드라인과 함께 실어서 전국에 배포한 바로 그 사진이었다. "키에라 템플턴 양을 보셨나요?"

에런이 진술서에 서명하고 있는데 밀러 요원이 도착했다. 그가 "템플턴 부부 되시죠?"라면서 인사를 건넸다. 마음속 깊은 곳에서 우러나온 듯한 인사였다. 목소리가 낮고 허스키했지만 고개를 돌리자 친근한 얼굴이 보였다.

"FBI 요원이신가요?"

"실종자 전담 부서의 벤자민 밀러입니다. 이런 일을 당하셔서 정말 상심이 크시겠어요. 이번 사건을 위해 전담팀을 꾸렸고 따님을 찾기 위한 수사 작업에 이미 돌입했습니다. 걱정하지 마세요. 따님은 나타날 겁니다."

"누가 우리 애를 납치한 걸까요?" 에런이 진심 어린 우려의 목소리로 물었다.

"듣기 좋은 말로 포장하지 않겠습니다. 그러면 오히려 해가 될 뿐이죠. FBI가 이런 사건을 맡는 경우는 오직 하나, 납치 가능성이 있다고 판단될 때입니다. 그래서 몸값을 요구하는 전화가 걸려 올 때를 대비해 두 분이 집에 계셨으면 합니다. 위험 부담이 큰 사건이에요…. 납치범들이 어떻게든 접촉을 시도해올 겁니다."

"몸값이요? 말도 안 돼." 그레이스는 두 손으로 입을 가렸다.

"심심찮게 일어나는 일입니다⋯. 다른 나라보다 미국에서 더 흔히 일어나죠. 혹시 누군가에게 원한을 산 일이 있나요? 두 분을 해코지할 만한 사람은 없나요? 몸값을 요구한다면 감당할 여력은 되실까요?"

"원한을 사요? 몸값을 줘요? 저는 보험회사 지점장이에요! 그냥 보험 서류에 서명하는 게 일이라고요." 에런이 격분하여 대답했다. "지극히⋯ 평범하고 흔한 일이에요."

"최근 누군가의 보험 가입을 거부한 적 있나요?"

그레이스가 못마땅한 표정으로 에런을 쳐다보았다.

"왜?" 에런이 아내에게 물었다. "이번 일이 내 탓이라고 비난하는 거야?"

"당신 직업 때문이야, 에런. 당신의 빌어먹을 직업 때문에 이런 일이 벌어진 거야. 그 많은 사람들⋯ 그 의지할 데 없는 수많은 사람들." 그레이스가 화난 목소리로 주장했다. "이건 필시⋯."

"그 일은 아무 관련 없어, 그레이스." 에런이 말을 잘랐다. "어떻게 그런 주장을 할 수 있어요? 당연히 보험 가입을 거부하기도 하죠. 하지만 그건 제가 결정하는 게 아니에요. 위에서 내려오는 지시를 따르는 겁니다. 회사에는 지침이라는 게 있어요. 수익성 없는 고객을 맡을 수 없는 거예요. 호텔방을 망가트릴 게 뻔한 손님이 예약을 요구한다면 호텔 측에서 받아들일까요?" 에런이 격분하며 답했다.

"선생님의 직업을 비난하는 게 아닙니다. 하지만 남편분께서 원한을 사기 좋은 직업을 가진 건 부인할 수 없죠. 그리고 이러한 사건의 경우… 남편분에게 해를 가하고 싶어 하는 누군가가 연루되었을 가능성이 있어요. 개인적인 복수나 금전적 동기 때문일 수 있는 거죠."

그레이스가 한숨을 쉬더니 입을 꽉 다물었다.

"지난 몇 년 동안 남편분께 보험 가입이나 특정한 치료에 대한 보장 요구를 거절당한 고객 명단이 필요합니다." 밀러 요원이 종이에 적으며 말했다.

"내가 말했지, 에런. 당신은 맨날 그놈의 수익성 타령만 한다고. 아무리 그래도 어떻게…."

"고객 명단을 주시겠어요?" 밀러 요원이 주제를 본론으로 되돌리려고 다시 물었다.

에런은 고개를 끄덕이고 목이 콱 메는 느낌을 없애려고 침을 삼켰다. 숨쉬기가 힘들었다.

"아무튼 현재 모든 가능성을 열어두고 수사하고 있습니다. 내일도 아무 소식이 없으면 전단지를 돌리고 상황을 조금 진전시켜보죠. 뭔가를 본 사람이 있을지도 모르니까요."

그레이스가 밀러 요원의 말에 위안을 받으며 고개를 끄덕였다. 그녀에게는 밀러 요원이 상황을 통제하는 유일한 사람으로 보였다.

"제발 아이를 빨리 찾아주세요." 그레이스가 빌었다.

“아이는 나타날 겁니다. 이런 사건의 경우 대개 처음 스물네 시간 안에 해결됩니다. 이제 겨우⋯.” 그가 말을 멈추고 시계를 확인했다. “열네 시간 지났네요. 제가 잘못 계산한 게 아니라면요. 아직 열 시간이 남았습니다. 이런 대도시에는 도시 전역에 보는 눈이 있어요. 그 정도면 충분하고도 남을 겁니다.”

18장

2010년 11월 27일
키에라 실종 12년 후

폐허가 된 내면을 파헤치다 찾은 것은

산산이 부서진 내 영혼이었다.

복도 끝에서 초인종 소리가 시끄럽게 울리며 집 안의 생기를 짓누르고 있던 침묵을 깨트렸다. 미세한 먼지 층이 사방을 점령한 데다 짙은 회색빛 기운이 감돌아 슬프고 우울해 보였다. 마치 불타고 남은 재라도 흩뿌려진 것 같았다. 하지만 실은 그렇지 않았다. 거실의 마호가니 탁자 위에 놓인 사진 액자는 매일 닦기라도 한 것처럼 빛나고 있었다. 온 거실을 통틀어 유일하게 반짝거리는 물건이었다. 사진 속에는 행복한 젊은 부부가 있었다. 남자는 많아 봐야 서른, 여자는 그보다 조금 어려 보였다. 다른 사진들 속에는 검은 머리칼과 초록색 눈동자를 가진 세 살가량의 여자아이가 그 부부 옆에서 행복한 표정을 짓고 있었다. 사진마다 여자아이는 틈새가 벌어진 이를 드러낸 채 웃고 있었다.

초인종이 다시 울렸다. 이번에는 훨씬 길었다. 그레이스 템플턴은 부엌 식탁에서 일어나 현관으로 갔다. 무관심에서인지, 절망감에서인지, 걸음이 예전처럼 빠르지 않았다. 11월 27일이었다. 전남편의 전화로 인해 내면 깊숙이 묻혀 있던 두려움이 다시 깨어났다.

그레이스는 기대감, 희망, 씁쓸함, 슬픔, 우울함 등 온갖 감정이 암울하게 뒤섞인 채 그날 아침 눈을 떴다. 해마다 그 불행한 사건을 상기시키는 바로 그 퍼레이드가 불러일으키는 감정들이었다. 그레이스 템플턴은 힘 빠진 손으로 손잡이를 잡고 떨면서 문을 열었다. 40대 후반의 남자가 걱정스러운 표정으로 그녀를 쳐다보고 있었다.

두 사람은 서로를 조용히 바라보았다. 그레이스가 남자의 손을 내려다보니 불룩한 봉투가 들려 있었다.

"이번엔 어디에 있었어?" 그레이스가 지치고 혼란스러운 목소리로 인사차 물었다.

"옛날 우리 집 우편함에 있었어. 처음처럼. 스와가트 가족이 전화를 줬어. 밀러 요원한테는 알렸어. 지금 오고 있어. 포렌식 팀과 자기가 도착할 때까지 건드리지 말고 기다리라고 했어."

"이번에도 키에라 생일이야, 에런. 첫 테이프도 그랬잖아. 대체 그들이 원하는 게 뭘까? 우리한테 왜 이러는 거야?" 그녀가 물었다.

에런은 계속 무표정이었다. 고통이 이미 너무 깊어 더 이상 겉으로 드러나지 않았다.

"케이크는 벌써 냉장고에서 꺼내놨어…. 테이프가 나타났는지도 모르고. 센트럴파크 서쪽길로 산책할 때 봤던 그 빵집에서 주문한 거야. 정말 예쁘게 잘 만들었더라. 겉에 작은 오렌지 퐁당 꽃으로 장식돼 있어. 자기도 봐야 해."

"그레이스… 제발. 키에라 생일 파티는 이제 그만하면 안 될까? 오늘 새 테이프가 나타났잖아. 부탁이야… 이번은 그냥 넘어가자. 매년 키에라 생일을 함께 보내려고 만나기는 하지만… 새 테이프가 도착했잖아. 이 많은 감정을 한꺼번에 감당하기엔 너무 벅차. 난 그냥… 아이만 보고 그걸로 만족하고 싶어. 그게 낫지 않을까? 우리 딸아이의 네 번째 테이프야. 아이만 보고 조용히 눈물 흘리고 싶다고."

"케이크가 있어야 내가 미쳤다는 생각을 안 하게 돼, 에런. 나한테서 그런 위안거리마저 빼앗지 마. 당신은 내게 이미 충분히 상처를 줬잖아, 안 그래?"

그는 대답 대신 한숨을 쉬었다. 그레이스가 몸을 돌려 부엌으로 사라졌다. 곧이어 흰 상자를 들고 돌아와 다이닝룸으로 가져갔다. 에런이 뒤따라 가자 그레이스가 상자를 열어 안에 든 케이크를 꺼내고 있었다.

"예쁘지 않아? 키에라가 봤으면 좋아했을 거야."

"분명 좋아했을 거야, 그레이스." 에런이 조용히 답했다.

"뭘 기다리고 있어?" 그레이스가 나무 상자에 열을 맞춰 가지런히 채워둔 성냥갑 중 하나를 꺼내며 물었다. "올해 열다섯이야. 하나하고 다섯."

그레이스가 다른 방으로 가더니 숫자 모양의 초 두 개를 들고 곧장 돌아왔다. 그레이스가 미리 준비해둔 게 분명했다. 에런은 전처가 미친 듯이 방을 들락거리며 바쁘게 이리저리 오가는 모습을 가만히 서서 지켜보았다. 그리고 그레이스 앞에서 무너지지 않으려고 애써 눈물을 참았다.

"초콜릿 밀크셰이크 먹을래?" 그레이스가 다시 부엌으로 돌아와 물었다.

"미렌한테도 말했어. 같이 봐야 할 것 같아서. 테이프에 새로운 정보가 있어서 미렌이 단서를 찾는 데 도움이 될지도 몰라."

그레이스가 부엌을 나갔다가 금방 다시 돌아왔다. 그녀의 표정에 아무 변화가 없었다.

"초콜릿? 아니면 바닐라? 당근케이크인데 속은 버터크림이야."

"내 말 듣고 있어? 미렌한테 말했다고. 조만간 이리로 올 거야."

"그럼 바닐라로 할게." 그레이스가 못 들은 척 유리잔에 노란색 밀크셰이크를 채우기 시작했다.

"그레이스. 제발. 미렌이 테이프에서 뭔가 다른 정보를 찾을지도 모른다고. 희망을 버리지 마. 난 미렌이 유능한 기자라고 진심으로 믿어. 이게 우리가 진실에 가까워질 수 있는 최대…."

갑자기 뒤쪽에서 유리잔이 벽에 부딪쳐 산산조각 나는 소리
가 들렸다. 에런이 몸을 피할 새도 없었다.

"내 눈에 흙이 들어가기 전까진 안 돼, 에런. 내 말 알아듣겠
어? 지금 당장 그 여자한테 전화해서 올 생각은 꿈에도 말라고
전해. 언론이 쓸데없이 사사건건 간섭하는 거 더 이상은 못 참겠
어."

에런은 다시 한숨을 내쉬었다. 해가 갈수록 이날은 두 사람에
게 버티기 힘든 날이 되어갔다. 누구에게나 견디기 힘든 짐이었
지만 그들로서는 참을 수 없는 고통에 다다른 상태였다. 겉으로
보기에 그레이스의 행동은 정상이었다. 웃기도 하고, 말투도 차
분했으며, 키에라에 대해 언급하는 건 아주 가끔이었다. 하지만
에런과 함께 있을 땐 대화 주제가 오직 하나뿐이었다. 그들은 수
년 동안 다른 주제에 대해 대화한 적이 없었다. 그들이 함께 있
을 때 존재하는 것은 오직 하나, 그들 곁에 없는 키에라뿐이었다.

"알겠어. 미렌한테 잘못 보냈다고 문자할게. 테이프는 다음에
보여주면 되지."

그레이스가 고개를 끄덕였다. 그녀의 두 눈에 벌써 눈물이 그
렁그렁했다.

에런은 식탁에 꾸러미를 올려놓고 미렌에게 문자를 보냈다.
"오지 마세요. 그레이스가 보고 싶지 않대요."

미렌은 방금 보낸 문자도, 12년에 걸쳐 네 번째로 도착한 테

이프 소식이 담긴 이전 문자도 읽지 않은 것 같았다.

"그럼 시작할까?" 그레이스가 부엌 식탁을 마주 보고 있는 금속 받침대에 놓인 26인치 텔레비전을 키면서 물었다. 받침대 바닥에는 은색 소니 비디오플레이어가 놓여 있었다. 이 골동품이 여전히 작동하는 건 전적으로 그레이스와 에런이 잘 관리한 덕분이었다. 1997년 두 살이던 키에라에게 크리스마스 선물로 준 어린이 영화 선집을 틀기 위해 구입한 것이었다. 키에라가 가장 좋아하는 영화는 〈메리 포핀스〉였다. 하지만 이제 에런은 그녀의 노래, 엄격함, 고지식함, 지독한 행복까지 전부 싫어하게 되었다. 키에라를 생각할 때면 메리 포핀스가 딸아이에게 풍선을 쥐여주던 모습이 떠올랐다. 그 풍선만 없었어도 키에라는 여전히 그들 곁에 있었을 것이다.

에런은 '4'라는 숫자가 붙어 있는 봉투를 열어 내용물을 식탁에 쏟았다. 120분짜리 TDK 비디오테이프에 '키에라'라는 손 글씨가 적힌 흰색 라벨이 붙어 있었다.

그레이스는 의자에 앉을 수밖에 없었다. 그날 아침, 이번에는 키에라의 생일이면 느끼는 감정적 혼란을 잘 견뎌낼 수 있으리라는 행복한 예감을 느끼며 일어난 터였다. 하지만 에런으로부터 새 비디오가 도착했다는 전화를 받고선 단번에 모든 행복감이 사라졌다.

"당신 괜찮아?" 에런이 금방이라도 울음을 터트릴 듯한 표정으로 물었다.

그녀가 설핏 고개를 끄덕이고 식탁에 있던 물잔을 홀짝였다.

"그냥 빨리 하면 안 될까?"

에런이 가방에서 흰색 라텍스 장갑을 꺼내서 손에 꼈다. 그런 다음 비디오를 조심스레 집어 들고 비디오플레이어에 집어넣었다.

그는 케이크 뒤편인 그레이스 옆 식탁 의자에 앉았다. 그레이스가 성냥을 긋고 '15' 모양의 촛불에 불을 붙였다. 촛불의 따뜻한 불빛이 케이크에 장식된 오렌지꽃과 두 부모의 슬픈 마음을 비추었다. 그들은 손을 잡았다.

지금은 그들이 자신에게 휴전을 허락하는 유일한 시간이었다. 그들은 가장 최근 도착한 비디오테이프를 함께 보기 위해 매년 딸의 생일이면 얼굴을 마주했다. 그리고 시간이 있으면 수다를 떨고 각자 자신의 일상에 대해 이야기한 다음 아주 긴 작별을 위한 인사를 나누었다. 하지만 이번에는 달랐다. 그들은 아직 보지 못한 새 테이프와 함께 나란히 앉았다. 그들 중 어느 누구도 한순간 닥친 서로 다른 감정, 즉 딸아이의 생일과 몇 년 만에 아이의 모습을 다시 본다는 감정이 북받쳐 충돌하는 상황에 준비가 되어 있지 않았다.

그들은 감정이 벅차올라 서로를 쳐다보다가 눈을 감고 꾹 참았던 눈물을 떨구었다. 흐르는 침묵 사이로 그들의 숨소리밖에 들리지 않았고, 이윽고 그들은 생일 축하 노래를 부르기 시작했다.

노래를 마치고 그들은 케이크 쪽으로 몸을 기울여 키에라를 대신해 촛불을 불었다.

"이번에는 무슨 소원을 빌었어?" 에런이 그레이스에게 물었다.

"작년과 같은 소원. 키에라가 잘 지내게 해달라고."

에런이 고개를 끄덕였다.

"당신은?"

"나도 작년과 같아. 키에라가 돌아오게 해달라고."

그레이스는 슬픔이 잔뜩 묻은 조용한 한숨을 길게 내쉬었다. 그 모습이 마치 유령들이 그녀의 입에서 줄지어 흘러나오는 것만 같았다. 그레이스는 에런의 어깨에 머리를 기대었다. 에런이 식탁으로 손을 뻗어 리모컨을 집어 들고 티브이 전원을 켜자 검은 화면 한가득 흰색 눈꽃이 춤을 추기 시작했다. 에런은 화면 속 백색 소음이 들릴 만큼 볼륨을 키웠다. 그 낡은 브라운관 티브이에는 아무 채널도 잡히지 않았다. 4:3 비율의 26인치 검은색 필립스 티브이는 비디오플레이어와 직접 연결 가능한 단자가 있는 골동품이었다. 연식이 꽤 되는 데다 첫 번째 테이프가 도착하던 날 밤 에런이 내려쳤는데도 불구하고 여전히 작동했다. 오른쪽 위 모서리에는 흠집이 두 개 있었는데 티브이를 받치고 있는 바로 그 받침대에서 떨어져 생긴 흔적이었다. 에런은 리모컨을 바꿔 비디오플레이어의 전원을 켰다. 화면이 새까맣게 변하면서 티브이를 쳐다보고 있는 에런과 그레이스의 우울한 모습이 비쳤다. 그때 화면 오른쪽 상단에 '00:00'에 멈춰져 있는 시간 표시기가 나타났다.

그레이스는 시간 표시기가 바뀌기 시작하는 것을 보고 에런의 손을 꼭 쥐었다. 영원과도 같은 몇 초가 흘러 시간 표시기가 '00:02'로 변하자 검은 화면 대신 그레이스가 예상한 침실이 등장했다. 하지만 한 가지 다른 점이 그들의 심장을 얼어붙게 만들었다.

"어떻게 된 거야?" 그레이스가 소리쳤다.

천장 모서리에서 단일 시점으로 촬영된 화면 속 침실은 감색 바탕에 주황색 꽃무늬 벽지로 사면이 도배돼 있었다. 방 한쪽에 놓인 싱글 침대에는 벽지의 꽃 색깔과 동일한 주황색 퀼트가 덮여 있었다. 반대편에는 폴더와 공책 더미, 볼펜 하나가 나란히 놓인 나무 책상이 있고, 책상 옆에는 공부방보다는 부엌에 더 잘 어울릴 법한 다리 네 개인 의자가 놓여 있었다. 화면 중앙에 있는 하나밖에 없는 창문에는 얇은 커튼이 걸려 있었는데 조금의 미동도 없었다.

"키에라는 어디 있어?" 그레이스가 물었다. 에런은 꼼짝도 하지 않고 앉아 있었다.

그들은 늘 그랬듯 조만간 키에라가 나타나기를 기대했다. 예전에 도착한 세 개의 테이프에는 모두 지난번 테이프보다 몇 년씩 더 자란 모습의 키에라가 있었다. 그들이 놀라거나 말거나 시간 표시기는 무정하게 흘러갔다.

"아니야! 뭔가 잘못된 거야." 그레이스가 소리쳤다. "내 딸 어디 갔어?”

초인종이 울렸지만 그들은 키에라의 흔적이라곤 전혀 보이지 않는 텅 빈 방을 눈이 빠져라 쳐다보며 정신이 팔려 있었다.

시간 표시기가 ‘00:59’에 다다르자 화면이 멈추며 비디오플레이어가 테이프를 뱉어냈다. 화면이 잠시 파란색으로 변했다가 신호가 멈췄음을 뜻하는 눈발이 나타나며 화면 가득 흑백의 점들이 춤을 추었다.

“안 돼!” 그들은 키에라가 다시 사라진 듯한 벼락같은 절망감에 한목소리로 외쳤다.

19장

**2003년 11월 28일
키에라 실종 5년 후**

원하는 것을 찾고야 말겠다는 바람보다

더 강력한 것이 세상에 있을까?

밀러 요원은 일주일 동안 어떤 기사도 내지 않는다는 조건 하에 재수사를 시작하는 데 동의했다. 미렌은 처음 한 주가 지나고 나서 조사에 방해가 되지 않는 선에서 수사 진척 상황을 요약하고 자신의 의견을 싣겠다고 동의한 터였다. 그녀의 첫 기사는 향후 전개될 사건들에 대해 미국 전역의 언론의 논조와 흐름을 좌우하게 될 예정이었다.

비디오테이프는 FBI 뉴욕 지부에 폭탄을 떨어트렸다. 수많은 요원들이 비디오의 출처를 확인하고 영상을 프레임별로 분석해 단서를 알아내는 데 도움을 주겠다고 자원했다. 키에라 테이프는 여러 개의 복사본으로 만들어졌다. 원본 테이프는 지문이 있는지 확인하고 마그네틱테이프를 분석하기 위해 완전히 분해되었다. 테이프가 담겨 있던 봉투도 분석팀에 보내졌다. 우표가 붙어 있지도 우체국을 통해 배송되지도 않았는데, 그 말인즉 누군가 템플턴의 우편함에 직접 넣어두었다는 뜻이었다.

수사팀이 템플턴 부부의 이웃을 방문해 그 전날 인근에 누군가 숨어 있는 것을 못 봤냐고 물었으나 국경일이라 거리에서 몇몇 아이들이 뛰어놀기만 할 뿐 수상한 사람은 없었다는 사실만 확인했다.

비디오와 봉투 모두에 그레이스의 지문이 묻어 있을 가능성이 높은 까닭에 바로 그날 다른 사람들의 지문과 구분하기 위해 그레이스의 지문을 채취한 터였다. 비디오테이프는 120분짜리 TDK로, 녹화된 분량은 59초뿐이었다. 나머지는 전부 비어 있어 쓸 만한 마그네틱 정보가 없었다. 남은 119분에는 아무것도 녹화돼 있지 않았다. 테이프는 가장 대중적인 길이의 흔한 브랜드 제품으로, 난데없는 DVD의 출현에도 불구하고 여전히 시내 곳곳의 수많은 가게에서 구입 가능했다.

VHS 테이프는 품질, 재생 길이, 특히 내구성의 한계로 인해 얼마 안 가 사라질 운명이었다. 특성상 마그네틱 신호가 서서히 약해지다가 결국 기록된 영상이 지워질 수밖에 없었다. 사실상 속도만 다를 뿐 키에라와 같은 운명에 처할 터였다. 새로운 디지털 포맷은 콤팩트디스크 한 장으로 훨씬 좋은 품질의 이미지, 사운드, 심지어 영상 길이를 제공할뿐더러 메뉴, 스페셜 피처, 장면 선택과 같은 매력적인 요소까지 추가로 사용 가능했다. 게다가 관리만 잘하면 50년 넘게 품질이 유지되었다. 몇 년만 지나면 색의 품질이 떨어지는 VHS와 비교하면 보존 기간이 두 배에서 다섯 배 더 길었다. 또한 DVD에 저장된 디지털 기록에는 녹화에 사용된 기기의 종류, 제작된 날짜, 심지어 녹화가 이루어진 장소와 같은 추가 정보도 가끔 담겨 있었는데 보통 디스크에 담긴 각 파일의 Exif 메타 데이터 안에 숨겨져 있었다. 하지만 비디오테이프에는 이런 정보가 담기지 않아 단서를 찾는 게 불가능했다. 기록된 영상이 언제 어디서 녹화된 것인지 찾아내서 확인할 방법이 비디오에는 없었다. 테이프에서 분석해낼 수 있는 유일한 세부 정보라고는 테이프에 남은 미세한 마그네틱 정보를 대조해서 어떤 기계로 영상을 녹화했는지 알아내는 것뿐이었다. 권총에서 총알이 한 발씩 발사될 때마다 독특한 지문이 남는 것과 비슷한 원리였다. 마그네틱테이프 옆부분에 생긴 특유의 자국을 바탕으로 전문가가 해당 영상이 1985년에 출시된 산요 VCR로 녹화된 것임을 밝혀냈다. 마그네틱 헤드는 원래 영상과 음성을 녹화할 때 테이프의 입자들을 재배열하는데 해당 모델에서 각 테이프의 모서리를 따라 반복적인 패턴을 남기는 유명한 제조상 결함이 발견된 덕분이었다. 하지만 그러한 정보도 별 쓸모가 없었다. 산요는 당시 시장에서 가장 잘나가는 선두 주자였기 때문이었다.

필적 감정팀은 테이프에 적힌 키에라의 이름과 봉투에 적힌

'1'이라는 숫자의 필체를 일주일에 걸쳐 분석했다. 잉크의 화학 성분을 분석한 끝에 내린 결론은 미국에서 가장 유명한 브랜드인 샤피 매직펜으로 쓴 손 글씨라는 사실뿐이었다. 글씨를 쓸 때의 압력과 A와 1의 꼭대기에서 획을 꺾는 방식으로 보아, 둘 다 동일 인물이 작성한 것으로 판단되었다. 사흘 후 테이프에 대한 감식 결과 보고서가 도착하자 밀러 요원은 희망을 잃었다. 그레이스의 지문 외엔 아무 지문도 발견되지 않은 것이었다. 봉투에 대한 감식 결과는 주말에나 도착할 예정이었지만 밀러 요원은 수사 진행이 원활하지 않음을 알려주기 위해 템플턴 부부를 직접 만나러 갔다.

에런과 그레이스는 그를 보고 아주 반가워했다. 그는 심각한 표정으로 차에서 내려 주위를 둘러보다가 행복이 가득한 이웃들을 발견했다. 어린아이 두 명이 함께 자전거를 타면서 인도에 세워놓은 원뿔 모형 사이를 이리저리 지나다녔다. 웬 할머니가 정원에서 수국을 가지치기하고 있었고, 한 중년 남자는 앞마당 울타리를 따라 사람 크기의 호두 까기 인형들을 세우고 있었다. 크리스마스 분위기가 물씬 풍기는 이웃 풍경이었다. 밀러 요원은 마른침을 삼킨 다음 유일하게 슬픔에 잠식당한 듯 보이는 집으로 걸음을 옮겼다.

"뭐라도 찾았나요?" 에런이 그를 보자마자 물었다.

"아직 수사 초반이에요. 지금은 단계적으로 수사 과정을 밟아가는 중이에요. 그 59초 속에서 보물을 건지려고 애쓰고 있습니다.”

“지문은 나왔나요? 뭔가 단서가 있을 텐데요.”

“테이프에서는 안 나왔어요. 봉투 감식 결과는 기다리는 중이지만 상황이 긍정적이지는 않습니다, 템플턴 씨. 이 자가 테이프에 지문을 남기지 않으려고 심혈을 기울였다면 봉투에도 지문을 남기지 않았을 가능성이 높아요.”

“그러면 영상 분석은요? 어디서 찍었는지 확인할 만한 단서가 안 나왔나요? 저희 딸아이가 잡혀갔어요…. 아이를 찾아야 해요.” 그레이스가 끼어들었다.

“영상 품질이 너무 조악해서 커튼 너머의 풍경을 식별할 수 없다 보니 아이가 어디에서 누구와 있는지 찾아내는 게 쉽지 않군요. 저희 짐작으로는 주택 같아요. 흰색 커튼 너머의 초록빛 색감은 마당으로 보이고요. 하지만… 이 정도로는 수사에 별 도움이 안 됩니다. 심지어 방 안으로 들어오는 햇빛의 방향도 위치 파악에 도움이 안 돼요. 하루 중 언제 촬영됐는지만 알아도 최소한 집이 바라보는 방향을 계산해서 대략적인 위도를 추정할 수 있을 텐데 말이죠. 이 영상에서 많은 정보를 얻어내긴 어려울 것 같습니다. 이렇게 말하기에 이른 감은 있지만 다른 단서를 발견하지 못하면 이 비디오는 댁의 따님이 어딘지 모를 곳에 탈 없이 살아있다는 사실을 확인하는 의미 그 이상은 못 될 것 같아요. 생존의… 증거라고 여기는 수밖에요.”

“무슨 말씀이세요?”

“납치 사건의 경우 생존을 알리는 증거는 인질이 무사하다는 것을 보여주고 몸값을 요구하는 용도로 쓰입니다. 이것도 비슷할 수 있어요. 단지⋯ 단지 놈들이 몸값을 요구하지 않은 것뿐.”

“그러면 놈들이 몸값을 요구하게 만들어야죠.” 에런이 진지하게 말했다.

“기자회견이라도 열자는 건가요?”

“안 될 건 뭔가요?”

“언론이 개입하면 수사 속도가 느려질 거예요⋯. 5년 전과 같은 일이 되풀이되는 건 원치 않습니다.”

“내 딸을 찾는 데 도움이 된다면 하겠습니다. 그 점은 의심하지 마세요.”

“사람이 죽었어요, 템플턴 씨. 그런 일이 또 일어나서는 안 돼요.”

“제 잘못이 아니잖아요, 밀러 요원님. 기억해보세요. 그 일의 불씨를 지핀 건 제가 아니에요.”

20장

미렌 트리그스
1998년

한밤중에 들어선 길은

어디로 이어지는지 도무지 알 수 없다.

나는 사랑하는 사람이 마치 이 세상에 존재한 적 없는 것처럼 증발해버렸을 때 남은 이의 영혼에 벌어지는 일들에 언제나 마음이 쓰였다. 그런 일들을 추적하고 싶다는 생각을 수년 동안 마음에 품어왔다. 어쩌면 그래서 내가 저널리즘을 공부하기로 마음먹은 건지도, 세상사가 흥미롭게 느껴진 건지도 몰랐다. 결국 저널리즘에서 가장 중요한 건 조사이지 않은가. 권력자들이 숨긴 것들, 정치인들이 숨긴 것들, 진실이 드러나지 않기를 바라는 자들이 숨긴 것들을 조사하는 것. 이야기의 숨겨진 구석구석을, 수수께끼를, 기억 속에서 잊힌 사람들을 찾는 것. 저널리즘은 곧 조사하고 찾아내는 일이다.

어릴 적부터 셜록 홈스 시리즈를 좋아했는데 범인보다도 진실을 찾는 게 좋아서였다. 대개는 결말에 이르기 전에 무슨 일이 벌어질지 맞히는 과정이 재밌었지만 결말은 언제나 뜻밖이었고 나의 예상은 정답을 빗나갔다. 초기부터 키에라 사건에 마음이 끌렸던 것도 어쩌면, 정말 어쩌면, 내가 그 아이를 찾지 못하리라는 걸 마음 한편으로 알았기 때문인지도 몰랐다.

화면에 용의자의 이미지가 뜨자 나는 진심으로 기뻤다. 아이를 찾느라 고작 하룻밤을 보냈을 뿐이지만 어째선지 감정적으로 내 일인 것만 같았다. 아이의 눈빛 때문이었을까. 키에라의 두 눈에서 내가 세상의 잔혹함을 마주했을 때 느꼈던 두려움과 놀람과 충격이 고스란히 보였더랬다.

그날 〈프레스〉지 1면에는 다음과 같은 헤드라인과 함께 용의자의 사진이 실렸다. "키에라 납치도 동일범 소행?" 사건에 대한 자세한 내용은 사설 다음인 4면에 실렸는데 두 쪽 전면에 걸쳐 길게 다루어졌다. 1면에 실린 사진 속의 J.F.라는 이니셜을 쓰는 남자가 전날 밤 해럴드 스퀘어 일대에서 일곱 살짜리 여자애를 납치하려다 체포되었다는 설명이 적혀 있었다. 목격자에 따르면, 용의자가 어린애의 손을 잡고 브로드웨이를 지나 타임스 퀘어 방면으로 가고 있는데 아이가 근방에 부모가 보이지 않고 부모님한테 데려다주겠다고 말한 남자가 일면식도 없는 사람이라는 걸 깨닫고 소리를 지르기 시작했다.

어린 여자애의 비명을 들은 몇몇 시민들이 힘을 합쳐 용의자를 붙들었다. 남자는 여자애가 군중 속에서 부모와 떨어져 길을 잃고 헤매는 것을 발견하고 타임스퀘어 모퉁이에 있는 가장 가까운 경찰서로 아이를 데려다주려 했다고 주장했다. 하지만 그의 해명은 누구도 설득하지 못했다. 키에라 실종 사건으로 긴장 감이 고조된 데다 동일 지역에서 사건이 벌어진 탓에 여자애가 비명을 지르는 순간 주변의 경각심이 높아진 탓이었다. 현재 아이는 부모 곁에 안전하게 돌아간 상태였다.

기사에는 부모의 인터뷰도 실렸는데 아이의 부모는 용의자를 붙잡는 데 힘을 보태준 모든 시민들의 수고에 감사를 표하며 다른 부모들에게 성범죄자에 대한 경각심을 늦추지 말라며 독려했다. 내가 읽은 바로는 경찰은 이 사건과 키에라의 실종을 연관 짓는 데 주저함이 없었다. 해당 기사를 작성한 기자는 용의자가 자신의 범행 수법이 통한다는 걸 확인하고 일주일 뒤, 비슷한 사건이 동일 지역에서 일어났다고 언급했다. 그러니 그자가 키에라도 납치한 게 분명했다. 이제 남은 절차는 키에라를 찾기 위해 그로부터 자백을 받아내는 일뿐이었다.

용의자가 26년 전 미성년자와 성관계를 맺고 유죄 선고를 받아 성범죄자 명단에 올라간 사실을 경찰이 확인함으로써 그의 모든 혐의에 신빙성이 더해졌다는 말로 마지막 문단은 마치고 있었다.

나는 키에라 사건이 이제 다 해결됐다는 생각에 놀라움 반 즐거움 반 신문을 덮었다. 슈모어 교수에게 다시 전화를 걸자 통화음이 두 번 울린 다음 그가 전화를 받았다.

"소식은 벌써 들었겠지." 그가 전화를 받자마자 말했다.

"좋은 소식이네요. 〈프레스〉가 실력이 탁월하다는 건 부인하지 못할 거예요."

"그야 그렇지. 굉장한 일을 했어. 나… 나 혼자 이 일에 열을 쏟고 있어. 온 부서가 나스닥이며 S&P 500 기업의 회계 자료를 분석하느라 난리야. 이따금이라도 사람 냄새 나는 사건을 추적하려고 애쓰는 건 나밖에 없어."

"누군가는 그런 이야기에도 관심을 기울여야 하잖아요?"

"그렇지, 미렌. 어쨌든 좋은 소식이야. 그리고… 과제는 걱정하지 마. 다른 학생들처럼 방류 기사로 주제를 돌릴 시간은 있어."

"아직 키에라를 못 찾았잖아요. 제 조사는 안 끝났어요, 교수님. 키에라를 발견할 때까지 사건이 진전되는 상황을 취재해서 제출하면 돼요. 솔직히 아직 밝힐 게 많긴 하지만요."

"좋은 자세야, 미렌. 탐사보도 기자가 갖추어야 할 가장 귀중한 자질은 인내심이야. 내가 늘 강조하는 말이지. 그건 타고나는 거야. 가르친다고 되는 게 아니야. 호기심이 탐사보도 기자를 규정하는 본질이야. 아무리 힘들어도 잘못된 것을 바로잡고자 하는 열망 말이야."

"알아요. 수업 시간에 항상 하시는 말씀이잖아요."

"지금까지 강의에서 배울 건 그거 하나야. 기자라는 직업은 능력보다는 열정이, 타고난 총명함보다는 인내와 노력이 더 중요해. 물론 전부 도움이 되지만 어떤 주제에 심장이 뛰게 되면 진실에 다다를 때까지 물고 놓지 않게 되거든."

"그리고 진실은 키에라가 아직 나타나지 않았다는 거예요."

"맞아." 그가 답했다.

대화를 나누는 중 그가 살짝 이상하게 느껴졌다. 그의 목소리가 떨렸지만 나는 휴대폰 음질이 좋지 않아서 그렇겠거니, 하고 생각했다.

전화를 끊은 다음 나는 폴에게 줄 프레츨을 사 들고 법원으로 돌아갔다. 폴은 꽤 괜찮은 사람 같았다. 아무도 눈여겨보지 않는 전형적인 행정 보조원인 그가 기록 보관소에 혼자 앉아 있는 게 내 눈엔 못내 안쓰러웠다. 그래서 다 똑같은 도매처에서 물건을 떼오는 게 분명한 길거리 트럭에서 프레츨을 사 갔고 그는 미소로 내게 고마움을 표했다.

"이러다 버릇 나빠지겠어요." 그가 작은 책상에 앉아서 씩 웃으며 말했다. 나는 먼지 가득한 자료 더미에 또 한 번 몸을 파묻기 전에 그에게 도움을 요청했다.

"뭘 좀 찾고 있는데 도와주실래요?" 내가 간곡한 표정으로 물었다.

"그러죠. 말만 하세요. 이 자료 더미를 파일에 저장하는 것만 빼면 딱히 할 일도 없어요. 지금 당장 해치워야 하는 일도 아니고요."

나는 웃었다. 그리고 J. F.의 얼굴이 1면을 가득 채운 〈프레스〉지를 책상 위에 올려놓고 용기를 내어 물었다.

"이 성범죄자 파일 더미에서 이 자의 기록을 찾을 수 있을까요?"

"뉴욕주에서 범죄를 저질렀으면 여기 있을 거예요."

"그러면 좀 도와주실래요?"

"이름이 뭐죠?"

"정확히는 몰라요. 기사에 따르면… 이니셜이 J. F.고, 유죄 선고를 받은 건 26년 전이에요."

"찾아보죠."

"고마워요, 폴."

"뭘요."

우리는 파일이 가득한 기록소로 함께 들어갔고 나는 중단한 부분부터 조사를 이어나갔다. 그는 70년대 자료가 담긴 문서 보관 상자부터 뒤지기 시작했다. 도중에 그가 내게 90년대 자료에서 뭘 찾고 있냐고 물었지만, 나는 사진을 다 확인한 파일을 이쪽 더미에서 저쪽 더미로 옮기며 대답을 얼버무렸다. 작년에 그 일을 겪고부터 모르는 남자와 단 둘이 있는 게 고역이었다. 남자들에 대한 신뢰가 사라진 데다 상자에 담긴 파일 내용을 읽으니 내면의 두려움이 사그라들 줄 몰랐다. 나와 마찬가지로 상자를 열어 책상 위에 내용물을 올려놓고 읽고 있을 뿐인데도 폴과 함께 앉아 있는 상황이 나를 긴장하게 만들었다.

얼마나 지났을까, 폴이 소리쳤다.

"찾았어요! 여기 있어요! 제임스 포스터. J. F. 기소된 이유는⋯ 1972년 미성년자와 합의 하의 성관계네요."

"합의 하에요?"

"네, 그런 것 같아요. 피해자는⋯ 어디 적혀 있더라?"

"'피해자 연령' 난에요." 내가 심각하게 답했다.

"아, 맞네요. 열일곱이네요. 가해자는⋯ 열여덟이에요."

"뭐라고요? 뭔가 잘못된 거 같은데⋯."

"현재는 결혼해서 아내와 아이 둘과 함께 다이커 하이츠에 살고 있네요. 애들은 열두 살, 열세 살이에요."

"그 사람 맞아요? 다이커 하이츠라고요?"

그가 내게 파일을 보여주었다. 동일 인물이었다. 사진만 봤을 때는 평범한 남자처럼 보였다. 하지만 외모로 이런 일을 판단하기란 어려웠다. 보기에는 지극히 정상적이고 평범한 부모 같았다. 위험해 보이지도 않았고, 아동 학대 전력도 없었다. 하지만 성범죄 자료에서 읽은 내용을 보면 그런 건 상관없었다. 그들은 본 모습을 감쪽같이 숨겼다. 그게 그들의 가장 큰 장기였다. 그중 상당수가 판사, 의사, 경찰, 사제였고, 겉으로 보이는 모습이 너무나 무고해서 현장에서 범행을 포착하지 않는 한 누구도 그들의 정체를 알아차릴 수 없었다. 간신히 그들을 잡는다 해도 극히 평범한 외관 탓에 심문하는 사람들이 혼란에 빠졌다. 진심으로 역겨웠다.

“다른 정보는 더 없어요?”

“성범죄자 신상공개법 때문에 그 이상은 볼 수 없어요. 이 기록소에서는 유죄 판결과 형량을 요약해놓은 자료밖에는 못 찾아요. 디지털 등록부에서 검색할 수 있는 내용도 그 정도에요.”

“전체 자료는 못 구하나요?”

“그건 불가능해요. 접근 제한 문서라서 범죄자의 변호사나… 그게, 주 정부만 열람 가능합니다.”

“그렇군요.” 나는 마지못해 수긍했다.

“또 필요한 건 없어요?”

“저를 혼자 두고 나가주는 거요.” 나는 억지 미소를 지으며 퉁명스레 말했다. 내 말에 당황했는지 그가 충격을 받은 표정을 지었다. 마음이 안 좋았다. 그와 함께 있어서 스트레스가 심했던지라 그런 반응이 저절로 튀어나온 거였다. 그가 살짝 기분이 상해서 기록소를 나가려는 찰나, 내가 소리 높여 말했다.

“고마워요, 폴. 미안해요.”

그가 체념한 듯한 미소를 지어 보이며 복도로 사라졌다. 덕분에 나는 또다시 혼자가 되었다. 기록소의 그 모든 문서함 사이에 홀로 서 있는데 기분이 착잡했다.

나는 90년대 파일부터 조사를 이어갔다. 확인을 끝마치면 문서함을 책상 이쪽에서 저쪽으로 하나씩 옮겨서 선반으로 돌아가 먼지를 뒤집어쓸 채비를 시켰다. 폭력적인 성범죄자들, 공공장소에서 자위행위를 한 사람들, 사회의 밑바닥에 속한 강간범들의 파일이 즐비했는데 그들에겐 공통점이 있었다. 바로 사회 계급과 인종을 막론하고 전부 남자라는 점이었다. 나는 벌써 지쳐서 그쯤에서 조사를 접고 나중에 다시 돌아와 작업을 이어가야겠다 싶었다. 그 순간 내 기억 속 가장 어두웠던 그 밤에 보았던 이미지가 머리를 번쩍 스쳤다. 그 사진을 착각하는 건 있을 수 없는 일이었다. 그 끔찍한 순간 중에서도 절대 지워지지 않는 유일한 기억이었다. 내 앞에 놓인 건, 그 전해에 나를 강간했던 남자 중 한 명의 파일이었다.

21장

1998년

시간이 천천히 가기를 바라면 놀랍도록 빨리 가고
빨리 가기를 바라면 놀랍도록 천천히 간다.

그 후 열 시간은 쏜살같이 지나갔다. 키에라의 흔적을 조금도 찾지 못하고 흘러가는 그 모든 순간이 부모에겐 가슴이 찢어지는 고통이었다. 다음 날 정오에 그들은 혹시 몸값을 요구하는 전화가 걸려올까 봐 경찰관 몇 명을 옆에 대기시킨 채 거실에 쓰러지듯 몸을 누였다.

"키에라의 옷가지가 발견된 35번 가 225번지 아파트 소유주와 세입자들을 상대로 현재 심문을 진행 중입니다." 둘째 날 아침, 밀러 요원이 도착하자마자 이렇게 전했다. "이웃의 모든 가게에서도 같은 작업을 진행 중이고 근방의 보안카메라 영상도 복사해달라고 요청해놓았습니다. 다행히 맨해튼에 있는 점포,

역, 공공건물을 비추는 보안카메라가 모두 합쳐 3천 개가 넘습니다. 댁의 따님을 데려간 사람이 그 앞을 지나갔다면 찾아서 검거할 수 있을 겁니다."

밀러 요원의 말은 그럴듯하게 들렸지만 실은 그렇게 쉬운 일이 아니었다.

1998년에 가동 중이던 보안카메라는 대부분 같은 테이프에 영상을 반복해서 기록하는 작은 폐쇄회로 시스템으로 이루어져 있었다. 최상의 시나리오라면 이 시스템에서는 여섯 시간에서 여덟 시간까지 영상을 기록할 수 있었다. 기본적으로 강도나 공공 기물 파손을 막기 위한 실시간 보안카메라인 셈이었다. 범죄자를 잡는 데 실제 도움이 된 경우는 아주 드물었지만, 밀러 요원은 그들이 컴컴한 어둠 속을 더듬거리고 있음을 인정하는 위험을 최소화하고자 그 사실을 혼자만 알기로 했다. 어쨌든 당장은 도움이 될 수도 있었지만 누구도 실제로 도움이 될 거라 믿지 않았다.

실종 순간을 목격한 몇몇 사람을 찾아내는 작업도 활발히 이루어졌다. 특히 퍼레이드가 지나가는 길목 끝에서 아이들에게 풍선을 나눠주던 배우를 찾는 데 집중되었다. FBI가 메이시스 백화점에 연락하자 백화점 경영진이 모든 파일과 보안카메라 영상, 계약서를 열람케 해주었을 뿐 아니라 직원 고용을 알선해 준 회사를 알려주고 무엇보다 메리 포핀스로 분장한 여배우를 찾도록 가능한 모든 면에서 기꺼이 협조했다.

오후 4시가 넘어 연약해 보이는 한 젊은 여자가 로어 맨해튼의 FBI 사무실을 찾아와 수사관에게 진술했다.

하지만 그녀의 진술은 수많은 진술 중 하나에 불과했고 사건에 어떤 통찰력을 제공하거나 사실을 확인해주지 못했다. 여배우는 FBI가 보여준, 아빠와 함께 웃고 있는 사진 속 아이를 알아보고선 아이가 아빠와 함께 웃고 있는 걸 봤다고 진술했다. 그러다 작은 소란이 일었고 잠시 후 아빠가 돌아와 딸을 미친 듯이 찾아다녔다고 주장했다. 그녀도 군중 속의 여러 사람들과 함께 아이의 이름을 부르는 데 동참했고 그 후로는 아무것도 보지 못했다. 수사관들은 그녀의 지문을 채집하고 보내주었다. 그녀의 진술은 에런의 진술과 완벽하게 일치했다. 그 시각, 에런은 이웃과 직장 동료, 그리고 두 발 벗고 나선 시민들의 도움을 받아 뉴욕 중심부를 돌아다니며 딸아이를 찾는 전단지를 붙이고 있었다.

둘째 날 자정 무렵이 되자 키에라의 얼굴이 가로등, 공중전화 부스, 핫도그 가판대, 모든 식당과 레스토랑의 문, 쓰레기통 등에 도배되며 일대 곳곳에 노출되었고, 당연히 사람들의 집단 기억 속에 자리 잡으며 풀리지 않는 최대의 미스터리 소녀로 변해갔다. 하루하루 시간이 빠르게 지나가는데도 키에라의 소식이 들려오지 않자 키에라의 부모는 집에서 외로이 서로에게 기댄 채 커져가는 고통과 두려움에 떨었다. 그리고 일주일 뒤, 고통이 아물기는커녕 아직 생생한 그때, 미국 전역이 눈을 떠 〈맨해튼 프레스〉 1면을 뒤덮은 키에라의 얼굴을 마주했다. 헤드라인은 이러했다. "키에라 템플턴을 보셨나요?"

다른 면에는 키에라의 실종을 둘러싼 자세한 내용과 아이의 행방에 대해 제보할 수 있는 여러 개의 전화번호가 실려 있었다. 그중 하나는 에런과 그레이스의 집 탁자에 설치된 기본 직통 전화번호였는데 여러 대의 단말기와 연결되어 있어 네 명의 자원봉사자와 이웃, 오랜 친구들이 대기하고 있다가 전화가 걸려오면 전부 기록했다.

그날 집에 설치된 직통 전화기는 불이 나기 직전이었다. 전국 각지로부터 불분명한 제보들이 날아들었다. LA의 한 공원에서 키에라와 똑같은 여자애가 놀고 있다느니, 수상쩍은 남자 하나가 워싱턴의 한 학교를 지나갔다느니, 뉴저지의 한 저소득층 부부가 어린 여자애를 입양했다느니 하는 제보는 물론이고, 하층민 이웃이 모는 흰색 배달용 승합차의 차량 번호가 끝도 없이 밀려들었다. 갑자기 차가 며칠 동안 주차된 자리에서 꿈쩍도 하지 않는다는 이유였다. 키에라는 사방에 있는 동시에 어디에도 없었다. 키에라는 미국 전역에 동에 번쩍 서에 번쩍 출몰하는 유령이자 모든 이들이 사랑하지만 그 누구도 제대로 알지 못하는 천방지축이 되어 있었다. 낮에는 실종아동 자선단체들이 당국의 늑장 대처에 항의하기 위한 저녁 시위를 준비했는데 당국은 그때까지도 사건에 대해 일언반구도 하지 않고 있었다. 직통번호로 쉴 새 없이 걸려오는 제보 전화는 시간이 지날수록 상황에 미세한 먼지를 덧씌우며 서서히 사건의 진상을 덮어버렸다. 처음 몇 분 전화를 받다보니 몇 시간이 흘렀고 돌아서니 밤이 되었다. 그쯤 되자 온 세상이 그림자 속에서 키에라를 본 것만 같았다. 새벽이 되자 처음의 그 작은 알갱이 같던 먼지들이 아무 알맹이도 없는, 두꺼운 회색 먼지를 뒤집어쓴 정보 덩어리가 되어버렸다. 에런과 그레이스는 오후 내내 수차례 밖으로 나가 〈프레스〉 1면 기사 때문에 사건에 한껏 관심을 갖게 된 언론들과 인터뷰를 했고, 딸을 찾는 움직임에 새로운 불을 지피기 위해 다양한 언론 매체에 성명을 발표했다. 하지만 자정 무렵에는 커튼 너머에서 새어들어 오는 이웃집들의 크리스마스 조명 불빛을 의식하며 녹초가 된 몸으로 소파에 앉았다. 한편에선 전화벨이 계속해서 울렸는데 갈수록 비현실적인 제보 내용으로 넘쳐났다. 그중에는 사후 세계에 있는 키에라와 대화하게 해주겠다는 영매, 커피 찌꺼기 속에서 시체들을 봤다는 점쟁이, 키에라가 비밀교파에 의해 납치당했다고 주장하는 자칭 스페인 작가 등도 있었다.

집 앞에 회색 폰티악 차량이 멈추자 에런과 그레이스가 마중을 나갔다. 밀러 요원이 심각한 표정을 짓고 있었다.

"무슨 일이에요? 무슨 소식이라도 있나요?"

"놈을 잡은 것 같아요, 템플턴 씨." 그가 숨을 내쉬듯 말했다.

"애를 찾았어요?"

"그 단계까진 안 갔어요. 아직은 아니에요. 지금 용의자를 구금해서 신문 중이에요.”

“그자가 키에라를 데리고 있나요? 키에라는 어디 있어요?”

“아직은 아무것도 몰라요. 어제 키에라가 납치된 장소와 가까운 곳에서 웬 남자가 어린 여자애를 납치하려고 했어요. 모든 가능성을 열어두고 조사하고 있습니다. 그자가 어딘가에 아이를 숨겨뒀을까 봐요. 지금 진술을 확인하는 중입니다. 하지만 너무 앞서가는 건 금물이에요. 자동차에서 다양한 물건과 소지품을 찾았는데 혹시 키에라의 것이 있는지 확인해주시겠어요?”

밀러가 반짝이는 흰색 가죽 머리핀이 담긴 투명한 비닐봉투를 꺼내자 그레이스가 눈을 깜박여 눈물을 떨구었다. 부드러운 바다 물결처럼 부서지기 쉬운 눈물 한 방울이 그녀의 입술 위에 잠시 머물렀다. 기쁨과 슬픔이 뒤섞인 눈물이었다. 아주 특별한 눈물이었기에 그녀는 눈물이 증발할 때까지 촉촉함을 느끼며 그대로 두었다.

“비슷한 머리핀이 워낙 많아서요….” 그녀가 간신히 말했다.

“키에라의 머리핀일까요?”

“그건… 저도 모르겠어요. 어쩌면요.”

“괜찮습니다.”

“수사관님, 그자가 키에라를 데리고 있을까요?” 에런이 기대 반 두려움 반에 소리쳤다.

밀러는 대답하지 않았다. 조금이라도 거짓된 정보로 답했다간 그 대답이 그는 물론이고 부모에게도 부메랑처럼 되돌아와 괴롭힐 터였다.

"제가 갈게요. 그놈 얼굴을 봐야겠어요." 에런이 용기를 낸 듯 말했다.

"안 됩니다, 템플턴 씨. 그건 불가능해요. 너무 일러요."

"그 개자식 낯짝을 봐야겠어요, 수사관님. 기회를 빼앗지 마세요."

"그 자가 범인이라고 단정할 수 없어요."

"제발요."

밀러 요원은 그레이스를 본 다음 다시 에런을 쳐다보았다. 몰골이 말이 아니었다. 면도를 못 해 수염이 지저분하게 자라 있었고 눈 아래로 다크 서클이 길게 늘어져 있었다. 충혈된 두 눈에는 실망이 가득했다. 며칠째 옷차림도 같았다.

"안 돼요, 에런, 진짜 안 돼요. 당신한테도 사건 조사에도 좋을 게 없습니다. 다들 키에라를 찾기 위해 전력을 다하고 있어요. 이곳에 계시면 내일 진척 상황을 알려드릴게요. 다들 쉴 틈도 없이 일하고 있어요. 제가 직접 찾아온 건 이게 두 분께 지켜야 할 최소한의 예우라고 생각해서입니다. 사건의 진실에 가까워지고 있어요."

에런이 그레이스를 껴안았다. 그레이스는 잠시 남편의 온기를 느꼈다. 일주일 내내 남편이 그녀에게 차갑게 구는 것 같았다. 그가 보내는 애정 어린 손길이 의미가 없거나 암묵적 사과처럼 느껴져 마음이 불편했다. 하지만 그 순간에는 희망이 느껴졌다. 누구든 제정신이 아닐 때는 사랑을 못 느끼기도 하니까. 영혼에 큰 상처를 입으면 자신에게 일어난 모든 불행을 남 탓으로 돌리기도 하니까. 이 따끈따끈한 소식은 그들의 상처에 붕대를 감아주었다. 둘의 관계를 치유해주고 책임 추궁에서 시작된 문제를 멈춰줄 수 있을 것만 같았다. 밀러 요원이 작별을 고하고 차에 올라타는 동안 그레이스는 에런의 품에 안긴 채 걱정을 한시름 내려놓고 한숨을 쉬었다. 그들은 자동차의 붉은 미등이 동쪽으로 이동하는 모습을 지켜보며 키에라가 실종된 이후로 서로에 대한 사랑이 멈춰버렸던 것을 생각했다. 키에라가 태어나기 전까지는 들을 필요도 못 느끼던 아이의 웃음소리가, 키에라가 웃는 소리를 난생처음 들은 이후로는 그들의 삶에 없어서는 안 될 요소가 되어버렸다. 그리고 지금은 그 웃음소리가 그들의 머릿속을 떠나지 않았다.

"경찰이 키에라를 찾을 거야." 에런이 말했다. "그리고 좀 있으면 다시 우린 네 가족이 될 거야." 그가 아내의 배를 쓰다듬었다. 그는 키에라가 실종된 이후로 일주일 동안 그렇게 한 적이 없음을 깨달았다. 그레이스의 스웨터 아래로 식별 가능할 정도로 완만히 솟은 배가 느껴졌다. "마이클은 어때?"

"모르겠어… 며칠 동안 태동이 별로 안 느껴져."

22장

암흑 속에서 겪을 수 있는 최악은
자신의 마지막 촛불이 사그라드는 모습을
지켜보는 것이다.

밀러 요원은 최대한 빨리 도착했다. 정면 추돌 사고가 발생한 탓에 맨해튼으로 진입하는 배터리 터널에서 오도 가도 못하고 끝없는 정체 행렬에 갇혀 있던 차였다. 그는 수차례 전화를 걸어 사무실에 제때 도착하지 못한 것에 대해 사과했다. 마침내 두 시간이나 이어진 정체 상태에서 겨우 벗어나자 거대한 기중기가 파손된 차량 두 대를 들어 올리고 구급차 두 대가 시체 세 구를 싣는 장면이 눈에 들어왔다. 구급요원들이 연쇄 추돌 사고 현장에서 최초 추돌로 심각한 부상을 입은 환자 몇 명을 처치하고 있었다. 사망한 지 얼마 안 된 시체를 보는 데 익숙하지 않은 그는 지나가다가 시체 운반용 비닐 자루의 지퍼가 채워지는 모습을 보자 속이 메스꺼웠다. 그가 담당한 사건들은 실종자가 흔적도 없이 사라지는 드문 경우를 제외하곤 대개 해피엔딩으로 끝났다. 아주 드물게 몇 주나 몇 달 후 인적이 드문 외딴곳에서 시체가 이따금 백골만 남은 상태로 나타나기도 했다. 그런 드문 사건이 벌어졌을 땐, 살을 저미는 듯한 고통은 아니어도 그로 인한 슬픔은 비할 데 없이 컸다. 그는 지난 5년 동안 그레이스가 살았던 프로스펙트 공원 옆 4층짜리 빨간 벽돌 주택의 정문 앞에 차를 세웠다.

"어떻게 지냈어요?" 그가 도착하자마자 물었다.

"목이 빠지는 줄 알았어요, 벤. 어디 있었어요?" 에런이 밀러 요원에게 속마음을 드러내기라도 하듯 빛의 속도로 문을 열어주며 신경질적으로 대답했다.

"터널 진입로에서 차량 연쇄 추돌 사고가 나는 바람에 차가 오도 가도 못하고 꼼짝없이 갇혀 있었어요. 사고 현장이 끔찍하더군요. 정체가 풀리고 빠져나오는데 아스팔트에서 시체와 부상자가 여럿 보였어요. 뭐 급한 일이라도 있나요? 무슨 일 있었어요?"

"이번에는 달라요, 벤." 에런이 설명했다.

"무슨 일인데요?"

"비디오요. 애가 없어요. 영상에 키에라가 없어요." 그레이스가 제정신이 아닌 상태로 끼어들었다.

"그게 무슨 소리예요?"

밀러 요원은 무슨 일인지 전혀 알 수 없었지만 평정심을 유지했다. 주위를 둘러보니 집이 대청소가 필요할 만큼 엉망이었다.

"이런 적은 없었어요. 한 번도요!" 에런이 소리쳤다. "지난 몇 년 동안 키에라의 영상을 세 편이나 받았는데 항상 애가 거기 있었어요. 하지만 이번에는… 이 네 번째 영상에는… 키에라가 없어요, 밀러 요원님. 방이 텅 비어 있어요."

"테이프 좀 봐도 될까요?"

"물론이죠. 재생 장치 안에 있어요." 그레이스가 답했다.

그들이 그를 거실로 데려가 테이프를 다시 감았다. 그들이 재생 버튼을 누르자 밀러 요원은 에런과 그레이스의 말이 맞다는 것을 깨닫고 두 손으로 입을 가렸다.

"이번에는 어디에서 찾았어요? 누구한테 받았나요?"

"집에서요. 예전 집에 있었어요. 첫 번째 비디오처럼요."

밀러는 사건들을 되짚어보며 수긍의 뜻으로 고개를 끄덕였다.

"두 번째와 세 번째는 에런 당신의 사무실과 공원 벤치에서 발견했죠?"

"네."

2000년에 이혼한 뒤 그레이스는 가족이 함께 살던 그 집에서 한동안 혼자 계속 머물렀다. 하지만 2007년에는 세를 줄 수밖에 없었다. 키에라에 대한 사소한 정보나 단서, 소식이 나타나지 않을까 오매불망 기다리며 그 집에서 혼자 지내는 일은 고역이었다. 엄청난 고통과 끊임없는 자책에 휩싸여 부부는 키에라를 찾을 수 있다는 새로운 희망이 샘솟을 때에만 서로 만났다. 하지만 그러한 희망은 몇 년마다 자기 멋대로 불쑥 나타나는 비디오테이프라는 형태로 겨우 몇 주 동안 생겨났다가 사라졌다. 그들이 살던 동네의 크리스마스 불빛은 그들의 삶을 보여주는 상징이 되었다. 그들은 슬픔에 빠져 더 이상 집을 장식하지 않았지만, 이웃들은 아침에는 동정 어린 시선을 보내주다가도 저녁이 되면 정원에 플라스틱 사슴, 요정, 눈사람이 없는 유일한 집의 고통에 대해선 까맣게 잊어버리고 크리스마스 장식에 불을 밝혔다.

템플턴 부부가 살던 집에는 아이가 둘인, 시내에서 식료품 가게를 두 개 운영하는 인도인 가족이 세를 들었다. 계약서에 서명하던 날, 에런과 그레이스는 한때 키에라 제보 전화가 설치됐던 방에서 그 집 아이들이 힌디어로 노래를 부르고 놀면서 웃는 소리를 들으며 부부에게 작별 인사를 건넸다. 스와가트 부부는 그 집에서 행복하게 살겠노라고, 혹시 우편물이 도착하거든 그 즉시 그들에게 알려주겠노라 약속했다. 월세를 살짝 깎아주는 대가로 그 이상한 조건에 승낙을 받았지만 첫 해를 제외하고 그 주소로 도착한 우편물이라고는 연방정부에서 보낸 지방세 안내문들뿐이었다.

첫 번째 테이프는 그레이스가 아직 그 집에 살던 2003년 추수감사절에 우편함에서 발견됐지만 다음 두 테이프는 쉽게 발견될 수 있는 다른 장소에서 무작위로 나타났다. 이를테면 2007년에 나타난 두 번째 테이프는 에런이 8월에 주중 내내 근무하던 보험회사 옆 덤불에서 발견되길 기다리고 있었다. 전직 동료가 테이프를 발견해서 에런에게 전화로 알려주었는데 첫 번째 테이프가 도착했을 당시 〈맨해튼 프레스〉에 실린 미렌 트리그스의 기사를 읽은 덕분이었다.

세 번째이자 마지막 테이프는 2009년 2월에 브루클린의 프로스펙트 공원 내 한 벤치에서 발견되었다. 에런의 새 주소지와 가까운 공원으로, 한 부랑자가 200달러를 요구하며 CBS에 제공하면서 사흘 후에야 세상에 알려지게 되었다.

키에라 템플턴이 담긴 세 개의 테이프는 그 자체로 뉴스거리였는데 세 번째 테이프의 경우 부모가 보거나 경찰이 분석하기도 전에 방송에 보도됐을 정도였다. 지역 기반의 한 풍자 잡지는 인산인해를 이룬 해변 이미지를 올리고 인기 시리즈 '월리를 찾아라'를 패러디한 다음, '키에라 테이프를 찾아라'라는 설명을 곁들여 독자에게 숨은그림찾기를 유도하는 만화를 실어 매우 큰 비난을 사기도 했다. 선정주의가 극에 달한 이 일을 계기로 에런과 그레이스는 언론의 주목을 피하겠다고 결심하게 되었다.

한때 지구의 절반을 하나로 묶어주던 키에라 찾기 운동은 망연자실한 두 부모의 영혼을 조금씩 망가뜨리는 구경거리가 되어버렸다. 뉴욕주는 매스 미디어가 실종 사건을 둘러싸고 흥미 위주로 보도하는 관행을 근절시키기 위해 공개수사에서 핵심 증거를 보여주거나 방송하는 일을 금지하는 법안을 긴급 통과시켰다. 2009년 3월 '키에라법'이 만장일치로 시행되면서 언론이 수사 진행 상황을 보도하는 방식이 바뀌었지만 이 법은 정치인이나 기업인이 부정을 저질렀을 때 자신을 보호하는 용도로도 자주 쓰였다. 그렇지만 정보 공개의 자유를 제한한다는 이유로 키에라법에 대한 비판이 일기 시작하면서 해당 법안은 수사과정의 투명성을 요구하는 언론을 잠재우기 위해 금방 폐지될 수밖에 없었다. 그 결과 기존 법률을 수정한 형태의 법안이 마련되어 '키에라-흄 법'이란 이름으로 2009년 중반 채택되었다. 이 법은 원래 한 여성 기업인의 이름에서 딴 것으로, 〈월스트리트 데일리〉가 그녀의 회사가 혈액 검사 조작과 관련된 심각한 부정행위로 연방거래위원회의 조사를 받고 있다는 사실을 대중에 공개하자 그녀가 맹렬히 비난하고 나섰다. 최종적으로 해당법은 납치, 살인, 강간과 같은 강력 범죄 가운데 수사가 진행 중인 사건에 대한 정보를 공개하거나 유포하는 행위를 금지했다. 하지만 부패, 사기, 기타 중대한 금융 범죄는 해당 사항이 없었다. 이렇게 하면 키에라의 새로운 테이프가 나타나더라도 흥미위주 보도를 막을 수 있을 터였다. 이 모든 일을 거치면서 키에라 테이프를 수집하는 사람들도 등장했는데 일종의 음성적 거래로 불법 거래 사이트 상에서 천문학적인 금액의 입찰이 이루어졌다.

세 개의 테이프를 가지고 수사에 도움이 될 만한 단서를 찾기 위한 움직임이 일었지만 12년에 걸친 세 번의 시도는 허사로 돌아갔다. 지문과 유전자를 감식하고, 목격자를 확보하려고 애쓰고, 서로 다른 연도에 찍힌 비디오에서 공통적인 요소를 찾기 위해 영상을 분석했으나 소득이 없었다.

2007년에 두 번째 테이프가 도착했을 때는 희망의 불빛이 살짝 보이는 듯했다. 에런이 일하던 보험회사로 우편물이 배달됐는데 회사 정문과 건물 모퉁이에 보안카메라가 설치돼 있었다. 8월에 촬영된 영상을 검토하니 머리가 곱슬인 여자로 보이는 실루엣 하나가 동트기 전 사무실에 접근하더니 문 옆 덤불에 갈색 봉투를 놓고 가는 모습이 포착되었다. 이후 그 봉투에 비디오테이프가 들어 있는 것으로 밝혀졌다. 하지만 인근 은행, 식료품점, 점포들, 심지어 터널과 고속도로 입구에 설치된 보안카메라에 찍힌 영상까지 분석했는데도 그 실루엣에 대한 추가 단서는 더 이상 나오지 않았다.

당시 밀러 요원은 템플턴 부부에게 업데이트된 정보를 알려주면서 영상에 나타난 어두운 실루엣의 이미지를 여러 장 건넸다. 하지만 그래봤자 이미 관계가 파탄 난 부부는 자신들이 아는 모든 이들에게서 비슷한 실루엣을 찾으려고 애쓰는 고통받는 두 영혼으로 바뀌었을 뿐 다른 소득은 없었다. 수사는 그 이상의 어떤 진전도 없었고 가슴에 돌덩이를 얹은 채 시간을 보낸 부모에겐 희망과 고통의 불꽃만이 피어올랐다. 2003년, 첫 번째 테이프가 도착했을 때는 달랐다. 그때는 그런 감정이 두 번 다시

오지 않을 정도로 길고 강하게 유지되었다. 희망은 손잡이 없는 칼날과도 같아서 잡아야 할 때마다 두려움이 커졌다. 그 뒤로 새로운 테이프가 나타날 때마다 과거의 상처에서 아직 벗어나지 못한 에런과 그레이스의 가슴에는 그저 마음속 어둠을 잠시 비춰줄 만큼의 작은 불꽃만 살아났다.

"이게 무슨 의미일까요, 벤?"

"모르겠어요, 그레이스. 하지만 이게 마지막 테이프가 아닐까 싶네요."

23장

미렌 트리그스
1998년

인간이 늘 도망치는 대상이,

과거의 괴물이 아니라면 무엇이겠는가?

밤이 되어서야 법원 자료실을 나서다가 인도에 발을 들인 순간 안전하지 않다는 기분이 들었다. 나는 로어 맨해튼의 비버 스트리트로 방향을 튼 다음 슈모어 교수에게 다시 전화를 할지 말지 잠시 망설였다. 그 사람이야 언제나 기꺼이 나를 집까지 바래다주었지만 어째선지 그럴 엄두가 안 났다. 마음 한구석에선 그가 나를 거부한 것을 용서했지만 한편으론 두 번 다시 그를 사적으로 보고 싶지 않았다. 집까지 걸어가기에는 너무 멀어 지하철이 유일하게 실행 가능한 선택지였다. 가장 가까운 역이 월스트리트역이었는데 북쪽으로 116번 가까지 45분 정도 걸릴 터였다. 역에 도착한 다음 한 구역만 걸어가면 집이었다. 식은 죽 먹기로 보였지만, 현실은 그렇지 않았다.

나는 로어 맨해튼을 휘몰아치는, 속눈썹이 얼어버릴 만큼 차갑고 매서운 남풍과 맞서 싸우며 지하철역 입구로 걸어갔다. 계단을 내려가는데 불안감이 밀려오기 시작했다. 남자애 두 명이 추위를 피하기 위해 출입구 양쪽에 기댄 채 야구가 어쩌고 농구가 어쩌고 수다를 떨고 있었다. 그들 사이를 지나가는 것 말고는 다른 방법이 없었다. 마음을 단단히 먹고 둘 사이를 지나가는데 그들이 대화를 멈추었다. 그들이 내게 시선을 꽂은 채 혀로 입술을 핥으며 먹잇감을 향해 돌진하려 한다는 눈치가 보이자마자 나는 그들을 따돌리려고 속도를 높였다.

나는 젊은 커플이 회전식 개찰구를 통과하는 모습을 포착하고 그들을 따라잡았다. 목격자가 있다는 것이 두려움을 물리쳐주기라도 하듯이 그들과 비슷하게 속도를 늦추고 그들 옆을 걸어갔다. 남자애 두 명이 나를 향해 빠르게 걸어왔고, 나는 할렘 방면 업타운 3번 열차가 서는 승강장을 향해 다시 속도를 높였다. 두 남자가 내 바로 뒤에서 나를 부르고 있었다. 그들 사이에 어떤 눈빛이 오가는 것을 눈치채고 나는 도와줄 사람이 없는지 주위를 두리번거렸다.

주위엔.

아무도.

없었다.

뛰어야 했다. 그곳에서 빠져나와야 했다. 잠시 동안 철로로 뛰어내려 어두운 터널 속을 달리고 싶었지만 그건 죽음으로 직행하는 길이었다.

두 번 다시 그런 일을 겪을 순 없었다.

나는 고개를 들고 보안카메라가 내 오른쪽을 비추고 있음을 확인했다. 그곳에서 기다린다면 최소한 보안 요원이 보고 도와주러 올지도 몰랐다.

나는 심호흡을 했다.

두 노선 한복판의 승강장을 따라 파란색 기둥이 2미터가 안 되는 간격으로 서 있었다. 나는 제발 나를 못 보고 지나가 주기를 바라며 그 남자들에게 등을 보인 채 기둥 하나에 기댔다.

"저기! 그쪽이요!" 그중 하나가 소리쳤다.

"저기, 여자분! 왜 뛰는 거예요?" 다른 한 명이 말했다.

소리로 짐작건대 10미터도 안 되는 거리였다. 나는 보안카메라가 보이는지 다시금 확인했다. "내가 볼 수 있다는 건 카메라도 나를 볼 수 있다는 거야." 나는 혼자 중얼거렸다. 나는 카메라 너머 통제실에 있는 직원이 와서 도와주길 바라며 입 모양으로 수차례 '도와주세요'라고 말했다. 그 몇 초가 영원처럼 느껴졌다. 나 자신이 무력하다는, 혼자라는 기분이 들었다.

또다시.

두 눈을 감으니 그 공원의 깜빡이는 불빛이, 조금 전 파일에서 보았던, 나를 내려다보며 웃던 그 얼굴이, 집으로 돌아가는데 다리 사이로 흐르던 따뜻한 피의 감촉이 다시 떠올랐다.

지하철이 접근하는 소리가 역을 가득 메웠고 제동이 걸리며 바퀴가 철로에 부딪쳐서 끽끽거리는 소리가 났다. 두 남자가 당황스럽다는 표정으로 내 옆에 멈춰 섰다.

"괜찮으세요?" 그중 한 명이 물었다.

"이거 떨어트리셨어요." 다른 한 명이 손을 내밀면서 내가 조금 전 법원에서 훔친, 나를 강간한 놈의 이름이 적힌 파일을 보여주었다.

나는 잠깐 멈칫했지만 뒤이어 고개를 끄덕였다.

"진짜 괜찮은 거 맞아요?" 그 남자가 혼란스러운 듯 재차 물었다.

"아… 네. 아무것도 아니에요." 나는 한 손으로 눈물을 닦고 다른 손으로 파일을 잡으며 대답했다. "그냥… 상사와 크게 다퉈서요."

한 남자가 코웃음을 쳤다. 다른 남자가 비웃듯 씩 웃으며 위로하는 목소리로 말했다. "걱정 마요. 일자리는 또 찾으면 되죠. 이곳은 꿈이 이루어지는 도시잖아요! 이곳에선 좋은 일만 일어난다고요." 그가 덧붙였다.

나는 답하지 않았다. 지하철이 멈추고 문이 열리자 나는 대화를 끝내기 위해 안으로 미끄러져 들어갔다.

나는 지하철을 타고 가는 내내 그자의 파일을 다시 읽었다. 제레미 앨런, 이혼남(개자식). 브롱크스의 한 클럽 앞에서 술 취한 여자를 성폭행한 혐의로 기소되어 유죄 판결을 받았으며 피해자는 스물한 살, 유색인종이었다. 피해자가 무방비 상태인 걸 노리는 놈인 듯했다. 그에게 내려진 형은 4개월 징역에 12개월의 사회봉사였다. 현 주소는 뉴욕시, 웨스트 124번 가 176번지 4층이었다.

그 개자식이 사는 곳은 우리 집에서 겨우 열 구역 떨어진 곳이었다.

나는 116번 가에서 내려 지하철역을 나서기 전에 부모님의 전화번호로 전화를 걸었다. 엄마가 마침내 전화를 받았다.

"엄마? 이제야 연결됐네. 하루 종일 전화했어."

"아 미렌. 미안하구나. 할머니가 계단을 내려오다 작은 사고를 당해서 종일 병원에 가 있었어."

"할머니가? 몸은 좀 괜찮으셔?"

"그게, 얼굴과 등에 몇 군데 멍이 들고 팔에 금이 갔어. 너희 할아버지가 로비에 할머니가 쓰러져 있는 걸 발견했어. 장바구니 하나가 찢어지면서 중심을 잃고 계단 꼭대기에서 굴렀다는구나. 너도 알잖니. 할머니가 환경 문제라면 온갖 호들갑을 떨면서 종이봉투만 고집하는 거."

"그런데 왜 할머니가 아직도 장을 봐? 엄마가 도와주면 안돼? 무거운 물건을 들 때 도와줄 사람을 고용하면 되잖아."

"도와줄 사람? 너희 할아버지가 집에 낯선 사람 들이는 걸 싫어하잖니."

"할아버지 생각이 뭐가 중요해? 할아버지는 집에서 손가락

하나 까딱 안 하니까 그렇게 말하지. 할아버지도 애처럼 굴지 말고 웬만한 건 혼자서 할 줄 알아야 해.”

“미렌, 그렇게 말하지 마. 그래도 너희 할아버지야.”

“그리고 여성 혐오자고.” 나는 계속 날을 세웠다.

“그분이 살았던 시대는 달라, 미렌. 그 시대에는 다들 그렇게 컸다고. 그 시대 남자들은… 그러니까, 남자답게 살아야 한다고 길러진 거야.”

“남자다워? 언제부터 그런 게 남자다운 거야? 티브이도 없이 컸으면서 지금은 쓰고 있잖아. 마음 내킬 때는 잘도 적응하시네.”

엄마가 한숨을 쉬었다. 엄마는 내가 외할아버지에 대해 그렇게 말하는 걸 불편해했지만 나는 할아버지를 보는 방식이 엄마와 달랐다. 어렸을 때부터 외갓집에 갈 때면 남자 사촌들은 밖에 나가서 노는데 나는 식탁을 치워야 한다는 게 늘 짜증 났다. 한번 불평도 해보았지만 할아버지는 딱 잘라 대답했다. “미렌, 남자는 설거지를 하는 게 아니란다.”

할머니는 그 방식에 수긍했고, 나는 조부모님을 존경하면서도 그런 상황에 대해 속으로 분노했다.

“네 뒤로 무슨 소리가 들리는구나, 미렌. 휴대폰 샀니?”

“응, 지금 사용 중이야.”

“그럼 번호 좀 알려줄래?”

“음… 아직 번호를 몰라. 집에 도착하자마자 확인하고 전화줄게.”

“이 시간에 바깥인 거야?” 엄마가 질색하며 소리쳤다.

“그렇게 늦지는 않았어, 엄마.”

“그래도 벌써 어두컴컴하잖니. 그래서 전화한 거지?”

거리를 내딛는 내 발소리가 전화기로 들렸다. 차들이 이리저리 지나가고 여러 무리의 남자들이 두세 집 간격으로 현관 앞 계단에서 수다를 떨고 있었다. 한 무리씩 지나갈 때마다 내가 통화 중임을 그들이 알 수 있도록 엄마에게 질문을 던졌다.

“맞아….” 내가 수긍했다. “이제… 이제 거의 다 왔어. 마지막 이 구간만큼은… 혼자라고 느끼기 싫어서.”

“네가 원할 때 언제든 전화해도 된단다, 알겠니, 아가?”

“알아. 아빠는 어때?”

“아직 많이 남았어?”

“2분 남았어.”

“그렇구나. 아빠는 티브이 보고 계신다. 주말에 집에 오는 차표는 샀어? 너를 보면 네 할머니가 분명 좋아하실 거야.”

“바빠서 못 샀어. 내일 꼭 살게.”

“그래.”

“길은 안전하고?”

“사람들이 있지만 아무 일도 없어. 그래도 그냥 엄마랑 계속 통화하고 싶어. 엄마는 괜찮아?”

“당연히 괜찮지, 우리 딸. 가스불 좀 끌 테니 잠시만.”

“무슨 요리 하는데?” 나는 집 정문에 도착하기 직전에 마지막 무리를 지나가면서 물었다.

“소시지를 굽기 시작했는데 너희 아빠가 이제 와서 저녁 생각이 없다고 하는구나. 네 아빠 바꿔줄까?”

“괜찮아. 집에 거의 다 왔어.”

“다행이구나, 아가.”

“도착했어.”

“확실해?”

“응, 지금 문 여는 중이야.”

내 열쇠 소리가 전화기 너머로 들릴 터였다. 엄마의 숨소리가 훨씬 차분해졌다.

“사랑한다, 미렌.”

“나도 사랑해, 엄마. 내일 휴대폰 사면 이 번호로 전화해. 엄마 번호 저장할게.”

“그래. 내일 사겠다고 약속하마. 잘 자라, 우리 딸.”

“아빠한테도 안부 전해줘.”

“그러마.”

나는 전화를 끊고 다른 이웃 건물들만큼이나 컴컴한 우리 집 건물로 들어갔다. 문을 잠그려고 돌아서는데 문이 닫히려는 찰나 계단 위 그림자 속에서 웬 남자의 중얼거리는 목소리가 들렸다.

“잠깐만, 미렌. 나야.”

24장

**2003년 11월 28일
키에라 실종 5년 후**

순수함이 악을 돕기도 한다.

밀러 요원의 주머니에서 전화가 울리기 시작했다. 그는 짜증과 희망이 섞인 표정으로 자신을 바라보는 에런과 그레이스에게 사과했다.

"밀러 요원이죠?" 수화기 너머에서 요원이 말했다. "감식팀 콜린스입니다."

"중요한 용건인가요? 지금 그 가족과 함께 있어요." 그가 인도 쪽으로 물러나며 말했다.

"봉투에서 지문 다섯 개를 찾았어요. 오른손 지문 전체예요."

"진짜예요? 좋은 소식이군요!"

"네, 하지만… 서두르진 마시고요. 안 믿기실 겁니다."

“뭔데요?”

“어린아이의 지문이에요.”

“어린아이요?”

“맞아요. 지문 크기가 작아요. 8세에서 9세가량의 어린아이 거예요. 처음에는 키에라의 지문이 아닐까 하는 생각까지 했다니까요.”

“설마 농담이죠? 이 테이프를 배달한 사람이 키에라라고요?”

“마저 들으세요. 처음엔 키에라 지문일지도 모른다고 생각했는데 그럴 리가 없죠. 키에라가 실종되고 한 해 뒤인 1999년에 IAFIS를 설치하고 키에라의 지문을 등록해놨어요. 그래서 지문 크기의 변화를 시뮬레이팅하는 소프트웨어를 사용해 지문을 비교해봤지만 키에라 것이 아니었어요. 손가락 구조나 지문 무늬가 키에라 것과 일치하지 않아요. 봉투에서 나온 DNA에 대해서도 분석팀의 확인 결과를 기다리고 있습니다만 지금으로선 키에라의 것이 아닌 것 같아요. 다른 어린아이의 지문이 확실합니다. 다른 실종 아동의 것일지도 모르죠. 데이터베이스에서 동일한 지문이 있는지 확인하는 중이에요. 1990년대까지의 실종아동 등록부도 벌써 조회했습니다만 아무것도 안 나왔어요. 어쩌면 키에라를 납치한 놈들이 다른 아이도 데리고 있을지도 몰라요.”

밀러 요원이 콜린스의 말에 경청하는 동안 에런과 그레이스가 걱정스러운 표정으로 쳐다보며 그의 전화 통화에서 사건에 진척이 있다는 단서나 실마리를 조금이라도 건지려고 애썼다.

"사무실에서 논의해봤는데 주 정부에 압력을 좀 넣는 게 어떨까요…." 그가 살짝 조심스레 말을 이었다. "학교에서 아동의 신원을 등록하게끔 캠페인을 벌이자고요. 그렇게 하면… 아마, 봉투에서 나온 지문을 확인할 수 있을지도 몰라요."

"하지만 아이가 학교를 안 다니거나 학교에서 신원을 등록하지 않으면 아무 소용 없을 거예요."

"음… 그 외엔 달리 방법이 없어요. 유력한 용의자가 어린아이인 건 처음이라서요."

밀러 요원이 한숨을 쉬었다. "걱정 마요, 내 생각에…." 그가 말을 끊고는 돌아서서 뭔가 불편한 표정으로 거리를 다시 살폈다. 이웃 여자가 수국 손질을 마치고 이제 전지가위로 생울타리의 새잎을 손질하고 있었다. 아이들은 땅바닥에 자전거를 내팽개쳐둔 채 분필로 바닥에 행맨을 그리고 있었고, 중년 남자는 표지에 두 달 전 수감된 유명 영화감독의 얼굴이 박힌 〈뉴요커〉를 자신의 우편함에서 꺼내고 있었다.

"다시 전화할게요, 콜린스." 그가 전화를 끊었다.

"무슨 일인데요? 뭐라도 찾았대요?" 밀러 요원이 이웃집을 향해 걸음을 옮기자 에런이 염려 가득한 표정으로 물었다.

밀러 요원이 한 손을 들어 그레이스와 에런에게 잠시 기다리라는 표시를 했다. 에런은 그레이스를 한 팔로 감쌌다. 그 느낌이 그녀의 바람과는 달리 그레이스를 슬프게 했다. 잠시 후 밀러 요원이 이웃집으로 가서 잡지를 빌려달라고 부탁하는 모습이 보였다. 이웃 남자는 밀러 요원이 잡지를 들고 두 소년에게로 가서 그들의 눈높이에 맞게 쪼그려 앉는 모습을 지켜보았다.

밀러 요원이 하는 말이 에런과 그레이스에게까지 들리지는 않았지만 그가 주머니에 손을 찔러넣었다가 소년들에게 지폐 한 장을 주는 모습은 보였다. 한 소년이 벌떡 일어나더니 지폐와 잡지를 낚아챘다. 다른 한 명도 같이 일어나 템플턴 부부의 집을 향해 뛰어가다가 우편함 앞에서 멈추었다. 한 명이 우편함을 열자 다른 한 명이 잡지를 말아서 그 안에 집어넣었다. 뒤이어 두 소년이 밀러 요원에게로 도로 뛰어오자 밀러가 각자에게 지폐를 한 장씩 더 주었다.

밀러 요원과 소년들은 계속 대화를 이어나갔다. 둘 중 키가 큰 아이가 고개를 두 번 끄덕이는 동안 다른 한 아이는 자신과 아무 상관도 없음에도 그들의 대화를 지켜보았다. 얼마 후 밀러 요원이 키가 크고 좀 더 까무잡잡한 아이를 데리고 템플턴 부부의 집으로 걸어왔다. 다들 도대체 무슨 일이 벌어지는 건지 몰라 의아해했다.

"템플턴 씨, 두 분의 이웃을 소개하겠습니다…."

"잭입니다. 잭 로저스요…. 네 집 건너 살고 있어요. 존 로저스와 멜린다 로저스 씨의 아들이에요."

소년은 긴장했는지 두 손을 주머니에 넣고 있었다.

"그래, 잭. 하고 싶은 말이 있다고? 걱정 말고 편하게 말해보럼.”

“정말 죄송해요.” 소년이 바짝 얼어서 고개를 떨군 채 말했다.

그레이스가 그의 눈높이에 맞춰 쭈그리고 앉았다. 에런은 이마에 나이가 들면 생기는 것과 비슷한 주름이 깊이 패도록 인상을 찌푸렸다.

“무슨 일이니, 얘야?” 그레이스가 안심시키듯 물었다. “마음 푹 놓으렴. 뭐가 됐든 큰 문제는 아니니까. 우리한테 네 또래쯤 되는 딸이 하나 있다는 거 알고 있니? 둘이서 아주 잘 지냈을 것 같은데 말이야. 언젠가 네가 우리 딸과 놀아주면 참 기쁠 것 같구나.”

잭은 마음이 진정되었는지 침을 삼키고 말을 이었다.

“그 봉투는 죄송해요…. 일부러 그런 건 아닌데… 아줌마를 울릴 생각은 없었어요, 템플턴 부인.”

“무슨 말이니?” 그레이스가 어리둥절하여 물었다.

소년은 바짝 얼어서 바닥만 쳐다보았다. 밀러 요원이 아이의 어깨에 부드럽게 손을 올리고 말을 이어갈 수 있도록 용기를 주었다.

“걱정 마라, 잭. 넌 잘못한 게 없어. 그러니 말씀드려도 돼. 이해해주실 거다. 네가 한 건 선한 일이야.” 밀러 요원이 아이를 위로하며 말했다.

잭은 콧물이 멈출 정도로 코를 두어 번 크게 훌쩍인 다음 고개를 들었다.

“어떤… 여자가 저한테 10달러를 주면서 부인 집 우편함에 봉투를 넣으라고 시켰어요. 그것 때문에 부인이 슬퍼할 줄 알았으면 절대 안 했을 거예요.”

“어떤 여자?” 에런이 놀라서 물었다.

“누구였어? 어떻게 생겼는데?” 그레이스가 물었다.

“모르겠어요. 처음 보는 사람이었어요. 금발에 곱슬머리였는데… 그냥 평범한 아줌마였어요. 저는 우편배달부인 줄 알았어요. 그 아줌마가 봉투와 10달러를 주면서 우편함에 넣으라고 부탁했어요. 나쁜 일인 것 같지 않아서… 정말 죄송해요. 그 아줌마가 울고 있어서 돕고 싶었어요. 돈은 돌려드렸는데 받으라고 우겼어요. 맹세코 돌려드리려 했어요. 그런데 저한테 가지라고, 받을 자격이 있다고 했어요, 진짜예요.”

“그렇구나… 넌 잘못한 게 전혀 없어, 진짜야.” 밀러 요원이 재차 말했다. “오히려 네가 큰 도움이 될 것 같구나.”

“어떻게요?” 어린 소년이 물었다.

“그 지폐 아직 가지고 있니? 거기에 DNA 샘플이 남아 있을 수도 있어.”

“음… 네. 네 저금통에요, 집에 있어요.” 아이가 초조하게 답했다.

“그리고 그 여자가 어떻게 생겼는지 기억하니?”

“벌써 말했는데요, 금발에 곱슬머리였어요.”

“그래, 그런데… 몽타주 초상화가 뭔지 아니?” 밀러가 웃으며 물었다. 그 순간 그레이스가 일어나 한 손으로 입을 막았다.

아이가 고개를 끄덕이자 밀러가 확신에 찬 한 마디를 뱉었다.

“잡았어요!”

25장

1998년

카드로 만든 집이 얼마나 허술한지는

한 장만 살짝 건드려봐도 알 수 있다.

산부인과 의사의 표정이 너무 심각했다. 진료 중에 그렇게 미간이 찌푸려진 모습을 보인 건 처음이었다. 의사가 설명하기 위해 마음을 다잡으려는지 한숨을 내쉬었다. 그레이스는 의사가 최고의 각도를 찾느라 초음파 스캐너를 이리저리 불쾌하게 미끄러 트리며 계속 쿡쿡 찔러대는 통에 얼굴을 찡그렸다. 그동안 에런은 아내의 손을 꽉 잡아주었다.

"무슨 문제가 있나요? 마이클은 괜찮은 거죠?" 의사가 조금 전보다 더 열심히 살피면서 또 움직이는 바람에 그레이스가 아파서 움찔거렸다.

키에라를 임신했을 때도 앨리스 박사가 진료를 맡았다. 다정하고 온화한 산부인과 의사는 처음 진료를 본 순간부터 그레이스의 뱃속에서 자라고 있는 작은 배아가 듣기라도 하는 것처럼 농담을 건네며 엄마와 아기를 둘 다 배려했다. 에런은 긴장했다. 그레이스가 마이클이 움직이지 않는다고 언급한 후부터 불안했던 터였다. 몇 센티미터밖에 안 되는 태아의 발길질 때문에 임부라면 뱃속에서 옥수수 알갱이가 터지듯 쉴 새 없이 꿈틀거림이 느껴지는 게 정상이었다.

"당신이 키에라 일로 걱정을 하니까 마이클이 얌전해졌나 봐. 녀석도 누나 생각을 많이 한 거야, 그래서 평소처럼 활발하지 않은 거지." 마이클이 움직이지 않는다는 말을 듣자마자 에런이 이렇게 말했다.

하지만 그 몇 초의 시간이 느리게 흘러가는 동안 앨리스 박사가 평소처럼 이 어린 말썽꾸러기 마이클이 얼마나 컸다느니, 자세가 어떻다느니, 용감하네, 아니면 부끄럼이 많네, 같은 농담을 일절 하지 않고 진지한 태도를 유지하자 두 사람은 뭔가 잘못됐음을 알았다.

몇 분간의 침묵 끝에 앨리스 박사는 초음파를 껐다. 그리고 자신이 하려는 말이 마른하늘에 날벼락이 될 것임을 의식하며 부모와 마주 보았다.

"이런 말씀드리기 참 죄송스럽습니다만… 태아가 성장을 멈췄습니다. 맥박이 잡히지 않아요. 대퇴부의 크기와 두개골 둘레로 보건대 사나흘 전에 성장을 멈춘 것 같아요."

그레이스가 에런의 손을 놓고 두 손으로 얼굴을 가렸다.

"안 돼…, 안 돼요… 제발, 앨리스 박사님… 안 돼요… 분명 착오가 있을 거예요. 마이클은 괜찮아요. 제가 알아요."

"그레이스… 제 말 잘 들으세요." 의사가 진지한 목소리로 답했다. "지금 당장은 받아들이기 힘들겠지만 걱정하지 마세요. 당신은 건강한 여성이니 또 아이를 낳을 수 있어요. 이런 일은 사람들이 생각하는 것보다 훨씬 자주 일어난답니다. 흔한 일이에요."

"하지만… 2주 전만 해도 아무 문제 없었어요. 사실일 리 없어요. 어떻게 된 일인 거죠?" 에런이 불가능한 답을 구하며 울부짖었다.

"뭐라고 드릴 말씀이 없습니다. 원인을 찾으라면 수천 가지에요. 두 분께 아주 힘든 시기인 거 압니다. 이 일에 대한 생각은 접어두고 더 중요한 일에 집중하는 게 최선이에요. 두 번 다시 기회가 없다는 뜻이 아니에요."

에런은 의사가 마이클의 이름을 부르지 않았다는 사실을 알아차렸다.

그레이스는 에런과 의사가 하는 말을 하나도 듣지 않고 있었다. 생리가 늦는 것을 두고 착오일 거라며 어느 밤 임신 테스트를 했던 순간으로 생각이 흘러갔다. 임신 테스트기에 양성을 가리키는 두 줄이 선명하게 뜨자, 이제 네 가족이 된다는 생각에 불확실하던 기분이 순식간에 행복으로 변했었다. 키에라의 남동생이 태어난다는 사실을 알게 된 순간의 희열은 그들이 이 상황을 헤쳐나갈 수 없을지도 모른다는 두려움이 되었다가, 뒤이어 아이를 둘씩이나 부양할 수 있을까라는 불확실한 재정 상황에 대한 걱정으로 바뀌었다가, 이윽고 키에라가 신생아일 적에 입었던 잠옷과 유아용 우주복이 여태 있다는 사실을 깨달으면서 지금껏 경험하지 못한 애정과 한껏 고양된 친밀감으로 발전했다. 그레이스는 또한 새하얀 작은 침대에서 잠든 키에라를 보러 에런과 함께 아이 방에 들어갔던 일을, 아이에게 입을 맞추고 이불을 덮어주면서 잠든 아이의 귀에 늘 네 곁을 지키겠노라 속삭이던 일을 떠올렸다.

하지만 그 기억들은 그레이스가 겪은 비극적인 사건으로부터 그녀를 잠시 멀어지게 할 뿐이었다. 산타가 수레를 타고 지나가고, 고적대가 빗속에서 즐겁게 춤을 추며 행진하고, 하얀 풍선들이 하늘로 두둥실 떠올라 흩어지던 순간, 그녀의 모든 행복은 연기처럼 증발해버렸다.

의사가 다음 절차에 대해 계속 설명했지만 그레이스는 이젠 닿을 수 없는 행복한 기억에 빠진 채 고개만 끄덕였다. 그 기억들이 그녀의 두 눈에서 눈물이 되어 흘렀다.

잠시 후 의사의 표현으로 사산된 태아, 즉 마이클—두 사람은 여전히 그렇게 불렀다—을 꺼내기 위한 수술이 준비되는 동안 그레이스와 에런은 불편한 플라스틱 의자에 앉아 대기했다. 그레이스는 두 눈을 감고 에런의 어깨에 머리를 기댔다. 에런은 참담한 표정으로 고개를 앞으로 향한 채 복도의 타일 두 개가 만나는 먼 지점을 멍하니 바라보았다. 한 타일은 저 멀리 사라져가던 그 풍선들과 같은 흰색, 다른 하나는 네 명이 될 뻔했지만 이젠 쓸쓸히 두 사람만 남아버린 그들 가족의 미래를 비추는 듯한 회색이었다.

두 사람은 눈을 내리깐 채 돌아오는 흰 가운 차림의 앨리스 박사를 올려다보았다.

"따라오겠어요, 그레이스? 다 준비됐어요." 의사가 가능한 한 따뜻한 목소리로 물었다.

에런이 아내와 함께 일어나서 잘 다녀오라며 그녀의 이마에 입맞춤을 해주었다.

"금방 끝날 거예요. 걱정 마요, 에런. 당신은 여기서 기다려요. 몇 달 후면 이 모든 일은 나쁜 기억으로 묻고 다시 시작할 수 있을 거예요. 여덟 번이나 유산했지만 끊임없이 시도한 끝에 결국 임신에 성공한 부부들도 있어요. 당신이 상상하는 것보다 훨씬 흔해요."

에런은 고개를 끄덕이고는 목구멍을 조금씩 메우고 있던 슬픔 덩어리를 없애려 애를 썼다. 말할 힘이 하나도 남아 있지 않았다. "있다가 봐, 여보"라는 말이 너무나 조용히 미끄러져 나온 탓에 아내의 귀에는 신음 소리처럼 들렸다. 그레이스는 남편의 손을 꼭 쥐었으나 두 사람의 손가락은 전과 달리 너무 쉽게 스스르 풀렸다.

의사가 그레이스를 데리고 복도 끝으로 이동했다. 에런은 아내가 걸음을 내디딜 때마다 바닥이 갈라지기라도 할 것처럼 그 모습을 슬프게 쳐다보았다. 그리고 그것이 아내의 사랑이 손끝을 스치며 빠져나가던 마지막 순간이 될 것임을 깨달았다.

26장

미렌 트리그스
1998년

모든 이들은 비밀을 간직하고 있다가

적당한 사람에게 공개한다.

하지만 어떤 이들은 비밀을 잠그고

호수 바닥에 열쇠를 던져버린다.

슈모어 교수가 계단에 드리워진 그늘 속에서 나타났다. 내가 지른 비명에 놀란 듯한 표정이었다. 나는 심장 마비에 걸리기 직전이었다.

"겁줘서 미안해." 그가 속삭였다.

맞은편 집의 문이 빼꼼히 열리더니 이웃집 앰버 여사의 카랑카랑한 쉰 목소리가 계단통 전체에 가득 울렸다. 그 소리는 마치 그녀의 몸이 아니라 우리 머리 위에 있는 어떤 보이지 않는 스피커에서 나오는 것 같았다.

"괜찮아요, 아가씨?"

"미안합니다, 부인." 슈모어 교수가 말했다. "저 때문입니다.

제 실수로 부인의 이웃이 겁을 먹었네요.”

“걱정 마세요. 여사님, 괜찮아요.” 내가 큰 소리로 말한 뒤 짐에게 소곤거렸다. “간 떨어지는 줄 알았잖아요! 여기서 뭐 하는 거예요?”

“비명소리가 들리면 경찰에 곧장 신고할 거예요. 내 말 알아듣겠어요? 아가씨 엄마가 나한테 신신당부를 했다고.”

“알아요. 솔직히 별일 아니에요. 그냥… 친구가 찾아온 거예요.”

이웃집 문이 쾅 닫혔다. 그녀가 선한 의도로 그런 건 알았지만 원래 싸움닭은 아닌지 여전히 의심스러웠다. 층계참에서 만날 때마다 그녀는 우체부에게 광고 전단지를 그만 좀 배달하라고 수도 없이 항의한 끝에 결국 회사들이 보내는 홍보용 우편물을 더는 받지 않게 되었다고 으스대곤 했다. 한동안은 그 이야기를 믿었다. 그녀가 식료품 가게에서 쳐다보기만 해도 찢어질 것처럼 비닐봉투가 약하기 짝이 없다고, 시리얼 봉투에 과자 대신 공기만 채워 넣었다고, 또는 수십 년 동안 단골이었는데 인사할 때 이름을 안 불렀다고 계산원과 다툼을 벌이는 모습을 본 탓이었다. 겉모습만 보면 그녀는 강인하고 자기주장이 강한 노부인 같은 인상을 풍겼다. 이의 제기와 금욕적인 삶의 태도를 통해 원하는 것을 쟁취하고야 마는 강인함과 회복력의 화신 같았다. 나는 그녀가 60대에 베트남 전쟁 반대 시위에 참여하고, 평화적인 반전 시위를 위협하는 경찰차들을 향해 소리치는 모습을 상상했다. 그녀의 두 눈 속에 불굴의 옛 아마존 전사이자 반항아가 숨어 있는 것만 같았다. 그러던 어느 날 집에 들어오다 가 그녀가 자신의 우편함에 든 전단지를 내 우편함으로 옮기고 있는 광경을 마주했다. 내가 인사를 건네자 그녀는 그 전단지가 자신과는 아무 상관이 없는 것처럼 인사를 받아주었다. 그날도 나는 언제나처럼 그녀의 장바구니를 위층까지 들어주었고, 그 녀는 젊은이들이 예전과 달리 버릇이 없다고 늘상 떠들던 것이 무색하게 나의 제안을 받아들였다. 위층에 도착하자 그녀는 구 시렁거리며 장바구니를 낚아채고선 고맙다는 인사도 없이 문을 닫고 들어갔다.

"전화했는데 전화기가 꺼져 있더라." 슈모어 교수가 소곤거 렸다. 나는 그에게 안으로 들어오라는 신호를 보냈다. 앰버 여사 가 우리 대화를 엿듣는 게 싫었다. 그녀가 엄마와 직통으로 통화 가 되는지 어떤지 몰라서 더욱 그랬다. 그가 안으로 들어와 문을 닫았다.

"지하철에 있었어요. 그래서 연결이 안 됐나봐요." 내가 살짝 초조하게 대답했다.

"그게 말이야, 미렌… 다 끝났어."

"뭐가요? 무슨 소리에요?"

"〈데일리〉에서 잘렸어."

"왜요? 〈프레스〉 때문에요? 그래서 온 거예요?"

"비슷해, 복합적인 이유야. 훨씬 복잡하지만 맞아, 부분적으론 〈프레스〉와 관련이 있어. 그쪽 기사는 언제나 나보다 한발 앞서 있어. 지난 몇 달 동안 우리 회사 구독자 수가 엄청나게 줄었어. 인터넷도 일부 원인이고, 우리 독자들이 다양한 매체에서 경제 소식을 얻기 때문이기도 하지. 〈데일리〉는 구독자 수 하락 때문에 위기에 처한 상황이라 경영진이 희생양을 찾아왔어. 그리고 회사의 편집 전략과 동떨어졌다고 할 수 있는 탐사보도를 다루는 유일한 기자인 내가 낙점된 거고. 몇 달 동안 이런 날이 올 거라는 걸 알고 있었지만… 이렇게 빨리 올 줄은 몰랐어.”

실의에 빠진 그에게 무슨 말을 해줘야 할지 막막했다. 인터넷 시대에 야후를 포함해 난데없이 등장한 디지털 플랫폼으로 독자들이 이동하는 바람에 기존 일간지들이 그들 앞에 펼쳐진 신세계에 어떻게든 적응하려고 몸부림치는 중이라는 걸 이미 다양한 기사를 통해 알고 있었다. 일부 사람들은 이런 변화를 기회로 보았지만, 일부는 새로운 시장이 들어서면 전통적 지면에 실리는 호흡이 긴 탐사보도 기사들이 점점 설 자리를 잃을 거라고 예측했다. 사람들은 인스턴트 뉴스와 금방 휘발될 기사에 굶주려 있었고, 그런 종류의 콘텐츠에는 몇 페이지에 걸쳐 작성된 기사 하나에 올인하는 탐사보도팀이 필요 없었다. 그뿐만 아니라 탐사보도가 한 꼭지씩 실릴 때마다 일정 기간 소송이 진행됐다. 구독자 감소로 자원이 빠듯해진 신문사들은 자신들이 뒤를 파헤친 회사가 제기한 소송에 맞서 자사를 방어하기 위해 법무팀에 자금을 대느라 허덕였다.

"강의가 있잖아요." 내가 그의 기분을 풀어주려고 말했다. 나는 그에 대해 별로 아는 게 없었다. 몇 달 동안 서로 대화를 나누며 그로부터 심리적인 도움을 받았지만, 보통 우리의 대화는 그가 취재 중인 사건이나 그 사건에 대한 나의 집요한 질문들, 특정한 수업 과제를 어떻게 풀어갈지 등을 중심으로 이루어졌다. 하지만 그와 그의 가족, 심지어 그가 어디에 사는지에 대해서는 아는 바가 하나도 없었다. "계속 교편을 잡으면서 학자로서 생계를 이어나가면 되잖아요. 당신은 가르치는 데 소질이 있어요. 미래에 집중해요." 내가 단호히 말했다.

"가르치는 일에서는 흥분이 안 느껴져. 학생들은 그냥 제일 쉬운 선택지를 골라 학점만 받으려고 해. 이번 주 과제가 그 전형적인 사례야. 내가 받은 에세이 중에 벌써 열두 건이 팜럭스 화학물질 유출에 대한 거야. 죄다 베껴 쓴 것투성이지. 그 유출 사건은 소문이 나돈 지 벌써 6개월째라 모르는 언론사가 없는 공공연한 비밀이야. 그런데 아무도 그 결과에 대해 아직 보도하지 않은 건 거대 제약회사를 적으로 돌리기 싫어서지. 이 세상은 뿌리까지 썩었어, 미렌. 저널리즘도 마찬가지야. 우린 겁쟁이야. 아무도 엄청난 위험을 감수하면서까지 사회를 변화시킬 한 발을 내디디려 하지 않아. 새로운 건 눈을 씻고 찾아봐도 없고 선생으로서 나는 학생들이 터널 끝에서 빛을 보도록 만들 능력이 없어. 신문 매체의 미래는 결코 단순하지 않아. 만약 언론이 견제와 감시의 목소리를 잃어버린다면 우리 모두 패배하는 거야.

권력자들은 승리할 거고."

"음, 당신은 내게 현상이 아닌 본질을 보도록 영감을 주는 사람이에요, 슈모어 교수님. 그리고 한 강의에서 한 명의 훌륭한 언론인만 배출해도 세상은 여전히 더 나은 곳이 될 수 있어요."

슈모어는 몇 초 동안 아무 말 없이 뿔테 안경 너머로 나를 바라보았다. 겨우 두 뼘 거리에서 그는 지금껏 본 적 없는 심각한 표정을 지으며 내 앞에 서 있었다.

그는 상처를 입었다.

그는 슬펐다.

그는 무방비 상태였다.

그의 모든 몸짓에서 ―초조하게 뛰는 내 심장처럼― 내적 갈등이 언제라도 터져 나올 듯한 조짐이 보였으나 돌연 그가 몸을 돌리고 숨을 크게 내뱉으며 소파로 걸어갔다. 그가 한숨을 쉬며 소파에 앉더니 두 손으로 머리를 부여잡고 곱슬곱슬한 머리칼을 훑었다. 머리칼은 손을 댄 적도 없는 것처럼 금세 원래 모양으로 돌아갔다. 그가 재킷 안쪽 주머니에서 CD 한 장을 꺼내 탁자 위에 올려놓았다.

"그게 뭐예요?" 내가 물었다.

"사무실에서 키에라 사건 관련 자료를 전부 가져왔어. 자료를 많이 구했지만 검토하기에 양이 너무 방대해서 다는 못 훑어봤어. 이게 전부야. 전에 보낸 건 일부분이고."

나는 그를 지나쳐 CD를 집어 들고 내 컴퓨터가 있는 쪽으로 가져왔다.

"이걸 나한테 줘도 돼요?" 내가 놀라서 물었다. 내게 줘도 되는 물건이 아닌 것 같았다.

"아니, 하지만 아무도 내가 갖고 있다는 걸 몰라. 제보자가 갓싹을 틔우기 시작한 저널리스트에게 보낸 정보라고 생각해. 네가 그걸 어떻게 손에 넣었는지 알 수 있는 사람은 없어. 과제에 도움이 될 거야."

"과제는 아직 시작도 못 했어요. 감히 이 사건에 대해 에세이를 써도 되는지 모르겠어요. 정보가 너무 많아요. 제가 아는 건 딱 하나, 경찰에 붙잡힌 그 용의자가 진범이 맞는지 확신이 안 선다는 거예요. 어딘가 퍼즐이 안 맞아요…."

"왜 그렇게 생각하지? 그 남자는 키에라가 실종된 바로 그 지역에서 일곱 살 난 여자아이를 멋대로 데려갔고 미성년자를 대상으로 한 성범죄 전과도 있어."

"그 부분이 제일 미심쩍어요. 그 남자의 파일을 봤는데 전형적인 범죄자 유형과 일치하지 않아요."

"경찰 서류를 본 거야? 설명해봐. 내가 아는 바로는 전과 기록에 성폭행은 없었어."

나는 가방을 열고 용의자의 메건법 파일을 그에게 건넸다. 그가 첫 장을 펼치고선 못 믿겠다는 듯 읽기 시작했다.

"이게 뭐야? 그자의 전과 기록이야?"

"메건법 성범죄자 등록부에 있던 거예요. 기록실에서 훔쳤어요.”

“제정신이야?”

나는 스스로 뿌듯해하며 고개를 끄덕였다. 그가 놀란 표정으로 나를 쳐다보았다. 그가 코 위로 안경을 밀어 올리고는 다시 파일을 내려다보았다.

“저도 미성년자와의 성관계에는 찬성하지 않아요.” 나는 말을 이었다. “하지만 그의 파일을 보면 열여덟에 열일곱 살 여자애와 합의로 성관계를 맺었다고 돼 있어요. 그뿐만이 아니에요. 자세히 읽어보면 1년 후 피해자가 열여덟이 되자 기소를 취하했어요. 자기보다 한 살 어린 여자애와 잠자리를 하고 나서 26년이나 기다렸다가 어린 여자애들을 납치하기 시작한다는 게 자연스러운 수순으로 보이지 않아요.”

“그래서 결론이 뭐야?” 그가 흥미를 보이며 물었다. 나는 그의 주의가 집중되는 게 좋았다. 기분이… 짜릿했다. 그의 관심이 잠시나마 불꽃을 일으켜 어둠으로 가득한 내 내면을 환히 밝혀줄 수 있을 것만 같았다.

“이건 아버지가 과잉보호 때문에 고발한 건이 아닐까 싶어요. 자기 딸이 한 살 연상의 남자와 사귄다는 걸 알게 됐는데 둘이 침대에 함께 있는 장면을 본 거죠. 제 말을 곡해하지 마세요, 저도 옳다고 생각하진 않아요, 하지만 저도 친구 중 한 명이 한 살 많은 남자 친구와 사귄 적 있었는데 남자 친구는 열여덟, 그 친구는 열일곱일 적에 제가 농담처럼 그렇게 놀리곤 했었어요, 그러다 네 남자친구 감옥에 갈 수도 있다고요."

"진짜야?"

"만에 하나 여자애 부모가 현장을 포착했다면, 만에 하나 자기 딸이 그 나이에 무슨 짓을 하고 다니는지 알게 됐다면, 그 남자애를 고발했을 수 있어요. 그러면 그 남자애도 전과가 남고 성범죄자 등록부에 이름이 오르겠죠."

서류를 계속 살피면서 내가 말을 이었다.

"제가 보기엔 경찰이 체포한 그 남자는 키에라를 데려가지 않았어요. 어찌 됐든 지금쯤 이 남자는 그때 침대에서 뒹굴던 그 열일곱 여자애와 결혼했을 거예요. 민사등록부에서 확인해 봐야겠어요. 그 여자의 처녀 때 이름을 찾을 수 있을 거예요. 그런 다음 등록부와 대조해서 그 피해자와 이름이 같은지 확인해야죠. 피해자 이름은 공개 금지라 접근하지 못할 수도 있지만 느낌상 제 생각이 맞는 것 같아요."

"하지만 그 남자가 여자애를 데려간 건 사실이야, 부모가 애를 잃어버린 장소에서 꽤 떨어진 타임스퀘어로 애를 데려갔다고."

"남자가 애를 발견한 장소에서 가장 가까운 경찰서가 타임스퀘어에 있어요. 그 사람도 경찰에 그렇게 진술했고요."

슈모어 교수가 고개를 끄덕였다.

"만에 하나 그 남자가 진실을 말한 거라면 어떡해요? 저도 제가 틀렸으면 좋겠어요, 짐. 경찰이 키에라를 데려간 범인을 이미 찾은 거였으면 좋겠다고요. 하지만 그 사람은 아닌 것 같아요. 키에라는 저 바깥 어딘가에서 진짜 납치범 옆에 숨어서 엄마 아빠가 보고 싶다고 소리치고 있을 거예요." 내가 확신을 담아 말했다.

"이 얘기를 누구한테 한 적 있어? 경찰이 용의자의 과거 전력을 살펴볼까?"

"그럴 거예요." 내가 염려스레 답했다. "그리고 조만간 이 남자를 풀어줄 거예요. 가장 심각한 건 그가 유력한 용의자로 구금돼 있는 동안 아무도 키에라를 찾지 않는다는 사실이에요."

27장

때로는 나쁜 기억을 붙들고 있어야만

좋은 결과를 만들 수 있다.

밀러 요원이 네 번째 테이프를 가지고 떠난 후 에런은 그레이스의 새 아파트에 남았다. 그는 무슨 말을 해야 할지 몰라 침묵을 지켰다. 티브이 신호가 잡히지 않아 백색 소음이 쉼 없이 흘러나오는 것이 짜증스러웠지만 시간이 지나면서 둘 다 그 소리를 일종의 위안으로, 심지어 벗으로 여기게 되었다. 에런은 방 안을 돌아다니며 탁자 위에 놓인 여러 장의 사진들을 보았다. 사진 속에서 그들은 함께 밝은 표정을 짓고 있었다. 그중에는 키에라를 안고 있는 사진도 있었다.

"이때는 참 젊었네." 그가 액자 하나를 들고 사진을 가까이 쳐다보더니 슬프게 말했다.

그레이스는 땅이 꺼지듯 한숨을 내쉬고 입술을 꾹 다물며 강인해지려고 애를 썼다. 그녀는 가로등마다 덕지덕지 붙은 포스터들처럼 마음을 온통 뒤덮고 있는 내면의 악마와 속으로 맞서 싸우고 있었다. 뒤이어 그녀는 딸아이의 생일이면 매년 반복하던 루틴을 이어 나갔다.

그레이스는 슬픈 표정으로 탁자로 다가가 사진 액자를 모으더니 오래된 거실 진열장에 놓인 작은 나무 상자 위에 가지런히 옮겨놓았다. 탁자에서 액자를 하나씩 집어 드는데 놓인 자리에 얇은 먼지 막이 똑같이 쌓여 있어 회색 먼지로 된 두툼한 카펫 위에 오랫동안 놓여 있었던 것 같았다.

"왜 이 짓을 반복하는 거야, 그레이스? 모든 게 똑같은 것처럼, 변한 게 없는 것처럼 해마다 액자를 꺼내잖아. 하지만 우리를 봐. 내 흰머리를, 주름을 보라고. 맙소사, 내 다크서클을 보라고! 당신도… 당신도 변했어, 그레이스. 우린 더 이상 그 사진 속의 들뜬 젊은이들이 아니야. 지나간 일을 부정하지 마. 키에라가 이곳에 있는 것처럼 행동하지 마."

"에런… 입 다물어. 지금 당장은 못 해…. 이 모든 일이 여전히 얼마나 고통스러운지 생각하고 싶지 않아."

"이 사진을 봐. 우리 셋 다 웃고 있어. 당신 마지막으로 웃은 게 언제야? 당신 웃음소리를 마지막으로 들은 게 언제냐고?"

"그러는 당신은 웃을 수 있어?"

에런이 조용히 고개를 저었다.

"그래도… 매년 아무것도 변한 게 없는 것처럼 키에라 생일을 기념하는 건 미친 짓이야. 내가 올 때마다 키에라가 이곳에 있는 것처럼 행동하잖아. 케이크며, 액자며, 심지어 여분의 방이 딸린 이 월셋집에 사는 것도 키에라 방처럼 꾸미기 위해서겠지. 키에라는 이곳에 없어. 알아듣겠어? 그 시절의 그 무엇도 이곳에 없어. 당신도, 나도, 사진 속 행복하던 순간도. 이걸 쳐다보면 더 불행해질 거야. 당신이 이러는 걸 보면 키에라가 불행해질 거라고. 그리고 그거 알아, 그레이스. 어쩌면… 어쩌면 이 최신 테이프에 키에라가 안 나오는 게 우리에게 일어날 수 있는 최선의 일인지도 몰라, 무슨 말인지 알겠어?"

"어떻게 감히 그런 말을 할 수 있어?"

"더 이상 테이프가 오지 않으면 키에라 생각을 멈출 수도 있어. 우리가 경험하지 못한 것, 잃어버린 것은 인제 그만 생각하고 우리가 누렸던 것에 집중하게 될 거야. 기억나? 키에라한테 동화책 읽어주던 거? 키에라가 졸릴 때 당신 손을 쓰다듬던 감촉이 어땠는지? 지금 우리한테 없는 게 아니라 그런 좋은 기억에 집중해야 해. 새로 시작하려고 노력해야 한다고."

"당신이 무슨 말을 하는지 알고나 하는 소리야? 키에라 생각을 멈추라고? 키에라가 존재하지도 않았던 것처럼 행동하라고?"

"많은 사람이 아이를 잃어버려, 그레이스, 그리고 결국… 시간이 지나면서 새출발을 해."

"출발? 나더러 새출발을 하라고? 이런 일을 겪고 새출발을
할 수 있는 사람은 없어. 아무도. 특히 엄마라면 더더욱. 키에라
는 내 뱃속에서 아홉 달을 보냈어. 내 속에서 나왔다고, 에런. 당
신은 절대 이해하지 못해. 불가능해. 당신은 종일 일하다가 잘
시간이 되어서야 집에 왔으니까. 키에라와 매일, 온종일을 함께
보낸 사람은 나야." 그레이스가 목소리를 높이며 반복했다. "키
에라가 넘어져 무릎이 까지면 달려갔던 것도 나야. 당신은 미련
을 버리고 아무 일도 아닌 척할 수 있겠지… 하지만 난 아냐, 에
런. 난 키에라가 괜찮은지 알아야겠어. 고통 속에 있지는 않은지
알아야겠어. 가끔 키에라의 모습을 보면 그런 희망이 생겨. 적어
도 애를 잃어버렸다는 고통이 조금은 누그러져. 그 테이프들이
당신에게는 고문일 수도 있겠지. 하지만 나한테는… 나한테는
그 1분이 몇 년마다 한 번씩 키에라와 함께 보내는 유일한 순간
이야."

그레이스가 난생처음 울음을 터트리기라도 하듯 울기 시작했
다. 그녀는 가슴이 미어졌다. 두 눈이 불에 타들어 가는 듯한 느
낌에 도저히 눈물을 멈출 수 없었다. 수년 동안 이 말을 품고 살
았지만 고통을 그저 살면서 배워야 하는 무언가인 것처럼 여기
는 에런의 태도를 보니 지금 당장 마지막으로 퍼붓지 않을 수 없
었다. 사실 살면서 이따금 그 말이 맞을 때도 있었다. 슬픔이 결
별, 헤어짐, 예상치 못한 비극과 같은 특정한 맥락에 국한됐을 때
는. 하지만 그 어떤 것도 아이를 잃는 것과는 비교할 수 없었다.

12년이란 기간에 걸쳐 아이를 여러 번 잃는 경우라면 더더욱.

"아무 일도 아니야? 아무 일도 아닌 척해? 키에라는 내 딸이기도 해, 그레이스. 세상 그 누구보다 키에라를 사랑한다고. 당신 말은 부당해. 내 말은 그냥… 키에라가 테이프에 나타나지 않으면 우리가 모든 것을 정리하고 아이를 찾는 걸 멈출 수 있을 거라는 거야."

"난 절대 내 딸을 찾는 일을 멈추지 않을 거야, 에런! 애가 어디 있는지, 누가 애를 데려갔는지 알 때까지 절대로. 알아듣겠어?" 그레이스가 목청껏 소리쳤다.

에런은 대화를 이어 나가야 할지 망설여졌다. 그는 감옥과도 같은 그 어두컴컴한 곳에서 전처를 데리고 나오는 건 불가능하다는 사실을 깨달았다. 그리고 자신은 왜 그레이스처럼 저주받은 듯한, 영혼의 심연 속에서 길을 잃은 듯한 기분을 느끼지 않을까 자문했다. 자신이 정말 딸을 사랑하는 건지, 전처에게 느꼈던 감정이 진짜였는지 의심이 들기 시작했다. 그 순간 그는 모든 것이, 심지어 자신조차 의심스러웠다. 하지만 그러한 의심이 사실 새삼스럽지도 않았다. 의심이 똬리를 튼 지 수년이었다. 그는 해마다 추수감사절이 다가오면 술로 불안한 마음을 달랬다.

불과 하루 전에도 그는 매년 그랬듯 집에서 술을 마시다 오후 4시에 소파에서 곯아떨어졌다. 텔레비전에서는 1990년대에 치러진, 마이클 조던이 눈을 감은 채 자유투를 성공시킨 농구 경기가 재방송되고 있었다. 이것이 1999년 이후부터 추수감사절을 앞둔 몇 주 동안 그가 지켜온 의식 같은 습관이었다. 그는 자신이 근무하는 보험회사에 요청해 며칠 동안 연차를 쓰고―회사로서는 덕분에 연말 며칠 동안 사무실이 텅 비지 않을 테니 그가 크리스마스 휴가를 당겨쓰는 것을 반겼다 ― 집에 틀어박혀 모든 것을 잊을 때까지 술을 마셨다. 처음엔 집에서 취하는 게 쉽지 않았다. 그러다 첫 번째 테이프가 도착했던 2003년 어느 날 그가 분노를 주체하지 못하고 행패를 부리다 경찰에 체포되는 사건이 있었다. 그 일을 겪은 뒤로 그는 집 안에서만 술을 마시려고 애썼다. 추수감사절을 앞두고 며칠 동안 그는 허리케인에 대비하기라도 하듯 주류 판매점에 들러 싸구려 술을 사서는 소파에 앉아 더 이상 눈물이 나오지 않을 때까지 보드카에 취해 울었다. 몸이 알코올을 처리하는 능력이 조금씩 좋아지면서 어느새 이튿날 눈을 뜰 때면 약간의 숙취와 목마름만 남는 수준이 되었다. 그조차도 아침에 블랙커피 더블샷을 들이켜면 사라졌다. 그는 휴가 첫날부터 키에라의 생일날까지 이런 일과를 반복했고, 생일이 되면 술을 끊고 그레이스에게 들러 몇 시간이나마 한때 그랬듯 자상한 남편처럼 행동했다.

"앞으로 어떻게 될 것 같아?" 그레이스가 힘겹게 물었다.

"나도 모르겠어." 에런이 중얼거렸다. "그냥 키에라가 무사하길 바랄 뿐이야."

28장

1998년
알 수 없는 장소

아이리스가 앉아 있는 소파의 흰색이 꽃무늬 패턴 벽지의 파란색, 주황색과 대비를 이루었다. 둥근 유리잔 자국이 남은 유리 탁자를 사이에 두고 아이리스 맞은편에는 윌리엄이 몸을 움직여 불안감을 통제하려는 듯 앞뒤로 서성이며 조금 전 그들이 저지른 짓에 대해 생각하고 있었다.

"애가 엄마를 찾고 있어, 윌. 이건 아니야. 애가 두 시간째 울음을 그치지 않는다고. 여기서 멈춰야 해. 아직 시간이 있어." 아이리스가 두 눈으로 남편을 좇으며 애원했다.

"생각 좀 하게 입 좀 다물래?" 윌리엄이 그녀를 쳐다보지도 않고 내뱉었다.

“내 말 좀 들어봐, 윌리엄, 이쯤에서 멈추자. 시청으로 돌아가서 원래 있던 곳에 애를 두고 오자. 아무도 모를 거야.”

“미쳤어? 사람들이 보고 납치 미수로 우리를 체포할 거야. 우리는 애를 데려오려고 머리도 자르고 옷도 갈아입혔어, 아이리스! 이제 와서 후회돼? 이제 와서? 돌이키기엔 너무 늦었어. 그러려거든 그때 거절했어야지. 대체 왜 그땐 아무 말도 안 한 거야? 좋은 생각 같으니까 그런 거 아냐. 언제나처럼 입 다물고 있었잖아. 늘 결정은 내가 하고 당신은… 당신은 동의만 하지. 가끔 내가 사람이랑 결혼했는지, 목석이랑 결혼했는지 헷갈릴 지경이야.”

“빌어먹을, 난 당신이 무슨 짓을 꾸미는지 몰랐어. 애를 데려올 거라는 걸 내가 어떻게 알아?” 아이리스가 물었다.

“아 제발, 거짓말 좀 그만해….”

“난 애가 혼자 있어서 보호하려고 한 거야. 어린 여자애가 길을 잃었기에… 그래서… 그냥 애를 데리고 사람들 속에서 걸어나온 것뿐이야.” 생각이 여러 갈래로 뻗어나가는 바람에 아이리스는 잠시 말을 멈추었다. “애한테 무슨 일이 생길까 봐 그런 거라고!”

“그러면 내 부탁을 거절하지 않고 가게에 가서 애 옷은 왜 샀어? 애를 돌려보내면 사람들이 맨 처음 그 질문을 할 거야. 그러면 뭐라고 대답할래? 경찰한테 남의 자식 머리칼을 왜 잘랐는지, 옷은 왜 갈아입혔는지 설명할 수 있어? 경찰은 그런 걸 납치 시도라고 할 거야.”

“나도 몰라, 윌. 내가 왜 아무 말도 안 했는지 모르겠어. 그리고 머리칼을 자른 건 내가 아니야. 당신이지!”

“난 할 일을 한 거야, 아이리스. 당신을 행복하게 해주고 싶었어. 당신이 늘 노래했잖아, 가족을 꾸리고 싶다고. 아이한테 자기 전에 동화책을 읽어주고, 속상해하면 안아주고 싶다고.”

“하지만 이런 식은 아니야, 윌! 저 애를 데리고 있으면 안 돼. 우리 애가 아니야. 당신 제정신이야? 엄마가 되고 싶지만 이런 식은 아니라고.”

“내 말 똑똑히 들어, 아이리스. 이건 우리가 항상 꿈꿔왔던 일이야. 하늘이 내려주신 선물이라고. 거절할 수 없어. 알아듣겠어? 이건 우리가 살면서 받을 수 있는 최고의 선물이야. 우리가 몇 년을 노력해왔어? 몇 년을?”

“하늘이 내려줘? 저 애가 하늘이 내려주신 선물이라고? 처음부터 가위를 들고 집을 나섰잖아, 윌… 이러려고 호시탐탐 노리고 있었잖아.”

“맞아. 그래서?”

“‘그래서’라니, 무슨 뜻이야? 내가 퍼레이드에 가자고 한 건 근사할 것 같아서, 다른 가족들을 보면서 우리도 가족을 꾸리면 어떤 모습일지 상상해보고 싶어서였어. 그때 이미 당신은 모든 계획을 세워놨던 거야, 그렇지? 퍼레이드에서 여자애를 데려올 계획을 늘 품고 있던 거였어. 사실대로 말해봐, 윌.”

윌이 잠시 생각하더니 입을 열었다.

"이렇게 쉬운 줄은 몰랐어, 아이리스. 맹세해, 진짜야. 순간 미쳐서 그런 생각을 떠올린 거였어. 더 이상 유산은 못 견디겠어. 당신이 또다시 고통받는 모습을 보는 게 죽을 만큼 힘들어, 모르겠어? 여덟 번 연속으로 유산했다고!"

아이리스의 손이 두려움에 벌벌 떨렸다. 그녀는 복도 끝 문 쪽을 쳐다보았다. 나무문 뒤에서 키에라가 떠나갈 듯 울부짖는 소리가 들렸다. 아이리스의 시선이 반짝이는 금색 문손잡이에 잠시 머물렀다. 이 일을 계속 밀어붙인다면 손잡이에 비친 자신의 모습을 그녀로서는 견디지 못할 만큼 오랫동안 보게 되리라는 것을 알았다.

"아이리스, 내 말 좀 들어봐. 앨리스 박사가 했던 말을 기억해 봐. 우리는 아이를 가질 수 없어. 그게 현실이야. 우리는 가망이 없어. 당신이… 당신 몸이… 불가능해…."

"박사님은 그렇게 말한 적 없어, 윌. 다른 방식으로 애를 가지는 방법도 고려해보라고 했지. 수많은 부부가 아이를 입양하고 만족스러워한다고."

"빌어먹을, 아이리스. 방금 당신이 한 말이 무슨 뜻인지 몰라? 그 말이 자기가 애를 못 가진다는 거나 같은 말이잖아? 내가 당신한테는 에둘러서 전해달라고 박사님한테 부탁했었어. 그런데 이제야 알겠네, 당신이 그 말의 속뜻을 전혀 못 읽었다는 걸."

문 너머에서 키에라의 울음소리가 더욱더 커졌다.

"아이리스, 제발 좀 받아들여. 당신의 빌어먹을 난소는 고장 났어, 그리고 당신 자궁은 시험관 시술을 여덟 번이나 거부했어. 우리는 아이를 가질 수 없어. 뭐, 당신이 가질 수 없는 거지. 난 다른 여자하고 가질 수 있으니까."

"넌 개자식이야, 윌리엄, 빌어먹을 개자식."

"우린 한배를 탔어, 아이리스. 난 당신을 위해 이 짓을 한 거야."

"나를 위해서? 난 결코 어린애를 납치해달라고 부탁한 적 없어, 윌. 난 그저…." 아니나 다를까, 그녀가 눈물을 쏟았다. "난 그저 엄마가 되고 싶었을 뿐이야."

"이젠 엄마가 됐어, 모르겠어? 우린 마침내 사랑스러운 여자아이의 부모가 됐어, 저 아이는 우리 친자식이나 마찬가지야. 아이가 뭘 좋아하는지, 뭐가 저 애를 웃게 하는지 파악하면서 차츰 차츰 애를 알아가고, 애가 울면 달래도 주는 거야, 아이리스. 저 아이를 이 집에서 우리 딸처럼 사랑으로 키우는 거야."

아이리스는 시험관이 실패로 돌아갔을 때를 하나씩 떠올렸다. 매번 똑같았다. 처음엔 긍정적인 결과와 좋은 소식에 얼굴이 환하게 밝아졌다가 결국 몇 주가 지나면 변기에 앉아 하혈을 하며 뭔가 잘못되었음을 알아차렸다. 그녀는 그 모든 소파술과 자신의 몸이 기를 쓰고 거부하는 바람에 실패로 돌아간 그 모든 착상 시도를 기억했다. 보험사에서 첫 번째 회차 이후부터는 보장을 안 해준 탓에 그들은 막대한 양의 의료비를 감당하기 위해 점차 빚더미에 앉게 되었다. 그녀는 검은 머리에 심각한 표정을 한 보험회사 담당자의 얼굴을 떠올렸다. 두 번째 시술에 대한 보장을 거절하는 그의 태도가 어찌나 차갑고 무심하던지 가슴에 통증이 느껴질 지경이었다.

"제발… 윌리엄… 지금이라도 이 일을 멈추고 시험관을 시도하자고 해줘. 저 애는 우리 딸이 아니야."

"가진 돈을 다 날리자고? 그게 당신이 원하는 거야? 아이리스… 정말이지, 상황 좀 제대로 파악해. 더 이상 빚을 질 순 없어. 치료비 때문에 주택 담보 대출을 두 번이나 받았는데도 실패했잖아. 앞으로 어떻게 될지도 모르면서 계속 이 짓을 할 순 없어. 시험관을 시도할 때마다 수만 달러씩 적자가 난다고. 알아듣겠어? 이건 중요한 문제야, 아이리스. 당신이 이해해야 해. 우린 아이를 가질 수 없어. 시험관을 또 시도할 돈도 없고."

"집을 팔면…."

"아이리스…." 윌리엄이 아내에게 다가가 옆에 앉아서 그녀의 얼굴을 쓰다듬으며 눈물을 닦아주었다. "이해가 안 돼? 그 두 번의 담보 대출을 다 갚을 때까지는 집을 팔 수도 없어. 그 돈을 갚을 때까진 이곳에서 꼼짝도 못 한다고. 다른 대안은 없어, 아이리스."

"어쩌면 보험사가…."

"아이리스! 제발 그만해. 당신도 내 말이 맞다는 거 알잖아. 그러니 이젠…."

그녀가 갑자기 한 손을 들어 남편의 말을 가로막더니 놀라서 몸을 돌리고 침실을 쳐다보았다.

"애가 울음을 그쳤어…." 그녀가 설레는 눈빛으로 속삭였다. 아이가 잠잠해지자, 그녀의 내면에 도사린 어두운 면이 자신도 모르게 깨어나는 듯했다. 그녀는 퍼레이드에 모인 군중 한가운데서 아이의 손을 붙잡던 그 순간부터 갈망해온 욕망을 받아들였다. 윌리엄이 출입구에서 기다리는 동안 부모가 못 알아보도록 인근 옷 가게에서 아이를 위장하고 숨길 아동복을 산 장본인이 그녀였다. 또한 키에라를 데리고 35번 가를 걸어가면서 부모님이 크리스마스 선물 문제로 말없이 자리를 떴으니 그리로 데려다주겠다고 거듭 말해준 장본인이 그녀였다. 그들 둘 다 아이를 납치한 장소인 36번 가와 브로드웨이 모퉁이에서 멀어질수록 자신들이 돌이킬 수 없는 지점을 지나고 있음을, 설명할 수 없는 금기를 넘고 있음을 알았다. 펜 역에서 지하철을 타고 부랑자의 무관심한 눈길 아래 집으로 향하면서 그들은 어둠 속으로의 이 여정이 돌아올 수 없는 편도행임을 알았다.

"알겠어?" 윌리엄이 들리지 않을 정도로 한숨을 쉬면서 물었다. "저 애도 우리 집에 적응해야 해. 우리가 행복한 가족이 되고 말고는 시간 문제야, 아이리스. 이해하겠어?" 윌리엄이 아이리스에게 가까이 다가서서 그녀의 얼굴을 붙들고 두 눈을 바라보았다.

"저 가여운 아이가 우느라 진이 빠졌나봐." 아이리스가 그의 가슴에 머리를 기대고 속삭였다. "그냥 자기 부모한테 돌아가고 싶어 하는 거야. 얼마나 충격을 받았을까. 어떻게 된 영문인지 애는 모르니까."

"자기 부모? 그 부모들은 인파 한가운데서 애를 버렸어, 아이리스. 그 사람들이 우리보다 더 부모 자격이 있다고 생각해? 정말 그렇게 생각해? 그게 공평하다고?"

아이리스는 혹시나 무슨 일이 일어난 건 아닐까 염려스러워 자리에서 일어나 침실 문으로 향했다. 난생처음 그녀는 자신보다 다른 누군가를 위해 두려움을 느꼈다. 그리고 무방비 상태의 누군가를 보호한다는 느낌이 좋았다. 아이리스는 초조하게 문을 열었다. 문 근처 바닥을 쳐다보는데 행복한 미소가 절로 나오는 것을 막을 수 없었다.

키에라가 1인치도 안 되는 머리칼과 긴 머리칼이 뒤엉켜 엉망인 채로 러그 위에 몸을 웅크리고 잠들어 있었다. 아이리스가 옷 가게에서 산 흰색 바지와 단추가 엉성하게 잠긴 감색 재킷을 걸친 상태였다. 조그만 얼굴은 눈물범벅이 되어 있었다. 아이리스는 아이 옆에 쪼그리고 앉아 왼쪽 뺨에 남아 있던 소금기 어린 눈물 자국을 쓰다듬어 지워주었다.

"애가 우는 소리를 들으니 얼마나 마음이 찢어지는지 당신은 모를 거야. 애가 그렇게 슬퍼하는 소리를 들으니 가슴이 미어져. 내가 해낼 수 있을지 모르겠어. 이 모든 걸 감당할 수 있을지 모르겠어. 나한텐 너무… 버거운 일이야."

"이 아이는 이제 우리 딸이야, 여보. 마음이 아픈 건 자연스러운 일이야. 하지만 차차 나아질 거야. 우리는 강인해져야 해. 아이를 위해서. 이 아이를 저 밖의 끔찍하고 잔인한 세상으로부터 지켜주기 위해서."

29장

**2003년 11월 29일
키에라 실종 5년 후**

도움을 청하는 건 어렵다.

하지만 도움이 필요하다고 인정하는 건 훨씬 어렵다.

FBI 사무실. 부모님과 함께 사무실을 찾은 잭은 몽타주 화가가 새 스케치를 그려낼 때마다 자신 없어 했다. 그들이 있는 곳은 3층의 작은 방이었다. 곁에 있던 얼굴 인식팀 요원이 탁자 위에 놓인 두께가 다른 열두 개 남짓의 연필과 다양한 재료로 만들어진 여러 지우개를 사용해 윤곽을 그리고, 스케치를 하고, 지우개로 지우고, 음영을 넣었다. 밀러 요원이 화가 뒤에서 이따금 소년을 쳐다보며 말없이 앞뒤로 서성였다. 그 모습은 소년이 시험에서 떨어질까 봐 두려워하는 것만 같았다.

"이제 괜찮니? 이만하면 코를 충분히 길게 그린 것 같아?" 화가가 코 부분을 수정하느라 몇 분 동안 침묵한 끝에 물었다. 콧

등과 두 눈이 이루는 삼각형을 고치고 조정하는 데 30분 넘게 쏟은 터였다.

"잘… 잘 모르겠어요. 제 생각엔… 제 생각엔 앞엣것과 비슷한 것 같아요. 확실하진 않지만요."

"앞엣것과 비슷해? 앞에 그린 스무 개 중에 어떤 것과 비슷하다는 거야?" 밀러 요원이 참을성을 잃고 소리쳤다.

눈물 한 줄기가 잭의 뺨을 타고 흘렀다. 잭은 자신이 템플턴 부부의 우편함에 테이프를 넣은 장본인이라고 인정한 걸 후회했다. 밀러 요원이 얼굴의 모양과 크기가 계속 바뀌는 것을 보고 분노를 터트리자 잭의 엄마가 경악스러운 표정으로 그를 쳐다보았다. 화가가 이 수수께끼의 여인의 얼굴을 어찌나 여러 차례 수정했던지 얼굴이 바뀔 때마다 전보다 비현실적으로 보일 지경이었다.

솔직히 말해 잭은 자신에게 10달러를 주고 심부름을 시킨 여자에 대해 별 기억이 없었다. 흰색 자동차 안에서 선글라스를 낀 채 말을 걸어 확실히 기억나는 거라곤 금발의 짧은 곱슬머리뿐이었다. 검은색 스웨터 차림에 소형차를 몰고 있었지만 차창 안에서 10달러짜리 지폐가 나타나는 걸 본 순간부터 그 밖의 다른 것은 눈에 들어오지 않았다.

"내 아들한테 그런 식으로 말하지 마세요. 알아듣겠어요? 이 일을 도와주겠다고 동의하긴 했지만 그런 무례한 태도는 참지 않겠어요. 맙소사, 아직 어린아이일 뿐이라고요."

“로저스 부인, 잭이 협조하지 않으면 수사 방해 혐의로 기소될 수도 있습니다. 어린아이의 목숨이 위태로워요. 댁의 아드님이 그 여자의 인상착의를 기억하는지 여부에 그 아이의 인생이 달려 있어요.”

“어떻게 감히 그런 말을 할 수가 있죠? 어떻게 감히? 우리 때문에 그 애가 그런 일을 겪는 것처럼 말하는데, 보세요. 끔찍한 사건이긴 하지만 우리 아들은 그냥 도우려는 것뿐이에요. 우리도 할 수 있는 건 뭐든 돕고 싶어요. 하지만 이런 식은 아니에요. 이런 대우를 받으면서 돕고 싶지는 않아요.”

로저스 부인이 아들의 뺨을 쓰다듬고선 다른 사람들이 못 들을 정도로 작은 소리로 속삭였다. 잭의 아빠가 요원을 보고 고개를 젓더니 역시나 아들 옆에 쭈그리고 앉아 낮은 목소리로 아들을 위로했다.

“아들… 그만두고 싶으면 언제든 그만둬도 돼, 알겠지? 굳이 할 필요 없어.”

“제 말을 이해하지 못하셨나 보군요, 부인. 댁의 아드님이 현재 이 어린 소녀를 찾을 수 있는 유일한 실마리입니다. 부인도 그 아이를 기억하잖아요? 이웃에 살던 템플턴 씨네 딸 말입니다. 댁의 아들이 노력해줘야 합니다. 키에라 템플턴도 지금쯤 잭과 같은 나이일 거예요. 아시겠어요?”

소년은 두려웠지만 고개를 끄덕인 다음 속삭였다. “그게… 턱이 저렇게 뾰족하지 않고 좀 더 둥글었던 것 같아요.”

화가가 한숨을 쉬더니 포기하듯 탁자 위로 연필을 집어던졌다. 그가 일어나서 밀러 요원에게 밖으로 나오라는 신호를 보냈다.

"알아둬야 할 게 있어요, 벤. 어린아이가 자신에게 별 의미 없는 것을 자세하게 기억해내기란 어려워요. 피해자가 가해자를 기억해낼 때와는 완전히 달라요, 아시겠어요? 공격을 받는 순간에는 보통 뇌가 스트레스 때문에 비정상적으로 작동해서 기억이 거의 사진처럼 남아요. 덕분에 몽타주에 필요한 세부 사항을 전부 포착할 수 있죠. 하지만 그런 스트레스가 없는 상황이라면… 아이가 아주 상세히 기억하지 못하는 게 당연합니다. 결국 몽타주가 완성돼도 아이의 기억력과 상상력이 뒤섞인 결과물일 거예요. 특히 지금처럼 빨리 끝내야 집에 갈 수 있다고 생각하는 상황이라면 말할 것도 없죠."

"저 아이가 우리가 가진 전부예요, 마크… 알잖아요? 이 소년이 키에라 템플턴을 납치한 여자를 본 유일한 목격자예요. 그 애 부모한테 전화해서 몽타주는 버리기로 하자고 어떻게 말해요. 난 못 합니다. 너무 힘들어요."

"그래도 해야 해요, 벤. 목격자 진술을 이렇게 믿기 어려운 경우는 처음이에요. 아이가 턱을 바꾼 게 몇 번이에요? 머리 스타일을 바꾼 건요? 금발에 곱슬머리. 이게 진술한 전부예요. 그 이상은 아는 게 없어요. 나머지는… 추측에 불과해요. 얼굴에 이렇다고 할 특징도, 특별한 점도 없다고요. 턱을 두드러지게 그리면 그게 맞는다고 하고, 둥글게 그리면 그게 맞는다고 하잖아요.

그러다 다시 뾰족하게 그리면 완벽하다고 해요. 심지어 선글라스 모양도 일관성이 없어요. 이건 미친 짓이에요, 벤. 분명히 말하지만 이 초상화는 쓸 수가 없어요. 당신이 그 가족에게 어떻게 설명할지는 모르겠지만 이대로는 안 돼요.”

“빌어먹을….” 그게 밀러의 유일한 반응이었다. 손목시계를 쳐다본 그는 뚜렷한 진척도 없이 그 방에서 여섯 시간이나 보냈음을 깨달았다. 보통은 몽타주를 그리는 데 한 시간도 채 걸리지 않았다. 상황이 여의치 않아도 한 시간 반이었다. 밀러는 문으로 가서 여태 아들 곁에 앉아 머리를 쓰다듬으며 귓속말을 하고 있는 부모에게 손짓했다. 잭의 아빠가 방을 나오더니 밀러 요원이 입을 떼기도 전에 말했다.

“저희는 갈게요, 수사관님. 이건 무의미한 일이에요. 잭이 지쳤어요. 이미 진술한 것 말고는 더 기억하는 것도 없고요. 우리도 진심으로 돕고 싶습니다, 우리가 공동체의 선한 구성원인 걸 하느님은 아실 거예요, 하지만.” 그가 생각을 표현하기 전에 잠시 주저하더니 말을 이었다. “하지만 그 아이는 우리 딸이 아니에요. 우리는 우리 자식을 돌봐야 하지 않겠어요, 수사관님. 세상이 험악하니 각자 자기 가족을 보살펴야죠. 제 아들이 견딜 수 있는 건 여기까지에요. 원하신다면 내일이나 다른 날 다시 시도해볼 수는 있겠지만 오늘은 그만할 거예요.”

밀러 요원은 한숨을 쉬었다. 상황이 원점으로 돌아갔다는 사실을 받아들이는 데 몇 초가 걸렸다. 다만 다른 점이 있다면, 그 어린 소녀를 찾을 수 없음을 증명해준 비디오테이프가 있고, FBI 건물 사무실에서 키에라와 같은 또래의 남자아이가 울고 있다는 점이었다.

"이해합니다, 로저스 씨. 시간이 늦었네요. 잭이 도와주려고 애써준 것만으로도 고맙습니다. 다른 도움이 필요하면 전화할게요. 부디 걱정은 접어두세요."

밀러가 그들에게 출구를 안내한 다음 작별 인사를 건네며 소년의 머리칼을 헝클어트렸다. 혹시 퇴근하는 요원이 있으면 그 가족을 태워다줄 수 있는지 물어보았지만 아무도 나서지 않아 그가 다시 한번 사과했다. 그런 다음 그는 2층 자기 책상으로 돌아와 상황이 얼마나 복잡해졌는지에 대해 생각했다. 밀러는 컴퓨터 화면을 켜고 두 손으로 머리를 부여잡은 채 잠시 조용히 앉았다.

"〈프레스〉의 그 집요한 기자한테서 전화가 왔었어." 그보다 두 살 어리지만 콧수염 때문에 사실상 열 살은 많아 보이는 동료가 말했다. 스펜서 요원은 FBI의 실종자 전담 부서의 스타였다. 재능이 뛰어나거나 복잡한 사건을 분석하고 해결하는 능력이 출중해서가 아니라 운 좋게도 해피엔딩으로 종결된 사건을 연달아 맡은 덕분이었다. 별명도 '부적'이었다. 그가 10대 소녀 실종 사건에 투입되면 며칠이 채 안 돼 실종자가 남자 친구 집에서 나타났고, 실종 아동 사건에 배정되면 부모 중 하나가 공동 양육권 합의를 어겨서 벌어진 사건으로 밝혀졌다. 그는 자석과도 같았다. 그가 맡은 사건의 실종자들은 마치 자석에 이끌린 듯 다른 주의 어떤 장소에서 모습을 드러냈다. 알고 보면 새 연인과 함께 도망치거나 미국 반대편의 다른 가족과 살기 위해 떠난 것이었다. 그와 달리 밀러 요원은 그 누구보다 오랜 시간 일하는 유능하고 강단 있는 요원이었지만 맡는 사건마다 해결과 점점 멀어지며 미궁으로 빠졌다.

"그 기자가 내 자리로 전화를 걸었어?"

"응. 내가 마지막 전화를 받았는데 좀 있다가 전화할 거라고 전했어. 몽타주를 스케치하느라 정신이 없다고 했지."

"이제껏 그런 여자는 처음 봐."

"그렇게 섹시해?"

"그래서가 아니야, 이 바보야. 그 여자애를 찾는 일을 한순간도 멈추지 않은 유일한 사람이야. 우리한테 유용한 사람이지."

"우리? 정신이 어떻게 된 거 아니야, 벤. 그 실종 사건에 나까지 엮지 말게. 내 완벽한 실적에 오점을 남기고 싶지 않아. 이런 식으로 계속 관여하다가 언젠가 나를 책임자로 앉힐까 봐 겁나네."

밀러는 피식 웃었다. 밀러는 스펜서의 실적이 순전히 운 때문임을 알았다. 스펜서가 컴컴한 데서 자기 불알이나 제대로 찾을까 의심했지만 상사들은 오직 통계만 보는 것을 알았기에 그 말을 속으로 삼켰다. 스펜서의 백 퍼센트라는 해결 실적은 부인할 수 없는 사실이었고, 언젠가는 자신도 그에게 굽신거려야 할 수도 있었다.

책상 위의 전화기가 다시 울리자 밀러 요원이 전화를 받기 전에 스펜서 요원에게 조용히 하라는 시늉을 했다.

"또 그 여자일 거야. 그 여자가 뭐라고 했는지 나중에 말해줘. 확실히 목소리는 섹시하더라."

밀러는 미렌이 스펜서의 마지막 말을 못 들었기를 바라며 수화기를 들었다.

"뭐 새로운 게 나왔어요, 수사관님?" 미렌이 덤덤하게 물었다. 미렌은 〈프레스〉에서 몇 년간 몸담으면서 경찰, 변호사, 자신이 파헤친 기업 관련자들과 수없이 부딪치며 언제 주도권을 잡고 언제 잘 보여야 하는지를 배웠다. 키에라 사건의 경우 두 가지가 다 필요했다. 그녀는 키에라도 찾고 싶었고 경찰 조사를 위태롭게 만드는 것도 피하고 싶었다. 하지만 〈프레스〉 기자였기에 강력한 기사 하나로 압박을 가할 수도 있었다. 밀러 요원과 대화를 나누며 키에라 비디오에 대한 보도를 미루겠다고 동의한 터였지만 미렌은 그날 아침 키에라의 부모와 얘기하던 중 이웃집 소년이 테이프를 갖다준 사람을 목격했다는 사실을 알게 되었다. 그 일로 인해 수사의 템포가 훨씬 빨라졌다. 몽타주가 언론 매체를 통해 들불처럼 퍼져나간다면 키에라를 납치한 사람을 찾는 데 도움이 될지도 몰랐다.

"트리그스 양… 우리가 한 약속 기억하죠. 나흘 동안 아무 기사도 쓰지 않기로 약속했잖아요."

"하지만 밀러 요원님… 몽타주가 있으면 〈프레스〉에서 배포하는 게 낫지 않아요?"

“그렇겠죠, 하지만 문제는 몽타주가 없다는 겁니다.”

“몽타주가 없다니 무슨 말이에요?” 미렌이 놀라서 물었다.

“말한 그대로예요. 그 소년이… 그 여자를 정확히 기억 못 해
요.”

스펜서가 차마 입에 담지 못할 저속한 몸놀림을 하면서 따라
하기도 힘든 상스러운 말을 입 모양으로 흉내 냈다. 밀러가 인상
을 찌푸리며 고개를 저었다.

“그래서 계획이 뭔가요? 지난 사흘 동안 그밖에 또 뭘 찾았나
요?”

“막다른 골목에 다다른 것 같아요. 소득이 없어요. 테이프에
서 지문도 안 나왔고 유일한 목격자인 그 남자애는 여자 얼굴을
기억도 못 해요. 수사팀에서 그런 문양의 벽지에 대한 정보를 찾
고 있는데 화면의 질이 너무 나빠서 흔한 꽃무늬 벽지일 가능성
을 배제할 수 없어요. 마지막 수단으로 그 작은 나무집 모형에
뭔가 특이점은 없는지, 어디서 구매할 수 있는지도 살펴보고 있
습니다. 하지만 그건 현재 우리 팀보다 훨씬 큰 수사팀에서 가능
한 일이에요. 그 죄 없는 용의자가 그렇게 되고 나서부터 상부에
서 이 사건에 대해 몸을 사리고 있어요. 저를 돕는 인원이 겨우
셋인 데다 남은 기간도 일주일 남짓이라 사건이 다시 미제가 될
가능성이 높아요.”

“벌써 사건을 종결지을 생각인 거예요? 정말로 인력을 더 투
입하는 건 불가능해요?” 미렌이 놀라서 물었다. 그녀의 낮은 목

소리가 수화기 저 너머에서 그를 공격하는 듯했다.

"트리그스 양… 이건 보기보다 훨씬 복잡한 일이에요. 뉴욕에서만 매년 몇 명의 아이들이 실종되는지 아세요? 현재 실종 아동이 100명이 넘는데 흔적도 못 찾고 있어요. 그것도 1년 이상 해결되지 않은 사건만 말씀드린 겁니다."

"100건이요?"

"끔찍하지 않습니까? 매일 실종 아동 신고가 최소 스무 건씩 늘어나고 있어요. 대부분의 실종 사건은 해피엔딩으로 끝나지만 200명의 아이들은 매년 몇 인치씩 자라고 있어요. 이 아이들이 어떻게 자랐을지 시뮬레이션을 돌려서 지금쯤 어떤 모습일지 추적하는 전담팀이 있을 정도예요. 혹시 누군가 길에서 그 아이들을 마주쳤을 때를 대비해서요. 이건 비단 키에라 사건에 국한된 게 아니라 훨씬 큰 이슈예요, 트리그스 양. 할 수 있는 건 다 하고 있으니 믿어주세요. 인력을 더 투입하지는 못합니다. 저도 손쓸 방법이 없어요."

"그 테이프를 검토할 인력이 필요하다는 건가요? 그 말씀인 거죠?" 미렌이 머릿속으로 아이디어를 떠올리며 물었다.

"그냥 조사할 게 많다는 뜻이에요. 인력이 한정돼 있으니까요. 가용 자원은 적지만 최선을 다하는 중이에요."

"지금 필요하신 게 검토 인력이라면요, 수사관님." 미렌이 단호히 말했다. "내일 2천 명의 시민들이 그 빌어먹을 테이프를 보고 검토하게 해드리죠."

30장

‘눈의 아이Snow Girl’

작성자 : 미렌 트리그스

메이시스에서 주최하는 추수감사절 퍼레이드가 한창 진행 중이던 어느 대낮, 뉴욕 한복판에서 실종된 세 살 난 여자아이 키에라 템플턴을 기억하실 겁니다. 부모가 말하길, 키에라는 강아지 플루토를 좋아하고 고향인 롱아일랜드 해변에서 조개 수집가를 꿈꾸던 명랑한 아이였습니다. 키에라가 실종된 이후 제 삶은 그 아이의 삶과 단단히 엮여버렸습니다. 제가 〈맨해튼 프레스〉의 기자로 근무하고 있는 건 운 좋게 적당한 시기에 적당한 장소에 있었기 때문이기도 하지만 이제 와 말씀드리자면 그럴 수밖에 없는 저의 신념과 라이프스타일 때문이기도 합니다. 그 이유를 말씀드리죠.

저는 성폭행 생존자입니다.

맞습니다, 제대로 읽으셨어요.

이 문장을 쓰는데 온몸이 떨리면서 손끝 아래의 키보드 자판들이 마치 도망치고 싶어한다는 느낌마저 드는군요. 성폭행을 당한 것으로도 모자라, 가해자들은 경찰에 체포되지도 않았습니다. 1997년 10월 그날 밤 저는 유령에 의해 성폭행을 당했습니다. 바로 눈앞에 호랑이가 미소로 위장한 채 아가리를 벌리고 있는데도 보지 못했죠. 그자가 제 손을 잡고 제 인생의 가장 어두컴컴한 동굴 속으로 끌고 들어가는데도 말입니다. 그 동굴에서 나오는 건 쉽지 않았습니다. 오랫동안 나오지 못했습니다. 누구도 어떻게 해야 나올 수 있는지 말해주지도, 보여주지도 않았으니까요. 그런 일을 당한 후에 제가 어떻게 행동해야 하는지조차 알 수 없었죠. 거울 속의 나를 바라보며 뭐가 잘못되었는지 찾았습니다. 왜 예전처럼 울지 않는지, 왜 울음을 멈출 수 없는지 그 이유를 찾았죠. 복수를 할까, 총을 사 볼까도 생각했습니다. 그러면 이미 고통받은 내 영혼을 보호할 수 있기라도 할 것처럼요. 비슷한 상황이 되풀이되면 방아쇠를 당겨서 트라우마를 끝낼 수 있기라도 할 것처럼 말이죠.

키에라에 대한 기사를 처음 읽었을 때 그런 상상이 들었습니다. 키에라가 아무 일도 없을 거라고 웃으며 살랑거리는 바로 그 호랑이에게 손길을 허락했을 거라는. 그리고 그 아이가 미용실 놀이를 하자는 꼬임에 넘어가고 옷을 갈아입는 모습을 상상했죠. 그 모습이 마치 한밤중에 공원으로 산책을 가자는 제안을 받아들였던, 술에 취해 무심코 그 일이 재밌을 거라고 착각했던 저 같았습니다. 그 미소 뒤에 날카로운 이빨이 숨겨져 있을 줄은 꿈에도 몰랐을 그 세 살 소녀가 바로 저였습니다. 머리를 자르고 옷을 갈아입은 탓에 소녀는 800만 인구가 사는 이 도시에서 투명 인간이 되었고 심지어 지금도 행방이 묘연합니다. 6년 전 그림자의 유혹에 이끌려 어둠 속에서 영영 사라져버린 후로 그 시절의 미렌 트리그스가 어디에 있는지 모르는 것처럼 말이죠.

오늘 저는 처음으로 그 성폭행 사건을 여러분께 밝힙니다. 저도 모르는 사이 그 사건이 저를 키에라 템플턴 사건과 연결해주었기 때문이기도 하거니와 그 이야기를 접하면서 키에라에게서 과거 제 모습을, 그 깊고 어두운 동굴에서 누구 하나 찾지 않았던 어린아이 같은 저를 보았기 때문이기도 합니다. 그리고 그 시절 저와 마찬가지로 키에라 역시 그 어둠에서 탈출하기 위한 도움의 손길을 필요로 하기 때문입니다.

지난 5년 동안 저 자신을 찾으려 애쓰는 동시에 키에라를 찾아왔습니다. 그리고 지난주, 믿기지 않으시겠지만 그 아이를 또다시 보았습니다.

맞습니다. 이번에도 제대로 읽었습니다.

그 아이를 봤다는 건 어느 날 밤 제 꿈속에 나타났다는 뜻이 아닙니다. 그 아이가 어떤 방 안에서 살아 있는 모습을 보았다는 말입니다. 5년이나 지나 키에라의 부모에게 전달된 한 비디오테이프에 아이의 모습이 담겨 있었던 것이죠. 이토록 섬뜩한 게임은 난생처음 접합니다. 이미 모든 것을 잃어버리고 언젠가 아이가 가족의 품으로 돌아올지도 모른다는 희망밖에 남지 않은 부모에게 키에라는 끔찍하면서도 희망적인 신기루가 되었습니다.

이 기사와 함께 실은 사진들은 부모에게 전달된 비디오테이프에서 추출한 것들입니다. 그 중 첫 번째는 지난 몇 년 동안 언제든 이 아이를 보았거나 알아본 사람이 있기를 바라며 현재 8세인 키에라의 모습을 최고 해상도로 캡처한 사진입니다. 두 번째는 방에서 키에라가 평화롭게 놀고 있는 사진으로, 혹시 키에라를 찾는 데 도움이 될 만한 물건이나 단서를 누군가 알아보지 않을까 싶어서 실었습니다. 다음 두 면에 실린 사진 속 방에 보이는 모든 물건을 최대한 확대해서 살펴봐 주시기 바랍니다. 침대, 매트리스, 커튼, 문, 원피스, 나무로 된 집, 바닥의 타일 등 전부 말입니다.

키에라의 부모님에게 전달된 120분 분량의 테이프에 녹화돼 있던 겨우 59초 길이의 영상을 시청하고 나자, 곧바로 화면 가득 끝없는 백색 소음이 울려 퍼지며 티브이 수상기에 신호가 잡히지 않을 때 화면에 난입하는 눈보라가 쉼 없이 몰아쳤습니다. 저는 그 화면 속에서 또 한 번 키에라를 보았습니다. 이번에는 은유적인 표현입니다. 제가 밤낮없이 찾고 있는 그 어린 소녀가 눈으로 변해버린 것만 같았죠. 손가락 온기에 금방 녹아버리는 눈이 아니라 흑백의 점들이 이리저리 날아다녀서 도무지 붙잡을 수 없는 그런 눈으로 말이죠. 그 눈 속에서 길 잃은 키에라 템플턴이 지금 이 순간 당신의 도움을 필요로 하고 있습니다.

키에라 템플턴에 대한 정보를 아시는 분은 부디 아래 전화로 연락 부탁드립니다. 1-800-698-1601, 내선 번호 2210

31장

미렌 트리그스
1998년

나도 모르는 사이,

슬픔이 내 사람들의 주위를 맴돌고 있다.

키에라를 납치한 혐의로 체포된 용의자 제임스 포스터와 그의 아내에 대해 온라인으로 살펴보는 두 시간 내내 슈모어 교수는 내 곁에 머물렀다. 그리고 그가 가져온 CD의 내용을 내가 검토하는 동안 간략하게 설명도 해주었다. 내가 혼자라고 느끼지 않도록 배려해준 게 아닌가 싶었다. 용의자의 체포에 대해 내가 우려를 표한 후로 그는 마음이 편치 않았던지 나의 의구심에 신경을 곤두세웠다. 그러고는 들뜬 마음을 거두고 신중한 태도로 그 일을 어떻게 할지 숙고했다.

마치 페달을 밟아서 전기를 만들기라도 하듯이 느려터진 구시대적인 주민등록부 사이트가 로딩되기를 기다린 후 우리는 간신히 용의자의 주민등록 기록에 접근했다. 뉴욕 주에는 제임스 포스터가 400명 가까이 있었지만 그중 맨해튼 중심부에 해당하는 우편번호에 거주하는 사람은 180명뿐이었다. 그의 생년월일이 메건법 파일에 기재돼 있어서 각 이름 별로 링크를 클릭한 끝에 30분 만에 어렵지 않게 그의 주민등록상 기록을 찾을 수 있었다. 한 번 클릭한 링크는 보라색으로 바뀌어 정보를 찾기가 유용했다.

제임스 포스터의 배우자는 마거릿 S. 포스터였다. 슈모어 교수는 그녀가 남편보다 정확히 한 살 어리다는 것을 확인한 순간 "그럼 그렇지!" 하며 낮게 환호했다. 내 가설이 힘을 얻는 듯했다. 이 사실을 확인해낸다면 다른 수많은 언론보다 한발 앞서 흥미로운 정보를 손에 넣을 수 있었다. 경찰보다 먼저 그의 무죄를 밝힐 위치에 서게 될지도 몰랐다. 경찰은 시내 한복판에서 또 다른 여자아이를 유괴하려 한 혐의로 그를 구금하기에 앞서 그들에게 허용된 72시간을 꽉 채워 심문할 게 확실했다. 경찰이 저지른 실수가 선의에서 비롯되었다 하더라도 그 바람에 키에라를 수색하는 작업이 일시적으로 중단될 수도 있었다. 그가 과거 미성년자 성범죄로 유죄 판결을 받은 것이 엄격한 법 해석 때문임을 어떻게 확인해야 할지 딱히 생각나지 않았지만 내 머리는 모든 퍼즐 조각을 맞추고 앞으로 나아가라고 다그치고 있었다. 슈모어 교수가 가르쳐줬던 것처럼 탐사보도는 단숨에 완성되는 것이 아니었다. 신문사의 탐사보도팀이 주제를 정하고 나면 기사를 내보내기까지 몇 달, 때로는 몇 년이 걸렸다. 그리고 정확한 시간을 알기 위해 복잡한 스위스 시계의 작은 톱니바퀴를 하나하나 제자리에 끼워 넣듯 언제나 몇 개의 아이템을 동시에 진행시키며 각 기사별로 조금씩 진척시켜 나갔다. 그러면 기사들이 기자들도 예상치 못한 파장을 일으키곤 했다. 이를 위해선 마치 호수 깊숙이 숨어 있는 괴물을 찾듯 한 가지 수사가 완전히 끝날 때까지 철저히 파헤치고 바닥을 드러내야 했다. 괴물은 진실을 의미했다. 때로는 고통스럽기도 하고 하찮기도 하고 너무 단순하고 우아해서 어떤 백발의 과학자가 만든 유명한 방정식을 떠올리기도 했다.

"어떻게 해야 마거릿 S. 포스터가 제임스 포스터의 이른바 피해자라는 사실을 확인할 수 있을까요, 교수님?" 나는 일을 진척시킬 방법이 떠오르지 않아 그에게 물었다.

"부탁인데 짐이라고 불러줘. 네가 왜 계속 교수님이라고 부르는지 모르겠어."

"교수님이 강단에서 내려오는 게 싫어서요. 절대 찬성 못 하겠어요. 제가… 제일 좋아하는 과목이란 말이에요."

"인터뷰 기술 과목이 더 좋지 않아? 전설적인 에밀리 윈스턴 교수가 가르친다는데."

"지루함의 극치예요. 수업 내내 자기가 〈글로브〉에서 얼마나 잘나갔는지만 늘어놔요. 자기 업적과 수백 건의 인터뷰 외에는 가르치는 게 없어요. 그마저도 제가 보기엔 별로 소질이 없지만요. 물론 정보를 얻어내는 실력은 탁월하지만 보통은 주제와 상관없는 것들이에요. 지난번 기사에서는 여자 여럿을 살해한 죄목으로 감옥에 갇힌 잘생긴 연쇄살인범과 대화를 나누고 무슨 정보를 얻어냈는지 아세요? 그 살인범한테 자신의 추종자들로부터 받은 팬레터를 공개하면서 그 편지들에 얼마나 정성스레 응대해줬는지 보여주게 했어요. 그자가 십수 명의 추종자들을 얼마나 신경 쓰는지, 그들을 얼마나 배려하는지를 기사로 근사하게 작성하고 멋들어진 사진까지 곁들였죠. 그 기사를 읽고 분명 몇몇 여자들은 그 살인범의 수려한 외모와 배려심에 반했을 거예요. 모르겠어요. 범죄자의 인간성을 부각시키는 게 저널리즘이 앞장서서 추구해야 할 일이라는 생각은 안 드네요."

"아무리 범죄자여도 그들 역시 인간이야."

"그중에 일부는 괴물이에요." 내가 단호하고 진지하게 말했다. "그 어떤 기사도 그 사실을 바꿀 순 없어요."

그가 고개를 끄덕이며 버릇처럼 손가락으로 안경을 밀어 올렸다. 그는 한동안 말이 없었다. 그 주제에 대해 내가 분노하고 있다는 걸 눈치챈 게 분명했다.

나는 피해자의 눈동자에 어린 두려움을 전혀 느낄 줄 모르며 그런 해를 가하는 살인자나 강간범 부류를 경멸했다. 그들에 대한 자료를 읽기도 많이 읽었다. 지난 몇 년 동안 어느 순간 그들이 저지른 잔혹한 범죄에 대한 텔레비전 토론이 유행처럼 번지면서 일부 언론인이나 논평가들이 이런 사이코패스들의 감정이 일반인의 감정과 얼마나 동떨어져 있는지를 감탄과 혐오를 뒤섞어 강조하곤 했다. 나도 그 사건을 겪고 나서 그런 기분을 느낀 터였다. 내 몸에서, 내 성에서, 내 감정에서 동떨어져 있다는 기분을. 누군가에게 영혼이 짓밟힌 이후로 나는 날이 저물기가 무섭게 집 안에 숨어 벌벌 떠는 고장 난 배가 되어버렸다. 그렇지만 한편으론 내 감정들이 예전처럼 심장 가까이 제자리를 찾아 돌아오길 바랐다. 환한 대낮인데도 여전히 지나가지 못하는 공원의 그늘진 구석에 버려져 있는 것이 아니라.

"두고 봐, 미렌." 그가 마침내 입을 열었다. "네 가설은 훌륭한 후속 기사가 될 거야. 지금까지 어느 신문사도 이런 가능성을 고려하지는 못했을 거야. 그건 확실해. 누구도 감히 〈프레스〉의 주장에 반박하지 못하니까."

"무슨 뜻이에요?"

"제임스 포스터가 현재 정황처럼 무죄가 맞다는 게 밝혀지면 그 기사를 터트리는 기자는 어느 편집자도 무사하지 못할 여론의 전폭적인 지지를 얻게 될 거야. 내 말을 믿어. 나는 오늘까지만 해도 〈데일리〉의 편집장이었어. 그런 신문사의 경영진이 뭘 중요하게 여기는지 알지. 이미지, 그리고 신뢰도야. 내가 그 자리를 떠나기로 한 것도 그래서야. 나는 언제나 한발 늦었고, 그 대가를 치렀어. 한발 앞서는 능력. 그게 모든 신문사가 기자들에게 기대하는 자질이야."

"하지만 그자가 진짜 유죄라면요?"

"진실이 코앞에 있어, 미렌. 공이 홀 바로 앞까지 와 있다고. 네가 할 일은 슬쩍 미는 것뿐이야. 안 보여?"

"하지만… 어떻게요?" 내가 물었다. 진실은 보고 싶지만 보이지 않았다.

"기자의 가장 값진 무기인 정보를 이용하는 거야. 성범죄자 등록부에서 얻은 그자의 주소가 있잖아. 그의 아내에게 물어서 네 가설을 확인해보면 돼. 단, 준비도 없이 덤비면 안 돼. 그곳에 덜컥 찾아가서 이야기를 들려달라고 해선 안 된다는 거지. 그건 황색 언론들이나 하는 짓이거든. 넌 가설을 확인하기 위해 조사하는 탐사보도 기자야, 미렌. 그러니까 넌 마거릿 S. 포스터로부터 맞다, 아니다, 대답만 얻으면 돼. 그 여자한테 질문하고 이후 반응만 관찰해도 알 수 있어."

여전히 혼란스러웠다. 이제껏 한 번도 얼굴을 맞대고 조사하는 단계까지 가본 적이 없었다. 인터뷰도 수업 과제로 학우나 교수님들을 대상으로 한 게 전부였다. 이따금 작가나 정치인들을 인터뷰한 적도 있었지만 언제나 유선상으로 이루어졌다.

"넌 할 수 있어, 미렌." 그가 단호히 말했다.

밤중에 밖을 돌아다니는 건 죽기보다 싫었지만 이미 9시가 넘었을 시각이었다. 포스터의 집에 들러 주요 일간지의 1판 마감 전에 마거릿과 대화를 시도할 시간은 아직 있었다. 슈모어 교수는, 내 가설이 맞는지 확인을 완료하고 포스터 체포 건과 관련해 흠잡을 데 없는 양질의 기사를 작성한다면 다른 신문사에서 근무하는 동료 기자에게 내 글을 보내 생애 첫 기사를 실을 기회를 주겠다고 약속했다. 내 예감이 맞다면 마거릿 S. 포스터는 무슨 일이 벌어지고 있는지, 단순한 착오일 텐데 남편이 왜 이렇게 오래 붙잡혀 있는지 영문도 모른 채 남편의 소식을 기다리며 제20번 지구대나 집에서 두 아이와 울고 있을 터였다.

"내가 같이 가줄까?" 슈모어 교수가 물었다.

싫다는 말이 목구멍까지 올라왔지만 창 밖으로 짙은 어둠을 본 나는 승낙할 수밖에 없었다.

서류상으로 포스터의 집은 다이커 하이츠에 있었다. 슈모어 교수는 택시를 잡고 꽤 많은 돈을 지불하며 그곳까지 가달라고 설득했다. 그렇게 택시를 타고 가면서 처음으로 내가 진짜 저널리스트라는 느낌이 들었다. 차창 밖으로 스치는 가로등을 바라보니 도시가 하나의 거대한 이야기인 것만 같았다. 하수구에서 올라오는 자욱한 수증기를 뚫고 지나가는데 초고층 빌딩들 사이로 거대한 커튼이 드리운 느낌이었다. 택시는 기사가 선택한 경로를 막힘없이 따라갔고, 내 마음속에는 빛과 그림자로 이루어진 도도하지만 겁에 질린 도시에 대한 기억이 남았다. 마치 이 도시는 내게 모퉁이마다 벌어진 일들을 밝혀주길 바라는 동시에 그 안에 감춰진 진실이 절대 드러나지 않길 간절히 바라는 듯했다. 택시가 브루클린 다리를 건넜다. 반대편에 도착하고 목적지가 가까워지자 감정이 달라지는 게 느껴졌다. 주변이 조금 더 어두워지면서 그 어둠 속에 숨어 있던 무언가가 한밤중 그 공원에 있던 순간을 떠올리게 했다. 이동하는 내내 침묵을 유지하던 슈모어 교수가 그 순간 내게 물었다. 내 마음속에 두려움이 스멀스멀 올라오기 시작하는 것을 눈치챈 것 같았다.

"그 녀석… 로버트를 용서했어? 그날 밤 너를 공원으로 데려간 녀석 말이야?"

"무슨 말이에요?"

"너를 지키려는 시도조차 안 했는데… 용서할 수 있었어? 듣기로는… 너를… 그놈들 가운데 버려두고 도망갔다고 하던데."

"경찰 앞에서는 그놈들한테 맞아서 무방비 상태였다고 진술했다죠. 하지만 겁쟁이처럼 도망친 거 말고는 기억 안 나요. 로버트는 유일하게 체포된 범인을 식별할 용기조차 없었어요."

"네가 지목한 자와 다른 남자를 지목했다지. 그러고는 너무 어두워서 확신이 안 든다고 했다면서. 기사에서 봤어. 그 녀석 때문에 사건이 훨씬 복잡해졌더군." 슈모어 교수가 조심스러운 목소리로 말했다.

"그리고 덕분에… 범인이 아직 거리를 나다니죠. 강간범이 활보하고 다닌다고요. 또 다른 놈도 저 바깥에 있고요."

"그 녀석이 사과는 했어?" 슈모어가 물었다.

"몇 달이나 걸렸어요. 강의실 문 앞에 나타나더니… 오스카 와일드의 용서에 대한 글을 읽더군요. 성인 남자가 그렇게 유치한 짓을 하는 건 오랜만에 봤어요. 그냥 나가라고, 다시는 보고 싶지 않다고 했죠."

“로버트는 네가 아니라 자기 자신을 위해서 용서를 구한 거야.” 슈모어가 그 상황을 해석하듯 말했다.

“저도 그렇게 생각해요.”

택시가 크리스마스 조명 장식을 반쯤 마친 어떤 집 앞에서 멈췄다. 온 거리가 크리스마스 장식을 끝마친 듯 보였지만 저 멀리 한 집만 시커먼 어둠에 휩싸여 있었다. 거대한 건물들이 어찌나 휘황찬란하게 빛나는지 거의 대낮 같았다. 이 동네는 크리스마스가 언제나 일찍 찾아왔다. 60년대 중반에 84번 가의 한 집을 시작으로 이웃집들로 금방 퍼져나간 이 동네의 전통이었다.

“키에라의 부모가 이 인근에 살아.” 슈모어가 차에서 내린 다음 말했다.

“지척에 사는 이웃이 자기 딸을 데려갔다고 생각하면 얼마나 끔찍할까요.”

“하지만 사실이 아닐 수도 있으니까. 그래서 우리가 여기 온 거고. 적어도 그 의심은 해결하려고 말이야.”

“맞아요, 하지만 그 부모들은 아직 모르잖아요.”

이맘때면 관광 코스로 각광받는 일대임에도 불구하고 거리에 개미 새끼 한 마리 보이지 않는다는 사실에 현기증이 일었다. 환히 불을 밝힌 포스터 가족의 집 현관문까지 인도를 걸어가는데 외줄 타기를 하는 기분이었다. 금색 문고리를 강하게 세 번 두드리자 검은 머리에 다크서클이 내려온 한 여자가 가운 차림으로 문을 열어주었다.

"누구세요? 무슨 일이죠?" 그녀는 우리가 왜 그곳에 왔는지 도통 모르겠다는 표정이었다.

32장

1998년

행복은 혼자가 아니라고 믿게 하지만,

슬픔은 늘 혼자였다고 믿게 한다.

에런은 병원에서 시술을 마친 그레이스가 휴식을 취하도록 침실에 데려다준 다음 거실 소파에 지친 몸을 던지고 흐느끼기 시작했다. 거실 한쪽의 탁자 위에는 늘 그 자리를 지키던 세 가족의 사진 대신 작은 직통 전화기들이 가득했다. 지난 며칠 동안 전화기가 쉴 없이 울리다가 지금은 잠잠해진 상태였다. 밀물처럼 밀려들던 전화가 잦아들면서 자원봉사자들도 몇 시간 전에 집으로 돌아갔다. 그때 전화기 한 대가 집요하게 울리기 시작하자 에런이 벌떡 일어섰다. 눈물이 턱수염을 타고 흐르다 수화기에 툭 떨어졌다.

"여보세요? 키에라에 대해 아는 게 있으세요?" 그가 희망을 안고 물었다.

하지만 수화기 너머로 10대 두어 명의 웃음소리만 울려 퍼졌다. 역겨운 장난 전화였다.

"너희 같은 빌어먹을 놈들이 납치됐어야 하는데." 에런이 분노를 참지 못하고 외쳤다. "세 살짜리 내 딸이 실종됐어. 무슨 말인지 알아들어?"

그중 하나쯤은 사과를 할 줄 알았지만 몇 초 뒤 다시 들려온 건 고통스럽게도 전화기에서 멀어지는 두 사람의 낄낄거리는 소리였다.

에런은 소리를 질렀다.

그 소리가 어찌나 컸던지 길거리의 개가 그에 동조하듯 길게 울부짖었다. 그러다 그가 더 이상 참지 못하고 전화기를 붙잡은 채 홱 잡아당겨 핫라인 연결용 스플리터의 케이블을 뜯어버렸다. 그러고는 전화기를 쓰레기통에 처박고 세상에 도움을 청하려 했던 자신을 저주했다.

그는 수년 동안 보험 회사에서 일하면서 언제나 어떤 식으로든 고객들을 도우려고 애썼다. 상사들이 도장을 찍어주도록 서류를 살짝 고치거나, 건강 보험 가입용 질문지의 부적절한 답변을 슬쩍 눈감아 주거나, 고객이 자동차 도색을 할 수 있도록 멀쩡한 차에 손상이 난 것처럼 꾸며주기도 했다. 가슴이 뛰는 직업은 아니었지만 덕분에 공과금을 내고 편안히 살 수 있었다. 유일한 단점이라면, 가끔 상사들이 그가 맡은 지점의 실적을 문제 삼을 때 그가 책임지고 고객의 보험 청구를 거절해야 한다는 것이었다. 그는 할당된 목표를 초과하기보다는 최소한의 기준치를 충족시키는 것에 만족했다. 그러므로 고객들에게 평판이 좋았지만 당연히 모든 고객의 사랑을 받지는 못했다. 고액의 암 치료 보장을 거부하거나, 차고에서 자동차를 손보던 고객이 두 손을 잃으면 한 손에 대한 접합 수술 비용만 보장해줄 수 있다고 설명해야 했기에 모든 고객의 사랑을 받는 건 불가능했다.

에런은 스스로를 좋은 사람이라 여겼고, 자신이 도울 수 있는 곳엔 어디나 도움의 손길을 펼쳤다. 과테말라 아동의 삶을 지원하는 NGO 단체에 월마다 30달러를 기부했고, 재활용 분리수거를 완벽하게 지켰으며, 지역의 자선 모금 행사에도 도움을 보탰다. 이웃들이 그를 도왔던 것도 그런 이유 때문이었다. 그가 좋은 사람인 것을 알았으니까. 하지만 그를 모르는 사람들, 그러니까 키에라의 실종이 불러일으킨 병적인 호기심에서 그를 동정하는 많은 사람들은 사방에서 쏟아져나오는 깜짝 뉴스나 사실 위주 보도, 황금 시간대 티브이의 자세한 사건 분석을 원할 뿐이었다. 키에라를 찾는 일은 서커스 공연 말미에 안전망도 없이 공중그네에서 3회전 공중 돌기를 도는 위험천만한 곡예와도 같았다. 성공을 거둔다면 관객들로부터 환호와 박수가 쏟아질 터였다. 실패한다 해도… 이미 사자들이 불타는 고리 사이로 뛰어드는 묘기를 봤으므로 만족스럽게 집으로 돌아갈 터였다. 그는 아직도 그에게 닥친 일이 믿기지 않았다. 그는 일주일 사이에 얼마나 많은 일이 바뀌었는지 한참을 곱씹었다. 키에라의 실종, 그레이스의 유산. 키에라의 손가락 감촉과 "아빠" 하고 부르던 딸아이의 목소리. 그는 뱃속부터 머리까지 치밀어오르는 끔찍한 생각을 누르려고 밖으로 나갔다. 그것은 흡사 그의 가족의 몰락을 더 잘 관측하려고 머리 꼭대기까지 기어오르는 시커먼 이무기 같았다.

그때 휴대폰이 울렸다. 에런은 주머니에서 휴대폰을 꺼냈다. 화면에 밀러 요원의 전화번호가 보였다. 그 순간 그는 허공으로 추락하지 않기 위해 매달릴 만한 건 뭐가 됐든 붙잡고 싶었다. 설사 그게 실낱같은 희망이더라도. 용의자 진술에 모순이 발견되거나 수사에 약간의 진척만 있어도 충분했다.

"그 개자식이 키에라가 있는 곳을 자백했다고 말해주세요." 그가 전화를 받자마자 말했다.

"그건 힘들 것 같군요, 템플턴 씨. 그리고… 그 사람은 범인이 아니에요. 이 말씀을 드리려 전화했습니다."

"뭐라고요?"

"진술이 아귀가 맞아요. 나쁜 사람은 아닌 것 같아요. 비디오 대여점에서 일하는, 애 둘 딸린 평범한 유부남이에요."

"하지만… 하지만 그래서 뭐요. 나쁜 사람으로 안 보인다고 해서 진짜 그런 건 아니잖아요."

"압니다. 그자가 유괴범이었으면 싶다는 거 알아요. 하지만 키에라가 납치되던 시점에 그 자는 심지어 뉴욕에 있지도 않았어요."

"그러면 그자가 범인이 아니라는 거예요?"

"받아들이기 힘든 거 압니다, 템플턴 씨. 대중은 정의를 원하죠. 게다가 〈프레스〉 1면이 일을 좀 복잡하게 만들었어요. 하지만 그 남자는 그냥 도움을 주려고 한 것 같아요."

"도움을 줘요? 키에라가 실종된 장소에서 여자아이를 멋대로 데려가려고 했어요. 그 남자가 맞다고요, 수사관님. 이건 말도 안 돼요." 에런이 애원하듯 숨을 몰아쉬었다.

"제 말 못 들었어요? 그자는 키에라가 실종되던 시점에 뉴욕에 없었다고요."

"직접 확인했어요? 어떻게 그렇게 확신하죠?"

"전과가 있긴 하지만 기소가 기각됐더군요. 지난주에는 플로리다에 있었고요. 탑승 기록을 확인했으니 확실합니다. 11월 24일에 비행기에 올랐고 그저께 돌아왔어요. 타임스퀘어에 설치된 카메라도 확인해봤지만 어디서도 여자애를 강제로 데려간 정황은 안 보였어요. 그냥… 부모가 딸아이가 낯선 사람과 함께 있는 걸 보고 당황해서 과잉 반응을 보인 거예요…. 그의 전과와 키에라를 둘러싼… 병적 흥분 상태도 한몫했고요."

"그러면 그 여자애는요? 그 애는 뭐라고 하던가요?" 에런이 절망적으로 물었다.

"말씀드리면 안 되지만 남 일 같지 않아서 말씀드리는 겁니다, 템플턴 씨. 저도 키에라 또래의 조카가 있어서 얼마나 힘들지 알아요. 하지만 그렇다고 아무나 붙잡을 순 없는 거예요.”

“그러니까 그 여자애가 뭐라고 하던가요?”

“길을 잃었는데 그 남자가 부모님을 찾아주겠다고 했다더군요. 싫든 좋든, 그가 키에라를 데려갔다는 증거는 없어요.”

“그자와 얘기하게 해주세요. 부탁입니다.”

“그자는 석방될 겁니다, 템플턴 씨. 이 소식을 전하려고 전화한 거예요. 언론에 새어나가기 전에요. 이 정도는 해야 할 것 같아서요. 저희도 할 수 있는 모든 걸 하고 있습니다…. 〈프레스〉 기사 때문에 혼란만 가중되었어요. 덕분에 저희 손발이 다 묶였죠. 그 사람의 변호사가 자신의 고객이 범인이라는 어떤 확실한 증거도 없다며 항의하더군요…. 그 말이 맞죠.”

“하지만 심문을 좀 더 오래 해보면요.”

“그럴 수 없어요. 수사를 위해서 안 하는 편이 나아요. 그자에게 쏟는 시간만큼 다른 방안을 물색할 시간이 줄어드는 겁니다. 이해하시겠어요? 절박한 건 알지만 제발 경찰을 믿어주세요. 그게 최선의 방법입니다. 수사를 이어가면서 새로운 실마리를 분석하고 기존 자료를 재검토할 겁니다. 하지만 이번 건은 막다른 길목에 부딪혔어요. 그자는 무고합니다.”

에런은 경찰을 믿으라는 밀러 요원의 부탁을 듣자마자 휴대폰을 귀에서 떨어트렸다. 통화를 하는 3분 남짓의 시간 동안 유일한 희망이 날아가버렸다. 다이커 하이츠의 냉기가 얼굴을 때렸다. 이웃에 사는 마틴 스펜서의 집에 갑자기 조명이 꺼지는 것이 보였다. 그 시간에 조명이 꺼지도록 설정해놓은 게 분명했다. 그때 시내에서 올라온 노란 택시가 거리를 가로질러 남쪽으로 향하는 모습이 눈에 들어왔다. 맨해튼에서 그 동네까지 택시가 오는 일이 드물어서 눈에 띄었지만 코끝에 눈송이가 내려앉는 느낌에 그 장면이 금세 머리에서 지워졌다. 그는 잔디밭에 휴대폰을 떨군 채 집 안으로 들어갔다. 집이 몇 분 전보다 눈에 띄게 텅 빈 듯한 느낌이었다.

그레이스가 쉬고 있는 침실 쪽에서 웬 소리가 들렸다. 곧장 위층으로 뛰어 올라간 에런은 침실이 가까워지자 그것이 침대 스프링이 삐걱대는 소리임을 알아차렸다. 키에라가 그들 침실에 몰래 들어와 침대 위에서 방방 뛰던 때가 생각났다. 잠시 그는 키에라가 언제나처럼 그들이 안 볼 때 뛰고 있는 거라고 상상했다. 손가락으로 피아노의 높은음을 훑는 듯한 주체할 수 없는 아이의 킥킥거림이 들리는 것만 같았다. 하지만 위층 문턱에 다다르자 그는 그레이스가 자다가 뇌전증 발작을 일으킨 것임을 깨달았다.

밤에 발작이 일어나는 일은 흔했다. 그레이스는 자는 남편을 놀리기 위해 가끔 장난삼아 발작이 일어난 척 연기했다. 하지만 실제 발작이 일어나는 건 드물었다. 일어난다 해도 스트레스나 심하거나 앞으로 큰일이 닥칠까 봐 걱정에 휩싸일 때만 그랬다. 그레이스의 엄마도 뇌전증을 앓았는데, 뇌전증은 성마른 성격과 함께 그녀가 세상을 뜨기 전 딸에게 남긴 유일한 유산이었다.

에런은 침대 가장자리에 앉아서 발작을 하고 있는 그레이스의 머리칼을 쓰다듬으며 금방 끝날 거라고 속삭여주었다. 이윽고 발작이 멈추자 그레이스가 자신의 상태를 인지하고 졸린 눈을 반쯤 뜬 채 남편에게 지친 미소를 띠었다. 에런이 그녀의 귀에 대고 영원히 사랑한다고 속삭였다. 그레이스는 그 말이 사실이라는 걸 알지만 더 이상 개의치 않는다는 듯 다시 눈을 감았다.

33장

1998년
알 수 없는 장소

우리가 거짓말을 하는 건

진실을 숨기거나 타인에게 상처를 주지 않기 위해서이기도 하지만,

그 거짓말이 진실이기를 바라서이기도 하다.

윌리엄은 작업복 차림 그대로 비닐 주머니 여러 개를 들고 집으로 돌아왔다. 양손이 새카만 것이, 손톱 밑에 검은 기름때가 끼어 있었다. 그는 키에라가 아이리스의 무릎에 앉아 티브이를 보는 모습을 보고 문간에 서서 손 인사를 했다. 키에라가 문간을 쳐다보더니 아이리스 쪽으로 고개를 돌렸다. 아이리스는 왜 부모님을 보러 갈 수 없냐는 키에라의 물음에 앞뒤가 안 맞는 이유를 대면서 쉴 없이 변명을 늘어놓은 터였다.

"오늘은 어땠어? 조금 나아졌어?"

아이리스가 한숨을 쉬고는 〈쥬만지〉에서 동물들이 우르르 뛰어나오는 장면에 흠뻑 빠져 있는 키에라를 사랑스럽게 껴안았

다. 2년 전에 구입했지만 볼 짬이 안 나서 방치해둔 비디오였다. 한 무리의 원숭이들이 티브이와 음향기기를 파는 가게에 난입해 이리저리 뛰어다니며 가게를 쑥대밭으로 만들자 키에라가 웃음을 터트렸다. 아이리스의 귀에는 그 웃음소리가 천상의 음악처럼 들렸다.

"미쳤어? 당장 문 닫아. 찬 바람 때문에 밀라 감기 걸리겠어."

"밀라?" 그가 놀라서 물었다.

"그래. 이제 밀라야. 늘 마음에 품고 있던 이름이야. 안 그러니, 밀라?"

"아니야! 나는… 키에라야." 아이가 장난기 어린 미소를 띤 채 집중한 표정으로 반항했다.

"그런 말 하면 못 써! 나쁜 말이야! 키에라라고 하면 안 돼. 밀라라고 해야지. 네 이름은 밀라야."

"밀라?" 키에라가 어리둥절해하며 물었다.

"그래… 맞아." 아이리스가 아이 아래로 롤러코스터가 지나가는 것처럼 살짝 아이를 들어 올리면서 만족스럽게 대답했다.

"저것 봐, 원숭이다!" 아이가 다시 화면을 가리키며 웃었다. 아이는 그날 널을 뛰듯 기분이 오르내렸다. 밤새 아이리스 곁에서 웅크리고 자다가 소파에서 어리둥절한 표정으로 눈을 뜬 터였다. 아이리스는 집 안의 유일한 창문 사이로 스며든 달빛 아래에서 그 모습을 지켜보며 한순간도 쉬지 않고 아이의 머리를 쓰다듬었다. 눈을 뜬 아이는 전날과 마찬가지로 몇 번 엄마를 찾았지만 얼마 지나지 않아 아이리스의 말에 고분고분해졌고, 둘은 거실 장식장에 놓인 도자기 인형을 함께 가지고 놀았다. 그러다 점심이 되자 또 아빠가 왜 평소처럼 집에 점심을 먹으러 오지 않냐며 보고 싶다고 한동안 눈물을 흘렸다. 이런 질문을 들을 때마다 아이리스는 가슴이 찢어졌다. 마음속 깊이 화가 치밀면서 대체 이게 무슨 상황인지 자문했다. 하지만 시간이 흘러 일주일가량이 지나자 키에라가 부모를 찾는 횟수가 점점 줄어들었다. 아이는 아이리스와 함께 지내는 일상과, 아이리스가 착즙기, 액자, 벽지를 파는 철물점에서 산 중국풍 랜턴 모조품 같은 온갖 잡동사니들로 고안한 놀이에 익숙해지기 시작했다. 키에라가 부모를 찾으면 아이리스는 그들이 멀리 떠나서 한동안 돌아오지 않을 거라고 말했다. 한번은 키에라가 너무 자주 찾으면 부모님이 매우 화가 나서 키에라를 다시는 보고 싶어 하지 않는다고 말하는 바람에 아이가 하늘이 무너진 것처럼 울기도 했다.

아이리스가 남편을 쳐다보며, 키에라에게 말할 때보다 세 옥타브 낮은 톤으로 속삭이듯 물었다.

"가져왔어?"

"응. 가게마다 돌아다니면서 조금씩 샀어."

"누가 보지는 않았고?"

"봤겠지, 당연히. 안 그러고 어떻게 사?" 그가 소곤거렸다.

"내 말은 이웃 사람이 보진 않았냐고?"

"뉴어크에 있는 쇼핑몰에 갔는데 가게별로 하나씩 밖에 못 샀어. 점원한테는 선물용이라고 말했어."

"그 차림으로 갔어? 기름때를 잔뜩 묻힌 채로 일터에서 곧바로?"

"어떤 차림으로 가야 하는데? 퇴근하고 곧장 갔다고, 빌어먹을. 당신 사이코가 되어가는 것 같아, 아이리스. 아무도 우릴 못 찾아. 아무도 저 애를 못 봐. 저 애는 우리 딸이야."

"뉴스에 났어, 윌. 사방에서 애를 찾고 있다고."

"뭐라고?"

"사람들이 애를 찾고 있어. FBI가 기자회견을 열고 수사 진행 상황을 발표했어. 우리를 찾아낼 거야, 윌."

"내 말 잘 들어. 아무도 우리 딸을 못 뺏어가. 알아들어? 필요하면 애를 집 밖으로 절대 내보내지 않을 거야. 저 아이는 우리만의 소중한 보물이야. 누구도 우리 집에 못 들어와."

"집 안에만 가둬놓고 어린애를 어떻게 키워? 애들은 집 밖으로 나가서 다른 아이들과 어울려 놀아야 해. 밀라는 행복한 아이야, 시간이 지나면 바깥에 나가고 싶어 할 거야. 공원에서 놀기도 하고, 잔디밭에서 뛰어다니기도 하고."

"우리 딸이니까 우리가 시키는 대로 해야지." 그가 언성을 높였다. 키에라가 놀라서 고개를 돌려 그를 쳐다보았다.

"아빠는 어딨어요?" 그렇게 묻는 키에라의 얼굴에 화면 불빛이 비쳤다.

"밀라… 아가… 내가 벌써 설명했잖니." 아이리스가 키에라

쪽으로 고개를 돌리고 아이의 짧은 머리칼을 쓰다듬으면서 속삭였다. "윌 아저씨도 네 아빠야. 아저씨가 너를 아주 많이 사랑한단다. 그리고 나처럼 너를 돌봐주실 거야."

키에라가 아이리스의 두 눈을 쳐다보며 속삭였다. "피곤해요…. 나… 나 이야기 들려주면 안 돼요?" 아이가 더듬거리며 말했다.

아이리스는 윌을 쳐다보면서 마른침을 삼키고 한숨을 내쉰 다음 입을 열었다.

"당연하지, 우리 아가. 어떤 이야기가 듣고 싶니?"

"그거… 그거 엄마 아빠가 나오는 거요."

34장

2003년 11월 30일
키에라 실종 5년 후

사람들은 질문이 아닌 답을 찾으려고 신문을 읽는다.

그리고 그게 문제다.

미렌 트리그스의 기사는 전국 곳곳에 미디어 폭탄이 되었다. 다른 신문사들도 추수감사절 기간 동안 몇 문단의 짧은 기사로 키에라 실종 사건을 다루긴 했지만 어느 누구도 이런 폭탄이 나오리라고는 예상하지 못한 터였다. 그 기사가 터진 아침 나절 동안 모든 뉴스 채널이 테이프 복사본을 구해 이 미지의 기자가 시동을 건 언론 시류에 올라타려고 혈안이 되었다.

〈맨해튼 프레스〉 1면에 실린 키에라의 얼굴 사진이 5년 전 커다란 파장을 일으켰을 때는 하루가 채 지나기도 전에 모두가 실종 사실에 익숙해졌다. 초반의 광란은 안타깝게도 연말이 되기도 전에 잠잠해졌다. 온 나라가 80년대와 90년대 초반 내내 우유팩에 붙은 실종 아동의 얼굴을 보면서 아침 시리얼에 절망을 보태는 것에 익숙해진 터였다. 이런 우유팩 광고 시스템은 납치 아동 경고 시스템으로 대체되었지만 미국인의 잠재의식에 어찌나 깊이 각인되었던지 아동의 흑백사진이 실린 그 우유팩을 실제로 본 사람은 드물어도 그 존재를 모르는 사람은 없었다.

하지만 〈프레스〉 같은 일간지가 기존 관행과는 달리 풀리지 않는 퍼즐의 핵심 조각을 공개하며 도움을 요청하자 사람들은 깜짝 놀랐다. 전 세계 모든 사람이 질문하기 위해서가 아니라 답을 찾기 위해 신문을 보니까. 어쩌면 그게 문제였는지도, 그래서 온 나라가 그 기사에 놀란 건지도 모른다.

그날 아침 사무실에 도착한 미렌은 안내데스크의 비서가 헤드폰을 낀 채 통화하며 웃고 있는 모습을 보았다.

"필 안에 있어요?"

"잠시만요." 비서가 수화기 너머의 인물에게 말했다. "진작에 오셔서 기자님을 세 번이나 찾았어요. 기자님을 보자고 하세요. 수습 애들은 기자님 자리로 보냈어요. 기다리고 있을 거예요."

"몇 명이나 왔어요?"

"두 명이요."

"겨우 두 명이요?"

비서가 웃으며 고개를 끄덕였다. 미렌이 고개를 드니 멀리 자기 책상 옆에서 자신보다 살짝 어린 남녀가 기다리고 있는 모습이 보였다.

“필이 화났어요, 엘리?”

“아, 그걸 누가 알겠어요. 맨날 화나 계신데.”

“퇴사는 언제예요?” 미렌이 회색 코트를 벗으며 물었다. 시간을 조금이라도 벌 심산이었다.

“크리스마스 전에요. 정확한 날짜는 봐서요.”

“잘될 거예요. 다들 보고 싶을 거예요.”

“글쎄, 별로 안 그럴 것 같은데요. 제가 출근해도 고개 들고 인사 받아주는 사람도 별로 없는걸요.”

“그야… 그야 직업 특성상 다들 긴장감이 높아서 그렇죠. 하지만 걱정 마요. 나중에 유명해지면 너도나도 전화해서 인터뷰 해 달라고 부탁할걸요. 그때가 되면 환하게 웃으면서 기다릴 거예요. 기자들은 억지 미소를 한껏 띠고서 당신을 보러 올 거고요. 그때 저 벽에 파리처럼 딱 붙어서 구경하고 싶네요.”

비서가 웃으며 아래를 보았다.

“필은 사무실에 있어요?”

비서가 손을 들어 옆쪽을 가리키며 고개를 끄덕였다. 그리고 통화 중인 상대방에게 사무실 주소를 불러주며 대화를 이어 나가자 미렌도 말을 멈추었다.

미렌은 자기 뒤통수로 향해 있는 동료들의 눈길을 느끼며 사무실을 지나 자기 책상으로 걸음을 서둘렀다. 두 명의 청년에게 손을 들어 인사한 다음 자기 책상에서 몇 초 동안 울리고 있는 전화기를 가리키며 말했다.

"반가워요, 나는 미렌 트리그스예요. 여기 전화기 보이죠?"
미렌이 억지웃음을 지으며 물었다.

그들이 긴장한 채 고개를 끄덕였다.

"전화가 오면 받아서 내용을 하나도 빠짐없이 받아 적어요.
하나도 빠짐없이." 그녀가 말을 되풀이했다.

"둘 중에 누가 받아요? 전화기가 하나뿐이에요." 남자가 말했
다.

"좋은 질문이네요." 미렌이 생각지 못한 사안이었다. "번갈아
받으면서 제보받은 건 전부 다 적어요. 둘 중 글씨가 더 나은 사
람을 뽑을 테니까."

"뭐요?"

"그런 걸 능력주의라고 하죠, 수습들." 미렌이 이렇게 답하고
돌아섰다. "〈프레스〉에 온 걸 환영해요."

여자 수습은 들뜬 눈빛으로 미렌을 쳐다보며 고개를 끄덕였
고, 남자 수습은 못 믿겠다는 표정을 짓다가 여자 수습에게로 시
선을 돌렸다.

미렌은 〈맨해튼 프레스〉 편집장인 필 마크스의 사무실로 향
했다. 열린 사무실 문 사이로 필이 부시 행정부의 이라크 침공
관련 서류에 대해 한 편집자와 이야기를 나누고 있는 게 보였다.
미렌은 차가운 유리문 문틀에 기댄 채 대화가 끝나기를 기다렸
다. 편집자가 미렌을 지나 사무실을 나가는데 필이 그녀에게 들
어오라고 손짓했다.

“미렌, 어제 자네가 저지른 짓에 대해 설명해줘야겠어. 그 키에라 기사가 승인을 받기는커녕 검토 절차도 거치지 않은 거라지. 자네 선임이 그 주제는 그냥 두라고 진작 경고했다고 하더군. 우리는 황색 언론이 아니야. 그렇게 저급하게 놀면 안 돼.”

“국장님, 사정을 말씀드릴….”

“아니, 내 말 마저 듣게나.”

미렌은 마른침을 삼키며 거의 사라져가던 죄책감을 마저 없애려 애썼다. 필은 냉정한 사람이었지만 미국에서 가장 이성적인 사람 중 하나기도 했다. 그가 기사를 내보낸다면 그것은 공공의 이익에 부합하기 때문이었다. 어떤 기사가 〈프레스〉 지면에 등장한다면 그것은 변화를 일으킬 만한 기사이기 때문이었다.

“검토도 거치지 않고 기사를 인쇄소에 넘겨선 안 되네, 미렌. 우리는 이라크와 전쟁 중에 있어. 정부에선 사담 후세인이 대량 살상 무기를 가지고 있다 주장하고. 우리는 〈프레스〉야. 정부의 주장이 사실인지 확인해야 해. 지금 탐사보도팀 전원이 그 일에 매달리고 있다고.”

“알고 있어요, 국장님.”

“하지만, 내게도 그 아이 또래의 딸아이가 있네. 이름이 ‘알마’야…. 만에 하나 내게 그 가족과 같은 일이 벌어진다면, 수천 마일 떨어진 곳에서 벌어지는 전쟁에 몰두하느라 옆집에 사는 적들과의 싸움은 내팽개치는 국가의 침묵이 달갑지 않을걸세.”

“제가 제대로 들은 건지 모르겠네요.”

“그 가족의 고통에 공감하는 나 같은 부모가 많을 거야. 주변에 그 나이 또래의 아이 하나 없는 사람이 어디 있겠나. 조카, 사촌, 딸, 손녀… 지구 반대편에서 싸우고 있는 우리의 아들들 못지않게 그 아이도 도움을 필요로 하네.”

“죄송한데 무슨 뜻인지 잘 이해가 안 돼서요, 국장님.”

“예전에 우리 신문 1면에 키에라 사진이 실렸던 거 기억할 거야. 주목을 못 받는다고 관심을 끊는 건 이기적인 일일 테지. 계속 조사하게나. 하지만 일을 그르치지는 말도록. 이번 자네 기사가 그럴싸한 파장을 일으키고 있어. 행운을 비네.”

“감… 감사합니다. 국장님.”

“별말씀을. 더 필요한 건 없나?” 그가 책상 위의 서류를 뒤적이며 말했다.

“대학생 인턴 두 명이 배정됐어요. 그 정도면 관리할 수 있을 것 같습니다.”

“좋네. 그렇게 시작해 봐. 그 아이에 관한 기사를 주마다 두 개씩 썼으면 하네. 그리고 자네가 그 아이를 찾게나, 미렌.”

“아이를 찾으라고요?” 미렌의 몸에 힘이 들어갔다.

“불가능할 것 같나?”

“불가능하다고는 안 했어요. 그저… 이런 사건은 처음이어서요.”

“그건 나도 그렇네. 그렇기에 이 이야기는 신중하게 다뤄야 하는 거야. 그 테이프 하며… 영 마음에 들지 않는 사건이야.”

“고맙습니다, 국장님.”

“나한테 고마워할 거 없어. 자네 잘하고 있어. 짐의 말이 맞았어.”

“제겐 늘 좋은 친구 같은 분이에요.”

“그 친구는 잘 지내나? 경쟁 관계지만 늘 존경하는 친구지. 그 친구가 없으니 언론계가 허전해.”

“지금은 강의에 전념하고 계세요…. 학내 라디오 방송에서 고정 프로그램을 맡았는데 아침에 녹음한 방송이 저녁에 나가요. 조금도 변한 게 없으세요. 라디오로 목소리를 들으니 좋더라고요. 방송 때마다 필기를 할 지경이라니까요.”

“잘됐군. 그 친구가 대학에서 자기 같은 기자를 더 많이 배출하면 좋은 일이지. 〈데일리〉에서 금융 사기나 다단계 사건을 취재하던 것보다 그쪽이 그 친구한테 더 이로울지도 몰라. 그 친구가 쓸 법한 기사는 아니었잖나, 안 그런가? 기자라면 모름지기 자신이 열정을 느끼는 분야를 찾아서 열과 성을 다해 매진해야지. 난 그가 그 예리한 눈과 비평적 통찰력을 충족시킬 분야를 찾지 못했다고 늘 생각했다네.”

“제가 키에라에 대한 조사를 시작한 것도 그분 때문이에요.” 미렌이 그의 장점을 좀 더 부각하려 애쓰며 말했다.

“그 아이를 찾는 일이야말로 그 친구의 전공 분야일 거야. 두 사람이 함께 일하도록 그 친구를 이곳에 고용해도 되겠지. 어쨌거나 또 다른 어린애를 데려가던 남자가 석방되는 데 기여한 그

특종 기사와 그 녹화 테이프를 들이밀면서 자네를 추천한 게 그 친구잖나."

"교수님한테 물어볼게요. 한동안 연락은 안 했지만 아마 도와주고 싶어 할 거예요."

"계속 업데이트 부탁하네. 일주일에 기사 두 개야. 그리고 기사에 쓸 만한 자료를 얼마나 확보할 수 있는지 보자고."

"정말 감사합니다, 국장님."

"잠시만… 아직 남았네." 그가 말을 이었다.

"뭔데요?"

"그 성폭행 이야기, 사실인가?" 그가 갑작스러운 질문으로 그녀를 놀라게 했다. 그가 대답을 기다리며 미렌의 두 눈을 빤히 바라보았다. 미렌은 질문의 의도가 연민인지 호기심인지 알 수 없었다.

미렌은 말없이 진지하게 고개를 끄덕였다. 어찌나 진지했던지 필이 그 주제를 꺼낸 게 민망할 정도였다.

"굳이 기사에 쓸 필요는 없었잖나." 마크스 국장이 물었다.

"그렇죠."

"그러면 왜 밝힌 건가?"

"극복하고 싶어서요."

"그렇군." 그가 고개를 끄덕이다가 말을 이었다. "그치들이 범인을 못 잡았다는 것도 사실인가?"

"경찰이요? 네." 미렌이 사무실을 나서면서 대답했다.

미렌이 책상으로 돌아가니 여자 인턴은 전화를 받고 있고 남자 인턴은 동료가 스프링 공책에 받아 적는 내용을 주의 깊게 지켜보고 있었다. 그가 미렌이 돌아온 것을 알아차리고 동료의 어깨를 툭툭 쳤다. 여자 인턴이 고개를 돌리고선 통화 중인 상대방의 말을 유심히 들으면서 고개를 끄덕였다. 미렌은 그런 인턴을 지켜보았다. 곧이어 인턴이 놀라운 표정을 지으며 다시 공책으로 고개를 돌리고는 무언가를 받아 적었다. 그녀가 다시 연락해야 할 경우를 대비해 발신자의 이름과 전화번호를 물은 다음 전화를 끊었다.

"조금 전 저 윗분과 이야기했는데." 미렌이 진지하게 말했다. "좋은 소식이 있습니다."

"〈프레스〉 편집국장인 필 마크스 씨와 직접 대면도 하시나요?"

"네, 가끔요. 하지만 기사가 엉망이거나 정말 좋거나 할 때만요."

"뭐라고 하던가요?"

"요약하자면 오늘 자 신문이 불티나게 팔리고 있다네요. 자세한 건 나중에 설명할게요. 좋은 소식은 두 분 다 계속 일할 수 있다는 거예요. 3개월 동안 수습 기간을 거칠 거예요. 월급 500달러에 교통비도 추가되고요. 식사는 각자 해결합니다. 점심 도시락을 싸 와도 좋아요. 한층 아래에 주방이 있어요. 언론의 세계에 첫발을 디딘 것을 축하합니다. 자세한 인적 사항은 두 층 아래 인사팀에 제출하세요. 그래… 정신병자들의 터무니 없는 제보 말고 다른 제보가 있었나요?"

"터무니없는 제보라면 어떤 걸까요?" 남자 인턴이 물었다. "지금까지 두 통 걸려 왔어요."

"좋은 질문이네요. 제보 내용을 말하면 설명해줄게요. 분명 좋은 예시가 있을 거예요."

"첫 번째는 뉴저지에 사는 어떤 여자가 걸었는데, 사진 속 여자가 자기 조카랑 정말 닮았답니다."

"이게 터무니없는 제보에 해당하겠네요. 두 번째는요?"

"이게 관련이 있는지 모르겠어요." 여자 인턴이 머뭇거렸다.

"주저 말고 말해봐요."

"장난감에 대한 제보예요."

"터무니없는 제보일 것 같지만 아닐 수도 있으니, 계속해봐요."

"장난감 가게 주인이 사진 속 인형의 집이 캘리포니아의 토미 사에서 출시한 '스몰러 홈 앤 가든' 모델 같다고 했어요. 요즘에는 별로 흔하지 않지만 90년대에는 인기가 많았대요."

"흥미롭네요. 터무니없지도 않고요. 도움이 될 수도 있겠어요. 인터넷에서 인형의 집을 판매하는 장난감 가게 목록을 전부 찾아보세요. 제보 전화는 계속 받고요. 저는 할 일이 좀 있어서. 혹시 필요한 게 있으면 안내데스크의 엘리한테 물어봐요." 미렌이 공책에 자신의 휴대폰 번호를 적어주었다. "쓸 만한 제보가 들어오면 이 번호로 전화 주세요.”

“언제까지요? 몇 시까지 전화를 기다려야 하나요?”

“몇 시까지? 제가 여러분은 이제 언론의 세계에 발을 들였다고 말하지 않았나요?”

두 인턴이 혼란스러운 표정으로 서로를 쳐다보다가 그 말의 의도를 알아차렸다. 미렌은 웃으면서 그들을 책상에 남겨둔 채 자리를 떴다. 전화벨이 다시 울렸고 이번에는 남자 인턴이 받을 차례였다. 여자 인턴이 문으로 향하는 미렌의 자신감 넘치는 걸음걸이를 보며 놀라움과 동경의 눈빛을 보냈다.

미렌은 필 마크스 국장에게 혹시 실수로 잘못 말한 건 없을까 곱씹으면서 자신의 대답을 속으로 되뇌었다. “경찰이요? 네.”

35장

2000년 9월 12일
알 수 없는 장소

사랑은 어두컴컴한 구석에서도 꽃을 피운다.

윌리엄은 청바지와 파란색 폴로 셔츠 차림으로 입이 귀에 걸린 채 현관문을 열었다. 손에는 빨간 종이로 포장한 거대한 상자가 들려 있었다. 오전 11시였다. 키에라가 침실에서 뛰어나와 흥분의 탄성을 지르며 그를 껴안아 주었다.

"내 거야? 내 거야?" 키에라가 거듭 소리쳤다.

아이리스가 부엌에서 나오며 웃었다.

"그게 뭐야?"

"쇼윈도에 진열된 걸 봤는데 애가 좋아할 것 같아서."

"뭐야?" 키에라가 좋아서 큰 소리로 말했다.

"생일 축하해, 밀라." 윌이 말했다.

"내 생일이야?"

"그렇단다, 우리 아가." 월이 아무래도 상관없다는 걸 알고 답했다. "이제 다섯 살이야. 오늘 작은 아가씨가 된 거야."

아이리스는 살짝 짜증이 났지만 아무 말도 하고 싶지 않았다. 작년에도 키에라에게 인형을 사주었지만 사흘이 채 되기도 전에 싫증을 냈었다. 장난감이 상자만 한 크기라면 그들 수준으로는 감당하기 힘들 만큼 비쌀 게 틀림없었다. 더군다나 키에라가 작년에 사준 인형만큼이나 빠르게 싫증을 낸다면 더 낭패였다.

"걱정하지 마, 응? 할인가에 샀어." 키에라가 좋아서 뛰어다니는 동안 월이 아이리스에게 속삭였다.

월이 거실의 유리 탁자 위에 상자를 놓고 키에라가 바로 앞에 놓인 자기 키만 한 선물이 궁금해 쉴 새 없이 웃는 모습을 바라보았다.

"실제로는 별로 안 커. 저게 다 포장발이야." 월이 변명을 했다.

"엄청 크다!" 키에라가 소리쳤다. "세상에서 제일 큰 선물이야!"

밀라가 포장지를 찢자 앞에 투명한 플라스틱이 붙어 있는 거대한 상자가 나타났다. 가구와 정원이 완벽하게 갖춰진 장난감 집이었다. '스몰러 홈 앤 가든'. 대문자로 내용물에 대한 설명이 적혀 있었지만 밀라는 아직 글자를 읽지 못해 안에 든 것을 그저 빤히 바라만 보았다.

"인형의 집이다! 인형의 집이야!"

아이리스는 윌을 쳐다보고 웃지 않을 수 없었다. 지난 몇 주가 무색하게 키에라가 행복해 하는 것 같았다. 밤에는 악몽을 꾸고, 낮에는 집에서 한껏 움츠린 채 아무것도 하지 않으려던 키에라였다. 아이리스는 홈스쿨링으로 글자와 산수를 가르치려고 최선을 다했지만 아무리 해도 진전이 없자 자신이 엄마로서 자질이 없다고 느꼈다. 하지만 아이가 행복해하는 모습을 보니 가슴을 누르던 죄책감이 어느 정도 사그라 들면서 위로가 되었다.

"인형의 집이야, 엄마! 봐봐! 작은 나무도 있어!"

"그래 우리 아가. 인형의 집이야! 생일 축하해!"

"엄마 사랑해! 아주 많이 사랑해!" 키에라가 진심으로 소리쳤다. 아이가 열광하는 모습에 아이리스는 눈물이 복받쳤다. 윌과 아이리스는 아이에게 다가가 차례대로 이마에 입을 맞춘 다음, 몇 분 동안 함께 거대한 종이 상자를 열고 집을 벗겨냈다. 그들이 유리 탁자 위에 미니어처 가구를 전부 늘어놓자 키에라가 부엌용품, 의자들, 탁자들, 소파들, 옷장들, 침대 등을 왼쪽부터 오른쪽으로, 크기순으로 줄 세우더니 집 내부 적절한 곳에 조심스레 놓았다. 그런 다음 상자를 다시 확인하여 좁고 작은 복도를 찾아냈다. 복도는 소파 옆에 놓을지 침대 옆에 놓을지 정하기 어려웠다. 윌이 아내에게 둘만 아는 눈짓을 하며 설핏 웃음을 짓자 아이리스가 약간 걱정스러운 기색으로 단둘이 대화하자는 신호를 보냈다. 그들은 키에라를 거실에 두고 부엌으로 가서 날 선

대화를 나누었다.

“얼마나 준 거야?”

“그렇게 많이 안 줬어.”

“못해도 100달러는 줬을 것 같은데?”

“400달러야.”

아이리스가 두 손으로 입을 막았다.

“당신 제정신이야?”

“오래 가지고 놀 거야. 평생 가지고 놀 테니까 그 정도면 싼 거지. 좀 더 커도 가지고 놀 수 있어.”

“좀 더 크면 안 가지고 놀아. 우리 형편에 너무 큰 돈이야, 윌. 은행 대출이 산더민데 이 집에서 일하는 사람은 당신뿐이잖아.”

“당신도 일하면 되지.”

“벌써 하고 있어, 윌. 애도 돌보고 집안일도 하잖아. 그거 빌어먹을 성차별이야.”

“그런 식으로 말하지 마. 나도 억울해.” 윌리엄이 쏘아붙였다.

“내 말이 맞잖아. 그리고 억울한 건 나야. 내가 일하면 애는 누가 볼 건데? 학교에 보낼 수도 없잖아. 사람들이 애를 찾고 있어, 윌. 아무 말이나 막 뱉지 말고, 생각 좀 하고 말해.”

“목소리 좀 낮춰줄래? 애가 다 듣겠어.” 윌이 답했다. “자기가 어디서 왔는지 벌써 알아챘을지도 모르잖아.”

“애한테 그딴 소리 하기만 해봐. 더는 애가 우는 거 보고 싶지 않아. 애가 밖에 나가고 싶다고 자꾸 조르는데 안 된다고 말하는 것만으로도 힘들어 죽겠어. 그때마다 우울해하는 애를 달래는 건 나야, 알아? 당신은 애가 조르고 매달릴 때 집에 없잖아.”

“그래서 어떻게 하자고? 에라 모르겠다, 그냥 밖으로 데리고 나가? 10분도 안 돼서 잡혀갈 거야, 아이리스. 이미 엎질러진 물이야.”

아이리스가 불안과 긴장을 달래기 위해 숨을 크게 내쉬었다. 윌이 가까이 다가가 그녀의 이마에 화해의 입맞춤을 했다. 그런 다음 꼭 안았다가 몸을 살짝 떨어트려 그녀의 얼굴을 붙잡고 두 눈을 바라보았다.

“저 애는 우리 딸이고 난 애한테 필요한 거라면 뭐든지 할 거야. 내가 허리띠를 졸라매서 애가 근사한 장난감을 가질 수만 있다면… 그렇게 할 거야, 알겠어?”

아이리스는 자신을 안아주는 남편의 따스한 품을 느꼈다. 남편이 가족을 위해 충분히 헌신하고 있는지 의심스러울 때도 있었지만 키에라가 곁에 있는 것이 남편 덕분임을 떠올렸다. 그가 추수감사절에 아이를 데리고 그 많은 인파를 뚫고 펜 스테이션 역까지 걸어와준 덕분이었다.

“알아, 윌… 그냥… 너무 힘들어서 그래. 집 안에서 애와 몇 시간을 함께 보내니까. 게다가… 애 눈을 바라보면 사실을 아는 것만 같은 느낌이 들어.”

“알기는 뭘 알아. 애가 부모를 안 찾은 지 얼마나 됐어?”

“1년 가까이 됐지.”

“그렇지? 맘 놔. 우리는 지금도 앞으로도 이 애의 부모야, 알 겠지?”

아이리스가 이상한 표정을 짓는 것을 보고 윌은 기분이 언짢 아졌다.

“뭔데?”

“애가 노는 소리가 안 들려.”

윌과 아이리스는 키에라가 괜찮은지 확인하기 위해 걱정을 누르며 부엌을 나갔다. 아이리스는 부모가 가장 조심해야 할 순 간은 애들이 갑자기 잠잠해질 때라는 걸 기사에서 읽은 적이 있 었다. 거실에 도착한 순간, 그들은 현관문이 열려 있고 키에라가 온데간데없다는 사실을 깨달았다.

“이럴 수가.” 윌이 말했다.

“밀라!” 아이리스가 찢어지는 듯한 비명을 질렀다.

36장

미렌 트리그스
1998년

악마는 아침에는 잠잠하다가

그 시간을 만회하듯 밤이 되면 날뛴다.

마거릿 S. 포스터는 온화하고 다정한 성격으로 보였는데 11월의 추위를 피할 수 있도록 우리를 집 안으로 들였다. 그녀가 거실로 안내한 뒤 앉으라고 청했으나 우리는 너무 많은 시간을 낭비하지 않으려고 거절했다. 집 내부는 꽃무늬 벽지, 분홍색 벨벳 소파, 몰딩 처리된 천장, 쪽모이 세공을 한 바닥 등 이웃집에서 흔히 기대하는 것처럼 아름다웠다. 마거릿은 아이들이 벌써 자러 가서 내려와 인사를 못 하는 것을 사과했다. 나는 마음이 불편했다. 너무 불편했다. 우리가 방문한 이유를 생각하자 이상하게 가슴이 아려왔다. 슈모어 교수와 나는 어색한 시선을 주고받았다. 그리고 선뜻 나서지 못하는 나를 대신해 그가 입을 열었다.

“남편이 체포된 건 알고 계시죠?”

“네?”

“모르셨어요?” 슈모어 교수가 놀라서 물었다.

“댁의 남편분이요. 열한 살짜리 여자아이를 납치하려던 혐의로 체포됐습니다.”

마거릿은 아무 말도 하지 않았으나 그녀의 침묵에서 많은 것을 읽을 수 있었다. 사람은 자신이 한 말의 노예이지만, 하지 않은 말의 주인이라는 말이 있다. 이 상황은 그 말이 사실이 아님을 증명하는 완벽한 예시였다. 그녀의 침묵에는 후회와 슬픔이 깃들어 있었다.

“경찰이 와서 말해주지 않던가요? 정말 아무것도 몰랐어요?” 내가 어리둥절해하며 물었다.

그때 슈모어 교수가 내게 손짓을 했고 나는 곧장 알아차렸다.

나는 마거릿이 긴장한 모습에서 뭔가 잘못됐음을 감지했다. 마거릿은 금방이라도 무너질 것 같았다. 그녀의 약한 부분을 살짝 건드리고 그냥 서서 보기만 하면 될 것 같았다.

“하루 종일 그이한테 전화했는데 안 받았어요. 저한테 뭐라고 알려준 사람도 없고요.”

“무슨 뜻이죠? 남편분이 체포됐다는 사실을 아무도 말해주지 않았다는 건가요?” 슈모어 교수가 재차 물었다.

그녀가 고개를 끄덕이며 울기 시작했다. 이해가 안 됐다. 슈모어 교수와 눈을 마주치려 했지만 그는 여자의 슬픔에 집중하고 있었다.

"하지만… 걱정할 필요 없어요. 분명 오해일 거예요." 나는 대화에 끼어들기 위해 말을 꺼냈다. 왜인지 몰라도 그녀를 위로하고 싶은 마음이 들었다. "분명 상황이 잘 해결돼서 풀려날 거예요. 남편분이 소아성애자라고 생각하지 않아요. 저희는 그 사실을 확인하러 온 거예요. 남편분의 과거 전과에 대해 자세히 듣고 싶어서요."

그녀가 침을 삼키며 고개를 끄덕였다. 그리고 어두운 비밀의 상자를 열어젖히듯 허공을 멍하니 쳐다보았다. 이 모든 상황은 나의 비밀상자마저 고통으로 물들이고 있었다.

"부군이 열여덟에 당시 열일곱이던 미성년자와 성관계를 가진 혐의로 체포됐었다는 거 알아요." 내가 말을 이었다. "그리고 당신이 그 미성년자고 당시 두 분이 연인관계였을 것으로 추정합니다. 때로는 법이 너무 엄격하게 적용되죠…. 그래요, 여자 쪽 부모가 일을 크게 만들면 온갖 문제에 휘말릴 수도 있고요."

"그이한테 이 관계는 멈춰야 한다고 끈질기게 말했어요. 옳지 않다고요. 하나님이 보고 계신다고, 그건 옳은 게 아니라고요. 그래도 계속하더군요." 그녀가 마침내 입을 열었다.

우리는 그녀가 말을 이어 나가도록 침묵을 지켰다. 그녀의 두 눈에 수년간의 슬픔이 쌓여가듯 눈물이 얇은 막처럼 차오르는 것이 보였다.

"그 일이… 모든 것의 시작이었어요. 우리는 아주 어려서부터 연애를 시작했어요. 그이는 열넷, 저는 열셋이었죠. 그래도 그이는 굉장히 성숙한 편이었어요. 남들이 보면 어른 흉내를 낸다고 했겠죠. 담배도 피고 술도 마셨으니까. 저는 그런 모습이 멋있었어요. 친구들한테 그이에 대해 자랑하곤 했죠.” 그녀가 우리를 쳐다보다가 다시 기억 여행을 시작하는 듯한 눈빛을 띠었다. “아주 일찍부터 성적인 접촉을 시작했는데 하필 첫날 부모님한테 들켰죠. 몸싸움하고 소리 지르고 난리도 아니었어요. 부모님이 그이를 집 밖으로 쫓아냈고, 한동안 서로 못 보게 가로막았죠. 하지만 그렇다고 호르몬이 넘쳐나는 10대 연인들을 어떻게 갈라놓겠어요. 우리는 몰래 만나기 시작했어요. 부모님은 제임스를 늘 마음에 안 들어 했어요. 행동도 이상하고 바람둥이 같다면서요. 하지만 저는 그를 사랑했어요. 그이가 욕망이 가득한 눈빛으로 저를 바라볼 때마다 제가 진짜 살아 있는 것처럼 느꼈어요.”

나는 그녀가 바라는 대로 고개를 끄덕였고, 그러자 그녀는 말을 이었다.

“열여섯이던 어느 날, 그이가 제게 음모를 밀라고 하더군요. 저로선 굉장히 파격적인 일이었지만 이미 둘이서 하던 일들에 비하면 아무것도 아니었죠. 그런데 그게 조건이 되어버렸어요. 음모를 밀지 않으면 잠자리를 거부하더군요. 제가 그곳을 밀기 싫어하는 걸 모욕적으로 여기며 역겨워했어요. 결국 항복했죠. 그이를 사랑했거든요. 그쯤이야 어떻냐 싶었죠. 그가 열여덟이 됐을 때도 우린 몰래 만났어요. 그즈음 부모님이 우리가 같이 있는 걸 봤죠. 제가 아직 열일곱일 때였어요. 아빠가 그이를 고발했고 몇 달 동안 접근 금지 명령이 내려졌어요. 성범죄자 교화 프로그램에 참여하라는 판결을 받았죠."

"그러니까 당신과 합의로 이루어진 성관계 때문에 전과가 생긴 게 맞군요."

"네, 맞아요."

"그게 사실이면 남편분은 분명 풀려날 거예요. 그러니 마음 편히 계세요. 납치 미수는 오해이고, 부군이 길을 잃은 아이를 도우려고 경찰서에 데려다주려던 게 틀림없습니다."

"남편분은 어디서 일하나요?" 슈모어 교수가 물었다.

"블록버스터요. 왜 있잖아요, 비디오 대여점이요. 여기서 2분 거리에요."

"가게에서 남편분이 어디 갔냐고 물어보지 않던가요? 남편분은 어젯밤부터 경찰서에 구금돼 있습니다." 슈모어 교수가 내가 하려던 질문을 던지며 끼어들었다.

"그래서 전부 털어놓는 거예요. 그래야 경찰이 조서에 이 사실을 넣어줄 것 같아서요." 그녀가 두 손으로 머리를 감싸더니 이층 침실에서 무슨 일이 벌어지고 있는지 보기라도 하듯이 천장을 올려다보았다. "애들한테 이 일을 어떻게 설명하죠?"

나는 마거릿이 우리를 경찰로 오해했다는 것을 깨달았다. 둘 중 누구도 신분을 밝히지 않은 터였다. 슈모어 교수가 주머니에 손을 넣어 녹음기를 꺼내서 녹음 버튼을 누른 다음 탁자 위에 놓았다. 60분짜리 카세트테이프가 돌아가면서 부지불식간에 여자의 격해지는 흐느낌을 녹음하기 시작했다. 내 심장이 쿵쾅거리는 소리도 녹음될 것만 같았다.

"계속 말씀해주세요." 슈모어 교수가 진지한 목소리로 말했다. 나는 초조하게 그저 마른침만 삼켰다. 그 순간에는 이야기가 모두 끝날 때까지 듣고만 있는 게 낫겠다 싶었다.

"그런데 그 프로그램을 듣다가… 사람들을 만났어요. 일종의 그룹 치료였는데 참가자 전원이 비슷한 범죄를 저지른 성범죄자들이었어요. 대부분 제임스보다 나이가 많았죠. 아직 열여덟이었던 그이는 사실 어린애나 마찬가지였어요. 제가 열여덟이 되고 다시 만나기 시작할 때 그이가 말해주더군요, 다들 훨씬 심각한 범죄를 지었지만 가석방으로 풀려난 사람들이었다고. 재활을 돕는… 프로그램이었던 거죠." 그녀가 생각을 가다듬느라 잠시 쉬었다가 말을 이었다. "그때부터 그이가 변하기 시작했어요. 그 아저씨들과 만나기 시작하더니 갈수록 많은 시간을 어울렸어요. 성관계를 할 때 말고는 나를 피하는 것 같아 걸핏하면 화를 냈어요. 부모님은 보수적인 분들이라 그이와의 관계를 못마땅해했지만 이미 열여덟이 넘은 저한테 이래라저래라 하기 힘들었죠. 오래지 않아 아이가 생겼고 부모님 성화에 결혼했어요. 그이는 원치 않았죠. 사제라면 숱하게 만나봤지만 믿을 만한 놈들이 못 된다며 질색했어요. 하지만 결국 항복했죠. 그리고 블록

버스터에 일자리를 얻었고, 한동안 별일 없이 지냈어요. 남편은 몇 차례 승진을 하고 싱글벙글 웃으며 집에 왔어요. 딸 맨디가 생기면서 행복한 네 식구가 되었죠.”

나는 한숨을 쉬었다. 이야기가 흘러가는 방향이 심상치가 않았다.

“그러다 무슨 일이 있었나요?” 슈모어가 물었다.

“그러다 남편 사무실에서 테이프들을 발견했어요.” 그녀가 숨 가쁘게 말했다.

“테이프요?”

“비디오테이프요. 10여 개는 됐어요. 학교 밖에서 여학생 무리가 길거리를 걸어가는 모습을 찍은 거였어요. 성적인 건 아니었어요, 그랬으면 제가 가만 안 있었을 거예요. 그걸 보고 남편한테 설명해달라고 했죠. 남편이 뭐라고 했는지 아세요?”

“뭐라고 했어요?”

“그 프로그램에서 만난 친구들을 위한 거래요. 남편이 짧은 치마 차림의 십대 여학생이 담긴 영상을 촬영하면 그들이 큰돈을 내고 가져간다는 거죠. 남편이 비디오카메라를 다룰 줄 아는 유일한 사람인 데다 가게에 필요한 만큼 복사할 수 있는 장비도 다 있었으니까요. 그러니까 10대 소녀들을 몰래 촬영한 불법 동영상을 판매하는 사업을 벌이고 있었던 거예요.”

“역겹네요.” 나는 분노를 이기지 못하고 말했다.

“남편분은 길거리에서 미니스커트를 입은 소녀들을 본인 동

의 없이 촬영하고 그 영상들을 팔았던 거군요." 슈모어 교수가
그녀의 이야기를 요약했다.

마거릿이 두 손으로 얼굴을 가렸다. 나는 그녀가 말을 못 할
정도로 무너지는 모습을 지켜보았다. 그녀가 몇 초 동안 자신과
싸우는 듯하더니 울면서 다시 이야기를 이어나갔다.

"그이가 이제 그만할 거라고 약속했어요. 성적인 건 없으니
범죄가 아니라면서요. 그러면서 그 모임에서 만난 변태 같은 범
죄자들을 이용하면 부자가 될 수 있다고 했죠."

"그건 범죄예요." 내가 화가 나서 끼어들었다.

"이해해주세요. 전 변호사가 아니에요. 제 관심사는… 우리
애들을 보살피고 애들을 부족함 없이 키우는 것뿐이에요. 남편
이 그 비디오를 팔아서 큰돈을 번 덕분에 이 집을 살 수 있었어
요. 그게 아니면 비디오 대여점에서 관리자로 일하면서 어떻게
이런 동네에 집을 얻겠어요? 시간이 지나면서 저도 그 일에 익
숙해졌고, 그즈음 되자 제임스가 며칠씩 집을 비우고 다른 주로
출장을 가기 시작했어요. 디즈니랜드에 가면 그 일을 하기 쉬워
서 자주 갔어요. 집에 돌아오면 비디오테이프를 여러 개 만들어
지하실에 보관하곤 했죠. 그래서 남편이 체포된 걸 몰랐던 거예
요. 그이가 또… 출장을 간 줄 알았거든요."

"그런데 그게 끝이 아니었죠?" 진실을 마주하는 게 무서웠지
만 나는 물었다. "그런데도 당신은 남편을 신고하지 않았어요.
결국 당신도 공범이에요. 가진 것을 잃게 될까 봐… 무서웠던 거

예요.”

“아이들을 잃을까 봐 무서웠어요.” 그녀가 낮게 읊조렸다.

“그러면 다른 사람의 아이들은요? 그 아이들을 한 번이라도 생각해봤어요? 일주일 전에 실종된 세 살짜리 여자아이 키에라 템플턴에 대해선 할 말 없으세요? 남편이 아이를 유괴했다고 보세요?”

“아이를 유괴해요? 제임스는 절대… 싫다는데 누군가를 강제로… 강제로 그럴 사람이 아니에요.”

“남편분은 미성년자 납치 미수로 체포됐어요, 포스터 부인.” 나는 그녀에게 사실을 이해시키기 위해 되풀이했다.

“남편이 왜 그런 짓을 저질렀는지는 모르겠어요. 전혀… 그 사람답지 않아요.”

“그 사람답지 않아요?” 내가 물었다. “포스터 부인, 지금 남편분이 하는 일은 어둠의 세계로 향하는 고속열차를 타는 짓이에요, 모르겠어요? 정상이 아니라고요. 남편은 돈 때문에 이 짓을 하는 게 아니에요. 정신 차리세요. 자기 욕망을 채우려고 이러는 거예요.”

그녀는 대답하지 않았다. 대신 그녀의 아랫입술이 떨리기 시작하며 눈물이 입술 위로 떨어져 내렸다.

“잠시만요… 댁의 아이들… 아이들도 혹시…?” 슈모어가 물었다.

그녀가 고개를 젓자 나는 다소 안도하며 숨을 내쉬었다.

"그 선은 넘지 않았어요, 다행히도. 남편과 애들만 두고 나간 적은 단 한 번도 없어요, 한번도요."

"그렇군요." 슈모어가 낙담한 표정을 지었다.

"그러면 키에라는요. 혹시 키에라 템플턴에 대해 아는 게 있나요?"

"따라오세요. 보여줄 게 있어요."

그녀가 소파에서 일어나 계단 아래쪽 벽 옆에 난 문으로 우리를 안내했다. 그녀가 걸쇠를 들어올리자 지하실로 향하는 입구가 어둠 속으로 사라지는 구멍처럼 드러났다. 그녀가 전선 끝에 매달린 전구의 불을 켜고 삐걱거리는 계단을 따라내려 갔다. 처음 바닥에 다다랐을 때는 별다른 게 보이지 않았지만 그것은 나의 착각이었다. 그곳엔 비디오테이프가 빼곡하게 꽂힌 철제 진열대가 놓여 있고 테이프마다 다양한 숫자들이 적혀 있었다. 12, 14, 16, 17, 심지어 7, 9도 일부 있었는데 전부 18 아래였다. 나무 책상 두어 개에는 종이 상자들이 놓여 있었고 벽에는 캘리포니아 해변이 그려진 포스터 몇 장이 압정으로 고정돼 있었다.

"이게 전부…." 슈모어 교수가 증거를 확인하듯 말했다.

"맞아요, 촬영한 거예요." 그녀가 짧게 말했다.

마거릿이 진열대로 가서 한쪽 모서리 옆에 쪼그리고 앉았다. 그러고는 줄을 잡아당기니 작은 나무문이 위로 올라가며 훨씬 어두운 지하로 향하는 길이 나타났다. 그녀가 스위치를 눌렀고, 슈모어 교수와 나는 내려가고 싶지 않아 몸을 앞으로 숙였다. 바덕에는 작은 싱글 침대가 놓여 있었고 침대 맞은편에는 비디오 카메라가 설치된 삼각대가 세워져 있었다.

"남편이 십대 여자애들에게 돈을 주고… 이곳에 와서 촬영하기 시작했어요."

나는 속이 울렁거려 몸을 지탱하기 위해 책상에 기댈 수밖에 없었다. 구토할 것만 같았다.

"이걸 알면서 아무 말도 안 했어요?" 내가 충격을 받고 물었다.

"저도 알았지만 애들이 자기 의지로 왔어요. 많은 애들이 심지어 저희 아이들 친구였어요."

"네?"

"애들이 집으로 왔어요… 그러면, 제임스가 30이나 50달러를 쥐여줬고요… 다들 불평 없이 지하실로 내려갔어요. 여자애들이 원했어요. 그리고… 남자애들도요."

"남자애들도요? 댁의 자녀들은 이 사실을 아나요? 자기 아빠가 친구들한테 돈을 주고… 이 아래서 촬영한다는 걸?"

그녀가 순순히 고개를 끄덕였다. 슈모어 교수는 늘 지니고 다니는 일회용 카메라를 꺼내 침대와 삼각대를 중심으로 깊숙한 지하실의 사진을 찍었다. 그러더니 비디오테이프가 가득한 선반 사진을 또 찍었다.

"저 이제 체포되는 거죠? 이제 끝이군요. 몇 년 동안… 이 일이 끝나면 얼마나 좋을까 하고 생각했어요. 하지만… 애들을 잃고 싶지 않았어요, 제 마음 아시겠어요?"

"저희는 경찰이 아니에요, 포스터 부인. 부인을 체포하지도, 부인의 마음을 이해하지도 않을 겁니다."

"경찰이 아니라니요?" 그녀가 놀라서 소리쳤다.

"우리는 경찰이 아니에요. 하지만 경찰이었다면 아이들과 작별 인사할 틈도 안 줬을 거예요." 내가 단호하게 말했다.

거실로 올라간 뒤 슈모어 교수는 지방 검찰청에 전화를 걸어 우리가 발견한 사실을 알리고 이 끔찍한 사건의 전말을 보고했다. 〈데일리〉에서 수년 동안 근무하면서 수십 건의 부패 및 사기 사건을 보도하고, 사회의 은밀한 부조리를 밝혀내고, 결국 법정으로 향한 사건들을 기사화하여 믿을 만한 조력자가 됨으로써 법조계 및 경찰 고위 인사들과 서로 신뢰를 쌓아온 터였다. 그가 덤덤해 보이지만 수심 어린 표정으로 돌아왔다.

"얘기했어요? 경찰이 온대요?" 내가 어리둥절해하며 물었다.

"방금 무혐의로 풀려났다는군…." 그의 대답에 나는 충격에 빠졌다. 믿을 수 없었다. 정의와 사법 체계에 대한 신뢰가 그 한마디에 산산조각 났다. 내가 이토록 순진했다니. 어째서 사법 체계가 잘 작동할 거라고 믿었을까?

"무혐의요? 그게 무슨 말이에요? 지하실에 증거가 차고 넘치잖아요!" 내가 소리쳤다.

"누군가 일을 대충 한 거야." 그가 심각하게 답했다.

"대충이요? 이 집에 와서 확인도 안 했어요. 아무것도 한 게 없다고요!” 내가 소리를 높였다. 목소리가 갈라질 지경이었다.

“검찰청에서는 뭐래요? 그자를 다시 체포할 거래요?”

“티브이를 틀어보라더군.”

37장

1998년

어떤 사람들은 불과 같다.

그리고 누군가는 그 불을 필요로 한다.

화염이 온 나라의 티브이 화면을 가득 채웠다. 뒤이어 그 불꽃은 전 세계 절반에서 발행되는 일간지 1면으로 옮겨가더니, 사람들의 요구와 달리 당국이 실행하지 못한 정의의 상징이 되어버렸다. 경찰서 바로 앞에서 제임스 포스터를 집어삼킨 불꽃이 최면에 걸린 듯 춤을 추었다.

경찰 당국은 제임스 포스터를 체포한 지 단 하루 만에 기소를 포기했다. 그가 타임스퀘어 근처에서 유괴하려던 아이가 제임스의 진술이 맞는다는 것을 확인시켜 준 데다, 근처의 어떤 보안카메라에서도 납치 시도 정황은 전혀 포착되지 않았다. 게다가 과거 미성년자와 성관계를 맺은 전력 역시 그들이 청소년이던 시절 지금의 아내가 된 여자의 부모가 고발하는 바람에 벌어진 일임이 밝혀졌다. 경찰은 제임스 포스터가 키에라 템플턴을 납치한 용의자일 수 있다는 뉘앙스를 풍긴 〈프레스〉 1면 기사에 휘둘렸다는 인상을 주기 싫어했다. 한편 그의 얼굴이 뉴욕 전역의 신문 가판대를 가득 채운 그 순간부터 대중들 사이에서는 그에 대한 증오가 들끓었다. 정오쯤 그가 구금되어 조사받는 경찰서 입구 앞에 수많은 인파가 모여들었다. 퇴근 시간인 저녁 6시가 되자 인파는 수백 명으로 불어났고, 언론의 관심도 커졌다. 정의를 향한 요구는 조금씩 잦아들다가 자정쯤 서른 명밖에 남지 않았다. 대부분이 활동가들로 경찰이 다음 단계에 대해 발표하기를 기다리고 있었다. 하루 종일 다양한 신문과 낮 시간대 토크 쇼들은 자세한 사건 정보를 퍼트리면서 '제임스 포스터가 키에라 템플턴을 죽였을 것이다', '하지만 천만다행히도 그 일곱 살짜리 소녀는 유괴에 실패하고 죽이지 못했다' 등의 사악한 시나리오 및 결말을 꾸며냈다.

마침내 포스터가 그를 집까지 안전하게 배웅하는 임무를 맡은 두 경찰의 호위를 받으며 거리에 모습을 드러내자 큰 소동이 일었다. 서로 밀고 밀치는 사이, 어떻게 된 일인지 정확히 아는 사람은 없지만 별안간 모두 제임스에게서 지독한 가솔린 냄새가 풍긴다는 사실을 눈치챘다. 순식간에 두 경찰이 군중에 제압당해 땅바닥에 나뒹굴었다. 왜 살인자를 보호하냐며 달려드는 인파에 둘러싸인 그들에게 제임스가 겁에 질려 어디에도 초점을 두지 못하고 사방을 두리번거리는 표정이 보였다. 제임스를 에워싸고 둥근 원이 만들어졌고, 이후 그 군중 전원으로부터 받은 진술에 의하면, 미국 시민들의 기억 속에 가장 강력한 이미지로 남게 될 그 방화를 시작한 사람이 누구인지 아는 사람은 없었다.

불은 제임스의 발에서 머리로 빠르게 번졌다. 제임스가 무릎을 꿇고 자비를 구하며 울부짖는 소리를 들은 목격자도 있었지만, 다들 일이 너무 커져버렸음을 깨닫자마자 그로부터 눈길을 거두었다. 1분도 채 지나지 않아 제임스는 숨이 끊어져 거리에 쓰러졌다. 다른 경찰이 이윽고 소화기를 들고 도착할 때까지 그의 시체에서 연기가 피어오르고 있었다.

이튿날 모든 신문이 이 소식을 전하며 제임스 포스터의 무죄가 확인되었다고 대대적으로 보도했다. 기사 옆에는 화염에 휩싸인 대문짝만 한 제임스의 사진과 함께 다음과 같은 부제가 붙어 있었다. "무고한 시민, 불에 타 죽다", "키에라 템플턴 사건 유일한 용의자 산 채로 불타다", "잘못된 정의 실현". 그중에는 두 손을 위로 쳐든 제임스 포스터의 옆 모습과 불에 타 죽어가는 그를 지켜보는, 불빛을 받아 환히 빛나는 익명의 시민들의 흐릿한 얼굴을 담은 사진도 있었다. 비영리 신문사인 연합 통신사와 계약한 한 사진작가가 경찰서 정문 앞에서 정의를 부르짖으며 모여든 군중을 지켜보다가 건진 사진이었다. 몇 달 뒤 그 사진은 그해 퓰리처상 사진 부문을 수상했다.

모든 신문이 그 소식을 전하면서 체포되었다가 풀려난 그 무고한 시민에게는 납치 혐의가 전혀 없다고 선언하듯 보도했다. 하지만 단 한 곳만은 예외였다.

신문이 거리에 배포되기 몇 시간 전인 자정 무렵, 〈맨해튼 프레스〉 국장인 필 마크스는 짐 슈모어로부터 전화 한 통을 받았다. 두 사람은 하버드에서 함께 수학하던 동창으로 강의실보다는 파티장에서 더 자주 마주치던 사이였다. 그들은 다른 신문사에서 비슷한 커리어를 추구했고, 아주 가끔 연락을 주고받았다. 두 사람 모두 뉴욕에서 근무하며 맡은 분야에서 빠르게 최정상에 올랐다. 짐은 탐사보도 기자로 명성을 쌓으면서 기업과 권력가들의 두려움의 대상이 되었다. 필은 관여한 기사들이 운 좋게 큰 반향을 일으킨 데다 직장을 다니면서 MBA 코스를 밟은 덕에 신문사 경영에 참여할 기회를 얻었다.

"필, 내가 진짜 큰 건수를 하나 건졌어."

"얼마나 큰 건인데? 방금 막 내일 자 1면 기사를 날리고 제임스 포스터가 경찰서 앞에서 불타는 사진으로 교체했어. 사람들이 무고한 시민을 산 채로 불태웠어, 짐. 그런데 어제 그 사람에 주목하도록 만든 게 바로 우리야. 우리 책임이야. 그러니 용서를 구해야지."

"그 얘기를 하려는 거야. 그자는 무고한 시민이 아니야. 부당하게 희생된 피해자라니, 그럴 자격이 없는 놈이야."

"그렇게 말하는 이유가 뭔가?" 마크스가 흥미를 느끼며 물었다.

슈모어는 필에게 상황을 요약해주었다. 그리고 검사가 조금 전 포스터의 집으로 수사관을 보내 대기 중이라는 이야기도 들려주었다.

"그러면 그 여자애도 데려갔다고 보나?"

"키에라? 아니. 벌써 집 안 전체를 수색해봤어. 다른 부동산이 있는 것 같지도 않아. 키에라는 안 데려갔어. 그 사건은 아직 미궁이야."

"그런데 왜 이 모든 걸 〈데일리〉에 알려주지 않는 거지?"

"두 가지 이유에서지. 첫 번째… 이제 거기 소속이 아니거든. 늘 한발 늦는다고 오늘부로 잘렸어. 괜찮아, 딱히 나한테 맞는 일도 아니었어."

"자네는 〈데일리〉 최고의 기자야, 짐. 그저… 딱 맞는 분야를 못 찾았을 뿐이지. 아무도 자네한테 그걸 찾을 자유를 주지 않았어."

"두 번째 이유는… 이건 내가 찾은 정보가 아니야. 내 수제자의 작품이지. 기회를 얻을 자격이 있는 친구야."

"학생이야? 지금 거기 같이 있어?"

"응."

"알겠네. 지금 당장 사무실로 와. 주소는 이미 알 테지. 긴 밤이 될 걸세." 그가 엄숙하게 말했다.

"가고 있어."

미렌은 자신이 방금 발견한 사실을, 그런 끔찍한 진실을 밝혀서 자신이 자기 가설을 뒤집었다는 사실을 스스로 납득하려고 정원을 거닐고 있었다. 자신이 한편으로 인간이 선하기를, 인간의 영혼이 악하지 않기를 바라고 있다는 사실을 깨달았다. 그것이, 그를 체포하는 게 실수임을 밝히는 것이 포스터의 집을 방문한 목적이었다. 하지만 그늘진 곳에 빛을 비추다 보면 깊숙이 숨겨진 비밀이 생각보다 훨씬 어두울 때가 있다.

슈모어 교수는 전화를 끊고 미렌에게 오라는 손짓을 했다. 마침 경찰차가 푸른 경광등을 끈 채 포스터의 집 앞에 도착했다.

"〈프레스〉에 전화했어."

"왜요?" 미렌이 놀라서 물었다.

"너 수습기자로 채용됐어. 45분 후부터 시작이야. 지금 가야해. 허비할 시간이 없어."

"뭐라고요?"

미렌 트리그스는 새벽 1시에 짐 슈모어와 함께 〈프레스〉 사무실에 도착했다. 그곳에서 즉시 기사를 작성할 생각이었다. 집에 가서 이메일로 보낼 시간도, 집의 연결이 안정적일 거라는 믿음도 없었다.

"미렌 트리그스, 맞나?" 필 마크스가 그녀가 들어오는 걸 보자마자 인사를 건넸다. "기다리고 있었네. 제임스 포스터에 관한 취재 내용이 전부 사실이라면 내일 우리가 사건의 전모를 밝히는 유일한 신문이 될걸세. 손톱만 한 조각으로 진실을 왜곡하는 게 아니라. 그리고 트리그스 양, 그것이 좋은 기자가 지향해야 할 자세야. 기회를 줘서 고맙네, 짐.”

“천만에. 나야 자네를 보러 와서 좋지, 늘 그렇듯이. 그리고 해고까지 된 마당에 전직 상사에게 이 이야기를 넘기기는 싫었어. 부당함과 맞서 싸우는 내 끝없는 여정의 일부일 뿐이야!”

“미렌 양이 〈프레스〉 1면에 걸맞은 훌륭한 기사를 쓴다면 그에 합당한 비중을 실어주려고 하네.”

“1면이요?” 미렌은 깜짝 놀랐다.

“1면에 실리기 약한 이야기 같나? 주요 기사로 삼기에 부족하다면 30면에 짧은 칼럼으로 싣기에도 부족한걸세. 우리 회사는 모든 기사가 1면에 실어도 될 만큼 좋아야 하네. 우리 기사를 읽어보고 그중에 빼도 될 만한 게 있는지 말해보게.”

미렌은 대답하지 않았다. 필 마크스는 사무실 맨 끝에 있는 책상으로 그녀를 데려갔다. 교열 담당자가 기사가 준비되는 즉시 검토하기 위해 대기하고 있었고, 레이아웃 편집자도 디자인실에서 마무리 작업을 할 준비를 하며 기다리고 있었다. 옆방에서는 짐이 기사에 실을 사진이 든 일회용 카메라를 넘기고 있었다. 미렌은 그 어느 때보다 긴장된 마음으로 컴퓨터 앞에 앉았다.

“25분 남았어, 그 안에 끝내야 해.”

미렌의 손가락이 키보드 위를 이리저리 날아다니기 시작했다. 타이핑을 하는 손가락 끝의 말초 신경이 이 사건이 주는 분노와 무력감에 곧장 연결된 것 같은 느낌이 들었다.

그녀는 뉴욕 근교의 비디오 대여점 직원인 제임스 포스터가 성도착에 빠지고 어둠의 나락으로 추락한 과정을 있는 그대로 지면에 실었다. 또한 어떻게 집 안에서 소아성애적 영상을 촬영하는 제작 및 유통 제국을 차렸는지 자세히 설명하면서, 그가 전 세계에 흩어진 고객들을 위해 촬영할 목적으로 미성년자들을 협박하고 푼돈을 쥐여주었다는 그의 아내 마거릿의 진술을 곁들였다. 기사에는 슈모어 교수가 일회용 카메라로 찍은, 프레임이 녹슬고 시트가 구겨진 침대와 그 앞에 삼각대가 놓인 사진 한 장이 함께 실렸다. 미렌이 엄청난 속도로 기사를 작성하는 동안 인쇄소는 대기 상태에 들어갔다. 그사이 필은 여러 개의 제목을 뽑고, 편집자에게 커피 두 잔을 심부름시키고, 레이아웃 편집자에게 바로 작업에 들어갈 수 있게 책상에서 대기하라고 말했다. 긴박한 몇 분의 시간이 흘렀다. 마감 시간을 못 지켜서 아침 일찍 신문을 거리에 배포하기는 글렀다고 생각하고 있는데 미렌이 "끝났어요"라고 짧게 말했다. 시계를 보니 겨우 21분이 지난 후였다.

필 마크스가 빠르게 기사를 훑고 나자 슈모어 교수가 박수를 치기 시작했다. 편집자와 필도 뒤이어 박수를 치며 미렌의 〈맨해튼 프레스〉 입사를 축하했다.

다음 날 아침 모든 신문이 무고한 남자의 부당한 죽음을 호소하는 가운데, 미렌 트리그스라는 한 기자가 작성한 〈맨해튼 프레스〉의 기사만이 유독 다른 주장으로 눈길을 끌었다. 석방되자마자 화염 속에서 유명을 달리한 제임스 포스터의 인생사와 최근 경찰에 구금된 그의 아내 마거릿 S. 포스터에 대해 상세히 보도한 유일한 기사였다. 어느 신문사도 마거릿이 누구인지, 그녀가 체포된 이유가 무엇인지는커녕 아동복지국에서 그녀의 아이들을 돌보고 있는지조차 알지 못했다. 이 스캔들은 뉴욕주의 사형제도와 이런 사건에서 정의 실현이 어느 수준까지 이루어져야 하는지, 집 안에 그런 소름 끼치는 공간을 마련해놓은 남자를 석방해준 경찰이 얼마나 무능한지를 둘러싸고 길고 긴 논쟁을 촉발시켰다. 하지만 시민들 사이에선 그 불길이 제임스 포스터와 같은 사람을 단죄하는 가장 적절한 처벌이라는 감정이 팽배했다.

38장

**2003년 11월 30일
키에라 실종 5년 후**

눈부시게 아름다운 장미에도

가시가 무성히 자란다는 사실을

외면하는 사람은 언제나 존재한다.

미렌은 뉴스룸을 나와서 300달러에 달하는 월 이용료를 지불하는 근처 주차장으로 걸어갔다. 터무니없이 비싼 금액이었지만 언젠가부터 지하철을 거부하면서, 낯선 사람들과 붐비는 공간을 공유하지 않기 위한 비용 지불을 받아들였다. 뉴욕에서는 자가용으로 시내를 이동하는 사람이 거의 없어 한동안 택시를 이용했지만 취재를 위해 사무실을 자주 비우기 시작하자마자 이대로는 힘들 것 같았다. 미렌은 자신의 선택이 모순적임을 알았다. 차를 운전한다는 것은 목적지에 도착하는 데 훨씬 오래 걸린다는 것을 의미했고 저널리즘의 세계에서 그것은 상상할 수 없는 일이었다. 하지만 미렌은 기사를 쉴 새 없이 찍어내는 그 세계에 성공한 기자가 아니라, 주목받지 못하거나 다들 쉬쉬하는 사실을 조사하여 진실을 파헤치는 탐사보도팀의 일원으로 〈프레스〉에 입사한 터였다. 이런 종류의 저널리즘은 훨씬 느린 속도로 진행됐다. 하지만 그렇다고 스트레스가 없는 건 아니었다. 기사를 내기 전에 혹시 다른 신문사에서 아이템을 훔쳐갈까 봐 늘 신경이 쓰였고, 사실상 여러 개의 복잡한 주제를 동시에 진행하면서 기록 보관소를 뒤지고 법원에 출석하고 정부 기관과 공공 기록 보관소를 찾아가는 등 산더미 같은 업무량에 시달렸다. 그러나 자신이 보도하는 기사가 가진 잠재적 영향력 덕분에 그나마 버틸 수 있었다. 규모가 훨씬 큰 아이템을 조사할 때는 서너 명의 기자와 추가 협력자로 팀을 꾸려 일하기도 했지만 다른 조사들은 아무도 모르게 혼자 단서를 쫓으며 진행했다. 어느 날엔 솔트레이크라는 수상쩍은 시골 마을에서 사라진, 아무도 찾지 않는 열여섯 살 소녀의 실종 사건을 날카로우면서 감성적인 문체의 기사로 작성해 사무실에 들고 왔다. 그 사이 미렌이 무슨 작업을 하는지 물어보거나 의심하는 이는 아무도 없었다. 그런가 하면 법무부의 원로 인사가 캐러비언 나이트클럽에서 미성년자 여자애들과 노닥거린 사실을 다룬 기사를 들고 나타난 적도 있었다.

미렌은 조금씩 명성을 쌓아나갔고, 키에라 템플턴 사건의 유일한 용의자가 화염에 목숨을 잃어 수사가 막다른 골목에 다다랐음에도 키에라를 찾는 일을 절대 멈추지 않았다.

그녀는 강가에 있는 붉은 벽돌로 된 창고 건물에 창고를 한

칸 빌렸다. 그러고는 그동안 모은 모든 보고서와 파일을 그곳에 보관했다. 이미 수없이 검토해서 쓸 만한 내용을 발견하기 힘들 것 같은 서류들이었다. 그녀는 창고 앞 셔터를 올리기 전에 누가 보고 있지는 않은지 양쪽을 살폈다. 거리는 황량했고 다른 차고들은 굳게 닫혀 있었다. 문을 세게 밀자 녹슨 철문이 끽끽거리는 소리가 공기를 가득 메우며 창고의 적막함을 깨트렸다.

창고 안은 사방이 먼지투성이었지만 벽에 가지런히 늘어선 열두 개의 철제 캐비닛에 진술서와 공식 기록들이 잘 보관돼 있었다. 각 캐비닛 서랍 앞에는 1960년부터 오른쪽으로 네 번째 캐비닛에 적힌 '00'까지, 작은 카드에 해당 연대를 나타내는 숫자를 적어 붙여놓았다. 나머지 캐비닛에는 키에라 템플턴, 어맨다 매슬로, 케이트 스팍스, 수전 도, 지나 피블스 등의 이름이 적혀 있었다. 혹시 새로운 실마리가 발견되면 하루아침에 진실이 드러날지도 모른다는 희망을 품고, 해결책이 보이지 않는 미제 사건에 대한 모든 정보를 보관하는 곳이었다.

미렌은 키에라 서랍을 열고 폴더 몇 개와 상자 하나를 끄집어 내서 캐비닛 위에 펼친 다음 정리했다. 내용물을 캔버스 가방에 전부 집어넣으려고 쪼그리고 앉는데 적막함 때문인지, 슬프고 힘든 사연이 가득한 그 창고가 자아내는 긴장감 때문인지, 재킷 주머니에서 전화기가 울리자 소스라치게 놀랐다.

"엄마? 간 떨어질 뻔했잖아."

"나 때문에? 뭐 위험한 일 하는 거 아니지?"

"아니야. 지금… 사무실에 있어. 무슨 일이야? 나 바빠."

"음… 아니야. 그냥 잘 지내나 궁금해서."

"잘 지내지."

"네가 없으니까 올해 추수감사절은 집이 텅 빈 것 같구나."

"알아, 미안해. 실은 일이 많아."

"그건 다행이다, 아가. 네가 좋아하고 또 전공한 일을 하는 거 잖니, 그래도…."

미렌이 눈을 감았다. 기분이 안 좋았다.

"알아, 엄마. 미안해. 몇 주 동안 기사를 끝내려고 애썼는데… 막판에 일이 꼬였어. 정보원이 입장을 철회하면서 진술을 번복했어. 그렇게 증언이 불명확한 건 기사로 낼 수 없어. 그래서 사실을 입증해줄 새로운 증인을 찾느라 시간에 쫓겼어. 정말 미안해."

"추수감사절은 사무실에서 보냈지?"

"이렇게 말하면 엄마 기분이 좋아질지 모르겠지만, 맹세코 혼자서는 안 보냈어. 신문은 하루도 빠짐없이 제시간에 신문 가판대와 사람들 집 앞에 도착하지 않으면 큰일 나. 그래서 사무실에 나 같은 사람이 많아. 팀장님이 직원들을 위해 칠면조 요리를 시켜줬어. 컴퓨터 앞에서 처량하게 샌드위치나 먹었을 거라고 생각하지 마."

"맨날 그러고 살잖아." 엄마가 되쏘아붙였다.

"그렇지, 하지만 추수감사절엔 안 그랬어."

"회사에서 잘 챙겨준다니 다행이네. 넌 그만한 자격이 있지."

"다들 힘을 보태야지. 인터넷이 세상을 너무 바꿔놔서 인력을 축소하는 부서도 있어. 지금은 조금 더 힘을 내야 할 때야. 언론이 없으면 세상에 어떻게 되겠어?"

"나도 모르겠다. 미렌. 그냥 우리는 네가 보고 싶을 뿐이야. 네 아빠가 저녁을 먹다가 말도 안 되는 캐슈너트 농담을 하다가 하나가 거의 코로 들어갈 뻔했어."

"또?" 미렌이 웃었다.

"네 아빠 알잖니."

미렌은 대화에 정신이 팔려서 뒤에서 발소리가 다가오는 것도, 자기 어깨 너머로 그림자가 움직이며 어른거리는 것도 알아채지 못했다. 그때 갑자기 누군가의 손이 뒤에서 그녀를 세게 와락 잡고 입을 막는 바람에 휴대폰이 바닥에 떨어졌다. 아직 통화 중이던 트리그스 부인은 휴대폰이 떨어지는 충돌음과 딸의 억눌린 비명을 듣고 놀랐다.

"미렌? 무슨 일이니? 아직 거기 있어?"

몇 초 동안 남자는 미렌을 말없이 단단히 붙든 채 아무 짓도 하지 않았다. 심장이 미친 듯이 뛰면서 방어기제가 발동하는 순간에 미렌이 어떻게 반응하는지, 힘이 얼마나 세지는지 가늠하려는 듯했다. 순간적으로 미렌의 머릿속에 자신이 찢어진 주황색 원피스 차림으로 벤치 위에 사지를 벌리고 누워 있는 영상이, 그 차림으로 겁에 질려 집까지 뛰어갔던 모습이 반복 재생됐다.

호흡이 가빠지는데 엄마가 아직 전화기 너머에 있다는 사실이 생각났다.

"금방이면 돼… 너한테… 줄 게 있어." 남자의 거친 목소리가 뒤에서 위협했다.

"미렌? 그 남자는 누구니? 미렌!" 미렌의 엄마가 소리쳤다.

침입자가 미렌의 재킷 주머니를 더듬기 시작하더니 지갑을 발건하고 꺼내려고 손을 집어넣었다. 그 순간 미렌이 입을 벌려 남자의 검지와 중지를 세게 깨물었다. 남자가 전화기 너머로 들릴 만큼 큰 소리로 비명을 질렀다. 상황이 어떻게 돌아가는지 알아차리기도 전에 남자는 금속 캐비닛에 머리를 기댄 채 바닥에 쓰러져 있었고 권총 총구가 입안에 박혀 있었다.

"나도 너한테 줄 게 있어." 미렌이 안전장치를 풀면서 속삭였다.

39장

2010년 11월 27일
키에라 실종 12년 후

희망의 끈을 붙잡을 유일한 방법이 고통뿐이라면

고통조차 갈구하게 된다.

밀러 요원은 테이프를 들고 FBI 사무실로 돌아와서 딸의 졸업식 날 찍은 사진 액자들이 놓인 책상에 회색 비옷을 곧장 던져버렸다. 그러고는 이전의 다른 테이프들처럼 그 테이프에 그레이스, 에런, 그리고 테이프를 발견한 사람 외에 다른 지문이 없는지 확인하기 위해 포렌식 연구실로 향했다. 첫 번째 테이프의 지문은 결국 범인의 지문이 아닌 것으로 판명났고, 용의자가 곱슬머리 여자라는 사실 말고는 몽타주를 완성하는 데 아무 기여도 못 한 남자아이에게 상처만 주었다. 그 몽타주는 밀러의 컴퓨터 모니터 옆 사무실 칸막이벽에 얼굴 일부만 보이고 나머지는 서류철로 가득한 종이 파일 더미에 가려진 채 걸려 있었다.

2003년 이후에 나타난 나머지 두 개의 테이프는 경찰이나 가족에게 도착하기까지 수없이 많은 낯선 이들의 손을 무작위로 거친 탓에 지문이 남았어도 쓸모가 없었다.

처음 봤을 땐 이 네 번째 테이프도 이전 것들과 똑같았다. 120분 길이의 TDK 카세트테이프로 미국의 어느 편의점에서나 구할 수 있는 푹신한 누런색 봉투에 케이스 없이 들어 있었다. 겉면에는 우표는커녕 얼룩이나 긁힌 자국도 없이 깨끗하게 숫자 4만 적혀 있었다. 포장지도 손상된 곳이 없었다. 템플턴 부부의 예전 집 우편함에서 발견됐으므로 유일한 증거가 남아 있다 해도 오염되지 않았을 가능성이 높았다.

"이것 좀 봐주겠나, 존?" 밀러가 포렌식 팀의 수장에게 테이프를 물었다.

"새로운 키에라 테이프야? 손을 많이 탔어?"

"정황상 템플턴 부부와 예전 집에 들어와 사는 세입자 정도일 거야. 뭐라도 발견하면 알려줘."

"급해?" 존이 걱정스레 물었다.

"낼모레면 쉰다섯이야. 당연히 급하지."

"알았어. 몇 시간 내로 연락줄게."

"먼저 디지털 파일로 변환해서 복사본을 보내주겠나? 그리고 부탁인데 이 방 밖으로 나가지 않게 해줘."

"그러지." 존이 수긍했다. "뭐 특별한 거라도 있어? 가구 같은 게 변했다거나? 세 번째 테이프에서는 애가 주황색 원피스를 입고 있었지?”

“이번에는, 그냥 애가… 없어.”

존 테일러는 잠시 숨을 멈췄다가 단호한 목소리로 말을 이었다.

“알았어, 바로 시작할게.”

“고맙네, 존. 나는 내 자리에 있을 테니 결과 나오면 알려줘.”

“당연하지.”

밀러 요원은 작은 희망을 품고 책상으로 돌아갔다. 그는 컴퓨터를 켜고 비밀번호를 친 뒤 이미 수없이 살펴본 이전의 테이프 세 개를 다시 검토하고 증거를 분석하기 위해 부서 인트라넷에 접속했다. ‘키에라 템플턴’이란 제목의 폴더에는 해당 사건과 관련된 모든 파일이 정리돼 있었다. 최근 FBI가 오래된 기록을 디지털화하고 새로운 수사에 착수할 때마다 쌓이던 막대한 종이 서류의 양을 줄이기 위해 노력한 덕분이었다. 실종 사건이 발생할 때마다 공식 문서, 서류, 보고서, 사진, 네거티브 필름, 실물 증거가 생겨나 공간을 차지했고 먼지만 쌓여가다가 정작 필요할 때 중요한 단서를 간과할 위험이 늘어갔다. 그는 ‘비디오’라는 제목의 폴더를 열었다. 원본은 지하 보관실의 종이 상자 안에 안전하게 보관돼 있어 새로운 원본을 넣어둘 때만 들렀다. 가족에게는 요구하면 각 원본의 VHS 복사본이 주어졌는데 딸이 보고 싶을 때 매달릴 수 있는 가장 상징적인 수단이었다. 폴더 안에는 키에라가 실종된 지역의 보안카메라 영상 파일과 더불어 수년 후 여러 장소에서 테이프가 나타난 후부터 누가 놓고 갔는지 밝히기 위해 수집해온 영상 등 방대한 파일이 들어 있었다.

새로운 비디오테이프가 나타날 때마다 그는 같은 과정을 밟았다. 바로 그 슬픈 방에서 촬영된 예전 키에라 비디오를 하나씩 틀어보는 것이었다. 그때마다 느껴지는 무력감이 그를 포기하지 않고 앞으로 나아가게 했다. 그는 첫 번째 파일을 열었다. 가장 많이 본 파일이자 모든 것이 시작된 파일이었다. 수많은 질문이 떠오르는 영원과도 같은 1분이 지나고 나자 그는 양손에 얼굴을 파묻었다.

키에라가 나무집에서 인형을 가지고 놀다가 침대에 인형을 두고 일어나는 모습이 담긴 테이프였다. 잠시 후 키에라가 문으로 가서 귀를 갖다 대더니 창가로 다가가 밖을 내다보았다. 그리고 다시 돌아와 카메라를 쳐다보는 장면에서 영상이 끝났다.

두 번째 테이프는 2007년 8월 어느 날 에런의 사무실로 도착했다. 키에라는 벌써 열두 살로, 체형이 호리호리하고 다리가 가늘었다. 밀러 요원은 계속 영상을 보려고 노력했다. 이번에는 키에라가 녹화 내내 진지한 표정으로 공책 같은 것에 무언가를 쓰고 있었다. 카메라를 똑바로 쳐다본 순간은 단 한 번도 없었다. 영상 품질은 전과 같았는데 FBI 소속 다른 전문가들의 추론에 따르면 두 테이프 모두 고정된 받침대에 똑같은 녹화 장비를 세워놓고 촬영했으며 테이프에 남은 마그네틱 패턴으로 분석하건대 산요 비디오플레이어와 연결된 모니터로 실시간 출력된 것이었다.

2009년 2월 공원에서 발견된 세 번째 테이프는 템플턴 부부로서는 지켜보기 힘든 최악의 영상이었다. 영상 속 열네 살가량의 키에라는 책상에 앉아 검은색 공책에 무언가를 적으며 신음하듯 울고 있었다. 그리고 몇 번이나 일어나 닫힌 문 쪽을 향해 뭐라고 소리쳤다. 하지만 카메라를 등지고 있어서 뭐라고 소리치는지 짐작할 수 없었다. 언어 전문가들은 귀 아래쪽 턱뼈의 움직임을 토대로 분석하건대 네 글자로 된 한 문장일 거라 추론했다. 이것은 키에라를 납치한 범인이 그 순간 근처에 있고 키에라도 이를 안다는 사실을 의미했지만 그 이상의 단서는 되지 못했다. 일기장으로 짐작되는 똑같은 공책 네 권이 키에라가 끄적이고 있는 책상 위에 놓인 게 보였다. 에런과 그레이스는 이 장면을 뿌듯하게 지켜보며 그들의 딸이 일기에 어떤 내용을 적었을까 상상했다.

언젠가 그레이스 템플턴은 밤을 꼬박 지새우며 비디오를 돌려보기도 했다. 슬퍼하는 딸의 벗이 되어 함께 흐느끼면서, 화면을 향해 걱정하지 말라고, 언젠가 엄마가 곁에 있어주겠노라고, 네가 이 사실을 모르고 엄마의 존재를 기억하지 못해도 늘 너를 보살펴주고 기대어 울 수 있는 어깨를 빌려주겠노라고 속삭였다. 그 영상 속 키에라는 외모도 달라 보였다. 이전 영상에서는 늘 땋았던 머리를 이번 영상에서는 풀어 헤친 채 어느새 봉긋 솟은 가슴 아래까지 풍성한 머리칼을 길게 늘어트리고 있었다.

영상마다 아이가 훌쩍 자라나 있는 모습을 보면서 아이를 향한 에런과 그레이스의 애정도 조금씩 변화되며 한층 깊어졌다. 이제 그들은 아이가 네 살이 될 때까지의 기억을 공유할 뿐 아니라, 아이가 울 때는 함께 울고 웃을 때는 함께 기뻐했다. 비록 화려한 새장 속의 아름다운 앵무새처럼 갇혀 있더라도 아이가 자유로운 영혼처럼 성장하고 성숙하는 과정을 함께 느꼈다.

과거 밀러의 맞은편에 앉아 있던 특수요원 스펜서가 사무실 맨 안쪽 자리에서 일어나 벤을 보러 왔다.

"또 그 애야? 새로운 테이프라도 나왔어?"

"맞아."

"다들 지금 피어 14에서 실종된 여학생을 수색하는 중이야, 벤. 그 사건에 더 이상 인력을 투입할 수는 없어. 자네도 알잖아. 그 애를 찾는 데 벌써 다른 실종 사건의 30배의 인력을 들였다고. 안 돼."

"하루만 줘. 지문, DNA, 해당 지역 보안카메라 영상 분석 같은 기본적인 절차만 처리하게. 이번에는… 모든 게 다른 것 같아."

"안 돼, 벤. 피어에서 실종된 소녀를 찾기 직전이고, 난 자네가 필요해. 남자 친구가 벌써 자백도 했어. 이제 최대한 많은 인력을 투입해 그 녀석이 시신을 유기했을 만한 장소를 찾아야 해. 자네도 현장에 가서 마지막 단계에 힘을 보태게. 여러 팀이 우리가 지목한 구역들을 수색하려고 대기하고 있어. 거의 다 끝난 수

사지만 관심 구역을 좁혀야 해."

"템플턴 부부에게 테이프를 검토해주겠다고 약속했어."

"내 부하 직원이 헛수고에 정신을 팔도록 둘 수 없네, 벤."

"나는 자네 직원이 아니네, 스펜서. 예나 지금이나 우리는 동료일 뿐이야."

"글쎄, 아무리 기분이 나빠도 이젠 내가 자네 상사야. 내가 이 자리에 앉을 자격이 없다고 생각하든 말든, 내 승률은 120건 중의 114건이야. 자네는 답도 없는 사건에 시간을 버리고 있어, 그리고… 누구나 우리의 도움을 받을 자격이 있는 거야. 키에라 템플턴만이 아니라."

"재수 없는 놈."

"자네한테 징계 조처를 내리기는 싫네, 벤. 거기까진 가지는 말자고."

"내리려면 내려봐. 자넨 늘 쓰레기였어. 그렇게 해서 자네가 쓰레기라는 걸 증명해보든가."

순간 스펜서의 표정이 변했다. 그가 유감스러운 표정을 지으며 나머지 직원들이 들을 수 있도록 형식적인 말투로 크고 또렷하게 말했다.

"밀러 요원, 자네를 정직 1개월에 처하네. 그동안 건물 출입은 물론이고 미제 사건과 관련된 어떤 자원이나 자료에도 접근 금지야. 자네가 맡은 사건들은 자동으로 왁스 요원에게 이관될 거야."

벤이 믿을 수 없다는 표정으로 다른 동료들을 쳐다보며 고개를 끄덕였다. 다들 고개를 떨구고 있었다. 스펜서와 같은 직원이 해결하기 힘든 사건들은 회피하면서 그런 자리까지 올라간 것이 부당해 보였다. 그는 일어나서 회색 코트를 집어 들고 마지막 말을 쏘아붙였다.

"우리가 다른 점이 뭔지 알아? 자네는 늘 빌어먹을 성공률만 따지지만, 나는 흔적도 없이 사라진 그 한 사람 한 사람의 목숨을 걱정한다는 거야."

"그래, 자네 캐리어도 흔적도 없이 사라지지 않도록 조심하게." 스펜서가 꼿꼿하게 말했다.

벤은 스펜서를 그 자리에 두고 남겨둔 채 돌아섰다. 앞으로 FBI 요원으로서의 경력이 어떻게 될지 막막하기만 했다.

얼마 후 '키에라_4.mp4'라는 제목의 파일이 밀러 요원이 키에라 수사 정보를 보관하는 인트라넷 파일함에 나타났다. 하지만 그는 이제 어떻게 해야 할지 몰라 거리로 나선 뒤였다.

밀러 요원은 여름날 꼬이는 파리처럼 늘 귀찮게만 여겼던 〈프레스〉 기자 미렌 트리그스의 휴대폰 번호로 전화를 걸었다. 그러다 그녀가 받지 않자 〈맨해튼 프레스〉로 전화를 걸어 그녀를 찾았다. 하지만 상냥한 목소리의 명랑한 여직원이 미렌은 오늘 출근하지 않았다고 전했다.

"젠장, 대체 어디에 있는 거야?" 그는 전화를 끊고 푸념했다.

40장

미렌 트리그스
1998년

인간은 저마다 내면에 다양한 형태와 크기의

그림자를 가지고 있는데

때가 되면 어떤 그림자는 거대하게 자라서

모든 그림자를 가려버린다.

1998년, 나는 티브이로 제임스 포스터가 화염에 휩싸였다는 속보를 접했다. 그의 집 거실 소파에 앉아 위층에서 자는 애들의 숨소리가 들릴 정도로 조용하게 그의 아내와 대화를 나누던 중이었다. 잔인하게 들릴지도 모르겠지만 가엾은 마음이 들지 않았다. 마치… 살면서 처음으로 나쁜 놈이 죗값을 치르는 모습을 보게 된 기분이었다. 마침내.

그 영상을 보면서 내가 코웃음을 쳤는지 미소를 지었는지 기억나지 않지만 그게 내 속마음이었다. 24시간 뉴스 채널에서 그 영상과 그 아래로 지나가는 뉴스 자막(속보: 제임스 포스터 무혐의로 석방된 뒤 산 채로 불타)을 보고 처음에는 충격을 받았지만 슈모어

"

교수가 마거릿에게 남편의 죽음에 애도를 표한다고 말하는 동안, 나는 위선자가 되지 않기 위해 아무 말도 하지 않고 밖으로 나갔다.

기분이 끝내주게 짜릿해서 망치고 싶지 않았다. 슈모어 교수로부터 바로 당일 밤 제임스에 대한 기사를 잘 써서 시험을 통과하면 〈프레스〉에 입성할 거라는 이야기를 들은 탓도 있었다. 나는 긴장되면서도 황홀했다. 여러 감정이 기분 좋게 뒤섞여 있었다. 키에라를 찾지는 못했지만 정의를 실현한 듯한 이런 감정이 좋았고, 키에라를 찾는 길이 막다른 골목에 다다랐다 하더라도 쉽게 포기하지 않을 작정이었다.

우리는 경찰을 기다렸다가 짐이 검사에게 이미 전달한 사실을 말해준 다음 〈프레스〉 사무실에 도착했다. 그리고 바로 그 사무실에서 마법이 일어났다. 편집자들이 거의 다 퇴근한 사무실에서 국장이 진심 어린 힘 있는 악수로 우리를 반겨주었다. 나는 촌각을 다투며 기사를 썼는데(이 기사는 훗날 부모님이 거실에 자랑스레 걸어놓았다), 내가 기억하기로 오로지 제임스 포스터의 실체가 무엇인지에 일말의 의심도 드러내지 않는 데만 신경 썼다. 기사 작성을 끝내고 모두가 나를 향해 박수를 쳐주었을 때 하나로 연결된 듯한 순간, 긴장이 행복으로 바뀌는 그 불꽃 같은 순간. 이젠 더 이상 지나가는 건 꿈도 못 꾸는 그 공원에서 그날 밤 겪은 일을 적어도 몇 시간 동안 머릿속에서 지울 수 있었던 최초의 순간이었다.

우리는 편집국장인 필 마크스로부터 이틀날 오후 4시에 열리
는 편집 회의에 참석하라는 요청과 함께 새벽 3시경 사무실을
나섰다. 나는 학업을 마칠 때까지 오후에만 근무를 하기로 했다.
짐과 나는 한 마디 말도 없이 엘리베이터에 올랐다. 어색하게 굳
은 분위기에 우리는 서로의 시선을 거의 피하다시피 했다. 짐이
우리 집과 반대 방향으로 향하는 택시를 불러세운 다음 타자마
자 망설임 없이 우리 집 주소를 불렀다.

"축하해." 그가 말했다. "합격이야."

"네…." 내가 답했다.

나는 긴장감에 심장이 터져버릴 것 같았다. 내가 끔찍하지만
피할 수 없는 실수를 저지르고야 말 거라는 걸 직감했다. 그는
말없이 앞만 쳐다보며 갈색 구두로 자동차 바닥을 툭툭 쳤다.

"네가…."

그때 내가 그의 말을 끊고 몸을 기울여 그에게 입을 맞췄다.

그와 입술이 닿고 잠시 후 공항에서 작별 인사를 하는 연인처
럼 우리의 입술이 멀어지는 것이 느껴졌다. 그가 나를 보기 위
해 몸을 밀어냈다. 어두운 택시 안에서 그의 두 눈이 내게 머물
러 있었다. 차창 너머로 반짝이는 맨해튼 불빛이 그의 입술과 까
칠한 수염을 비추었다. 나는 그에게 다가가 또 한 번 입을 맞추
었다. 그가 잠시 가만히 즐기는 듯하더니 이내 다시 나를 밀어냈
다. 나는 내가 실수를 했다고, 이걸로 끝이라고 생각했다.

"이건 아닌 것 같아, 미렌." 그가 이제까지 들어본 목소리 중

가장 부드러운 목소리로 속삭였다.

"상관 안 해요." 나는 단호한 목소리로 대답했다.

우리는 택시를 타고 가는 내내 키스를 했다. 내 원룸 건물 계단참에서도. 현관문과 씨름하면서도. 옷을 벗으면서도. 그의 안경이 바닥으로 날아가 렌즈 하나에 금이 가는 동안에도. 내 작은 원룸 침대에 벗은 몸을 누이고 돌아갈 수 없는 강을 건너는 동안에도.

둘 다 조금 전의 일을 금세 후회했지만 어쩔 수 없는 일이었다. 그는 어둠 속에서 말없이 옷을 입었다. 내가 먼저 입을 열었다.

"다시는 이런 일 없을 거예요, 짐." 내가 낮게 말했다.

"왜? 너와 함께 있는 게 좋아, 미렌. 넌… 달라."

"하나 남은 직장마저 잘리면 안 되잖아요." 내가 답했다.

"아무도 모르게 하면 돼."

"당신은 탐사보도를 가르치는 강사예요. 진실의 냄새를 맡으려고 킁킁대는 학생들이 온 강의실에 가득하다고요."

짐이 웃었다.

"그러면 여기서 작별인가, 아무 일도 없었던 것처럼?"

"그게 최선일 것 같아요."

그가 내게 등을 보인 채 고개를 끄덕였다. 그러고는 아직 상의를 걸치지 않은 채 무릎을 꿇어 안경을 집어 들고는 주머니에 넣었다.

"넌 크게 될 거야, 미렌. 네겐 특별한 뭔가가 있어. 너 같은 학생은 처음 봐."

"제가 다른 학생들과 다른 점이 있다면 집요하다는 거죠."

"그게 탐사보도 기자의 최고 덕목이지."

"알아요. 당신한테 배웠어요."

그가 옷을 다 입을 때까지 나는 침대에 있었다. 그가 내게 작별의 입맞춤을 했다. 이후 몇 년 동안 나는 나를 어두운 구덩이에서 끄집어내준 그 사람의 까칠한 수염을 이따금 떠올렸다.

이튿날 아침 제임스 포스터의 기사가 실린 〈프레스〉 1면이 전국에 배포되었고, 내 이름이 키에라 실종에 뒤이은 납치 미수 사건의 유력한 공식 용의자의 숨겨진 진짜 이야기를 폭로하는 기사로 처음 키에라 템플턴과 엮이게 되었다.

나는 아침에 가족에게 전화해 좋은 소식을 알렸다. 부모님은 숨 가쁘게 밖으로 나가 신문 몇 부를 사서는 자기 딸이 유명해졌다고 자랑하며 샬럿 일대에 신문을 뿌렸다.

엄마가 주말에 약속대로 집에 올 거냐고 물었지만 신문사에 채용되는 바람에 단박에 모든 계획이 취소됐다. 몇 년 후, 어떤 사실을 알게 되면서 나는 그 갑작스러운 방문을 취소한 것을 후회했다. 하지만 그때 나는 그냥 어쩌다 〈프레스〉에 일자리를 얻게 된 한낱 소녀에 불과했다.

아침에는 쉴 계획이었지만 희망의 씨앗이, 타오르는 불꽃이 내 마음에 자리 잡은 터였다. 어느새 오전 10시였다. 나는 전당포와 비슷한 외관을 가진 한 총포상의 문을 열고 들어섰다.

“어떤 모델을 찾으세요? 집을 지키려는 거면 이 녀석이 제격이죠.” 자랑스러운 전미총기협회 회원으로 보이는 나이 많은 남자가 총을 추천했다. 그가 탁자 아래서 무게가 백 파운드는 나갈 법한, 총구를 짧게 자른 소총을 꺼냈다.

“아니요… 제가… 제가 원하는 건 권총이에요. 호신용이요.”

“진심이에요? 나쁜 놈들이 댁의 집에 쳐들어올 땐 이런 걸 들고 올 텐데.”

“진심이에요. 권총이면 돼요.”

가게 벽면과 진열 선반에 무기들이 구두처럼 빼곡히 전시돼 있었다. 소총, 권총, 리볼버, 공격용 총기까지. 그런 무기들을 보고 공포심을 느끼지 않기란 힘들었다.

“1천 달러 넘게 구매하면 탄약 25개들이 한 상자를 공짜로 드립니다.”

“아… 좋아요. 그러죠, 권총 한 자루와 탄약 한 상자 주세요.”

남자가 싱긋 웃더니 다양한 모델과 구경의 권총이 어지러울 만큼 대량으로 전시된 진열 선반을 가리켰다. 그러고는 내게 서식을 작성하고 범죄 이력을 확인해야 하니 기다리라고 말했다. 잠시 후 그가 총기 면허증을 요구했다. 나는 어찌할 바를 몰랐다.

“면허증이요?”

“뉴욕에서는 면허증이 있어야 해요, 아가씨.”

“면허증 없는데요. 제 고향인 노스캐롤라이나에서는… 거기서는, 그게, 보통 쉽게 구하거든요.”

“그러면 거기서 사든가요….”

“한 번만 넘어가 주시면 안 돼요? 제 몸과 집을 지키려면 꼭 필요해요. 할렘에 사는데 지금 장난이 아니에요. 놈들이 벌써 여섯 번이나 건물에 침입했다고요.” 나는 이야기를 꾸며냈다.

“흑인들이죠?”

나는 고개를 끄덕였다. 이런 사람을 속이기란 식은 죽 먹기였다.

“그 잡놈들은 자기네가 이 도시의 왕인 줄 알고 죄다 부순다니까요. 그놈들이 집에 들어왔을 때 총을 쏘겠다고 약속하면 내 600달러에 주리다. 아가씨보다는 그놈들이 당하는 게 맞지.”

“그… 그렇죠.” 나는 대답했다. 실제로 총을 쏜다고 생각하니 등골이 오싹했다.

그가 총을 봉투에 넣고선 길거리에서는 들고 다니지 말라고 당부했다. 가게를 나와 백팩에 총을 넣고 걸어가는데 기분이 이상했다. 늘 챙기는 후추 스프레이와는 확실히 달랐다. 후추 스프레이는 우산을 들고 다니는 것처럼 안정감을 주었지만 무기는 다른 기분이었다. 총을 들고 다니면 결국 죽음에 이를 가능성이 높아진다는 통계가 있긴 하지만. 적지 않은 다툼, 공격, 몸싸움으로 인해 엉뚱한 사람의 수중에 무기가 들어가기도 한다. 이어 섬광과 굉음을 동반하며 가방이나 지갑을 순순히 건네진 않은 사람들의 목숨을 앗아간다. 하지만 총을 집에 두고 다닌다 해도 나는 그런 안도감이 필요했다. 총이 필요했다. 복수를 꿈꾸는 건 아니었다. 그래서가 아니라 제임스 포스터가 화염에 휩싸이는 광경을 봤을 때 느껴졌던 정의감을 다시 한 번 느끼고 싶어서였다. 악당들도 때로는 대가를 치러야 하지 않겠는가?

나는 집에 돌아와서 베개 밑에 권총을 숨기고 슈모어 교수가 갖다준 CD가 아직 책상 위에 있는 것을 확인했다.

신문사에 출근해야 하는 4시까지 아직 시간이 있었다. 그래서 전과 크게 달라진 건 없으리라고 생각하면서도 컴퓨터에 CD를 넣었다. 공식적인 첫 출근 전에 잠시 살펴볼 요량이었다.

CD에는 슈모어가 이메일로 이미 보내준 것 외에 100개가량의 보안카메라 녹화 영상이 추가로 담긴 폴더가 있었다. 한 하위 폴더에는 키에라의 옷과 머리카락이 발견된 건물에 거주하는 사람들을 인터뷰한 녹취록 문서가 100여 개 더 있었다. 내 추론이 맞다면 경찰의 수사 기록을 완벽히 복사한 자료였다. 짐이 이것을 어떻게 손에 넣었는지는 모르겠지만 수사관들이 지금까지 조사한 자료 일체로 보였다.

경찰이 진행한 인터뷰 녹취록에 따르면 그 아파트에 사는 50여 명의 거주자 중 뭐라도 본 사람은 아무도 없었다. 그날 그 시간에 모두가 거대한 풍선 인형을 구경하고, 거리 공연을 보거나 저녁 식사 직전에 장을 보기 위해 거리에 나가 있었다. 외출하지 않고 집에 머문 사람들은 225번지 로비에서 어떤 이상한 소리도 듣지 못했다고 했다. 해당 폴더에는 경찰관 두 명이 해럴드 스퀘어 근처 모든 가게 및 식료품점에서 판매된 물품을 조사해 진술하고 서명한 서류의 스캔본도 있었다. 이스트 35번 가에는 57개의 다양한 점포가 입점해 있었지만, 그날은 편의점, 선물 및 잡화를 파는 작은 가게, 케밥 집, 조각당 1달러인 피자 가게, 교차로 근처에 있는 핫도그 좌판 네 곳을 포함해 테이크아웃 음식점 여섯 군데만 문을 열었다. 또다시 모든 것이 원점으로 돌아간 듯했다. 나는 어떤 단서도 되지 않는 너무 많은 정보 앞에서 절망했다.

다시 시계를 확인하자 오후 3시였다. 나는 전날 모든 것이 영원히 바뀌어버린 신문사로 향했다. 목적지에 도착 후 건물 앞면에 적힌 신문사의 이름을 읽고 안으로 들어가 안내데스크에 건물 출입용 ID 카드를 요청했다.

"미렌 트리그스에요." 접수원이 내 이름과 방문하고자 하는 층수를 묻자 나는 자랑스레 말했다.

접수원이 내 정보를 확인하고 있는데 등 뒤에서 웬 남자가 쉰 목소리로 말했다.

"부탁드릴게요, 기자님, 제 딸을 찾도록 도와주세요."

쉰 목소리를 듣는 일이야 흔하지만 그의 목소리는 수만 조각으로 산산조각 나서 두 번 다시 원상 복귀시킬 수 없을 것만 같았다. 나는 놀라서 뒤돌아보았다. 그것이 에런 템플턴과의 첫 대면이었다. 처참한 표정으로 눈물을 쏟고 있는 그의 손에는 내 기사가 실린 그날 자 신문이 들려 있었다.

41장

2000년 9월 12일
알 수 없는 장소

도둑은 어째서 제 물건이 도둑맞을까

두려워하지 않을까?

"밀라!" 윌이 집을 나서서 사방을 두리번거리며 다시 한 번 외쳤다. "밀라!"

정오 무렵이었다. 햇빛이 화창해서 동네가 하얀빛 속에 잠겨 있었다. 쌀쌀한 가을 미풍이 울타리의 이파리들을 살랑거렸다.

"무슨 일 있나, 윌?"

윌은 옆집에 사는 캔자스 출신의 은퇴한 노인이 키에라를 발견하고 누군지 알아봤을 수도 있다는 생각에 온몸에 소름이 돋았다.

"밀라가 누군가?" 그가 포치에서 놀란 표정으로 물었다. 그는 흰색 폴로 셔츠에 데님 작업복을 걸치고 조지 부시의 선거 구호가 새겨진 빨간 모자를 쓴 채 어리둥절한 표정을 짓고 있었다.

"아… 그게… 우리… 우리 고양입니다."

"자네 고양이를 키우나? 이 근처에서 고양이는 한 번도 못 봤는데."

"네… 나이 많은 회색 고양이에요. 평생 함께 살았는데 집 밖으로 절대 안 나가요. 그런데 안 보이네요. 탈출했나 봐요."

"본 적 없네만 혹시 보게 되면 자네한테 알려주지, 됐나?"

윌은 고개를 끄덕이고, 그의 쾌활하면서도 진지한 표정을 의심스럽게 살피면서 그를 잠시 쳐다보았다. 아이리스와 윌은 더 넓은 구역을 수색하기 위해 갈라졌고, 거리를 따라가며 양방향을 살폈다. 혹시 누군가 아이를 발견하기라도 하면 두 사람 모두 끝이었다.

아이리스는 초조한 마음으로 달리면서 나무 아래, 컨테이너, 덤불, 인근 모퉁이를 닥치는 대로 살폈다. 윌은 아이를 찾으면서 몇 초만 늦어도 평생 감옥에서 썩을 수 있다는 생각에 사로잡혀 당혹스러움을 넘어 화가 났다.

그들이 뛰어다니는 동안 어린 키에라는 뒷마당에서 주황색 꽃에 내려앉은 나비를 조심스레 관찰하고 있었다. 얼마나 오랜만인지 기억은 안 났지만 한참 만에 야외에 나온 터라 눈부신 햇살에 눈을 반쯤 감고 주위를 둘러볼 수밖에 없었다. 파란 하늘은 침실 창문으로 보던 색과는 달랐다. 유리창 너머로 보는 것에 익숙해진 탓에 뒷마당조차 평소와 다르게 색깔이 선명하니 비현실적으로 보였다.

키에라는 현기증이 일었다. 그러다 온몸에 낯선 찌릿한 느낌이 들었다. 아이는 앉으면 나아지리라 생각하고 잔디밭에 앉고서 그 감각이 외부에서 온 것인 양 두 팔을 긁었다. 별안간 눈꺼풀이 천근만근 무거워져 어쩔 수 없이 눈을 감았다. 잠시 후 아이리스가 숨을 헐떡이며 도착했을 때쯤, 키에라는 친모가 이따금 겪는 것처럼 경련을 일으키기 시작했다.

"밀라? 무슨 일이니?"

아이리스가 그 모습을 보고 겁에 질려 아이를 세차게 흔들었다. 통제 불가한 영원한 무아지경에 빠진 듯한 아이를 흔들어 깨워보려 했지만 헛수고였다.

"밀라!" 아이리스가 다시 절박하게 소리쳤다. "일어나!"

월이 아내의 절규를 듣고 집 쪽으로 달리기 시작해 그 소리를 길잡이 삼아 뒷마당으로 이어지는 옆쪽 골목을 내리 달렸다. 뒷마당에 도착한 월은 밀라가 잔디 위에 누워 있는 모습을 보고 두 손으로 머리를 부여잡았다. 아이는 고개를 한쪽으로 돌린 채 두 주먹을 꽉 쥐고 경직된 몸을 부들부들 떨고 있었다.

"무슨 일이야, 아이리스? 애한테 무슨 짓을 한 거야?"

"그게 무슨 소리야?"

"뭐라도 해봐. 애가 떨고 있잖아." 아이리스가 해답을 알기라도 하듯이 월이 말했다.

"떠는 게 아니야, 월. 훨씬 심각한 병이야, 맙소사. 애를 병원에 데려가야 해.”

“미쳤어? 차라리 죽게 놔두고 말지.”

아이리스가 분노가 이글거리는 눈빛으로 남편에게 고개를 돌렸다.

“어떻게 감히 그딴 소리를 할 수가 있어? 애를 안으로 옮기도록 도와줘. 혼자서는 힘들어.”

윌이 젖 먹던 힘을 다해 키에라를 들어 올렸다. 두 다리가 뻣뻣하게 경직된 것이 몸이 나무판자 같았다. 두 팔의 경련이 너무 심해서 집 안으로 데려가기까지 아이를 두 번이나 떨어트릴 뻔했다. 집 안으로 들어간 윌은 주황색 퀼트가 깔린 침대에 아이를 눕혔다. 계속되는 발작에 아이리스가 흐느끼는 동안 그는 방 안을 이리저리 서성이며 어떻게 해야 할지 쉼 없이 생각했다.

몇 분 후 키에라의 작고 마른 몸이 떨림을 멈추자 아이리스가 다시 울음을 터트렸다. 이번에는 행복의 눈물이었다. 아이리스는 아이를 안아주고 침대 옆에 무릎을 꿇고선 아이를 살려줘서 감사하다며 신께 기도했다. 키에라는 지쳐 보였고 아이리스는 한동안 아이의 이마에 붙은 머리칼을 정리하면서 머리를 쓰다듬어주었다. 키에라가 마침내 눈을 뜨자 아이리스는 아직 눈물범벅인 얼굴을 바짝 갖다 대고 아이를 자세히 살피며 진심 어린 미소를 지었다. 덕분에 키에라는 다시 집에 온 듯한 기분이 들었다.

“엄마, 왜 울어?” 키에라가 힘겹게 속삭였다.

“아무것도 아니야… 아가… 그냥….” 그녀는 딸이 걱정하지 않고 이해할 만한 대답을 찾느라 머리를 굴렸다. “너한테 안 좋은 일이 일어난 줄 알고.”

“머리가 너무 아파.”

아이리스는 심각한 표정으로 이 상황을 지켜보던 남편을 쳐다보았다. 그리고 아이를 데려온 것이 되돌릴 수 없는 실수임을 확신했다.

“집 밖으로 나가면 안 돼, 밀라. 어떻게 되는지 봤잖아. 엄청 아플 수도 있어.” 월이 상황을 통제하려 애쓰며 말했다.

“아파?”

“그래, 아가.” 아이리스가 부드럽게 속삭였다. “너를… 잃어버린 줄만 알았어.”

“안 잃어버렸어… 창가에서 놀고 있었어….”

“알아… 그냥… 밖에 나가면 안 돼. 너를 위한 거야. 너한테 나쁜 일이 일어나면 안 되니까.”

“왜?” 키에라의 목소리에 피로가 묻어났다.

“공해도 그렇고, 전자파도, 전기 기구도. 전부 몸에 해롭단다…. 밖에 나가면 아플 거야.” 아이리스는 사이비 과학 채널에서 본 후로 믿게 된 전자파 과민증에 대한 이상한 다큐멘터리를 떠올리며 대답했다.

그 다큐멘터리에 따르면 전자파 과민증을 겪는 사람들은 온갖 종류의 증상을 보이는데 하나같이 진단하기 어려운 것들이었다. 전자파에 노출되면 어지럼증, 화끈거림, 불안증, 심계항진, 호흡 곤란, 심지어 심한 메슥거림과 강박적 기침까지 한다는 것이었다. 다큐멘터리에서 소개한, 샌프란시스코에서 은둔자처럼 사는 한 50대 여성은 집 밖으로 나가지도, 햇빛을 보지도 않았다. 거리에 나가면 갈수록 늘어나는 휴대폰 신호 탓에 몸이 화끈거리거나 상태가 악화되어 의식을 잃을 수도 있다는 것이었다. 그러면서 거리에서 휴대폰으로 통화하는 사람을 보면 살인적인 광선 때문에 몸이 타는 듯해서 길을 건널 수밖에 없다고 설명했다. 어떤 스무 살짜리 컴퓨터광은 어디서나 존재하는 영문 모를 전자파로 고통스러워 온 집을 알루미늄 포일로 도배하기도 했다. 한 리포터가 그 남자의 집에서 그와 인터뷰를 하는 도중 주머니에 휴대폰을 넣고 껐다 켰다 했지만 남자가 조금도 어지러워하거나 화끈거려하는 기미가 없었다는 사실을 보여주며 다큐멘터리는 끝을 맺었다. 하지만 그때 아이리스는 막 집에 돌아온 윌과 말다툼을 시작한 바람에 그 부분을 보지 못했다.

"전자파? 그게 뭐야?" 키에라는 어느새 그들이 감당하기엔 너무 똑똑하고 호기심이 많았다.

"전자파는… 전자 기기에서 나오는 거야. 휴대폰 기지국에서도 나오는데 그래서 우리 집에는 휴대폰이 없는 거야. 텔레비전 안테나에서도 나쁜 전자파가 나온단다."

"텔레비전? 나쁜 전자파?" 아이가 침대에 누워 힘없이 속삭였다.

그들이 시간을 들여 대답을 마치고 얼마 후 현관문을 두 번 두드리는 소리가 크게 들렸다. 아이리스와 윌은 황급히 서로를 쳐다보았다. 윌이 키에라에게 조용히 하라고 손짓했다. 그리고 집에 아무도 없는 척하며 노크 소리를 무시했지만 곧이어 아는 목소리가 현관 너머에서 들려왔다.

“윌? 옆집 사는 앤디야. 아무 일 없나?”

42장

2003년 11월 30일
키에라 실종 5년 후

모든 비밀이 드러나는 것은 아니다.

미렌을 덮친 남자는 희생자를 잘못 골랐다는 사실을 몰랐다. 미렌이 그를 지나 창고 구역으로 이어지는 거리로 사라지기 몇 분 전, 남자는 그녀가 쉬운 먹잇감이라고 생각했다. 젊고 날씬하고 매력적이고 잘 차려입은 여자라니. 이삼 주 정도 먹고살 만큼의 돈을 들고 다닐지도 몰랐다. 하지만 무엇보다 예뻤다. 평범한 남자들처럼 스스로 꽤 괜찮은 남자라고 생각하던 그는 마지막으로 섹스를 한 지 한참 됐다고 생각했다. 그는 칼을 꺼내서 주위에 아무도 없는지 주위를 홀금거리며 미렌의 뒤를 몰래 따라갔다. 훤한 대낮이긴 했지만 그녀를 그 창고 중 하나로 데려가기만 하면 끝날 터였다. 그러면 잠시 마음껏 즐기면서 재미를 볼 수 있으리라 생각했다.

그는 멀리서 그녀를 지켜보다가 이윽고 그녀가 창고 셔터를 들어 올리는 모습을 보고 군데군데 썩은 누런 이를 드러내며 웃었다. 인구가 800만 명이 넘는 뉴욕에서는 매년 강간 사건이 2천 건이 넘게 신고된다. 대략 하루에 여섯 건, 네 시간마다 한 건 꼴이다. 피해자가 미렌 트리그스가 아니었다면 이 자도 그 집계에 들어갔을 터였다.

미렌은 1997년 그 일을 겪은 후로 변했다. 한동안은 거리에 나가는 것도, 파티에 가는 것도, 그 일이 벌어진 공원을 가로지르는 것도 두려웠지만 〈맨해튼 프레스〉에 입사하고 첫 취재에 참여하면서부터 두려움에 맞서려면 과거에 얽매이지 말고 껍질을 깨고 나와 변화를 위해 싸워야 한다는 것을 깨달았다. 뉴욕 한복판에서 산 채로 불타 죽은 제임스 포스터의 진실을 폭로한 그녀의 기사는 선한 힘이 승리할 수 있음을, 두려움과 어둠이 언제나 승리자가 아니라는 확신을 심어주었다. 그녀는 집에 보관할 무기를 구입하고, 호신술 수업을 듣고, 뉴욕의 성범죄자 기록부에 미검거된 범죄자가 단 한 명이라도 남아 있는 한 술은 한 방울도 입에 대지 않겠다고 다짐했다.

남자가 뒤에서 미렌을 붙들자 미렌은 2초 만에 어떻게 해야 할지 파악을 끝냈다. 물고, 팔을 홱 잡아당기고, 재빨리 젖히면 바닥에 누워 있겠지. 그것이 그녀가 머릿속에 그린 그림이었고 정확히 그런 일이 벌어졌다. 미렌은 총을 꺼내어 그의 입에 총신을 집어넣었다.

"나도 너한테 줄 게 있어." 미렌이 안전장치를 풀면서 속삭였다.

겁에 질린 표정의 남자가 입속에 쇠 맛을 느끼며 그녀를 쳐다보고 있는 사이, 미렌은 휴대폰을 집어 들고 엄마를 불렀다.

"엄마? 나중에 전화해도 될까? 내가 지금….."

"미렌? 설마 크리스마스 선물을 사러 간 건 아니지? 내가 선물 안 좋아하는 거 알잖니."

"엄청 큰 백화점 계산대 앞이야. 나중에 전화할게." 미렌은 차분한 목소리로 대답하고 엄마가 답하기 전에 전화를 끊었다. 그녀는 한숨을 쉬고 공허한 미소를 지으며 남자를 쳐다보았다.

한 시간 뒤, 공중전화에서 걸려 온 익명의 전화를 받고 구급차가 긴급 출동했다. 여자가 알려준 주소에 도착하니 한 남자가 가랑이 사이에 심각한 총상을 입은 채 두 개의 선적 컨테이너 사이의 쇠창살에 묶여 있었다. 사고 경위를 물어도 대답이 없자 경찰은 라이벌 관계인 마약 밀매상들이 보복한 것으로 추정하고 상부에 보고했다. 미렌이 뉴욕 성범죄자 기록부에 그의 이름이 이미 올라가 있으리라 확신하고, 그에게 경찰에 정체를 들키는 건 시간문제라고 경고한 터였다. 그는 모든 것을 인정하듯 그저 침묵으로 대답을 대신했다.

미렌은 사건파일 박스 두 개를 들고 뉴욕을 가로질러 할렘의 원룸으로 차를 몰고 돌아와, 밤새 잠옷 차림으로 책상 앞을 지키며 자료를 검토했다. 이따금 코카콜라를 한 모금씩 마시면서도 안 좋은 습관을 보완하려고 사과를 한 입씩 베어 물었다. 지난 몇 년 동안 사용하던 청록색 모니터가 달린 커다란 아이맥을 버리고 아이북 G3가 출시되자마자 구매한 터였다. 책상 한쪽에는 독서등 불빛 아래 작은 트랜지스터라디오가 창가로 안테나를 뺀 채 놓여 있었다. 작은 노트북에서 알 수 있듯 그것은 그녀의 집에서 기술 발전의 물결 속에 살아남은 구식 기술의 마지막 보루였다.

미렌은 거리에 해당하는 숫자, 보안카메라, 인터뷰, 우편번호가 혼재하는 자료 앞에서 막막해지자 시간을 확인하고 라디오를 켰다.

순간 라디오 한쪽에 작은 빨간 불빛이 켜지면서 한때 그녀의 교수였던 짐 슈모어의 목소리가 방 안을 가득 메웠다.

"… 희망의 소리를 말이죠. 그래도 여의치 않다면 오늘 우리가 다룬 사건만큼이나 당황스럽고 전 세계 경찰들에게 혼란을 안겨준 유명한 사건을 몇 가지 소개하죠. 그 좋은 예시가 스페인 말라가의 이른바 '신동 화가' 사건입니다. 15년 전인 1987년 4월, 스페인에서 뛰어난 그림 실력으로 '신동 화가'라는 별명을 얻은 한 어린 소년이 사라졌습니다. 갤러리에 간다고 집을 나섰다가… 흔적도 없이 지구상에서 증발해버린 거죠. 또 하나는 세라 월슨 사건입니다. 텍사스에 살던 겨우 여덟 살 난 여자아이 세라는 집 앞 버스정류장에 내리고도 결국 집에 돌아오지 못했습니다. 두 사건 모두 그 미스터리한 실종 형태 때문에 세계적으로 뜨거운 관심을 받았죠. 1996년 프랑스에서 방과 후에 실종된 열 살 난 마리옹 바공이란 소녀도 있습니다. 어떤 아이도 이 세상에서 그냥 흔적도 없이 사라지지 않습니다. 안타깝게도 이미 세상을 떠났거나 누군가 그 아이들이 발견되길 원치 않는 거죠. 하지만 키에라 템플턴 사건은 다릅니다. 아이의 소재를 아는 누군가가 아이가 발견되기를 바라고 있습니다. 어쩌면 일종의 게임을 하려는 건지도, 어쩌면 아이가 잘 지내고 있음을 알려서 사람들이 그만 찾게 하려는 건지도 모르죠. 우리는 알 수 없습니다. 유괴범의 머릿속에 무슨 생각이 들었는지 전혀 알 수 없어요. 하지만 모든 탐사보도에서 가장 중요한 것은 찾고 있는 그 대상을 찾아내는 것이 아니라 결코 찾기를 멈추지 않는 것입니다.”

미렌은 고개를 끄덕이며 웃었다. 그녀는 슈모어 교수가 한 발짝 떨어진 곳에서 여전히 기자의 길을 인도해주고 있다는 느낌이 좋았다. 그녀는 볼륨을 줄이고 사진과 서류가 든 파일을 이어서 열어보았다. 그리고 슈모어 교수가 5년 전에 준 CD의 내용물을 내려받아 둔 컴퓨터 폴더를 열고 보안카메라 속 영상들을 다시 검토했다. 그녀는 답이 보이지 않는 퍼즐 조각을 명쾌하게 맞춰줄 영감의 불꽃이 번뜩이길 바라며 “결코 찾기를 멈추지 말라”는 슈모어 교수의 말을 되새겼다.

“내가 지금 뭐 하고 있는지 알아요, 짐?” 미렌이 코카콜라를 한 모금 더 홀짝이고 사과를 베어 물면서 중얼거렸다.

43장

2000년 12월 12일
알 수 없는 장소

악은 또 다른 악을 본능적으로 알아본다.

"애를 숨겨!" 윌이 놀라서 소곤거렸다. "애를 숨기라고! 들키면 우린 끝이야."

아이리스가 키에라의 침실 문을 닫고선 문밖의 대화에 귀 기울였다. 방금 전의 발작 때문에 녹초가 된 키에라는 침대에서 걱정스러운 표정으로 엄마를 지켜보았다.

아이리스는 문 너머에서 남편의 발소리를 들었다. 남편이 상자를 뒤지는 소리에 이어 열쇠들이 부딪치며 방울뱀처럼 금속성 마찰음을 내는 소리가 들렸다. 하지만 그 날카로운 쇳소리가 집 안에 있는 유일한 맹꽁이자물쇠를 여는 소리라고는 미처 생각하지 못했다. 노크 소리가 크게 세 번 들리자 윌의 목소리가 벽에 부딪혀 울려 퍼졌다.

"갑니다! 잠시만요!"

키에라는 피곤함과 두통을 이기지 못하고 두 눈을 감고 있었다. 문 저편에서 윌이 현관문을 조심스레 열고 고개를 내밀어 이웃에게 인사를 건넸다.

"무슨 일인가, 앤디?"

"자네 괜찮나?"

"당연히 괜찮지. 왜 뭐가 잘못됐어?" 윌이 앤디의 의심을 누그러뜨리려 애쓰며 물었다.

"도움이 필요하면 뭐가 됐든 말만 해, 알겠나 친구? 자네나 나나 이 동네의… 선한 구성원들 아니겠나."

"물론이지, 앤디. 왜 그런 말을 하는 거야?"

"맥주 한 잔 주지 않겠나?"

윌은 잠시 문틈으로 몸을 숨기고 뒤를 돌아보았다. 그리고 혀차는 소리를 냈다.

"그게… 있잖아… 아이리스 때문에. 아내가… 아내가 몸이 안 좋아."

"이봐, 정말! 조금 전에 아이리스가 거리를 뛰어가는 걸 봤어! 허튼소리 하지 말게."

앤디가 문을 밀어젖혀 윌을 놀라게 했다.

"아니 그래도…."

윌의 이웃이 재빨리 안으로 걸어들어 오더니 봐서는 안 될 것을 찾기라도 하듯이 거실을 훑었다.

집 안을 걸어 다니는 앤디의 발소리에 아이리스는 피가 얼어 붙는 것 같았다. 꽃무늬 문양으로 뒤덮인 벽에 귀를 갖다 대는데 벽이 평소보다 훨씬 차갑게 느껴졌다. 그 상태로 그녀의 시선이 윌이 벌써 침실 안에 설치해둔 인형의 집으로 흘러갔다. 그녀는 그 작은 미니어처 집에 몰두하면서 지금 이 상황으로부터 거리를 두려고 애썼다. 집 안의 모든 것이 너무 크게만 느껴져 자신이 점점 작아지는 듯했다.

"원하는 게 뭔가, 앤디?" 윌이 짜증스럽게 물었다. "지금 이건… 무례한 행동이야. 좋은 이웃은 남의 집에 불쑥 쳐들어와서… 집 안을 기웃거리지 않아."

"자네 말이 맞아. 미안하네, 윌. 내가 좀… 좀 무례했지?" 그가 소파에 앉아 커피 테이블에 발을 올려놓으며 흥얼거리듯 말했다. "맞아. 이건… 정상적인 상황이 아니지."

윌이 마른침을 삼키고 말했다.

"앤디, 나가줘야겠어. 아이리스가 몸이 아파서… 곁에 있어줘야 해. 내가… 뭐, 자네도 알겠지만, 아내를 돌봐줘야 해."

"그거 아나?" 그의 이웃이 대화를 다른 방향으로 틀었다. "내 아내는 6년 전에 죽었네. 그리고… 참, 인생은 불공평하지. 우리한테는 아이도 없었어. 수없이 노력했지. 그 짓을 매일 했어, 혹시나 몰라서 아내가 생리를 할 때에도 빼먹지 않고. 솔직히 말해 나쁘지 않은 시절이었어. 난… 애들을 원하지 않았거든. 하지만 아내는 달랐지. 입만 열면 아이 타령이었어. 아동복 가게를 지나갈 때면 쇼윈도 앞에 멈춰 서서 우리는 절대 사지 못할 그 조그만 치마와 바지를 보면서 견디지 못하고 울음을 터트렸지.”

“무슨 소린지 모르겠네, 앤디.” 윌이 속삭였다.

“나는 사실 대수롭지 않게 여겼지만 아내는 달랐어⋯. 임신 가능성을 높일 방법을 늘 강구했지. 아침마다 레몬 껍질을 빨아 먹고, 밤에는 식초로 질 세척을 하더군. 아내와 잠자리를 하는 게 망할 샐러드를 먹는 것 같았어. 무슨 뜻인지 감이 오나 모르겠군.”

윌은 대답하지 않았다.

“그게 아내의 유일한 대화 주제였고, 나는⋯ 그래, 열심히 들어줬어. 남편이라면 그래야 하잖아? 전부 들어줬어. 자네도 캐런이 어떤지 알잖아. 엄청 수다스러웠지. 특히 자네 아내하고 말이야. 그런데⋯ 아내가 나한테 쉬지 않고 한 말이 뭔지 아나?”

윌은 불편해지기 시작했다.

“자네 아내와 대화할 때도 주제가 똑같다는 거였어. 자네 부부도 우리처럼 임신이 힘들어 고민이라더군. 심지어 둘이 어떤 체위를 시도하는지까지 털어놨다지. 있잖아, 난⋯ 난 싫지 않았어. 좋은 정보를 공유한 거잖아. 우리가 자네들 아이디어를 꽤나 따라 한 거 알고 있나? 쿠션을 이용한 것도, 차가운 거실 바닥에서 하는 것도, 언제나 짝수 번만 하는 것도, 다 따라 했어. 온종일 그 짓만 했어, 집 안을 전부 돌아다니면서. 파티 같았달까. 그러다 어느 날 아내가 식료품 가게 한가운데서 뇌출혈로 쓰러졌지. 어떤 의사는 스트레스가 원인이다, 어떤 의사는 생식 호르몬 때문이다, 그러더군. 정확한 이유는 알아내지 못했지만, 여하튼 아내는 죽었고… 그렇게 불꽃놀이도 끝났지. 내 말이 무슨 말인지 알겠나?"

"그래… 나도 기억하네…. 우리 모두 충격이 컸지." 윌이 극도로 불편해하며 기어들어 가는 목소리로 말했다. "그런데 이제 괜찮다면 그만…."

"자네 아내가 내 아내한테 또 뭐라고 했는지 알아?" 앤디가 그만 나가라는 말을 무시하고 계속 말했다.

"뭐라고 했는데?"

"자네 부부는 아이를 가질 수 없다고 했어. 전혀 가능성이 없다고. 자기 난소가 기능을 멈췄고, 자궁이 안으로 들어오는 걸 죄다 거부하는 것 같다고."

"그랬군… 그래 뭐. 그 부분은… 아직 잘해보려고 노력 중이야. 희망을 좀 잃었지만, 아직… 시도하고 있어. 나이도 걸림돌이긴 하지만…."

"나도 알아. 짐작하고도 남지, 친구."

"앤디, 미안하지만 내가 할 일이 있어서…."

"그래서 내가 궁금한 거야…. 자네가 집 안으로 급히 데려간 그 여자애는 누구야?"

"여자애?" 윌이 소리치듯 물었다.

"이봐, 윌… 개수작하지 마. 자네가 집 주변에서 미친 듯이 찾는 걸 봤어. 날 속여먹으려는 거야? 우리 친구 아니었나?"

"저기, 앤디… 그게 아니라….

"키에라 템플턴 맞지?"

그 이름을 듣는 순간 윌은 절벽에서 떨어지기라도 하듯 심장이 철렁 내려앉아 어떻게 반응해야 할지 몰랐다. 목이 메고 분노가 치밀어올라 목소리가 나오지 않았다.

"자네가 그 애를 데리고 있는 거였어. 수년 동안 사람들이 찾고 있는 그 애 말이야. 생긴 게 꼭 닮았더군. 약간 변하긴 했지만… 그 얼굴은 못 잊지. 그 귀여운 얼굴을 어떻게 잊을 수 있겠나? 보상금이 얼마라고 하더라? 50만 달러? 와우… 엄청 큰 돈이군, 안 그래 친구?"

"원하는 게 뭐야. 앤디? 돈? 자네가 원하는 게 돈이야? 우리가 간신히 먹고 사는 거 알잖아. 대출금 갚을 돈도 부족해."

"내가 한 말을 귀담아듣지 않은 게로군, 윌. 내가 원하는 건… 자네 아내야. 내가 그리운 건 그거 하나야. 창녀들과도 자봤지만… 자연스럽지가 않아, 뭔가 달라. 하지만 아이리스… 자네 아내는…."

"자네가… 그런 놈일 줄은….

앤디가 키에라의 방문을 쳐다보며 손으로 가리켰다.

"저기 있지? 그 여자애 말이야. 봐도 되겠나?"

윌은 너무 긴장한 나머지 고개만 끄덕였다. 앤디가 웃으며 벌떡 일어섰다. 그가 월의 등을 두드리고 지나가더니 손잡이를 돌려 방문을 열었다. 방 안에서 아이리스는 절망감에 눈물이 범벅이 된 채 기다리고 있었다. 앤디가 집 안에 감도는 지독한 긴장감은 꿈에도 모른 채 졸려 하는 키에라를 빤히 바라보았다. 그리고 아이리스를 보고 웃더니 다가가 그녀의 눈물을 닦아주었다.

"앤디⋯ 제발⋯ 이러지 마." 아이리스가 속삭였다.

"날 좀 이해해줘, 아이리스⋯ 당신은 늘 지극히⋯ 평범해 보였어. 그러다가 캐런한테 들었어, 당신이 월과 시도하는 그 모든 짓들에 대해⋯ 나는 어떤 기분일까 늘 상상했지⋯. 어린애가 있으니 크게 말하진 않을게⋯." 그는 아이리스의 귀에 재빨리 몸을 붙이고 속삭였다. "당신과 섹스를 하면 어떨까 늘 상상했어."

아이리스가 풀썩 주저앉으며 앤디에게 울면서 기댔다.

"걱정 마, 아이리스⋯ 우리는⋯ 좋은 시간을 보낼 거야. 우리는⋯ 뭐랄까, 좋은 이웃이잖아."

아이리스가 갑자기 그로부터 멀어졌다. 그녀가 놀라서 헉하고 숨이 멎는 소리가 앤디의 귀에 들렸다.

"이봐, 앤디!" 월이 문가에서 소리쳤다. 앤디가 놀라서 뒤돌아보자 월이 복도 찬장에 항상 보관하던 사냥용 소총을 코 앞에서 들고 있는 것이 보였다. 그 찬장 문의 자물쇠를 몇 분전 월이 벗겨낸 것이었다.

"월!" 아이리스가 소리쳤다.

총알이 무미건조한 소리를 내며 앤디의 복부에 박혔고 잠시 후 그가 입에서 피를 쏟으며 침실 바닥에 쓰러졌다. 탄환 몇 개가 빗나가 벽에 박히며 그곳에서 어떤 일이 일어났는지 지울 수 없는 흔적을 남겼다. 눈물을 흘리던 아이리스는 아이가 총성에 눈을 뜬 것을 알아차리자마자 아이 위로 몸을 던져 그 작은 얼굴을 감싸안았다.

"무슨 일이야, 엄마?"

"아무것도 아니야… 아가. 다시 자렴. 그냥… 아빠가 뭔가에 부딪친 거야."

앤디의 시체가 침대 옆에서 피를 흘리고 있었지만, 키에라는 마음 한편으로 뭔가 아주 잘못됐다는 것을 감지하고 움직이고 싶지도, 보고 싶지도 않아 그냥 계속 누워 있었다. 아이리스가 아이의 이마에 입을 맞추자 키에라는 엄마의 흐느끼는 소리를 들으며 눈을 감았다. 아이리스는 두려워 소리를 지르고 싶었지만 그럴 수 없었다. 윌은 문 옆에서 그대로 한참을 떨면서 이웃의 시체를 바라보았다. 피가 바닥에 웅덩이를 이루더니 인간의 가장 깊은 두려움이 그러하듯 순식간에 퍼져나갔다.

44장

미렌 트리그스
1998년

인생이 내 편이었던 적이 한 번이라도 있을까?

에런 템플턴과의 첫 대화는 내게 큰 충격이었다. 그는 〈맨해튼 프레스〉 출입문에서 나를 기다리고 있었다. 보안 요원의 말에 따르면 그곳에서 두 시간 동안 지나가는 모든 사람을 찬찬히 살피며 제임스 포스터에 대한 기사를 쓴 미렌 트리그스를 아냐고 간간이 물었다는 것이었다.

"네, 제가 미렌 트리그스입니다만." 내가 어리둥절해하며 말했다.

"대화 좀 나눌 수 있을까요?"

"제가… 근무 중이어서요. 사무실에서 다들 기다리고 있어요."

"제발 부탁입니다… 이렇게 빌게요."

나보다 열다섯 살가량 많은 남자가 그토록 고통스러워하며 갈라지는 목소리로 도움을 구걸하는 것을 보고 나는 충격을 받아 차마 그 부탁을 거절할 수 없었다. 한편으로는 키에라 사건에 너무 깊이 빠져들게 될까 봐 두려웠다. 그렇게 빠져들면 객관성을 잃어 키에라를 찾는 데 오롯이 집중하지 못할 것 같았다. 하지만 나 자신을 속일 수는 없었다. 나는 뉴욕 곳곳에서 나부끼는 전단지 속 놀란 표정의 키에라를 보고 이미 그 사건에 깊이 몰입해 있었고, 아이의 가족만큼이나 수색에 동참하고 있었다. 나는 보안 검색대에서 비서에게 전화를 걸어 중요한 일이 생겨 늦을 거라고 알렸다. 맞다, 출근 첫날부터 지각이었다. 시작부터 좋지 않았다.

나는 에런 템플턴의 몰골로 그가 어떤 지옥을 겪고 있을지 짐작하려 노력했지만 아무리 애를 써도 단언컨대 보기보다 훨씬 큰 고통 속에 있을 것 같았다. 눈 밑에는 다크서클이 길게 내려와 있고 수염은 멋대로 자라 있었으며 머리는 헝클어진 데다 옷은 구깃구깃했다. 모르는 사람이라면 현금지급기 옆에 누워서 종이봉투에 술을 감추고 한 손을 내밀어 행인들에게 돈을 구걸하는 노숙자라고 짐작하기 십상이었다.

나는 그를 신문사 맞은편 모퉁이의 카페로 데려갔고 그가 커피값을 내겠다고 했다. 마침내 자리에 앉자 그가 내게 과분한, 예상치 못한 두 마디 말을 뱉었다.

“정말 고맙습니다, 트리그스 양.”

“저한테 고마워할 필요 없어요.” 내가 답했다.

“지난밤 한 명의 괴물이 죽었습니다. 세상이 아주 조금 더 나은 곳이 되었어요.”

“저는… 그 일과 상관없어요.”

“알아요. 하지만 당신 덕분에 온 세상이 그의 본모습을 알게 됐잖아요. 트리그스 양, 당신이 아니었다면….”

“미렌이라고 불러주세요. 저는 그냥… 뭐, 진실을 찾는 사람일 뿐이에요.”

“당신이 없었으면… 온 세상이 그를 억울하게 죽은 착한 사람으로 여겼을 겁니다. 온 신문이 그렇게 떠들었잖아요?”

“〈프레스〉만 빼고요.”

“그래서 찾아온 겁니다…. 당신들만이 진실을 찾았으니까요. 그자는 영웅처럼 죽을 자격이 없어요… 그렇게 되지 않게 해줘서 고맙습니다.”

“그자가 죽은 건 사람들이 정의를 원하면서 복수를 정의로 착각했기 때문이에요. 기사 때문이 아니라. 저한테 고마워할 필요 없어요.” 나는 마음이 혼란스러웠다. “뭐 하나 물어봐도 될까요, 템플턴 씨?”

“물론입니다.”

“그것 때문에 온 건가요? 제임스 포스터의 실체를 밝혀줘서 고맙다는 인사를 하러?”

에런이 잠시 생각하다 말을 이었다.

"맞기도 하고… 아니기도 합니다." 그가 주저했다. "그밖에 아는 건 없는지 물어보러 왔어요."

"다른 것들은… 말씀드릴 수 없어요, 템플턴 씨. 그런 정보를 공유할 수 있는 건 경찰뿐이라는 거 잘 아실 텐데요."

"부탁입니다…."

나는 일어나서 나갈 채비를 했다. 그가 내게 아무 도움이 되지 않을 게 확실했다.

"사무실로 돌아가야 해요."

"제발요… 그냥 그 집에서 키에라의 행방을 알 만한 단서를 봤는지만 알려주세요. 그것만이라도요."

나는 한숨을 쉬었지만 그에게 해가 될 건 없을 것 같았다. 나는 조용히 고개를 저었다.

"아무것도 없었다고요?"

"네, 템플턴 씨. 댁의 따님은 그곳에 없어요. 그곳에 있었던 적이 아예 없는 것 같아요. 흔적이 있었다고 하면 위로가 되겠지만 안타깝게도 아무것도 없었습니다. 제임스 포스터가… 댁의 따님을 유괴하거나 어떤 다른 짓을 한 것 같지는 않아요. 오히려 그게 잘된 건지도 모르죠, 정말이에요. 아마 키에라는 다른 곳에서 그자가 저질렀을 법한 짓보다 훨씬 나은 보살핌을 받고 있을 거예요."

"고마워요, 미렌. 그 말이면 충분합니다." 그가 빰을 타고 흐르는 눈물을 손가락으로 닦으며 말했다.

"진짜 가봐야 해요. 정보가 더 필요하면 사건 담당 수사관들에게 물어보세요. 제가 아는 건… 얼마 없어요. 언론에 공개된 내용보다 조금 더 아는 정도지만 따님을 찾는 데는 아무 도움이 안 될 겁니다."

"키에라를 찾도록 도와주실 거죠?" 갑자기 그가 내가 뭔가를 할 수 있기라도 한 것처럼 물었다. 그의 진심 어린 요청에 마음이 아렸다. 나는 입술을 꾹 닫고 연민 어린 표정을 지었다.

"그런 부탁은 안 해도 돼요. 이미 찾고 있으니까요. 하지만… 쉽지 않군요. 아이가 됐든 뭐가 됐든 본 사람이 아무도 없어요. 보안카메라와 길거리 행인들도 마찬가지예요. 아무 단서가 없어요. 우리가 가진 거라곤… 우리가 가진 거라곤 새로운 무언가가 나올 거라는 희망뿐이에요. 범인이 실수를 하거나 우리가 새로운 실마리를 찾을 거라는 희망이요. 그래도… 따님을 찾는 걸 멈추지 마세요. 조만간 경찰도 할 수 있는 게 없을 거예요. 그러니… 마음 굳건하게 먹으세요."

"미렌, 키에라를 계속 찾겠다고 약속해주겠어요?"

"당신은요?"

"난 애를 찾지 않고선 못 살 겁니다." 그가 답했다. "아내한테 진 빚을 갚아야 해요."

"제 결심도 확고해요. 따님을 찾는 걸 멈추지 않겠다고 약속드리죠."

"고마워요, 미렌. 당신은 좋은 사람이에요. 이제껏 분명 삶이 당신 편이었을 겁니다."

나는 속으로 웃었다. 그가 나에 대해 얼마나 모르는지, 어떻게 그렇게 쉽게 섣부른 판단을 내리는지 생각하면서.

"당신은 좋은 사람인가요?" 내가 그에게 물었다.

"그렇게 생각합니다. 적어도… 그렇게 되려고 노력해요." 그가 울먹이듯 말했다.

"그러면 당신은 삶이 언제나 당신 편이었나요?"

그는 대답 대신 고개를 끄덕이다 커피 한 모금을 마셨다. 우리는 수사를 진전시키는 데 도움이 될 만한 단서나 정보를 교환할 수 있도록 전화번호를 주고받은 다음 작별 인사를 했다. 나는 에런 템플턴이 마음에 들었다. 하지만 그 마음이 연민 때문인지, 그의 눈빛에서 여전히 희망이 보여서인지는 알 수 없었다.

나는 사무실로 향했고 그는 창밖으로 걸음을 재촉하는 사람들을 멍하니 쳐다보며 카페에 머물렀다. 어쩌면 자신이 가족이 그런 불운을 겪을 만큼 나쁜 짓을 저지른 적은 없나 기억을 더듬어보는지도 몰랐다. 하지만 나는 인생이 그런 식으로 작동하지 않는다고, 잘 돌아가는 톱니바퀴에 틈만 나면 스패너를 던져넣는 게 인생이라고 확신했다. 그리고 던져넣을 스패너가 없을 때에는 브레이크가 없는 자전거를 줘서 대신 뼈가 부러지게 만든다는 것을 이미 깨달은 터였다.

사무실에 도착한 나는 책상에 앉아 물건을 정리하는 척했다.

10분 뒤, 검은색 머리칼에 쾌활한 표정의 한 여자가 다가와 자기소개를 하며 말했다. "미렌 트리그스, 맞죠? 신입 직원."

나는 고개를 끄덕였다.

"1면 톱 기사 축하해요. 시작이 화려하네요. 난 노라에요. 필한테 들으니 같은 팀이더군요. 벌써 지각을 했다던데 우리 팀 체질이에요. 그런데 정말 어리군요. 이따가 밥을 소개해줄게요. 좀 재수 없긴 한데 그래도 훌륭한 기자죠. 그리고 사만다는… 대체 사만다는 어디 간 거야?" 그녀가 고개를 들고 사무실을 둘러보며 말했다.

"밥 웩스터요? 그 밥 웩스터요?"

"맞아요. 하지만 개인적으로 만나보면 전설적인 그 기자 맞나 싶을 거예요. 일상적인 것들은 까먹기 일쑤예요. 어떨 땐 자기 자리도 잊어먹는다니까요."

"잠깐만요… 당신은… 노라 폭스?"

노라가 나를 보고 웃었다. 믿을 수 없었다. 내가 노라 폭스, 상원의원 여러 명이 온라인 도박과 관련한 특정 법안에 찬성표를 던지는 대가로 성상납을 받은 사실을 CIA가 은폐한 사건을 폭로한 그 유명한 연재 기사를 쓴 기자와 대화를 하고 있다니. 노라는 또한 라틴 아메리카의 부정 선거 사건과 관련한 기사를 써서 몇몇 정부를 쓰러트릴 뻔한 기자이기도 했다. 그런 엄청난 인지도를 가진 기자가 권력 체계의 어두운 이면을 집요하게 파헤치던 능력자라는 것을 잊을 정도로 나와 편하고 자연스럽게 애기를 나누고 있었다.

"네, 맞혔네요. 내가 노라예요."

"당신 기사를 수도 없이 읽었어요." 나는 너무 흥분해서 심장이 폭발할 것 같았다.

"고마워요, 미렌. 미렌이라 불러도 괜찮겠죠? 몇 가지 설명해준 다음 당신을 어디에 투입할지 고민해보죠."

"좋습니다, 감사해요." 내가 답했다.

"사만다, 밥, 나까지 세 명은 특정 사건을 조사해요, 이제 당신까지 네 명이겠네요. 형식적으로는 밥이 팀장이지만 실상은 아니에요. 우리 팀은 상하관계가 없어요. 서로 주제에 대해 합의가 이루어지면 밑바닥까지 파고들어요. 지금은 유럽 전역에서 실종되고 있는 사업가들에 대해 조사 중이에요. 아무도 얘기를 꺼내지 않는 수상쩍은 사건이죠. 그게 현재 우리가 진행 중인 프로젝트에요. 프랑스어나 독일어 할 줄 알아요? 괜찮아요, 그거 말고 각자 자기 프로젝트를 한두 개씩 가지고 있어요. 그건 당신 혼자 진행해야 해요. 어떤 프로젝트를 할 생각인가요? 결정했어요?"

"아… 아니요."

"관심사가 뭐예요? 신경 쓰이는 분야가 있어요? 기자의 감각으로 그 부분을 들여다보고 자신의 두려움에 몰입해야 해요. 내 두려움은 표현의 자유와 관련된 거예요. 내가 내 목소리를 내지 못할 날이 올까 봐 두려워요, 뭔지 알겠죠?"

"지금 저는 키에라 템플턴처럼 사라질까 봐 걱정돼요." 내가 답했다.

"그 여자애요? 그래요, 좋은 주제지만 풀기 쉽지 않겠어요. 이미 전부 팔 데로 파봐서 더 이상 나올 게 없어요… 하지만, 있잖아요, 혹시라도 그 아이를 찾으면 퓰리처상은 당신 차지예요. 괜찮은 아이디어예요."

"저는… 퓰리처는 관심 없어요."

"네네, 다들 그렇게 말하죠. 그냥… 감정적으로 접근하지는 마요. 이건 저널리즘이에요. 여긴 전설도 화려함도 없어요. 오직 진실만 존재하죠. 당신의 글은 팔리는 만큼만 가치가 있는 거예요. 그게 어려운 거죠, 알아듣겠어요?"

나는 고개를 끄덕였다. 그녀가 말을 하는데 순간 주변 세상이 빠르게 돌아간다는 느낌이 들었다. 사람들이 편집국 주위를 쉼 없이 움직이고 있었다. 편집자 두 명이 복도를 걸으며 특정 페이지에 실린 내용에 대해 수다를 떨고 있었고, 어떤 이들은 IBM 컴퓨터를 열심히 두드렸고, 몇몇은 중간중간 한숨을 크게 쉬며 통화 내용을 받아적고 있었다.

"뭐 하나 물어봐도 돼요?" 이번에는 내가 물었다.

"당연하죠. 물어봐요. 어린 신입치고 용감하네요. 마음에 들어요."

실제로는 엄청 긴장하고 있었기에 나는 그 말을 칭찬으로 받아들였다.

"제가 정말 이 팀 체질일까요?"

"진짜로 궁금해요?"

나는 아무 말 없이 그녀가 말을 잇기를 기다렸다. 그녀가 답해줄 걸 알았다.

"당신이 2주 넘게 버텨주면 우리로선 행운일 거예요. 이 세계가 보기보다 훨씬 어둡거든요."

"아, 그런 거라면 문제없어요."

"무슨 뜻이에요?"

"저도 그렇거든요." 내가 진지한 목소리로 답했다. 노라는 답이 없었다.

45장

2003년 12월 1일
키에라 실종 5년 후

어느 날 갑자기 누군가가 너에게

너 자신으로 살지 말라고 말할 것이다.

창고에서 그 사건을 겪고 난 이튿날, 미렌은 키에라 템플턴에 대한 자료가 담긴 상자 두 개를 낑낑대며 들고서 사무실에 출근해 자기 책상 위에 쏟았다. 아직 이른 아침이라 인턴 두 명은 출근 전이었다. 그녀는 빠른 속도로 자판을 두드리고 있는 노라의 자리로 갔다.

"너하고 말할 기분이 아니야, 미렌." 미렌이 다가온 걸 보자마자 노라가 말했다.

"화났어요?"

"어떨 것 같아?"

"그 테이프 기사는 죄송합니다. 승인을 요청했어야 했지만…

너무 중요한 기사였어요. 이런 단서가 나타나길 얼마나 오래 기다렸는지 몰라요. 실마리를 찾을 수 있는 좋은 기회였어요.”

“나도 알아, 미렌. 하지만 우리가 준비하던 정육 산업 기사를 실어야 했어. 몇 달을 공들인 기사야. 넌 승인 절차를 무시했어. 모든 절차를 무시했어. 팀의 기사를 실어야 할 자리에 네 기사를 실었어.”

“알아요… 죄송합니다…하지만….”

“세상엔 하면 안 되는 일이 있어, 미렌. 너도 알잖아. 네가 이럴 거라고는 생각 못 했어.”

“중요한 기사였어요, 노라. 그 애를 찾는 데 도움이 될지도 모른다고요.”

“너는 네 생각만 하는구나? 다른 건 관심 없지?”

미렌은 답하지 않았다.

“밥도 이미 알고 있어. 화가 많이 났어. 지금 필과 통화 중이야.”

“선배가 말했어요?”

“어제 요르단에 있는 밥한테 전화해서 말했어. 요르단까지 전화했다고! 난 심지어 밥이 어디 있는지도 몰랐어, 너도 알다시피 늘 그렇게 해외로 나가 있는 사람이라고, 이라크에서 그 난리가 벌어졌으니 더 그렇겠지. 아무도 네가 이런 일을 벌일 줄은 몰랐어, 미렌.”

“정말 그 소고기 기사를 단 하루도 연기할 수 없는 거예요?”

"미렌, 워싱턴의 농장에서 소에게 고기와 뼈를 사료로 주고 있어. 이건 정말 심각한 문제야. 영국에 샘플을 보내 분석을 요청했는데… 만약 사실로 확인되면 미국 역사상 가장 큰 식품 스캔들이 될 거야. 우리가 선점한 주제니 실패하면 큰일 나. 모르겠다, 미렌. 이건 팀 전체가 달려든 프로젝트야. 정말 그렇게까지 해야 했어?"

"선배가 괜찮을 줄 알았어요. 필도 결과물에 만족한 것 같았고요. 판매 부수도 좋고…."

"하지만 이건 필이 결정할 수 있는 문제가 아니야. 필은 아직 이라크 전쟁이나 중동 상황에 관심이 쏠려 있어. 우리는 아무도 관심 갖지 않는 문제를 조사하는 팀이야. 이 소고기 기사는 엄청난 거야, 미렌. 이게 광우병이라는 거야. 영국 실험실에서 우리 의심이 맞는다는 결과가 나오면 굉장히 심각한 일이야. 그게 바로 우리가 하는 일이야, 미렌. 네가 선의에서 그러는 건 알아…. 그게 네 개인적인 조사 프로젝트인 것도. 하지만… 나머지 팀원들을 완전히 무시하면서 일을 해선 안 돼."

"그러면 이제 어떻게 되는 거예요?"

"필에게 공식 항의서를 제출했어. 미안해, 미렌."

"정말이에요? 필도 동의했다고요! 왜 그런 거예요? 그러면… 이제 이사회에 해명해야 할 텐데…."

"정말 미안해, 미렌, 하지만… 선택의 여지가 없었어."

미렌은 필의 사무실을 올려다보였다. 그가 막 전화를 끊는 모습이 보였다. 미렌은 화가 나서 필의 사무실로 걸어갔다. 그녀가 자기 자리를 지나서 걸어가는데 어찌나 결연해 보이던지 막 출근한 두 명의 인턴은 감히 인사조차 건네지 못했다.

"팀원들이 저를 엿 먹였죠?" 미렌이 필의 사무실 문 안으로 들어가며 말했다.

"미렌… 내 의사는 이미 알잖아. 나는 승낙했다고…."

"그런데 항상 '하지만'이 붙죠, 안 그래요? 팀원들이 나를 엿 먹였다고요."

"이사회가 항의서를 받고 기분이 안 좋아. 그들은 밥의 열렬한 지지자들이야, 그런데 그의 승낙을 받지 않았으니."

"하지만 국장님이 저한테 직접 말했잖아요, 제 테이프 기사가… 훌륭하다고요."

"나도 아네, 미렌, 하지만… 선정주의에 가까워."

"어제까지만 해도 마음에 든다고 했잖아요…."

"그래도 이젠 팀의 일원이니 협업해야지. 그게 원칙이야, 미렌."

"필… 전 그냥 그 아이를 찾고 싶은 것뿐이에요. 그 아이 때문에 여기 온 거예요. 지금이 기회예요."

"이사회가 그 주제는 건드리지 말라고 요청했어. 그들은 이 이야기가 미끼가 돼서 온갖 타블로이드들이 달려들 거라고 믿고 있어. 그리고 그 의견이 맞아, 미렌. 오늘 자 신문들 봤나? 토크쇼는? 온 세상이 그 가족을 진흙탕으로 끌어들이며 이 이야기에 대해 떠들고 있어. 이건 뉴스가 아니야. 병적인 호기심이지. 〈프레스〉는 그런 데 가담할 수 없어. 자네는 제임스 포스터의 가면을 벗기려고 여기 온 거야. 그 아이는 그 사건과 아무 상관 없어."

"진심이에요? 이 일 때문에 인턴을 둘이나 고용했어요. 국장님이 진행하라고 했잖아요."

"미렌, 내 입장은 분명히 말했네."

"그러면 어떻게 하라고요? 인턴을 해고할까요? 지금 그 말씀인 건가요?"

"해고하라고는 안 했어. 잘 쓰면 되지. 손이 필요한 곳은 늘 있으니까. 케이시한테 말하면 그 부서에서 일거리를 줄 거야."

"말도 안 돼요, 필. 전 조사를 멈추지 않을 거예요."

"미렌. 똑똑하게 굴게나. 키에라 템플턴 기사는 여기서 끝이야." 그가 잠시 뜸을 들이다 말을 이었다. "자네는 실력 있는 기자야. 다른 주제를 어렵지 않게 찾을 거야, 너무… 선정적이지 않은 것으로. 우리는 황색 언론이 아니야."

"맙소사, 필. 이건 선정주의가 아니에요. 우리를 필요로 하는 한 아이의 목숨이 달린 일이에요."

"그럴싸하게 들려, 미렌. 그건 인정해. 이 주제를 건드릴 때마다 신문 부수가 평소보다 두세 배 더 팔린 것도 알아, 하지만 이 사회는… 지금 판매 부수보다 우리의 신뢰성과 진지한 명성을 더 염려하고 있어. 자네는 벌써 그 아이를 도왔어. 그 기사와 언론의 관심 덕분에 경찰이 추가적인 자원을 투입할지도 모르잖나."

"언제부터 판매 부수보다 신문사의 명성이 더 중요해졌죠?"

"오늘부터. 이사회는 이런 자리다툼이나 보고 체계를 무시하는 행위를 싫어해. 그걸 알아야 해. 그리고 내 생각에… 자네는 이미 이 주제에 적절한 수준보다 많은 시간을 쏟아부었어."

미렌이 그를 보며 험상 궂은 표정을 지었다. 필은 고개를 돌리고 책상 위에 있던 신문을 읽으며 대화를 끝내려 했다. 그것이 그가 일을 처리하는 방식이었다. 언제나 그런 식이었다.

"이건 부당해요, 필." 미렌이 이렇게 말한 다음 사무실에서 나가 자기 책상 쪽으로 분노에 차서 걸어갔다. 막 도착한 두 명의 인턴이 어리둥절한 표정으로 그녀를 기다리고 있었다.

"안녕하세요." 여학생이 말했다. "여기 뭐가 들었어요?" 그녀가 미렌이 책상 위에 올려둔 두 개의 파일박스를 가리키며 물었다.

"다 파투 났어, 얘들아. 계획이 바뀌었어." 미렌이 세수하듯 머리를 쓸어올리고 크게 한숨을 쉬며 말했다. "우리 움직이자. 오늘이 너희가 탐사보도팀에서 함께 하는 마지막 날이야. 너희는 한 단계 위로, 범죄 지역 뉴스팀으로 올라갈 거야. 아마 재밌을 거야." 미렌이 남학생에게 말했다.

"농담이죠?" 남학생이 못 믿겠다는 듯이 말했다.

"나도 그랬으면 좋겠지만… 진짜야."

"젠장." 남학생이 슬프게 말했다. "바로 어제 〈데일리〉의 탐사보도팀 제의를 거절했단 말이에요."

“대체 왜 그런 짓을 한 거야?” 미렌은 마음이 불편했다. “여기서는 인턴이잖아. 더 나은 자리를 제안하는 곳이 있으면 수락해야지. 그런 기회가 하늘에서 그냥 뚝 떨어지는 게 아니야.”

“알아요, 하지만… 여기는 〈프레스〉잖아요. 인턴으로 일한다고 해도… 그냥, 여긴 〈프레스〉니까요.” 남학생이 주장했다.

“그게 뭐가 중요한데? 중요한 건 기사야, 신문 상단에 적힌 이름이 아니라. 네가 쓰는 기사가 좋으면 어디서 쓰든 상관없이 세상을 바꿀 거야.”

“망했다….” 남학생이 한숨을 쉬며 천장을 바라보았다.

“어찌 됐건 상관없어. 이미 다 끝났으니까. 거지 같은 거 나도 알아. 나도 엄청 열받아. 정말이야. 하지만… 이 바닥은 하룻밤 사이에 바뀌고 그래. 어느 날 아침에는 중요한 인물이었다가 이튿날이 되면 신문 맨 뒷장의 십자말풀이나 만들고 있을 수도 있지.”

“진짜로 저희더러 지역 뉴스팀으로 가래요?”

“응. 그것 때문에 얼마나 화가 나는지 너희는 모를 거야.”

남학생이 땅이 꺼져라 한숨을 쉬었다. 여학생은 좀 덜 속상해 보였지만 그저 감정을 숨기는 데 좀 더 능한 건지도 몰랐다. 미렌은 인턴들을 보내야 하는 것보다 날개가 꺾인 것이 더 화가 났다. 키에라를 찾을 수 있는 단서를 손에 넣을 수 있겠다 싶을 때 그 끔찍한 관료주의에 막혀 곤두박질친 거였다. 키에라 사건은 세간의 이목을 끄는 흥미로운 사건이었지만 유연성이라곤 눈곱

만큼도 없는 이사회는 발목을 잡는 브레이크였다.

"이 상자에 키에라 템플턴에 대해 우리가 가진 모든 정보가 들어있어. 오늘 이 자료를 전부 살펴보고 각자 생각을 나한테 말해줘. 나는 이미 너무 많이 들여다봐서 새로운 시선으로 볼 사람이 필요해. 혹시 둘 중에 채식주의자 있어? 점심은 내가 사줄게. 그 정도는 해줄 수 있어. 송별회라도 하자."

"음… 그런데 전화는 어떻게 해요?" 여학생이 물었다.

"저 채식주의자예요." 남학생이 덧붙였다.

"전화? 전화도 받아야지." 미렌이 여학생에게 답한 다음 남학생에게 말했다. "그리고 넌 왜 매번 그렇게 까다롭니?"

"그런데 전화가 끊임없이 울려요. 중간중간 숨 돌릴 틈도 없어요."

"너희는 둘이잖니?"

"그렇긴 하죠… 하지만 장난감 가게 목록도 만들고 있는 중인데…."

"다 끝냈어?"

"맨해튼과 뉴저지만요. 아직 브루클린, 롱아일랜드, 퀸스는 남았어요…. 그리고 조사 범위를 조금 더 넓히면 훨씬 복잡해져요."

"지금은 그 정도면 괜찮아." 미렌이 손을 뻗어 뉴욕 지도를 집었다. 지도가 동그라미와 별표로 뒤덮여 있었다.

"별표는 어린이용 장난감을 파는 가게예요." 여학생이 설명했다. "그리고 동그라미는 미니어처와 모형을 판매하는 곳이고요. 어제 몇 군데 전화했는데 인형의 집도 판다고 했어요."

"잘했어… 잠시만, 네 이름이 뭐지?"

"빅토리아요. 빅토리아 웰스요."

"제 이름은 안 물어보세요?" 남학생이 막 울리기 시작한 전화벨을 순간 무시하고 끼어들었다.

"응, 지금은 아니야. 제보 전화 중에 새로운 내용은 없었니, 빅토리아?"

"벽지요. 어떤 여자가…." 여학생이 답하는 동안 남학생이 전화기를 들었다. 마치 전화선 너머에서 사람들이 자기 이야기를 들려주거나 누군가 들어줬으면 하며 끝없이 줄지어 기다리고 있기라도 하듯이 전화기가 계속 울려댔다.

"뉴어크에 사는 어떤 여자가 자기 집에 그 벽지가 있다고 했어요. 비디오에 나온 것과 같은 벽지요. 20년 전에 교외에 있는 한 가게에서 샀대요."

"그건 뭔가 있을 것 같네."

"그런데… 잠시만요. 그런 다음 그 벽지 디자인이 퍼니툴즈라는 DIY 체인점에서 판매하는 표준 디자인 중 하나라고 제보한 전화가 30통이 왔어요. 지난 25년 동안 그 회사 카탈로그에 똑같은 디자인이 실렸대요. 미국 전역에서 구매할 수 있고요."

"젠장." 미렌이 한숨을 쉬며 말했다. 그녀는 장난감 가게가 표시된 지도를 들고 일어나 책상 주변을 돌며 자세히 살펴보았다.

“인형의 집을 사간 고객 명단이든 아니면 신용카드 영수증이든 이 가게들을 전부 찾아가서 단서가 있나 확인하는 데만 백만 년은 걸릴 거야.”

“혹시… 혹시 이번에도 기사로 도움을 요청하는 건 어떨까요?” 빅토리아가 말했다. “이번에는 장난감 가게를 대상으로요. 분명 수많은 가게에서 기꺼이 도움을 줄 거예요.”

“기사? 그랬다간 오늘 오후쯤 나도 너희 둘과 함께 일자리를 찾고 있을걸. 〈프레스〉는 이 주제를 버렸어, 얘들아. 그래서 너희가 이 팀에서 일할 수 없는 거야. 적어도 나하고는. 이 일은… 전통적인 방식으로 진행해야 해. 그렇게 해도 아무 진전도 없을 수도 있겠지만.”

“직접 찾아간다고요?” 남학생이 묻는 순간 방금 끊은 전화가 또 울리기 시작했다. 빅토리아가 수화기를 집어 들었다.

“〈맨해튼 프레스〉입니다. 어떤 제보로 전화 주셨나요?” 여학생이 수화기에 대고 말했다.

“뉴욕과 뉴저지에만 장난감 가게가 1천 개가 넘어요.” 남학생이 지적했다. “그리고 그건 퀸스와 롱아일랜드를 제외한 숫자예요. 장난감을 파는 편의점과 백화점까지 추가하면 2천 개는 족히 될 거예요.”

“나도 알지만… 내가 방문이나 통화를 한다고 치고… 매일 휴식 시간에 두 군데를 확인한다고 치면… 끝내는 데 총….”

“3년은 걸리네요.” 남학생이 곧바로 답했다.

“암산 실력이 끝내주네. 그러면 이제 말해봐, 이름이 뭐라고? 실은 그거 알아? 말 안 하는 게 나을 것 같아. 그냥 익명으로 묻고 넘어⋯.”

“제 이름은 로버트에요.” 미렌이 말을 마치기 전에 남학생이 답했다. 그 이름을 듣는 순간 미렌의 머릿속에 나쁜 기억이 되돌아왔다. 하지만 이따금 그 이름을 마주치는 건 피할 수 없는 일이었다. 가끔씩 그 이름을 가진 새로운 사람이 나타날 때마다 마치 마음속 깊은 곳에서는 아직 용서하는 법도, 진정으로 잊는 법도 배우지 못한 것처럼 여전히 즉각적인 반응이 일어난다는 게 놀라웠다.

“출근 안 할 때는 뭐하니?” 미렌이 물었다. 막 정신 나간 아이디어가 떠오른 참이었다.

“음⋯ 공부요? 저희 둘 다 아직 대학생이거든요.” 로버트가 답했다.

“그렇구나. 이제 둘 다 탐사보도팀에는 못 있을 테니 주말에 용돈이라도 벌어보지 않을래?”

46장

아무도 나를 찾지도 않고 기다리지도 않는다고

잠시 상상해보라. 그런 게 사랑이 아닐까,

누군가 나를 기다리고 찾는다는 느낌?

밀러 요원은 두어 시간 동안 시내를 돌아다녔다. 마음이 산란해서 회사에서 있었던 일에 대해 아내에게 말할 준비가 되지 않았다. 이제 무엇을 해야 할지 생각할 시간이 필요했다. FBI를 떠나 있는 건 전혀 계획에 없던 일이었지만 크리스마스 직전에 그런 압박이 있어서 오히려 결단을 내리기 쉬웠다. 그는 이번 일을 계기로 깊이 관여하던 사건들에서 벗어날 기회로 여겼지만 아침마다 살펴보던 그 사진 속 행복한 얼굴들을 머릿속에서 지우기란 불가능했다. 그는 환한 대낮에 정글짐에서 사라진 열두 살밖에 안 된 남자아이 조시 아밍턴을 떠올렸다. 이어서 2002년 퀸스에서 학교를 나선 후 실종된 10대 소녀 지나 페블스도 떠올렸다. 지나의 흔적은 아이의 백팩이 발견된 공원에서 불과 1.5킬로미터 남짓 지난 곳에서 사라졌다. 키에라도 떠올랐다. 그는 언제나 키에라와 그 테이프들에 대해, 템플턴 가족의 고통에 대해 생각했다. 이따금 안부도 물을 겸 수사에 진척이 없다는 사실을 알려주려 그들을 찾아가곤 했는데 그때마다 그들의 삶이 무너져 내린 게 확연히 보였다.

그는 북쪽으로 정처 없이 걸어가다가 소호를 지나 워싱턴 스퀘어 파크에 다다랐다. 커다란 분수가 공원 한가운데를 차지하고 있었다. 그 광경을 보니 애나 앳킨스 사건이 떠올랐다. 2008년 그곳에서 어떤 남자와 만나기로 약속했는데 이후 둘 다 흔적도 없이 사라져버렸다. 수천수만의 사람들이 거주하는 복잡한 도시라 익명성이 보장되었고, 각 모퉁이, 교차로, 나무, 보도의 갈라진 틈마다 알아서 좋을 것 없는 숨겨진 사연이 깃들어 있었다. 도시 내 공공 기물 파손 행위를 녹화하고 감소시킬 목적으로 보안카메라를 더 많이 설치했음에도 불구하고 막상 누구도 자신이 본 개별 시민의 얼굴을 기억하기 힘들어했다. 감쪽같이 없어지고 싶을 때 숨기 가장 좋은 장소가 뉴욕이었다. 카메라에 뭐라도 잡히지 않으면 사건을 진척시키기 어려웠다. 그가 맡은 사건들처럼 대부분의 사건이 목격자가 없는 게 특징이었다.

그는 생각에 잠겨 걷다가 유니언 스퀘어 파크에 도착했다. 머릿속에 떠오른 또 다른 사건이 일어났던 현장이었다. 이어서 거리를 갈지자로 가로지르며 북쪽으로 계속 걸음을 옮기다가 와

일드버그 샌드위치에서 멈추었다. 뉴욕 최고의 파스트라미를 파는 작지만 유서 깊은 음식점이었다. 그는 바에 자리 잡은 정장 차림의 남자와 두 명의 관광객 사이에 앉았다. 상념에 사로잡혀 있어도 목은 말랐다. 바를 지키고 있던 직원이 웃으며 그를 맞아주었다.

"뭐 드릴까요, 손님?"

"맥주와… 어… 어…." 그가 메뉴판을 빠르게 훑었다. "미치 샌드위치요."

"잘 고르셨어요. 힘든 하루였나 보죠?"

"이맘때가 되면 늘… 늘 안 좋은 기억이 떠올라요. 쉽지가 않군요."

"수많은 사람이 크리스마스가 되면 나쁜 기억이 떠오르죠. 이맘때 누군가를 잃은 사람들이죠. 하지만… 어쩌겠어요, 산 사람은 살아야죠."

"네… 그래야죠. 하지만 만약 그게 어린아이…." 벤은 자세한 사정을 설명해야 할까 봐 감히 말을 끝마치지 못했다.

"제 아내도 크리스마스이브에 세상을 떠났어요." 직원이 말했다. "그 후로… 음, 크리스마스가 되면 아내를 기리죠. 그렇게 마음 자세를 바꾸지 않으면 인생이 공허해져요. 축하할 일이 생기면 꼭 붙들고 온전히 즐겨야 해요. 나쁜 일들이 늘상 저 밖에서 숨어 기다리고 있으니까요. 즐기지 않고 그냥 내버려두면 온 달력이 자기도 모르는 사이 그런 나쁜 일들로 가득 차게 되죠."

벤이 고개를 끄덕이고 직원이 바에 방금 내놓은 맥주를 집어 들었다. 얼마 후 계란 양파 샌드위치가 담긴 접시가 그가 앉은 자리로 미끄러져 왔다. 그때 그의 휴대폰이 울리기 시작했다.

"존. 말 안 해도 돼. 소식을 들은 거겠지." 그가 전화를 받자마자 말했다.

"그래. 정말 엉망이군. 솔직히 나도 스펜서라면 질색이야. 어쨌든 가족 여행 때문에 휴가를 썼다고 생각하게."

"그래야겠지. 이따가 리사한테 전화해서 여행이나 가자고 해야지. 적금을 깨야겠지만… 지금은 도저히 뉴욕에 못 있겠어. 일 생각이 떠나질 않아. 여행을 가는 편이 나한테도 좋을 것 같아."

"그래… 그래서 전화한 거야."

"맞춰볼까. 테이프와 봉투에서 아무것도 안 나왔구나."

"그걸 물어보려고 전화했어. 누가 건드렸어?"

"내가 알기로는 지금 템플턴 부부의 옛집에 살고 있는 인도인 스와가트 가족, 템플턴 부부, 그리고… 나야."

"음… 보자. 이걸 어떻게 설명해야 하나….' 존이 수화기 너머에서 망설였다. "다른 지문이 두 개 더 나왔어. 봉투에 다른 두 사람의 추가 흔적이 있어."

"두 사람의 지문이라고?"

"첫 번째는… 미렌 트리그스야. 2003년부터 미렌의 지문을 보관해놨어."

"미렌? 어떻게 그게 가능하지? 미렌은… 우리와 함께 있지도 않았는데."

"미렌이 그 가족의 지인이라서 나도 크게 주목하진 않았어."

"말이 안 돼."

"음… 두 번째 지문은 조금 불명확하지만 분석 결과가… 훨씬 이상해."

"어서 말해봐."

"우리한테 나이가 들면서 지문이 변하는 걸 추적하는 소프트웨어가 있는 거 알지? 손가락 끝부분에 생기는 왜곡을 최소화하면서?"

"응. 자네가 얘기해준 적 있어."

"그게, IAFIS(지문 식별 프로그램) 위에 작동하는 일종의 시뮬레이션 프로그램이야. 세월이 지나도 동일인의 지문임을 식별할 수 있도록 나이에 따른 변화를 바탕으로 지문을 추정하는 거야. 지문을 채취하고 시간이 오래 지날수록 결과의 정확도가 떨어지긴 해. 이를테면 장기적인 일기 예보처럼 말이야. 하지만…."

"그렇겠지, 그냥 말해봐."

"두 번째 지문이 키에라 템플턴의 지문과 42퍼센트 일치해. 지문의 홈과 갈라지는 지점, 소용돌이 무늬의 중심이 같아."

"그게 무슨 소리야?"

"음… 단정할 순 없어. 솔직히 42퍼센트면 법정에서 증거로도 인정받기 어려워. 하지만… 우리 파일에 있는 키에라 템플턴의 지문이 몇 살에 채취된 건지 감안하면 정상적인 일치율이야.

생각해봐, 우리 파일에 있는 지문은 세 살 때 거라고… 이건 성인의 지문이고."

"키에라 템플턴이 봉투를 만졌을 수도 있다는 말이야?"

"그랬을 가능성이 아주 높아. 하지만 세월이 많이 지나서 오류가 있을 가능성도 배제할 순 없지."

"그건… 불가능해."

"키에라가 테이프를 전달한 장본인일까?"

"모르겠네, 존, 그런데… 확실히 설명하기 어렵군."

"이제 어떻게 되는 거야? 뭐 필요한 거 있어?"

"아니, 미렌 트리그스를 찾기만 한다면. 어째서 그 봉투에 미렌의 지문이 있는 건지 그녀한테 물어봐야겠어."

47장

**2000년 9월 17일
알 수 없는 장소**

선을 넘으면 벼랑 끝에 서는 건 시간문제다.

윌은 발판 사다리를 기어 올라가 중고숍에서 구매한 작은 보안 카메라를 키에라의 방 모퉁이에 다느라 씨름했다.

"이제 됐다." 그가 카메라 전원을 켜고 빨간 불이 들어오는지 확인했다.

카메라 선이 침실 위쪽 문틀 모서리의 천장 돌림띠 가장자리를 따라 지나갔다. 윌이 벽에 구멍을 뚫어놓은 탓에 케이블 선이 구멍을 통과해 거실 벽을 따라 구불구불 이어져 텔레비전에 연결되었다.

아이리스가 소파에서 키에라와 놀다가 불편한 표정으로 윌에게 물었다.

“정말 이게 전부 필요하다고 생각해?”

“간 떨어지는 일은 이제 사양이야, 아이리스. 밀라 방 카메라는 8번 채널이야. 9번은 현관에 달린 카메라고. 이걸 누르면 소리가 켜져, 알겠지?”

“이게 다 얼마야?”

“걱정 마, 50달러도 안 돼. 그냥… 만일을 위해서야.”

“다시는 밖에 안 나갈 거야, 월. 그러니 이럴 필요 없어. 그렇지, 우리 아가?” 아이리스가 겁에 질린 작은 코알라처럼 자신에게 찰싹 붙어 있는 키에라에게 말했다.

“응, 엄마.” 키에라가 목이 쉰 소리로 말했다. “아프기 싫어.”

“안 아플 거야, 아가. 바깥은… 위험하단다.”

“간 떨어지는 일은 이제 사양이야, 아이리스.” 월이 되풀이했다.

“현관 자물쇠를 높이 달았으면 됐잖아? 굳이 이렇게….”

“〈쥬만지〉 보고 싶어.” 밀라가 두 사람의 대화를 무시하고 말했다.

“또?”

“사자 보고 싶어!” 밀라가 소리치고는 아이리스를 향해 큰 소리로 으르렁거렸다. “어흥!”

“그래.” 아이리스가 대답하고 비디오 쪽으로 가서 〈쥬만지〉 비디오테이프를 집어넣었다.

‘트라이스타 픽쳐스’ 로고가 마침내 화면에 나오자 아이리스가 일어나서 윌에게 속삭였다.

"혹시… 애가 본 건 아니겠지?"

"그날 일…?" 윌은 일부러 말끝을 흐렸다.

"응."

"본 것 같은데…. 그날 이후로 내가 여기 없는 것처럼 행동하잖아. 눈치 못 챘어? 당신하고만 있고 싶어 해."

"응. 나도 알아… 애가… 나한테서 떨어지지 않아."

"그래도 당신은 행복하겠네, 안 그래?"

"진심으로 하는 소리야?"

"당신이 딱 원하는 대로 됐잖아. 이제 애가 당신 껍딱지가 됐으니."

"미쳤구나, 윌. 우리는….” 그녀가 목소리를 훨씬 낮추었다. "이웃을 죽이고 뒷베란다에 묻었어. 그런데 대체 내가 어떻게…?"

"목소리 낮춰! 애가 듣잖아!" 윌이 뒷마당이 보이는 창밖을 힐끗거리며 소곤댔다.

"애가 모를까?"

"엄마, 안 와? 시작해."

"가고 있어, 우리 아가." 윌이 이때다 싶어 소파로 걸어갔다.

"아저씨 말고. 엄마." 키에라가 윌에게 등을 돌리며 답했다. 그러고는 둘 다 그곳에 없는 것처럼 다시 텔레비전으로 고개를 돌렸다.

아직 소파에 앉지 못한 월은 못 들은 척하고 밀라 옆에 앉아 어깨동무를 했다.

"아저씨 말고. 엄마!" 밀라가 화가 나서 다시 말했다.

월은 두 손에 머리를 파묻고 목구멍까지 올라온 외침을 간신히 눌렀다. 그는 일어나서 거실을 이리저리 서성이기 시작했다. 아이의 거절은 그에게 너무 큰 상처였다. 그는 자신이 아이를 집에 데려오기 위해 했던 모든 일들을 생각했다. 옷 가게에 왔다 갔다 한 일, 부모를 찾느라 우는 아이 때문에 밤잠을 설쳤던 일, 아이를 웃게 해주려고 샀던 장난감들. 뭘 해도 부족했다. 그가 아무리 열심히 노력해도 아이가 항상 자신을 거절하는 것처럼 느껴졌다. 아이리스가 아이에게 다가가자 키에라가 그녀의 팔을 꼭 붙들었다. 그 모습에 월은 마치 복부를 강타당한 기분이었다.

"이렇게 될 줄 알았어. 기대한 내가 바보지⋯."

"뭐가 말이야?" 아이리스가 물었다.

"이 상황 말이야! 너희 둘! 나는⋯ 마치⋯ 범죄자 취급하고. 여긴 내 집이기도 해, 알겠어?" 월이 그들에게 소리쳤다.

키에라가 일그러진 얼굴로 그를 쳐다보았다.

"애한테 겁 좀 주지 마." 아이리스가 답했다. "괜찮아, 아가⋯ 아빠가 가끔씩⋯ 속이 상해서 그래."

"저 사람은 우리 아빠 아니야." 밀라의 그 말이 월을 자극했다.

"뭐라고 했어!" 월이 화가 나서 밀라에게 쿵쾅거리며 걸어가더니 주먹을 치켜올렸다. 아이리스가 격노해서 이를 악물고 그 어느 때보다 증오가 가득한 표정으로 그를 노려보았다.

월의 주먹이 허공에서 떨렸고 키에라가 큰 소리로 울음을 터트렸다.

"어디 애한테 손 대기만 해봐." 아이리스가 말했다.

월은 주먹을 날리려다 멈췄다. 자신이 왜 머뭇거리는지 알 수 없었다. 놀라서 얼어버린 아이의 표정 때문이었을까, 아내의 화난 얼굴 때문이었을까. 그는 가짜 가족에서 소외되었다는 느낌에 무릎을 털썩 꿇고 흐느끼기 시작했다. 갈비뼈 사이가 찢어지는 듯한 심한 통증에 금방이라도 쓰러질 것만 같았다.

월이 주체할 수 없이 흐느끼는 동안 아이리스는 키에라를 끌어안고 진정시키려고 애썼다. 그가 손을 뻗으며 소심하게 "미안해"라고 속삭였지만 그녀는 그의 손길을 피했다. 그 작은 몸짓이 모든 것을 무너뜨린 시작점이었다. 이후 몇 주 동안 상황은 서서히 나빠졌고 결국 아이리스가 상상도 못 한 방식으로 끝이 났다.

48장

미렌 트리그스
1998년~1999년

인생은 노력하는 자에게만 공평하다.

〈프레스〉에 입사하고 적응하기까지의 과정은 내가 기대한 것보다 훨씬 극적이었다. 회사에 입성하자마자 나는 밥 웩스터, 노라 폭스, 사만다 액슬리의 탐사보도팀에 인턴으로 합류하게 되었다. 나만 유일하게 성에 'x'가 들어가지 않는다는 사소한 우연을 한동안 농담 소재로 삼기도 했었다. 우리 팀은 미 행정부가 걸프만의 여러 국가에 무기를 판매한 사건, 상원의원이 연루된 성추문, 중대한 부패 스캔들에 관한 정부 내 유출 사건 등 내가 상상도 못 했던 사건들을 조사했다. 초반 6개월 동안은 일에 파묻혀 살았는데 그 일들이 중요한 만큼 괴로워도 키에라 사건은 잠시 제쳐둘 수밖에 없었다. 게다가 시험도 코앞이었고 학교에 과제도 제출해야 했다. 나는 매일 저녁 〈프레스〉 사무실에 출근해 내가 도울 일을 찾았다. 계약서에 학교를 졸업하자마자 인턴십이 끝나고 정식 기자로 전환되면서 연봉이 인상된다는 조항이 있었지만 그 전까지는 저녁마다 사무실에 남아 야근을 하거나 퇴근해서 추가 근무를 해야 했다.

그 바람에 부모님은 거의 보지 못했다. 부모님은 수화기 저편에서 나를 위로해주는 머나먼 존재가 되어버렸다.

어느 날 아침, 슈모어 교수가 마침내 복도를 조용히 걸어오더니 나를 모르는 척하며 게시판에 본인 과목의 최종 점수를 붙였다. 내 이름 옆에는 누구나 탐내는 우등 표시가 돼 있었다. 나는 컬럼비아대 언론학 학위를 공식적으로 취득한 학생이 되었다. 그날 밤 이후로 대화를 나눈 적이 없었기에 그가 자리를 뜨기 전 그에게 다가가는데 뭐라고 해야 할지 생각이 안 났다.

"교수님." 내가 말했다.

"미렌." 그가 나를 보고 놀라서 대답했다. "축하해."

"고… 고맙습니다."

"보니까… 기말 과제가 매우 훌륭하더구나. 그럴 줄 알았어."

"마음에 드세요?" 나는 불안한 마음으로 물었다.

"네 성적을 보면 모르겠니?"

"네, 그렇겠네요. 다시 한 번 감사해요."

"나는… 아무것도 한 게 없어. 너도 알잖아. 넌 좋은 점수를 받을 자격이 충분해. 넌 최고의…" 그가 내 복잡한 성격을 요약

할 단어를 찾다가 내가 끼어들자 멈추었다.

"교수님 덕분에 〈프레스〉에 입사하게 됐어요."

"그렇지 않아, 미렌. 네가 〈프레스〉에 입사한 건 그만한 자격이 되기 때문이야. 그 사람들도 그 점을 본 거고. 제임스 포스터에 대한 그 기사는….."

"순전히 운이었어요. 저도 그 사람이 결백하다고 생각했어요."

"그건 중요하지 않아. 네가 진실을 좇았다는 게 중요하지. 네 생각이 진실을 바꿨다면 문제가 됐겠지만."

"수많은 신문에서 자주 일어나는 일 아니에요?"

"그래서 네가 좋은 기자가 될 것 같다는 거야, 미렌. 네 자리는 〈프레스〉야. 난 추호도 의심하지 않아."

"강단에 계속 설 거죠, 교수님?"

"아, 그래야지. 그럴 만한… 가치가 있는 것 같아. 중요한 일이야. 수업이 없을 때는 대학 라디오 방송국에서 시간을 많이 보내려고 해. 라디오에서 내 목소리를 들을 수 있을 거야."

"네, 아마도요." 나는 반은 농담조로 말했다. "그리고… 다시 한 번 고마워요, 짐."

"천만에." 그가 뒤돌아서서 머리 위로 팔을 흔들며 멀어졌다.

"저기, 교수님!" 내가 소리 높여 외쳤다. "안경 바뀌었네요?"

"쓰던 안경이 부러졌어." 그가 큰 소리로 작별을 고하며 우리 둘만 알아들을 수 있는 사적인 농담을 받아주었다.

나는 학교 캠퍼스를 나와서 부모님께 전화했다. 기분이 날아갈 것 같았다. 드디어 신문사에서 기사 쓰는 일에 백 퍼센트 몰입할 수 있었다. 내 머릿속 구석진 곳에 숨어 아직 떠돌아다니던 키에라 사건도 다시 조사할 수 있었다. 키에라를 잊은 적은 한 번도 없었지만 일상을 영위하고 신문사의 속도에 적응하느라 스트레스가 심했던 탓에 나 자신은 물론, 키에라의 아빠 템플턴 씨와의 약속도 미뤄둔 터였다.

"엄마!" 엄마가 전화를 받자마자 소리를 높였다. "나 이제 공식적으로 기자야!"

아직도 그 통화가 기억 속에 생생하다. 인생이란 얼마나 쉽게 무너지는가. 우리는 모든 일엔 다 이유가 있다고, 삶이 아주 중요한 교훈을 내게 주려는 거라고, 시간이 지나면 알게 될 거라고 여기며 강해지려 애쓴다. 하지만 단순하고 분명한 사실은 엄마가 전화를 받았을 때 훌쩍이며 울고 있었다는 거였다. 처음 얼마 동안 나는 무슨 일이 벌어진 건지 이해하지 못했다.

"엄마, 괜찮아? 무슨 일이야?"

"너한테 더 빨리 전화하려고 했는데… 그럴 수가 없었어."

"무슨 일인데? 그러니까 걱정되잖아."

"네 외할아버지가….'

"외할아버지가 뭐?"

"외할머니를 쐈어."

"뭐라고?" 나는 소스라치게 놀라며 숨을 멈췄다.

"지금 병원이야. 아주 위중한 상태야, 미렌. 너도 집에 와야겠다."

"그런데… 그런데 왜…?"

그 순간 나는 사실 알고 싶지 않았다. 어쩌면 감히 두 눈을 똑바로 뜨고 진실을 보기 싫었는지도 모르겠다.

나는 회사에 이틀 월차를 썼다. 아마 내가 쓴 유일한 월차였을 것이다. 샬럿 공항에 도착하자 아빠가 마중을 나와 미적지근한 포옹으로 나를 맞아주었다. 차로 이동하는 동안 아빠는 아무 말이 없었고, 우리는 침묵이 감정을 대신하게 내버려두었다. 내 기억에 아빠가 말을 한 건 병원 주차장에 차를 세울 때뿐이었다.

"네가 알아야 할 게 있어, 미렌. 외할아버지도 입원 중이다. 할머니를 쏘고 나서 발코니에서 뛰어내려 자살을 시도했어. 지금 혼수 상태야. 의사 말로는 이겨내실 수도 있다더구나."

"그런데 왜 그런 거예요?"

"미렌… 네 외할아버지는 평생 네 외할머니를 학대했어. 정말 전혀 눈치 못 챘니? 할아버지는 가정폭력범이야. 할머니가 한동안 우리 집에 와서 지냈던 거 기억하지? 그래서 왔던 거였어. 계단에서 사고를 당했다고? 사실 네 할아버지가 심하게 때려서였다."

나는 내 귀를 의심했다. 순간 몸이 얼어버렸다….

"그런데 대체 왜 같이 사신 거예요?"

"우리가 끼어들려고 했는데… 네 할머니가… 할아버지를 사랑했어."

"하지만… 할머니는 그런 분이 아니잖아요."

"나한테 묻지 마라. 나도 이해 안 되긴 마찬가지니까. 너희 엄마는 더 그럴 거야. 엄마가 겨우 설득한 끝에 할머니가 할아버지를 두 번 고발한 적이 있었지…. 하지만 두 번 다 진술을 철회하고 같이 사는 쪽을 택했단다. 할아버지가 한번은 너희 엄마한테도 총구를 겨눴던 거 아니? 오늘 전부 다 얘기해주더구나. 엄마는 지금 제정신이 아니야. 네가 이 일을 평생 모르기를 바랐어. 아무 문제 없는 것처럼 보이려고 애쓰면서. 네 학업, 경력, 공부를 위해…. 하지만… 진실은 결국 밝혀지는 거 아니겠니?"

나는 고개를 끄덕였다. 가슴이 찢어지는 것 같았다. 아빠가 나를 위로하려고 내 다리를 두어번 토닥거렸지만 큰 위로가 되지 않았다.

병원에 도착하자 엄마가 대기실의 플라스틱 의자에서 우는 모습이 보였다. 엄마가 일어나 비틀비틀 걸어오더니 그 어느 때보다 세게 안아주었다. 엄청난 충격을 받아서 상심에 빠져서였을 수도 있겠지만 엄마가 언제 이렇게 늙었나 싶었다. 엄마가 중간중간 흐느끼며 먼저 내 귀에 대고 쉰 소리로 속삭였다. "미안해." 엄마의 등을 쓰다듬는데 눈물을 참을 수 없었다. 몇 달 만에 엄마를 만나서 이런 식으로 두 눈이 뜨이는 경험을 하게 되니 내가 잘 살아온 게 맞나 하는 의구심이 들었다.

"할머니는 어때?" 나는 마음을 추스르고 물었다.

"상태가 좋지 않아. 지금 수술 중인데… 장담할 수 없다더구

나. 할머니가… 연세가 있는 데다 피를 많이 흘렸어. 내가 할아버지한테 가도록 내버려두지만 않았어도….”

나는 마른침을 삼켰다. 말을 잇기 힘들었다.

“엄마 잘못이 아니야. 일을 이 지경으로 만든 건 할아버지야.”

“하지만 만약… 만약 내가 좀 더 신경을 썼다면….”

“엄마… 제발. 그런 식으로 생각하지 마. 할머니는 쾌차하실 거야. 두고 봐.”

전부 다 괜찮을 거라고 말해주는 사람이 필요해서였는지 엄마는 고개를 끄덕였다. 버거운 대화를 피하려고 병원 카페로 피신한 아빠를, 나는 엄마와 복도에 앉아서 기다렸다. 나는 엄마의 눈물을 닦아주었고 엄마는 내 어깨에 기대 울었다. 오랜만에 처음으로 내가 엄마에게 짐이 아니라 엄마가 기댈 수 있는 버팀목이 되어주는 것만 같았다. 공원에서 그 일을 당한 후 엄마는 언제나 내 곁을 지키며 나를 걱정하고 위로했다. 그래서 나한테 할머니 문제를 입도 뻥끗하지 않은 게 아닌가 싶었다. 엄마는 평생 다른 사람들의 문제를 대신 짊어지고 그들의 어려움을 해결하려 갖은 애를 써왔다. 그러니 한번은 자신을 위해 똑같이 해줄 누군가가 필요했던 것이다. 두 분은 엄마의 부모님이었고 엄마는 부모님 밑에서 유년 시절을 보냈다. 가장 견디기 힘든 사실은 힘든 시기일수록 우리는 미치지 않기 위해 행복했던 추억에 기댄다는 것이다. 분명 엄마는 울면서도 충격의 비극을 조금이라도 덜어내기 위해 할아버지가 다정하게 행동하던 때를, 할머니와 행복한 시간을 보냈던 모든 순간을 떠올리고 있었을 것이다. 하지만 실제로는 할아버지의 주먹질, 고함, 손찌검이 그에 못지않은 상처를 남겼을 것이다.

잠시 후 손에 따뜻한 차라도 쥐여주면 좀 마음이 진정될까 싶어서 엄마에게 허브차를 마시겠냐고 물었고 엄마가 그러겠노라고 했다. 카페테리아로 걸어가는 도중에 열린 문틈으로 병실들이 보였다. 모든 병실에 사람이 있었다. 병실마다 침대에 누운 환자 곁에 누군가 앉아 있었다. 하지만 한 병실만 예외였다. 바로 할아버지의 병실이었다.

나는 병실로 들어가 심박기에 연결된 채 의식 없이 누워 있는 할아버지를 보았다. 벌어진 입에서 나오는 약한 호흡에 투명 플라스틱 호흡기가 뿌옇게 변해 있었다. 할아버지의 너무나도 평온한 표정에 속이 울렁거렸다. 할머니가 수술실에서 생사를 오가는 동안 할아버지는 평온하게 잠든 것처럼 보였다.

나는 얼마간 할아버지를 쳐다보면서 그를 가정 폭력범이 아닌 여성 혐오자로 착각했던 세월을 떠올렸다. 할머니의 몸에 난 이유 모를 멍 자국들, 당시에는 이해하지 못했던 할머니의 겁에 질린 표정, 어릴 적 할아버지가 귀가하면 집 안을 채우던 불편한 침묵, 할머니가 엄마에게 전화를 걸어 나를 데려가라고 하던 순간들을 떠올렸다. 당연히 이제는 안다. 그 모든 행동이 사면이 막힌 그 벽 안에서 어떤 일이 벌어지는지 내가 모르게 하려던 것이었음을.

갑자기 심박을 보여주는 화면에서 경고음이 울리기 시작하더니 맥박이 150 위로 치솟았다. 맥박이 꾸준히 높아져서 170을 지나 몇 초만에 180이 되었고 그사이 삑삑거리는 경고음도 점점 커졌다. 할아버지는 자신의 가슴에서 무슨 일이 일어나는지 전혀 모르는 듯 미동도 없었다. 내 인생에서 가장 중요한 그 순간, 나는 단 한 번도 사랑한 적 없는, 심지어 좋아한 적도 없는 사람, 우리 할머니를 죽이려고 했던 그 사람이 누워 있는 그 외로운 방에서 그래프가 미친 듯이 요동치는 심박기 화면을 향해 다가가… 플러그를 뽑았다.

방이 다시 한번 적막에 휩싸였다.

그의 숨소리가 더욱 가빠졌지만 그의 심장이 제 기능을 못 함을 의사에게 알려줄 경고음은 더 이상 울리지 않았다.

그가 쌕쌕거리면서 잠시 몸을 뒤틀더니 이윽고 숨이 멎었다. 나는 놀라서 가까이 다가갔다. 산소호흡기에 몇 초 간격으로 서리던 뿌연 김이 더 이상 보이지 않았다. 나는 다시 심박기의 플러그를 꽂았다. 조금 전 그의 맥박을 표시하던 흰 선이 살며시 나타났으나 경고음은 멈춘 상태였다. 화면에 '신호 없음'이라는 메시지가 보였다. 나는 아무 일도 없었던 것처럼 병실을 걸어 나왔지만 모든 것이 변해버렸음을 알았다.

몇 분 후 나는 다시 엄마 곁에 앉아 엄마에게 허브차를 건네고 뜨거운 커피를 마셨다.

49장

2003년 12월 ~ 2004년 1월
실종 5년 후

모든 일에는 타협이 필요하다.

미렌은 근무 시간 외에 일을 맡아준 두 인턴의 도움을 받아 맨해튼, 브루클린, 퀸스, 뉴저지, 롱아일랜드의 모든 장난감 및 모형 판매점으로부터 정보를 수집하기 시작했다. 구식 취재 방식이었지만 과거에는 그러는 수밖에 없었다. 광범위한 데이터베이스가 있어 참고할 수 있는 것도, 모든 가게가 온라인에 등록돼 있는 것도 아니었다. 전화번호부의 장난감 가게 항목을 뒤져 전화를 돌리고 상대방이 협조해주길 바라는 수밖에 없었다.

우선 그들이 집중하기로 결정한 지역들만 조사한대도 방대한 작업이었다. 그래서 계획을 세웠다. 빅토리아와 로버트가 〈프레스〉 건물 맞은편 카페의 테이블 두 개를 임시 사무실로 쓰면서 장난감 가게에 전화를 거는 것이었다. 미렌이 에런 템플턴을 만났던 바로 그 카페였다. 미렌으로부터 시간당 6달러를 받으면서 빅토리아와 로버트는 카탈로그에 '스몰러 홈 앤 가든'이란 이름의 인형의 집이 있는 장난감 가게들을 추적하기 시작했다. 몇 주 후 그들은 해당 제품을 취급하는 장난감 가게가 아주 드물다는 사실을 확인했는데 이는 좋은 징조였다. 가게 목록이 좁혀졌으니 그 미니어처 제품을 구매한 적 있는 고객 명단을 확보할 수만 있으면 미렌이 뭔가를 시작해볼 수 있을 터였다.

하지만 조사를 하는 도중 2003년도 크리스마스 시즌이 닥쳤고, 산타클로스로 위장해 크리스마스트리 아래에 둘 완벽한 선물을 사고자 하는 엄청난 수의 고객들을 맞이하느라 장난감 가게들이 전화 응대를 중단했다.

2004년 1월, 3주 동안 혼자 주말에 일을 하던 미렌이 카페에서 인턴들을 만나 그동안의 진행 상황을 점검했다.

"이것밖에 못 찾았어?" 미렌이 놀라서 물었다.

"저기요, 미렌⋯ 이건⋯ 불가능한 일이에요. 몇 년 전부터 회사가 제조를 안 하는 것 같아요, 게다가⋯ 아직 그 제품을 파는 곳을 찾기가 너무 어려워요."

"나도 이해해." 미렌이 종이 서류에서 눈을 떼지 못하고 약간 멍한 표정으로 말했다. 종이엔 네 곳의 장난감 가게밖에 적혀 있지 않았다. "지난 3주 동안 몇 군데나 전화를 돌렸어?"

"40군데 정도요."

"겨우 40군데?"

"대부분의 가게가 전화를 받지도 않아요. 전화를 받는 곳은 이 모델을 팔았는지 확인을 안 해주고요. 직접 찾아오라면서 바쁘다고 그냥 끊어요."

미렌은 한숨을 쉬었다. 생각한 것보다 상황이 더 나빴다.

"저기요, 우리도 할 말이 있어요." 로버트가 마침내 대화에 흥미를 가진 듯 대화에 끼어들었다. 그는 지금까지 고개를 숙인 채 자기 음료에서 피어오르는 김만 쳐다보며 앉아 있었다.

"해봐." 미렌이 서두르지 않으려 애쓰며 답했다.

"이 일 더 이상 하고 싶지 않아요." 그가 말했다.

"뭐라고?"

"이 일이요. 장난감 가게에 전화하는 거요. 이러려고 공부한 게 아니에요. 제가 갚아야 하는 학자금 대출이 20만 달러예요. 전 그 이상의 가치가 있어요. 부모님이 그렇게 말했어요."

"그래. 알았어… 하지만… 너희도 어디선가 시작은 해야 하잖아, 안 그러니? 너희는 탐사보도 기자가 되고 싶어 하고 이 일은 그런 취재의 일부야. 시간을 조금 더 들이고…." 미렌은 잠시 말을 멈추고 도중에 방향을 바꾸었다. "이해가 잘 안 되네. 무슨 일이 있었던 건지 아무나 말해줄래?"

"지난주에 노라와 얘기를 나눴어요." 로버트가 마침내 이실직고했다.

"왜?"

"신문사를 떠난대요." 로버트가 말했다. "프리랜서 탐사보도
팀을 꾸려서 자신이 쓴 기사를 경매를 붙여 팔겠대요."

"그런데 그게 너희와 무슨…?"

둘 다 고개를 떨구고 종이컵을 바라보았다. 미렌은 혼란스러
운 표정으로 그들을 바라보았다. 둘 다 평소 쾌활하던 분위기와
는 많이 달랐다.

"아… 알겠다. 노라가 일자리를 줄 테니 합류하라고 했구나."

"그게… 좋은 기회잖아요, 미렌. 이건… 사막에서 바늘 찾기
예요." 로버트가 변명했다.

"나도 알아, 하지만… 그게 바로 기자가 하는 일이야. 불가능
한 것을 뒤지고 찾아내는 거."

빅토리아가 고개를 들고 절레절레 흔들었다. "이건 불가능보
다 심해요, 미렌. 범인들이 다른 주에서 인형의 집을 샀으면 어
떡할래요? 키에라 템플턴이 다른 나라에 있으면요? 지구상에 있
는 모든 장난감 가게를 일일이 찾아갈 건가요? 대체… 뭘 위해
서요?"

"추수감사절에 사라진, 빌어먹을 호기심 병자들 빼곤 아무도
찾으려 하지 않는 어린애를 찾기 위해서지."

"이제껏 아무것도 못 건졌어요, 미렌. 잘 알잖아요. 이건 시간
낭비예요."

"그래서? 노라 밑에서는 뭘 할 것 같은데?"

"6개월 정식 계약을 하고 그만큼의 연봉을 주겠다고 약속했

어요. 〈프레스〉에서 인턴 일을 하고 추가로 알바를 뛰는 것보다 두 배예요.”

“하지만 넌 노라와 일하게 되겠지.”

“노라와 일하는 게 뭐가 나쁜데요?”

미렌은 일어나 테이블 위의 종이들을 모았다.

“곧 알게 될 거야. 난….”

“미렌, 제발요. 이해 좀 해줘요. 좋은 기회란 말이에요. 지역 범죄 뉴스팀에서는 이 책상에서 저 책상으로 산더미처럼 쌓인 서류만 옮기고, 당신과는 전화 거는 일만 하고 있어요.”

“보기엔 하찮아 보이지만 전화를 거는 건 중요한 일이야. 하지만… 됐어. 내가 알아서 할게. 그런데 정말 안타까운 게 뭔지 아니?”

그들은 꼼짝도 하지 않고 묵묵부답이었다.

“너희 둘은 다를 줄 알았는데 기대를 괜히 했나 봐. 이 빌어먹을 도시의 사람들은 죄다 위선자인 걸 몰랐네.”

미렌은 그들이 미처 대답하기도 전에 카페를 나왔다. 그녀는 거리에 서서 위풍당당한 〈프레스〉 건물을 올려다보다가 보슬비가 땅을 적셔 거리가 형형색색의 우산으로 가득 차 있음을 깨달았다. 그녀는 경적을 울리며 바로 몇 센티미터 앞에서 급정지하는 택시들 사이를 이리저리 빠져나가면서 맞은편 인도로 성급히 길을 건넜다. 그리고 축축한 머리칼과 젖은 재킷 차림으로 건물 안으로 걸어들어 갔다.

책상에 도착한 미렌은 선택지가 없다는 것을 깨달았다. 그녀는 밀러 요원의 번호로 전화를 걸고 그가 받기를 기다렸다.

“미렌이군요, 맞죠?” 그가 수화기 저편에서 물었다.

“우리는 서로 도움이 필요해요.”

50장

2000년 12월 21일
알 수 없는 장소

제아무리 죄인이어도

자세히 보면 희미하나마 사랑이 있다.

윌은 몇 주 동안 기분이 좋지 않아 일을 마치고 돌아와도 좀처럼 입을 열지 않았다. 그는 집에 도착하자마자 거실의 안락의자에 앉아 술을 마셨다. 그동안 아이리스와 아이는 인형의 집으로 놀이를 하거나 소파에서 서로 간지럼을 태웠다. 윌은 아내가 뭔가 물어볼 때마다 발끈 화를 냈고, 술을 너무 많이 마신다고 잔소리를 할 때면 일어나서 못 들은 척 또 한 잔을 따랐다. 그는 속으로 자신이 외톨이라고 느꼈다. 결혼은 실패였고, 아버지 역할은 어리석은 흉내 내기에 불과했다. 결국 다 잘될 거라고 생각한 적도 있었지만 지금은 오히려 그 반대일 거라고 생각하는 지경에 이르렀다. 아이를 공원에 데리고 나가서 다른 아이들과 놀게 할 수도 없었고, 심각한 병에 걸려 하는 수 없이 병원에 데려가야 하는 상황이 닥칠까 봐 전전긍긍했으며, 아무도 아이를 보지 않게 해달라고 기도했다.

티브이도 켜지 않고 의자에 앉아서 고꾸라지도록 술을 들이 켠 밤이면 그는 아이리스와 함께 뉴저지 파사익 카운티 클리프 턴에 있는 이 집으로 이사 왔던 순간을 떠올렸다. 70평 남짓한 부지에 세워진, 흰색 박공 지붕이 딸린 약 27평짜리 목조 주택이 었다. 동네는 평화로웠고 전력 변전소까지의 거리가 불과 90미 터라는 이유로 집값도 저렴했다. 이웃이 별로 친절하진 않았지 만 그에게 이 작은 모퉁이 집은 가족을 꾸리기에 완벽한 장소였 다. 윌은 그곳에서 겨우 몇 킬로미터 거리인 고향 가필드의 한 성당에서 결혼식을 올린 뒤 갓 스물다섯이 된 아이리스를 번쩍 안아 들고 그 집 문턱을 넘었을 때를 기억했다. 그들은 둘 다 복 잡한 배경에서 성장하여 서로를 구하려 애쓰는 과정에서 마음 을 주고받았다. 윌의 아버지는 그가 아주 어렸을 때 욕조에서 익 사했고 어머니는 그가 열다섯 때 약물 과다 복용으로 세상을 떠 났다. 결국 윌은 위탁가정에 맡겨졌는데 언제나 그를 이해하려 고 노력하던 양부모의 마음을 거절하고 열여덟 살이 되던 해 집 을 떠났다. 자동차 정비소에서 일자리를 얻고 한동안 원룸 생활 을 하던 그는 우연히 고장 난 오토바이를 고치러 온 금발의 곱슬 머리 아이리스를 만나게 되었다. 둘은 바보처럼 사랑에 빠졌다. 두 사람 모두 성격적으로 결함이 많았지만 그럼에도 잘 맞았다.

아이리스도 월과 마찬가지로 어머니가 부재하다시피 한 집에서 자랐는데 고작 한 번 밖에 못 봐서 굳이 기억하고 싶지도 않은 입이 험한 남자들이 돌아가신 아버지의 자리를 줄줄이 대신했다. 결국 그녀는 패스트푸드점에서 아르바이트를 시작했고 난생 처음 월급을 모은 돈으로 훗날 월과의 인연을 맺게 해줄 중고 오토바이를 샀다.

연애 기간은 그들의 예상보다 훨씬 짧게 끝났다. 아이리스가 고작 열아홉에 임신을 한 것이었다. 월은 다이너츠 호수의 한 식당에서 아이리스 앞에 한쪽 무릎을 꿇었다. 황금빛 석양이 식당과 호숫가를 연결하는 작은 다리를 따라 테이블을 비추던 어느 저녁이었다. 그들은 월이 일하던 정비소 동료 한 명을 증인으로 세운 채 아무에게도 알리지 않고 결혼식을 올렸다. 그리고 그동안 모아둔 돈을 전부 털어 작은 집의 계약금을 지불했다. 아이리스의 엄마는 딸의 결혼식에 초대받지 못했다는 사실을 알고 상처를 받아 딸을 보러 오지 않았다. 하지만 그들이 불행의 구렁텅이에서 벗어나 한 계단씩 차근차근 밟고 올라가던 행복의 사다리는 거기서 끝나버렸다. 비극이 닥친 것이다. 임신 7개월이던 어느 밤, 배를 찌르는 듯한 통증에 눈을 뜬 아이리스는 침대 시트가 피로 흥건해진 것을 발견했다.

첫 번째 유산이었다. 하지만 이 일을 계기로 이전까진 느끼지 못한 아이에 대한 갈망이 싹트기 시작했다. 그들은 부모가 되고 싶었다. 그 어린 생명을 너무 사랑해 이름까지 이미 지어놓은 터였다. 부모가 되지 않고서는 그 집에서 계속 살아가는 모습을 상상하기 힘들 지경이었다. 하지만 몇 년의 세월이 지나자 집 안은 유산과 그 어느 때보다 감당하기 벅찬 의료비 청구서라는 형태의 슬픔만이 가득하게 되었다.

어느 날 밤, 아이리스가 들려주는 마녀와 도둑 이야기에 아이가 웃는 소리를 듣고서 월은 자리에서 일어나 집을 나섰다.

아이리스는 돌아오지 않는 남편을 1분이 멀다 하고 걱정했다. 집 주위를 몇 번이나 돌고 마당에 수차례 나가서 그가 걸어오고 있는지 확인했다. 그에게서 소식이 없자 금방 돌아올 거라 생각하면서 침대에 누웠다. 보통 월이 밤에 나가는 건 쓰레기를 버리러 갈 때뿐이었다. 어쩌면 이튿날 시간을 아끼기 위해 기름을 채우러 주유소에 간 걸 지도, 24시간 식료품 가게에 급히 장을 보러 간 걸지도 몰랐다. 하지만 그녀에게 아무 말도 없이 가는 법은 없었다. 그런데 이번에는 용건도 말해주지 않고 차를 몰고 남쪽으로 향했다. 아이리스가 밀라에게 이야기를 들려주고 있을 때 그녀에게 다가와 이마에 입을 맞춰주고 조용히 떠난 게 다였다.

새벽 2시쯤 집 앞에서 헤드라이트 불빛이 비치자 잠을 뒤척이던 아이리스는 월이 무사히 집에 도착했나 확인하기 위해 부리나케 일어났다. 남편이 걱정되었다. 이웃 남자를 죽인 후부터 남편이 예전 같지 않았다. 은둔자처럼 지내며 그녀에게 거의 한마디도 말을 붙이지 않았다. 한번은 남편에게 무슨 문제가 있냐고 물어봤지만 돌아온 건 불만 섞인 투덜거림뿐이었다. 누가 봐도 실의에 빠진 게 확실했다.

아이리스는 거실로 달려 나가 문이 열리길 기다렸다. 그에게 괜찮냐고 물어보고 싶었다. 하지만 노크에 이어 낯선 남자의 목소리가 거실을 가득 채웠다.

"녹스 부인 계신가요?"

아이리스는 그 자리에서 얼어붙었다. 무슨 일이 벌어지고 있는 건지, 문 앞에 서 있는 사람이 누구인지 알 수 없었다. 그녀는 곧장 텔레비전을 켜고 9번 채널로 돌린 다음 현관문에 달린 보안카메라 영상을 확인했다. 제복 차림의 경찰관 두 명이 현관문을 바라보고 있었다.

"무슨 짓을 저지른 거야, 윌!" 그녀는 혼잣말을 했다. 수천 가지 가능성이 머릿속을 스쳐 지나갔다. 그가 자수한 걸까? 그들을 경찰에 밀고한 걸까? 금방이라도 기절할 것만 같았다. 그녀는 엽총을 보관해둔 찬장으로 가서 자물쇠를 풀었다. 밀라가 단잠에 들었는지 확인한 다음 침실 문을 닫았다.

경찰이 다시 문을 두드리자 그녀가 달려가서 졸음이 쏟아지는 척하며 가운의 단추를 잠그면서 문을 열었다.

"네?"

"녹스 부인 되십니까?"

"그런데요…." 그녀가 눈을 반쯤 감은 채 쉰 목소리로 말했다. "무슨 일이죠?"

두 경찰이 서로를 쳐다보면서 둘 중 누가 소식을 전할지 눈짓으로 결정했다. 검은 머리에 꾀죄죄해 보이는 한 경찰이 말을 시작했다.

"이런 말씀 드리기… 죄송하고… 힘들지만…."

"힘들지만 뭐요? 무슨 일인데요?"

"남편분이… 사망했습니다."

아이리스는 공포에 질려 두 손으로 입을 틀어막았다.

"남편분이 탄 자동차가 블룸필드 애비뉴 건널목에서 열차와 충돌했습니다. 남편은 현장에서 즉사하셨고요."

"안 돼… 그럴 리가 없어요." 아이리스는 숨이 턱 막혔다.

51장

미렌 트리그스
1999년~2001년

온 세상이 송두리째 무너져내렸지만

아무도 조치를 취하지 않았다.

외할아버지의 죽음은 엄마에게 큰 충격이었다. 할아버지의 심장이 멈추었으나 의사들이 그 사실을 발견했을 땐 이미 손을 쓰기 너무 늦었다는 것을 알고 엄마는 울음을 터트렸다. 할아버지는 엄마의 아버지였고 동시에 몹쓸 인간이었다. 하지만 죽음 앞에서 인간은 진심 어린 용서를 베풀 때가 많다. 그것이 자신의 의지에 반할지라도.

나는 그 일을 잊기 위해 뉴욕으로 돌아갔고 저널리즘이라는 소용돌이 속으로 완전히 빨려들어 갔다. 내가 기자 일에 열정이 넘친다는 건 부인할 수 없는 사실이었지만 이 직업은 하루가 멀다 하고 내게 더 많은 것을 요구했다. 내 시간과 에너지를 앗아갔고, 내 삶에 의미를 부여한 동시에 감춰져 있던 문을 열어젖혀 머릿속에서 쉬이 떨쳐내기 힘든 잔인한 장면들을 보여주었다. 어린 아시아계 소녀들을 낮에는 공장에서 불법적으로 착취하고 밤에는 매춘업소로 내모는 기업들, 맨해튼 식당가에 고기를 납품하는 동물권 행동가들, 아내에게 복수하기 위해 자식들의 몸에 불을 붙인 아버지. 그 세계에 발을 깊이 담글수록 사람이 변해갔다. 편집부 동료들과 대화를 나누다 나는 신참일수록 패기와 열정이 넘치고 베테랑일수록 냉소주의자가 되어 세상을 증오한다는 것을 깨달았다. 전부 그런 건 아니었지만 그들의 기사에서 마음을 힘들게 하지 않을 좋은 소식을 찾고자 하는 절박한 바람이 느껴졌다.

밥은 내가 갈수록 어렵고 우울한 주제를 맡아 미친 듯이 일하도록, 기업, 주 정부 예산, 공장 재고 같은 기사의 검토를 맡겼다. 나는 동 트기 전에 일어났고, 자료실을 뒤지거나 인터뷰를 하고 있지 않을 때, 그날 작업한 모든 자료를 기록한 다음 밤늦게서야 사무실을 나섰다.

2001년 어느 날 밤 현관문 앞에 다다른 나는 앰버 부인이 사는 옆집 문이 살짝 열려 있는 것을 발견했다. 그녀답지 않은 일이었다. 부인은 사생활을 워낙 중시하는 성격이라 큰길가로 나있는 창문의 블라인드조차 늘 내리고 살았다.

"앰버 여사님?" 나는 문을 살며시 열고 안쪽을 살폈다.

집 구조가 우리 집과 거의 똑같았다. 부인의 집에 초대받아

차를 앞에 두고 인생사를 들어본 적이 없는지라 자세히 본 건 처음이었다. 내게 익숙한 건 우연히 층계참에서 마주쳤을 때 현관문 바로 안쪽에 세워진 스탠드 불빛뿐이었다. 하지만 지금은 집 안이 어둠에 싸여 있었다.

"앰버 여사님? 괜찮으세요?" 내가 목소리를 높여 물었다.

이런 상황이 너무 싫었다. 정적에도 여러 종류가 있다. 공기로, 숨죽여 바닥을 내딛는 발소리로, 저 멀리 가만히 걸려 있는 커튼의 움직임으로 그 차이를 느낄 수 있다. 거실 저편에서 커튼이 아주 미세하게 움직이고 있는 게 느껴졌다.

집 안으로 들어가 복도 스탠드를 켜려고 했지만 전구가 나가 있었다. 어둠 속에서 더 안쪽으로 들어가며 벽에 걸린 사진들에 내 시선이 멈추었다. 3,40년 전의 앰버 여사가 완벽한 머리 스타일과 진주처럼 환한 미소로 눈부신 자태를 뽐내고 있었다. 한 사진에서는 해변에서 또래로 보이는 잘생긴 젊은 남자 옆에서 수영복 차림으로 허공에 점프를 하고 있었다. 같은 남자와 가로수 사이로 난 긴 흙길을 따라 달리면서 고개를 젖히고 웃는 사진도 있었다. 행복해 보였다. 그 사진들 속 그녀를 보고 행복해 보인다는 말 외에 다른 표현을 떠올리기는 힘들었다. 하지만 지금은 온 세상이 늘 불만스러운 듯했다.

순간 커튼 옆 소파 뒤쪽에서 맨발이 비죽 나와 있는 것이 보였다.

"앰버 여사님!" 나는 소리쳤다.

컴컴했지만 그녀가 이마가 찢어져 피를 흘리고 있다는 것은 알 수 있었다.

"괜찮으세요?" 내가 상처가 심각한지 확인하려고 다가가면서 속삭였다. 심각한 부상으로 보이진 않았지만 나는 911에 전화해서 그녀의 주소를 불러주었다. 내가 가진 의학지식은 고작 생리통이 심할 때 진통제를 복용하는 것 정도였다. 나는 거실을 둘러보고 구석에 서 있는 스탠드 하나를 겨우 켰다. 그리고 막 몸을 돌리는데 그가 보였다.

웬 남자의 실루엣이 침실로 이어지는 컴컴한 복도에서 나를 쳐다보고 있었다. 그가 양손에 보석함을 들고 미동도 없이 서 있어서 얼굴을 볼 수도, 무엇을 원하는지 알 수도 없었다.

"돈을 찾는 거라면 나도 어딨는지 몰라." 내가 말했다.

"휴대폰 내놔." 그가 엔진이 곧 멈출 것 같은 오토바이처럼 힘없이 떨리는 목소리로 외쳤다.

나는 그가 쉽게 돈을 벌려는 절박한 도둑임을 알아차렸다. 월말이었다. 크리스마스가 코앞이었다. 범죄자들도 선물은 사야할 터였다.

나는 어둠 속으로 휴대폰을 던졌고 실루엣이 쪼그리고 앉아 휴대폰을 주웠다. 감추려 애를 써보았지만 심장이 미친 듯이 뛰었다. 세월이 지나면서 나는 위험한 상황에 처할 때마다 내 의식의 일부가 그 공원으로 돌아간다는 것을 알게 되었다. 그 순간은 내 영혼에 영원히 지워지지 않을 상처를 남겼고, 좋든 싫든 나는 그 상처를 안고 살아가야 했다. 그런 순간은 사람을 바꾸고, 현재의 모든 것과 되고자 하는 모든 것을 변화시킨다. 다만, 그렇게 하여 어떤 방향으로 변하게 될지는 예측하기 어렵다. 나의 경우 그 공원으로 인해 어둠과 복수로 향하게 되었다. 화염에 휩싸인 제임스 포스터의 이미지까지 머릿속에 새겨지면서 바깥에 나가기가 두려웠던 나는 어느새 행동을 취하지 않는 것이 더욱 두려워졌다.

"나한테 총이 있어." 거짓말이었다. 총은 집에 있었다. "휴대폰만 가져가면 조용히 끝날 거야. 하지만 다른 짓을 시도하면 총을 쏠 거야."

그의 태도가 즉각 변하는 게 느껴졌다. 공기 중을 떠다니는 숨소리에 미세한 떨림이 섞여 있었다. 내 목소리에서 부당한 일만 보면 발동하는 내면의 분노를 감지한 게 아닌가 싶었다. 앰버 여사가 아픔의 신음을 냈고 나는 그녀 쪽으로 시선을 돌렸다. 상태가 나쁘지 않았다. 신음은 오히려 충격이 아주 심하지 않았다는 증거였다. 그는 내 성격을 결정적으로 변화시키기 위해, 내 인생에 깊은 공포를 심어두어 하늘에 자비를 구하며 울부짖게 만들기 위해 불어온 한 줄기 바람에 불과하다는 듯 문 쪽으로 달려가더니 눈앞에서 사라졌다.

나는 한 시간 동안 구급차를 기다리고 앰버 여사를 위로하면서 내 주변에서 벌어지는 모든 일들에 대해 생각했다. 온 세상이 송두리째 흔들리는데 누구도 막으려는 시도를 하지 않았다. 폭

력, 공격, 부패, 혼자 걸어다니는 것에 대한 공포, 강간범들. 침울
했다. 나는 키에라를, 최근 여유가 없어 찾지 못한 그 아이를 떠
올리고 꼭 시간을 내서 찾으리라 다짐했다. 모두가 잠든 늦은 밤
이라도. 다른 방법이 없었다.

앰버 여사가 옆에서 흐느꼈고, 나는 그녀를 안심시키려고 그
녀를 안아주었다.

"고마워요, 미렌. 당신은 좋은 사람이에요." 여사가 기어들어
가는 목소리로 말했다. 상처가 깊어 보이진 않았지만 여전히 피
를 흘리고 있어 꿰매야 했다.

"제 머릿속에 어떤 생각이 오가는지 알면 그렇게 말 못 할걸
요." 나는 이번만큼은 솔직하게 말했다. 그녀가 나를 진지하게
바라보더니 말없이 벽에 걸린 사진들을 잠시 응시했다.

그러다 내가 묻지도 않았는데 이야기를 들려주기 시작했다.

"그거 알아요, 미렌, 나도 당신처럼 혼자였어요…. 그러다 원
하지도 애쓰지도 않았는데 사랑에 빠졌죠. 근사한 남자였어요.
내 삶에 갑자기 나타나 있는 그대로의 나를 존중해주고, 내 결점
하나하나를 사랑해주며, 내 인생을 불꽃으로 채워줬죠."

"쉬어야 해요, 앰버 여사님…." 내가 끼어들었다. "구급차가
거의 다 왔어요."

"아니… 꼭 말해주고 싶어요. 당신은 좋은 사람이에요, 그래
서 당신이 더 이상 삶에 치이지 않았으면 좋겠어요. 그러려면 대
비가 되어 있어야 해요."

"그래요…." 나는 한숨을 쉬었다. 이따금 자신의 이야기를 귀 담아 들어주기를 바라는 사람들이 있다. 하지만 그들이 전달하려는 교훈은 종종 의도하지 않은 결과를 낳는다.

"말했다시피… 우리는 행복했어요. 최고로 행복했어요. 이 집은 온통 그 시절 사진들로 가득해요. 우리는 2년 동안 꿈만 같은 연애를 했어요. 어느 밤 강가에 있는 브루클린의 한 근사한 레스토랑에서 식사를 마치고 나섰는데 그가 꼬마전구가 반짝이는 나무들 한가운데서 한쪽 무릎을 꿇고 내게 청혼을 했죠."

"그다음에는요?"

"난 '좋아요' 하고 소리를 질렀죠. 그와 함께 있으면 행복했거든요." 그녀가 잠시 말을 멈추고 한 사진을 쳐다보았다. "그의 이름은 라이언이었어요."

"돌아가셨나요?"

"청혼하고 10분 후에요." 그녀가 담담하게 말했다.

나는 숨을 참았다. 고통은 사방에서 도사리고 있다가 최고로 아픔을 안길 수 있는 순간이 닥치기를 기다리는 것 같았다.

"몇 미터를 걸어가 택시를 기다리는데 총을 든 괴한이 소지품을 전부 내놓으라고 했어요. 지갑, 시계, 약혼반지까지 전부요. 나는 그러겠노라 했지만 라이언은 용감했죠. 용감하면서 어리석었어요. 결과를 가늠할 줄 모르는 용기는 위험해요. 그는 목에 총상을 입고 내 품 안에서 숨을 거두었어요."

"아… 유감이에요, 앰버 여사님."

"그래서 소리친 거예요. 그깟 보석 때문에 목숨을 걸지 말라고. 그럴 가치가 없어요. 세상이 무너져내리고 있다면 그건 좋은 사람들이 제 명을 다하지 못하고 일찍 세상을 떠나기 때문이에요."

나는 그 말을 마음에 새기면서 고개를 끄덕였지만 여전히 인생도 엿 같고, 폭력도 엿 같다는 결론에 다다랐다. 그렇지만 때로는 그것만이 유일한 해결책처럼 보였다.

구급차가 앰버 여사를 데려가고 나자 나는 집으로 가서 키에라 파일이 들어 있는 상자를 꺼냈다. 상자에서 내게 필요한 걸 찾으리라는 것을 알았다.

순간 정신 나간 생각이 머릿속에 떠올랐다. 사진 한 장이 폴더에서 미끄러져 나와 내 발치에 떨어졌다. 상자와 기록보관소에 있는 자료들을 하나도 빠짐없이 수백 번이나 훑어봤음에도 어두워서 어떤 사진인지 알 수 없었다. 몸을 숙여 사진 모서리를 집어들고 나서야 비로소 사진 속 인물이 누군지 알아보았다. 앰버 부인이 그런 일을 당하고 난 직후인 그 순간에서야 나는 나를 강간한 범인을 찾아야겠다고 마음 먹었다.

52장

2002년 6월 14일
미렌이 기습을 당한 지 4년 후

그림자가 움직이는 건 빛이 두려워서다.

밤은 미렌에게 언제나 가장 힘든 시간이었다. 어두컴컴한 곳이 문제였다. 빛이 없으면 유리하다는 사실을 알고 돌아다니는 사람들이 있었다. 숨을 곳이 있긴 했지만 그런 곳은 똑같이 숨으려는 사람들로 꽉 찼다. 하지만 재킷 안에 무기를 넣고 다니면 모든 것이 달라진다. 신문사에서 근무를 시작한 후로 미렌은 주말에 여유 시간이 늘어났고, 총을 구입한 이후로 그 시간을 누군가를 지켜보는 데 썼다. 오직 한 사람만을.

미렌의 기사에 등장하는 인물이 아니었다. 권력자도, 사업가나 정치인도 아니었다. 실은 그녀가 지켜보는 사람은 직업이 없었다. 적어도 세금을 내는 정상적인 직업은 아니었다. 그는 할렘의 정부 보조 주택 단지에 살았다. 정부가 저소득층에 임대료가 저렴한 숙소를 제공하겠다며 지은 주택 단지였다. 이론적으로는 좋은 생각이었지만 사실상 이 제도는 형편이 어려운 사람들을 단 두세 개의 거리 안에 모아놓고 범죄율을 높이는 결과를 낳았다. 월세를 내고 아이들의 미래에 길을 터주기 위해 밤낮없이 일하는 가족들도 있었지만 그런 근면성실한 가족들 틈바구니에 수많은 범죄자와 마약중독자들이 숨어 있었다.

미렌은 그 동네의 가장자리인 웨스트 115번 가에 살고 있었다. 거리에 붙은 숫자가 커질수록 잠재적 문제도 커졌다. 116번 가 지하철역 계단에는 갱단이 앉아 있었고, 117번 가부터 위쪽으로는 선팅한 차들이 천천히 돌아다녔다. 낮에는 전혀 위험하지 않았다. 공원이 여러 개여서 해가 지기 전까지 수많은 사람들이 아이들을 데리고 나왔고 온갖 가게들이 활짝 열려 있었다. 그러다 해가 지면 위험이 모습을 드러내기 시작했다.

미렌은 검은색 후드티와 짙은 색 청바지를 입고 밤의 그림자 속으로 몸을 숨겼다. 창백한 얼굴에 비친 불빛만 아니었으면 완벽히 숨었을 것이다. 미렌은 115번 가에 위치한 한 건물의 일렬로 늘어선 창문을 인도에서 꼬박 한 시간 동안 지켜보았다. 한 커플이 이 방에서 저 방으로 이동하며 말다툼을 하고 있었다. 남녀가 흥분한 듯 크게 몸짓을 하며 서로를 쫓아다녔다. 몇 초 후 여자가 갑자기 창가에 나타나더니 밖으로 몸을 내밀었다.

미렌은 주차된 차 뒤로 재빨리 몸을 숨겼다. 잠시 후 남자가 현관에서 나오자 창가에 서 있던 여자가 그의 뒤에 대고 "이 머저리야"라고 외치며 라이터를 던졌다. 라이터가 아스팔트 바닥에 맞고 튕겨 나갔다. 남자가 그녀에게 뭐라고 중얼거리더니 다시 걷기 시작했다. 미렌은 적당히 거리를 두고 그의 뒤를 밟았다.

남자는 두 블록을 지나 117번 가에 다다랐다. 미렌은 남자가 계단을 내려가 술집으로 들어가는 것을 보고 걸음을 멈췄다. 술집 밖에는 그와 비슷하게 후줄근한 남자 넷이 모여 있었다. 미렌은 언제나처럼 기다렸다. 여느 날과 다름없을 수 있겠다는 생각에 집에 가는 게 나을까 계속 고민했다. 두 시간이 지나자 이윽고 남자가 밖으로 나왔다. 그 시간 내내 미렌은 문에서 눈을 떼지 않았다. 이따금 젊은 남녀들이 한껏 꾸미고 지쳐 쓰러질 때까지 춤출 준비를 하고 우르르 술집을 드나들었다.

몇 번이나 포기할 뻔했다. 하지만 미렌은 그와 같은 사람들은 높은 수준의 감시가 필요하다는 것을 알았다. 그 말의 의미가 뭔지 확신도 없으면서 최소한 스스로에게는 그렇게 되뇌었다. 모든 게 너무 혼란스러워 자신이 그곳에서 뭘 하는지도 잘 몰랐다. 미렌은 매주 주말 똑같은 일을 반복하고 있었다. 집을 나서서 그 남자의 현관문 맞은편에 자리 잡고 있다가 그가 어디를 가든 뒤를 밟았다. 이유도 모른 채. 몇 시간 동안 기다리고 있어야 머릿속에서 다음과 같은 속삭임이 들리며 자신이 무슨 짓을 하는지 각성이 됐다. '너 무슨 일을 하려는 거야, 미렌? 집에 안 가고 뭐해?' 하지만 시간은 흘렀고 그녀는 그 자리에 그대로 머물렀다.

그러다 남자가 집으로 향하면 그녀도 제 할 일을 다했다는 기분으로 마음 편히 자리를 떴다.

하지만 그날만은 달랐다. 미렌은 남자가 계단도 제대로 못 오를 정도로 휘청이는 젊은 여자를 데리고 술집을 나서는 광경을 보고 깜짝 놀랐다. 문지기가 여자에게 도움이 필요하냐고 묻자 남자가 친구라면서 자신이 데려가겠다고 대신 답했다. 미렌은 어둠 속에서 몸을 일으켜 해질 무렵 사바나 한복판에서 가젤을 사냥하는 암사자처럼 그들을 주시했다. 달라진 점이 있다면 이번에는 가젤이 새끼 사자를 노리고 있다는 것이었다.

여자는 제대로 눈을 뜨지도 못했고, 남자는 여자를 투박하게 끌어당겼다. 그녀는 미렌이 그날 밤 입었던 옷과 비슷한 푸른색 짧은 원피스 차림이었다.

미렌은 그들을 따라갔다. 상황이 안 좋아 보였지만 아직 뭔가를 할 용기는 나지 않았다. 그 광경이 보기 불편해서 한동안 미렌은 그들과 안전거리를 유지했다. 두 번이나 여자의 다리가 풀리자 남자가 말없이 여자의 허리를 붙잡고 들어 올렸다. 여자가 재밌다는 듯 웃으며 부축해줘서 고맙다고 인사했다.

좁은 골목에 다다르자 남자가 여자를 데리고 골목 안쪽으로 들어갔다. 미렌은 잠시 그들을 놓쳤다가 다시 찾았다. 그녀는 모퉁이에 도착해 몸을 살짝 내밀어보고는 마른침을 삼켰다.

여자는 대형 쓰레기통 옆 바닥에 두 눈을 감은 채 털썩 주저앉아 있었다. 낙서로 뒤덮인 담벼락에 몸을 기대고 머리를 뒤로 젖힌 상태였다.

"집에 좀 데려다줘요… 몸이 너무 안 좋아요."

그는 아무 대답 없이 그녀를 물끄러미 내려다보았다. 그 눈빛이 덫에 걸린 먹잇감을 바라보는 악마의 눈빛이었다.

"제가요… 술을 너무 많이 마신 것 같아요. 제 친구들은… 어디에 있나요?"

"친구들은 오고 있어." 그가 지퍼를 내리며 이렇게 속삭이더니 그녀를 덮쳤다.

"뭐… 뭐하는 거야? 싫어…!"

"쉿… 너도 원하잖아." 그가 그녀의 목에 키스를 하면서 신음을 뱉었다.

"싫어… 이건 아냐… 제발… 싫다고."

"조용히 해!" 그가 낮은 소리로 윽박질렀다.

남자가 손을 옮겨 원피스를 찢다시피 들추었다. 달빛 아래서 또 다른 트라우마를 안길 준비를 하면서.

"안 돼… 제발… 친구들이…기다리고 있어."

"금방 끝나." 그가 허락도 없이 그녀의 몸 이곳저곳을 만지고 입을 맞추면서 속삭였다. 여자는 자신을 보호할 만큼 의식이 또렷하지 않았다.

그때 웬 여자의 목소리가 갑자기 골목에 울려 퍼졌다. 메아리가 쳐서 실제 목소리보다 훨씬 크게 들렸다.

"여자가 싫다잖아."

남자가 고개를 드니 역광을 받아 실루엣만 보이는 미렌이 서 있었다.

"대체 원하는 게 뭐야? 여기서 썩 나가. 우리는 재미를 보는 중이니까."

남자가 자세를 바꾸고 혼란스러운 표정으로 그녀를 쳐다보았다. 도무지 무슨 영문인지 알 수 없었다.

미렌은 위협을 느낀 동물이 방어 전략을 쓰듯이 몸을 곤추세우며 부풀리려 애썼다.

"여자가 혼자 놔두라잖아." 미렌이 다시 말했다. 속으로는 두려움에 덜덜 떨렸다.

"신경 끄고 가시지? 너하고는 상관없는 일이야."

"아니, 실은 상관이 있어서 말이지." 미렌이 정정했다.

그 순간 미렌이 권총을 꺼내서 그에게 겨눴다. 총기의 금속에 달빛이 비쳐 번쩍였다. 대형 쓰레기통이 가득한 골목에서 무슨 일이 벌어지는지 지켜보는 건 오직 달뿐이었다.

"여자가 싫다잖아, 이 멍청아."

"저기, 저기, 진정하고." 남자가 다급히 대답했다. 그가 벌떡 일어나서 두 손을 들었다. 그의 두 눈이 공포심으로 커졌다. 미렌은 그날 밤 찢어진 원피스 차림으로 거리를 내달릴 때의 기분을 떠올렸다. "그냥 갈게. 문제 일으키기 싫어." 그가 말했다. 그러다 어둠 속에서 미렌의 얼굴이 마침내 또렷이 눈에 들어오자 그가 말했다. "잠깐만, 우리가 구면인가?"

"구면이냐고?" 미렌이 물었다. "구면이냐고? 나를 기억조차 못 하는 거야?"

그 말이 미렌을 벼랑 끝으로 내몰았다. 미렌은 그 양아치 무리들이 그 공원에서 로버트를, 어떤 책임도 지지 않고, 신뢰할 수 없는 진술과 한심한 변명만 늘어놓아 그녀가 어둠에서 벗어날 수 있게 어떤 도움도 주지 않은 그 겁쟁이 로버트를 때려눕힌 후 자신에게 저지른 짓을 단 하루도 생각하지 않은 날이 없었다. 자기 앞에 있는 그 남자의 얼굴을 한 번도 잊은 적 없었다. 가끔씩 눈을 감으면 그 악마의 미소가 바로 앞에서 보였다. 삶이 슬픈 이유는 불공평하기 때문이고, 불공평한 건 잊어버리기 때문이다. 하지만 미렌은 잊지 않았다. 잊는 게 불가능했다.

"모르겠는데… 아가씨… 얼굴이… 기억이 안 나. 총 좀 치워줄래?"

"닥쳐. 움직이지 마."

"이봐… 진정해." 남자가 그녀를 진정시키려고 두 손을 뻗었다.

미렌은 후드 티셔츠 주머니에서 휴대폰을 꺼내 911에 전화를 걸었다.

"경찰이죠?" 미렌이 총을 든 채로 수화기에 대고 말했다.

갑자기 남자가 미렌에게 달려들어 그녀를 쓰러트렸다. 총이 미렌의 손에서 미끄러져 방금 막 다시 정신을 잃은 여자 옆에 떨어졌다.

미렌은 바닥에 부딪치는 순간 고통에 비명을 질렀다. 정신을 차려보니 남자의 몸 아래에 깔린 채 두 다리 사이에 붙들려 있어 옴짝달싹도 할 수 없었다.

"보자, 보자… 우리 셋이 즐거운 시간을 보내게 생겼네."

미렌은 발로 차며 반항하려 했지만 좀처럼 몸을 움직일 수 없었다. 남자가 몸무게를 실어 위에서 깔고 앉은 데다 그녀의 양 손목을 붙들고 있었다. 주먹을 휘두르려 해도 번번이 허사였고 발길질을 해도 그의 다리만 찼지 등까지 닿지 않았다. 그날 밤처럼 무력감이 팽배했다. 눈가에 눈물이 고였다. 바로 그때 갑자기 과거로 시간여행이라도 한 것처럼 남자가 그녀의 후드티를 끌어올려 브래지어를 드러냈다. 이번에도, 앞에 보이는 건 어둠 속에서 춤을 추는 그의 웃음뿐이었다.

미렌이 있는 힘껏 한 손을 빼내서 남자의 머리칼을 잡고 그를 자기 쪽으로 끌어당겼다.

"그렇지… 같이 재미 좀 보자고." 그가 미렌이 넘어왔다 착각하고 말했다. "나는 거친 여자가 좋더라." 그가 속삭였다. 그의 얼굴이 너무 가까워서 서로의 숨결이 느껴질 정도였다. 미렌의 아랫입술이 남자의 윗입술과 스치려는 바로 그 순간, 총이 발포되며 섬광이 골목을 밝혔다. 총성이 벽을 맞고 메아리치는 바람에 고양이들이 울부짖고 개들이 짖기 시작했다. 여자가 미렌의 총을 든 채 손을 부들부들 떨고 있었다. 남자의 몸이 곧장 미렌 위로 털썩 쓰러지면서 미렌은 어둠 속에서 검은빛으로 보이는 따뜻한 피를 흠뻑 뒤집어썼다.

미렌은 가쁜 숨을 이기고 남자의 시체 아래서 조금씩 몸을 빼냈다. 두 여자는 숨을 헐떡이며 조용히 서로를 쳐다보았고, 둘 사이에 말이 필요 없는 약속이 오갔다.

뒤이어 미렌은 여자를 일으켜 세우고 총을 치웠다. 그들은 한 마디도 하지 않고 비틀거리며 최대한 빨리 그곳에서 벗어났다. 모퉁이에 다다르자 미렌은 후드티로 얼굴에 묻은 피를 닦은 뒤 택시를 잡아타고 자기 집으로 향했다. 엎어지면 코 닿을 곳인데 택시를 잡았다고 기사가 투덜거렸다. 미렌은 자신의 침대에서 여자를 재웠다. 그리고 여자를 바라보며 뜬눈으로 밤을 지새웠다. 이게 끝일 수도, 아니 어쩌면 시작일 수도 있다는 생각이 들었다. 어느 누구도 상대방의 이름을 묻지 않았다. 이튿날 아침, 여자는 미렌이 빌려준 낡은 옷을 입고 '고맙다'는 말만 남긴 채 집을 떠났다. 그들은 두 번 다시 만나지 못했다.

53장

결단력 있는 사람의 가장 큰 미덕은

끊임없이 시도한다는 것이다.

미렌의 전화를 받은 후 밀러 요원은 다음 날 그녀를 만나기로 했다. 기사가 나가고 이튿날, 미렌은 그 인형의 집이 어느 회사 제품인지 확인한 뒤 비디오 영상을 통해 얻은 중요 정보를 그에게 전부 업데이트했다. '인형의 집'의 모델명이 토미사에서 만든 '스몰러 홈 앤 가든'이며 벽지가 전국적인 DIY 체인점 퍼니툴즈에서 파는 가장 인기 디자인 중 하나라는 점 등이었다.

밀러 요원 또한 나름대로 키에라를 찾기 위해 인력을 늘려달라고 요청했지만 벽에 부딪힌 터였다. 미렌은 아직 알지 못했지만.

그들은 센트럴파크의 보우 브릿지에서 만나기로 했다. 미렌이 그곳에서 만나자고 한 건 센트럴파크의 잔잔한 호수와 가을 풍경, 그리고 나무 위로 솟은 산 레모 건물의 경관을 보면 생각을 정리하는 데 도움이 됐기 때문이었다. 한 쌍의 연인이 열두 명의 행인들 앞에서 약혼하는 모습을 지켜보며 15분쯤 기다리자 밀러 요원이 다리 저편에서 나타났다. 미렌은 그곳을 빠져나가고 싶은 마음에 서둘러 그에게 갔다.

"진척이 좀 있어요, 미렌?"

"그것 때문에 전화한 거예요. 그게… 혼자 힘으로는 일을 진척시키기 힘드네요. 당신도 아이를 찾고 있다는 거 알지만 다음 단계로 나아가려면 큰 추진력이 필요해요…. 그런데 나 혼자서는 안 돼요."

"추진력?"

"보세요, 밀러 요원님, 제가 조사한 바에 따르면 이 모델은 맨해튼, 브루클린, 퀸스, 뉴저지, 롱아일랜드에 있는 2천 개의 장난감 가게와 백화점 어디서나 살 수 있는 거예요. 저한테 거의 완벽한 장난감 가게 목록이 있어요. 훨씬 먼 지역에서 추수감사절 퍼레이드를 보러 오는 사람도 많다는 건 알지만 제 생각에 키에라를 데려간 사람은 이 지역 중 한 곳에서 왔어요."

"무슨 근거로 그렇게 생각하는 거죠?"

"그날 비가 왔어요. 비가 오는 날에는 보통 대중교통을 타고 이동하는 경향이 있어요. 뉴저지나 롱아일랜드에서 대중교통으로 이동하면 한 시간에서 두 시간 정도 걸려요. 퍼레이드는 9시에 시작했죠. 납치는 정오가 되기 직전 이루어졌어요. 제 가설은 이거예요. 납치범은 해럴드 스퀘어 인근에 좋은 자리를 찾기 위해 퍼레이드가 시작하기 훨씬 전에 도착했다. 완전 중심 지역이어서 일찍 도착하지 않으면 자리를 찾는 게 거의 불가능하니까요. 만약 납치범이 해럴드 스퀘어 바로 근처에 위치를 선점하려면 아침 8시경에는 도착했어야 해요. 납치범이 키에라가 사라진 장소에 아침 8시까지 도착했다는 걸 전제로 하면, 납치범이 사는 곳까지의 거리와 방향을 보여주는 상당히 명확한 지도를 만들 수 있어요. 각 지역에서 첫 열차로 이동해서 시내 중심에 도착하기까지 걸리는 시간을 계산하는 거예요.”

“무슨 말인지 알겠어요.”

“이렇게 하면 납치범이 살 만한 지역을 한정 지을 수 있는데, 그곳이 바로 조금 전에 말한 뉴저지, 맨해튼, 브루클린, 롱아일랜드에요.”

“혼자 힘으로 그런 결론에 다다른 거예요?”

“가설이에요. 틀릴 수도 있지만 수년 동안 파일을 검토하고 키에라에 대해 고민했어요. 탐사보도 기자가 하는 일은 가설을 확인하는 거예요. 좋은 친구가 가르쳐줬죠. 제 생각에 이 가설이 웬 남자가 세계에서 가장 유명한 퍼레이드 한복판에서 어린애를 납치하려고 지구상 어딘가에서 날아왔을 거라는 생각보다는 더 타당해요.”

밀러 요원은 고개를 끄덕였다. 이어 한숨을 쉬고는 말했다.

"제가 뭘 도와드리면 될까요?"

"제가 언급한 지역의 모든 장난감 가게와 모형 가게를 찾을 수 있게 팀을 꾸려주겠어요? 그중 일부는 보안카메라나 신용카드 결제 목록, 운 좋으면 인형의 집을 구매하면서 서면으로 주소를 남긴 고객 명단 같은 보물이 있을지도 몰라요."

밀러 요원은 미렌이 방금 한 말을 이해하려고 애썼다.

"방금 부탁한 일을 처리하는 데 얼마나 걸릴지 알아요?"

"네. 그래서 요원님께 부탁하는 거예요. 신문사에서는 더는 이 사건을 건드릴 수 없어요. 그렇다고 혼자 하는 것도 불가능하고요."

"일을 관두려고요?"

"관둬요? 아니요. 그냥… 제가 감당할 여력이 안 돼요. 불가능해요. 요원님한테는 이 일을 계속 추적할… 자원이 좀 더 있을 것 같아서요. FBI가 이런 걸 잘하잖아요. 저는… 혼자고요."

"그렇지 않아요. 저도 손발이 묶였어요. 다들 제게 키에라 템플턴을 찾으라 하면서 동시에 다른 실종자들도 찾으라고 해요. 당신네 기자들은 한 사건에 집중하기 때문에 그게 유일한 사건처럼 보이겠지만 수백 건의 다른 사건들이 있어요. 제가 가진 실종자 명단이 얼마나 긴지 상상도 못 할 겁니다. 그것도 매일 더 길어져요."

'요원님도 제 목록이 얼마나 긴지 상상도 못 할걸요.' 미렌은 이렇게 생각했다. 그러면서 자신의 창고에 쌓인, 실종 여성의 이름으로 가득한 자료 보관 상자를 머릿속으로 훑어보았다.

"하지만 새로운 실마리가 생겼잖아요." 그녀가 이번에는 큰 소리로 말했다. "이 가족을 실망시키지 말아주세요, 밀러 요원님. FBI라면 뭔가 찾을지도 몰라요. 이 테이프가 우리를 올바른 길로 이끌 거예요. 저는 확신해요."

"저도 할 수 있는 건 하겠습니다, 트리그스 양." 그가 결국 동의했다.

"저도요." 미렌이 덧붙였다. 공원을 둘러서 걷다가 갈림길에 다다르자 그녀가 말을 이었다.

"정보는 한 방향으로만 흐른다는 거 알아요. 요원님이 새로 알아낸 정보를 저와 공유할 필요는 없어요. 하지만 제가 조사를 멈추지 않을 거라는 걸 요원님도 잘 알 거라 믿어요."

"우리 쪽에서 알아낸 정보를 말해달라는 소리죠?"

미렌은 그 질문이 미사여구라 짐작하고 대답하지 않았다. 밀러는 코웃음을 치면서 센트럴파크 나무숲 한가운데서 사냥 자세를 취하고 있는 철제 산사자 동상을 올려다 보았다. 이 기자의 현재 모습을 잘 보여주는 우아한 비유 같았다.

"솔직히 말해서 우리도 아는 게 많이 없어요. 쓸 만한 몽타주도 없고요. 금발에 곱슬머리인 백인 여자라는 것밖에는 몰라요. 포렌식 결과를 봤는데 테이프와 봉투에서도 가족과 봉투를 대신 배달해준 이웃집 남자아이의 지문 말고는 아무것도 안 나왔어요. 남자아이는 봉투를 건네준 사람의 인상착의를 제대로 기억하지도 못하고요. 막다른 골목에 다다랐어요. 비디오의 마그네틱테이프에 남은 패턴을 바탕으로 녹화에 사용된 비디오재생기의 제조사는 알아냈어요. 1985년 산요 VCR이에요. 기술적인 부분이지만 확실해요. 테이프 헤드는 모델마다 특정한 방식으로 테이프에 마그네틱 입자를 재배치해서 밴드에 또렷한 흔적을 남겨요. 일종의 지문 같은 거죠. 그 지문을 통해 정확히 어떤 VCR이 사용됐는지 식별하지는 못해도 모델은 특정할 수 있어요, 아이가 실종된 날 CCTV 영상도 확보했지만 눈에 띄는 건 없었어요. 사방이 사람들로 붐비는 와중에도 키에라의 흔적은 안 보였어요. 납치범들이 아이 머리를 잘랐다는 것 정도만 알죠. 하지만 아이의 손을 잡고 걸어가는 모든 행인을 일일이 조사할 수는 없는 노릇이에요. 추수감사절이었잖아요. 거리에 그런 가족들이 한가득이었어요. 보다시피 여러 정보가 뒤죽박죽인데 그마저도 쓸 만한 게 별로 없어요.”

“그렇군요.” 미렌이 진지한 목소리로 대답했다.

“새로운 단서를 발견하면 알려주시겠어요?” 밀러가 물었다. “저도… 장난감 가게를 더 조사해보겠지만 경고하는데 그리 간단하지 않을 거예요.”

“당연하죠. 제가 원하는 건 공로를 인정받는 게 아니에요, 밀러 요원님. 현재 제 유일한 관심사는 키에라 템플턴을 찾아서 집으로 데려오는 것뿐이에요.”

“이 일에 이토록 집착하는 이유가 뭔지 물어봐도 될까요? 비슷한 사건이 수도 없이 많잖아요."

"제가 그 사건들은 조사를 안 한다고 누가 그러던가요?" 미렌은 이렇게 답하고 바로 작별 인사를 건넸다.

밀러는 사무실에 도착하자 미렌이 짚어준 지역의 장난감 가게를 확인하고 방문해달라는 요청을 넣었다. '스몰러 홈 앤 가든'이라는 인형의 집을 구매한 모든 고객 명단을 확보할 수 있다면 좀 더 집중적인 조사를 진행할 수 있을 터였다. 명단을 입수한 뒤 모든 고객의 자택을 수색하겠다는 건 아니었다. 아이의 부모는 당연히 요구하겠지만. 그보다는 잠재적 납치범의 프로필에 부합하는 사람을 조사하겠다는 것이었다. 놀랍게도 FBI 실종자 전담 부서에서 요청을 승낙했다.

그들은 장난감 및 모형을 판매하는 가게를 방문하는 데 열두 명의 요원을 배정했다. 하지만 얼마 안 가 커다란 장애물이 나타났다. 대부분의 가게에 해당 모델을 구입한 고객 명단이 남아 있지 않은 것이었다. 1998년부터 2003년 사이에 구입한 고객 명단은 더 찾기 어려웠다. 어떤 장난감 가게는 2003년부터, 어떤 가게는 2002년부터, 또 어떤 곳은 2001년부터의 고객 정보를 확보하고 있었지만 그나마도 너무 기본적인 정보거나 워낙 소량이라 큰 쓸모가 없었다. 총 2천300개의 장난감 가게 중에서 그들이 정보를 얻을 수 있었던 곳은 일흔한 곳에 불과했다. 그중에서도 해당 모델을 구매한 고객의 상세 정보를 얻은 곳은 열두 곳밖에 안 됐다.

FBI는 그 열두 명의 집을 모두 방문했다. 그들 모두 자식이 있는 지극히 평범한 가정으로 요원들에게 커피와 메이플 시럽 케이크를 대접하며 집과 정원까지 빠짐없이 안내해주었다. 물론 어디서도 키에라는 찾을 수 없었다.

2005년, FBI는 또다시 수색을 공식적으로 종료했고, 벤자민 밀러 요원은 다시 한번 키에라의 부모에게 전화를 걸어 그 사실을 알렸다.

"새로운 소식이라도 있나요? 뭐라도 나왔어요?" 에런 템플턴이 전화를 받자마자 물었다.

"아직 아무것도 안 나왔어요, 템플턴 씨. 하지만 거의 다 왔습니다. 모든 요원들이 아직도 애쓰고 있어요. 따님을 꼭 찾겠습니다. 절대 멈추지 않을게요, 약속드립니다." 그는 그렇게 거짓말을 했다.

54장

미렌 트리그스
2005년~2010년

해결책은 때로 훤히 보이는 곳에 있다.

먼지를 털어내주기를 묵묵히 기다리면서.

솔직히 말해 나는 밀러 요원에게 큰 기대를 하지 않았다. 각각의 실종 사건이 그의 일부를 빼앗아가기라도 한 것처럼 그가 하는 말 한마디 한마디에서 피로와 좌절이 느껴졌다. 시간이 흘렀고, FBI는 2천여 개의 장난감 가게를 조사했던 것과 같은 속도로 수색을 중단하고 다른 실종자를 찾아 나섰다. 나는 그들을 탓하지 않았다. 인력 자원을 우선순위에 따라 배치해야 했을 테니까. 하지만 내 마음 한편은 언제나 키에라의 방으로 날아가 잠시나마 옆에 앉아 아이가 인형 놀이 하는 모습을 지켜보았다. 아이의 목소리가 어떨지 상상하는 게 좋았다. 아이의 웃는 얼굴을, 생기 가득한 표정을 상상하는 것도 좋았다. 하지만 실제로는 저 멀리서 배들이 바위에 좌초하게 만드는 고장 난 등대처럼 아이의 두 눈이 흐릿할 거라는 느낌이 들었다. 밀러 요원과 나는 좌초한 배였고, 아이의 부모가 정신줄을 놓고 흐느끼는 건 길 잃은 배들이 절벽에 부딪쳐서가 아니라 등대가 더 이상 빛을 발하지 못했기 때문이었다.

2007년, 첫 번째 테이프가 발견된 지 4년 만에 금발 곱슬머리 여자의 어두운 실루엣이 에런 템플턴의 사무실 앞에 두 번째 테이프를 두고 가면서 나는 그 어느 때보다 살아 있음을 느꼈다. 신문사 업무에 낮 시간을 바치고 실종 사건을 검토하느라 밤 시간을 썼지만 한동안 아이를 찾아야 한다는 불꽃이 되살아났다. 나는 수색자가 되었다. 저널리즘이라는 게 그런 것 아니겠는가? 수색하는 것 말이다. 수색하고 찾아 나서는 것. 어떨 땐 내가 찾는 대상이 발견되기를 바라기도 하지만, 또 어떨 땐 내가 진실의 실마리를 꽉 붙들고 당겨 저 깊은 구덩이에서 끄집어내야 할 때도 있다. 진실이 다시 한 번 빛을 볼 수 있도록. 키에라가 사라진 후부터 나는 정황상 심각한 사건이 벌어진 것이 확실해 보이는 미해결 사건에 대한 정보를 수집하기 시작했다. 2002년, 퀸스의 고등학교에서 하교하는 길에 사라져, 가방이 발견된 공원에서 1.6킬로미터 정도가량부터 행방이 묘연해진 10대 소녀 지나 피블스. 1996년 시골 마을에서 납치된 열여섯 살 소녀 어맨다 매슬로, 2005년 모든 문과 창문이 집 안에서 잠겨 있는 상태로 집에서 사라진 열여섯 살 소녀 에덜린 스파크스.

2007년 두 번째 테이프가 나타나 언론에 대소동이 일었지만 그럼에도 나는 아무것도 찾지 못했다. 나는 그 모든 미해결 사건에서 거리를 두고, 예전에도 그랬듯이 한 번 더 키에라 파일에 완전히 몰입했다. 여자의 흔적을 찾기 위해 CCTV를 비롯한 모든 영상을 검토했지만 무언가를 건질 만큼 화질이 충분히 선명하지 않았다. 키에라 템플턴은 6월에 또다시 나타났으나 테이프를 보낸 사람이 게임을 다시 진행할 마음을 먹을 때까지 다시 사라졌다.

나는 납치범의 프로파일을 작성했는지 물어보기 위해 밀러 요원에게 전화를 걸었다. VHS 테이프를 사용한다는 것은 내게는 생소한 정신병적인 증상이었다. 그 개자식은 정신이 온전치 못한 90년대 숭배자가 틀림없었다. 얼마 안 있어 밀러 요원이 콴티코 기지의 행동 분석팀이 제공한 간략한 문단을 내게 몰래 보내주었다. 내용은 이러했다. "백인 남성. 40대에서 60대 사이. 정비공이나 수리기사 또는 이와 유사한 직업에 종사. 회색이나 초록색 차량 소유. 성격이 유약한 아내와 결혼함. VHS를 사용하는 것에서 현대 세계에 대한 거부감을 읽을 수 있음."

이게 다였다. FBI가 몇 줄로 요약한 키에라의 잠재적 납치범은 어느 누구에게나 해당했다. 어머니의 성격이 유약하지 않다는 점만 빼면 심지어 내 아버지조차 그 프로파일에 맞아 떨어졌다.

첫 테이프 이후 다음 테이프가 도착하기까지 시간이 빛의 속도로 지나갔다. 2008년 세 번째 테이프가 도착할 무렵은 버락 오바마가 대통령에 당선되기 며칠 전으로, 나를 제외하고 어느 누구도 그 일에 티끌만큼의 관심도 가지지 않았다. 나는 극적인 사건들에 늘 따라붙는 병적인 호기심에 휘둘린 언론의 광기가 혐오스러웠지만, 정치가 모든 것에 스며드는 현실도 싫었다. 어디를 둘러보든 오바마와 존 매케인의 웃는 얼굴이 나타나 세상이 파멸로 치닫지 않을 것처럼 희망을 약속했다.

키에라 테이프를 보고 나는 마음이 심란해졌다. 키에라는 불편한 밝은 주황색 원피스 차림으로 영상이 녹화되는 1분 내내 공책에 무언가를 계속 쓰고 있었다. 과거의 내가 그랬던 것처럼 고장 난 인형 같았다. 자세히 살펴보면 눈물이 공책에 떨어지고 있었음을 상상하기 어렵지 않았다. 나 역시 그렇게 이 우주에 나 홀로 갇혀 있다는 기분에 시달린 시절이 있었다. 분노와 절망을 접착제 삼아 나를 수도 없이 다시 붙여놓았지만 실은 여전히 그런 상태인지도 몰랐다.

그 테이프를 보고 나니 템플턴 부부를 찾아가야겠다는 생각이 들었다. 왜인지는 몰라도 그들과 빚을 나누고 싶었다. 나는 어느새 나 자신을 길을 잃고 무력한 키에라와 어느 정도 동일시하고 있었다. 부모님 눈에는 그렇게 무력해 보일지라도 언젠가 키에라가 집으로 돌아오면 과거를 극복하고 앞으로 나아갈 수 있으리라는 것을 나는 알았다. 부부 중 에런만이 내 청을 받아들여 함께 커피를 마셔주었다. 그와의 대화에서는 그의 눈물과 작별 인사를 하기 전 그가 한참 안아주던 것밖에 기억나지 않았다. 에런은 거의 말이 없었다. 예전 모습과 달라도 너무 달랐다. 우리 둘 다 똑같은 불운을 겪은 사람들이었다.

그 시기에 나는 신문사에서 내 입지를 확고히 다졌다. 탐사보도팀의 ―감사하게도 노라 폭스가 더 이상 없었다― 요구에 부응하려고 부단히 노력했고, 함께 일하기 좋은 유연한 밥과는 친근한 동료 관계를 쌓았다.

우리는 2010년 한 해를 기사 하나를 작성하는 데 몽땅 퍼부었는데 많은 자원과 그보다 훨씬 많은 필 마크스의 인내심이 들어갔다. 유명한 휴대폰 회사가 중국에 설립한 공장에서 노동자 열두 명이 스트레스와 열악한 근무 조건 때문에 스스로 목숨을 끊은 대외적으로 알려지지 않은 사건이었다. 11월 첫째 주, 열두 면에 달하는 보도 기사가 거리에 배포되고 필이 우리 셋을 사무실로 불렀다. 그리고 축하 인사를 건네며 2주 간의 휴가를 주었다.

하지만 내게 필요한 것은 휴가가 아니라, 몇 년 동안 나를 괴롭혀왔던 질문에 대한 답을 찾는 것이었다. 키에라 템플턴은 어디에 있는가? 누가 아이를 데려갔는가?

나는 디지털로 변환한 키에라 비디오를 수차례 다시 보았다. VLC 프로그램을 이용해 재생 목록을 만들고 한 영상의 재생이 끝나면 다음 영상으로 곧장 넘어가게 했다. 나는 그런 식으로 온종일 키에라가 성장하는 모습을 지켜보며 아이의 삶을 상상했다. 그러다 보니 아이에게 구출이 정말 필요한 상황인지 의심이 들기까지 했다.

그러다 아이디어가 떠올랐다. 영상이 녹화된 것과 똑같은 방식으로 테이프를 봐야겠다는 것이었다. 나는 1985년식 산요 VHS 기계를 사기로 마음 먹었다. 크레이그리스트에서 부품용으로 판매 중인 두 개의 골동품을 발견하고는 그중 하나를 사서 해결책이 될 수 있을지 보기로 했다. 약속 장소인 한 모퉁이에서 나는 한 뚱뚱한 남자를 만났다. 그는 낡은 비디오 가게를 운영하다가 가게를 접기 위해 가게 안의 모든 물품을 처분하는 중이었다.

"100달러예요."

그가 인사를 건네고, 지금은 내 기억에 남아 있지 않은 자기 이름을 말했다. "적어놨듯이 고장 났어요. 하지만 고치기 쉬울 거예요. 마그네틱테이프의 장력 조절 부품 하나만 갈면 작동할 겁니다."

"맞는 부품은 어디서 구할 수 있을까요?" 나는 혹시 또 망가진 곳이 없나 살피기 위해 외관을 쓱 훑으면서 물었다.

"아무 데서나 못 구해요. 이 공룡 같은 유물을 고칠 수 있는 곳은 뉴욕을 통틀어 두세 곳밖에 없어요. 사실 고쳐 쓸 만한 가치는 없죠. 스트리밍이 미래라고들 하잖아요? 그래도 뭐, 오래된 비디오테이프라도 있으면 이게 답이죠. 다른 선택지가 없어요."

"수리점이 두세 군데뿐이라고요?" 머릿속에서 불꽃이 튀었다.

"네, 그래요. 제가 사는 뉴저지를 포함해서요. 시내에 있는 비드리페어라는 오래된 수리점은 몇 달 전 문을 닫은 걸로 알고 있어요. 이런 오래된 물건들은 자주 고장이 나는데도 말이죠. 안에 먼지가 쌓이면 플라스틱 부품이 부러지거든요. 하지만 물론 이런 걸 쓰는 사람도 이제 없죠. 사양길에 접어든 사업이에요. 제 가게처럼요. 슬프지만 어쩔 수 없죠. DVD조차 디지털 세계가 도래하는 걸 막지는 못할 거예요."

"그 가게들 이름 좀 알려주시겠어요?" 뭔가 중요한 단서를 곧 알아내게 될 것처럼 가슴이 두근거리기 시작했다.

55장

**2003년 11월 26일
첫 번째 테이프 발견 하루 전
알 수 없는 장소**

연민이 꽃을 피우려면 사랑과 고통이 필요하다.

2003년 추수감사절 하루 전, 아이리스는 아침나절을 키에라와 집에서 보냈다.

"엄마, 나 어때?" 키에라가 주황색 식탁보를 원피스처럼 걸친 채 물었다.

"가장 중요한 게 빠졌네, 우리 딸." 아이리스가 똑같은 색깔의 리본을 허리에 묶어주며 말했다.

아이리스는 키에라와 공주 놀이를 하는 게 좋았다. 남들의 의심을 살까 봐 원피스를 많이 사주지는 못했지만 키에라의 가는 허리에 식탁보를 둘러 즉석에서 원피스를 만들어주는 건 열심히 했다. 덕분에 수천 가지 방식으로 꾸미면서 놀 수 있었다. 키에라가 상상력을 발휘하면 무엇을 가지고든 장신구와 액세서리를 만들어낼 수 있었다. 키에라가 변기 솔로 왕홀을 만들었을 때를 제외하고는 거의 매번 결과가 좋았다.

"필요한 게 하나 더 있어. 금방 돌아올게." 키에라가 갑자기 그렇게 말하고는 침실로 행복하게 팔짝팔짝 뛰어갔다. 아이리스가 아이가 괜찮은지 확인하기 위해 8번 채널을 두 번이나 확인하며 기다린 지 어언 한 시간, 키에라가 마분지에 마카로니를 꽂아서 만든 왕관을 쓰고 침실에서 나왔다.

"지금은 어때? 나 예뻐?"

아이리스는 웃었다. "예쁘고말고, 우리 아가." 그녀의 목소리에 자신이 아이를 잘 키우고 있다는 따스한 자부심이 묻어났다.

그들은 대부분의 시간을 이렇게 보냈다. 함께 놀고, 전에는 들여다본 적 없는 오래된 책을 읽고, 거실 소파에 누워 월이 모아둔 영화 비디오를 보았다.

월의 죽음은 이제 지나간 일이 되었다. 아이리스는 월이 죽고 난 뒤 온갖 스트레스에 시달리며 힘든 시기를 버텼다. 가끔 남편의 사망신고서를 작성하기 위해 외출해야 했는데 그때마다 키에라에게 누가 와도 절대 문을 열어주지도 말라고, 지난번처럼 병에 걸릴지도 모르니 밖에 나갈 생각조차 하지 말라고 신신당부했다.

아이리스는 그런 외출은 가능한 짧게 끝내려고 노력했다. 필요할 땐 일정을 한꺼번에 처리하지 않고 다른 날로 나누었다. 한

번에 한 가지 용무만 처리해서 서둘러 귀가했고, 키에라가 무사하다는 것을 확인하는 순간 안도의 한숨을 쉬었다. 아이리스는 그 몇 주 동안 앞으로 두 사람이 어떻게 지낼지 걱정에 사무쳤다. 키에라를 하루 종일 혼자 두고 밖에 나가 일을 할 수는 없었다. 아이리스는 윌을 수없이 저주했다. 너무 미워서 심지어 그의 장례식에도 가지 않고 먼 친척들에게 사망 소식조차 알리지 않았다. 그녀에게 윌은 상황을 복잡하게 만들고 세상을 떠난 겁쟁이였다.

그러다 얼마 안 가 윌이 사망하면서 100만 달러에 가까운 보험금이 나온다는 사실을 깨달았다. 윌이 정비소에서 일하며 아이리스도 모르게 생명 보험에 가입한 것이었다. 여기에 지방 당국으로부터 철도 건널목에 적절한 신호체계를 설치하지 않은 것에 대한 보상금까지 지불되었다.

아이리스는 은행 계좌를 확인하고 남편의 비극적 사건으로 받게 된 보상금 액수를 알게 된 뒤 몇 시간 동안 눈물을 흘렸다. 윌의 죽음은 그녀와 딸에게 재앙이 아니라 구원이었다. 덕분에 아이리스는 남편을 자신의 인생을 더 나은 방향으로 바꿔준 특별한 사람으로 기억하게 되었다. 결국 밀라를 그녀의 품에 안겨준 사람도, 하루 종일 아이와 함께 보낼 기회를 준 사람도 윌이었다.

윌의 죽음으로 바깥세상이 위험하다는 생각 역시 더욱 공고해졌다. 정체 모를 파장이 아이에게 첫 발작을 일으켰다는 추정에다가 윌처럼 바깥에 나가면 죽을 수도 있다는 두려움이 더해진 탓이었다.

결국 키에라는 바깥에 나가는 것은 위험하다고 확신하는 지경에 이르렀고 엄마가 외출할 때마다 제발 조심하라고 매달렸다. 아이리스는 조금씩 용기를 내 아이를 집에 혼자 두고 장을 보러 외출하는 시간을 늘렸는데, 귀가할 때면 놀랍게도 키에라가 달려와서 집에 무사히 돌아온 것에 감사하며 그녀를 안아주었다. 이유는 달랐지만 키에라는 아이리스만큼 외출을 두려워하게 되었고, 이러한 공동의 적과의 싸움은 그들을 훨씬 돈독하게 만들어주었다. 사실 적이 존재하지는 않았지만.

한번은 아이리스가 장을 잔뜩 보고 돌아와서 어쩔 수 없이 현관문을 닫지 못하자, 놀랍게도 키에라가 달려와서 문을 닫으며 이렇게 말했다. "엄마, 제발 조심해. 나 또 아프기 싫어."

아이리스가 의도한 것은 아니었지만 키에라를 집 안에 감금시키는 과정은 야생 코끼리를 길들이는 과정과 비슷했다. 우선 코끼리를 기둥에 묶고 움직이려 할 때마다 매질을 해서 꼼짝도 못 하게 한다. 그러다 매질을 멈추면 코끼리는 탈출을 더 이상 시도하지 않는다. 조련사가 자신을 고통에서 구해주었다 여기고 안전하다는, 심지어 행복하다는 느낌을 받기 때문이다. 키에라는 코끼리가 잔혹한 조련사의 곁에서 안전함을 느끼는 것과 마찬가지로 자신의 발작을 외출과 연결시키며 더 이상 안전한 환경에서 벗어나고 싶어 하지 않았다.

그날 오후 옷 만들어 입기 놀이를 끝낸 나음 키에라는 엄마
의 머리를 손질하겠다고 나섰다. 그러다 빗으로 머리를 획 잡아
당기는 바람에 아이리스가 아파서 웃음을 터트렸다. 뒤이어 역
할을 바꿨지만 아이리스는 부드럽고 조심스럽게 아이의 머리를
빗겼다. 키에라의 머리칼이 어찌나 검고 길었는지 맨손으로 비
단 손수건을 어루만지는 것처럼 빗이 슥 미끄러졌다. 키에라는
엄마의 손길이 너무 편안해서 텔레비전으로 〈마틸다〉를 보면서
한동안 빗질을 즐겼다.

영화가 끝나자 키에라가 침실로 가서 〈나홀로 집에〉에서 배
운 크리스마스 캐럴을 부르기 시작했다. 그리고 거실로 돌아오
자 엄마가 리모컨을 들고 울고 있는 모습이 보였다.

"엄마? 왜 그래?" 키에라가 놀라서 물었다.

"아무것도 아니야, 아가… 그냥… 나쁜 기억이 떠올라서."

"아빠 기억?"

"응, 아가." 거짓말이었다. "아빠 기억."

"걱정 마, 응?" 키에라가 엄마의 얼굴을 쓰다듬으면서 말했
다. "내가 옆에 있잖아. 아빠는 천국에서 잘 지낼 거야. 그 영화
〈모든 개들은 천국에 간다〉에서처럼."

아이리스는 웃었다. 키에라는 이따금 문제를 단순화해서 가
볍게 바꿔버렸는데 아이가 이런 위트 있는 말을 할 때마다 웃지
않을 수 없었다.

"아빠를 개에 비유한 거야?" 아이리스가 눈물을 닦으며 미소

지었다.

"아니!" 키에라가 말했다. "그냥… 엄마가 우는 게 싫어서. 내가 동화책 읽어줄까?"

"그래, 아가. 엄마한테 책 읽어줘." 그녀가 답했다. "그 전에 엄마한테 10분만 줄래? 거실에서 할 일이 있어."

"나는 방에 가 있을까?"

"인형의 집을 가지고 놀고 있으면 금방 갈게, 괜찮지?"

"엄마 정말 괜찮은 거 맞아?"

"응, 밀라. 진짜 괜찮아."

키에라는 혼란스러운 마음을 안고 침실에 들어가서 문을 닫았다. 엄마한테 무슨 일이 생겼는지 궁금해 몇 분 동안 알아내려 애를 썼다. 아이는 어렸지만 관찰력이 좋았고, 엄마가 행복해하는 모습을 보고 싶어 했다.

그러는 사이 거실에 있던 아이리스는 텔레비전을 다시 틀고 안테나를 연결해 채널을 맞췄다. 이미지가 화면 가득 다시 나타나자마자 아이리스는 리모컨을 바닥에 떨어트렸다. 화면 속에서 부모가 서로를 부둥켜안고 세 살 난 여자아이의 사진을 마주보며 흐느끼고 있었다. 아이리스도 잘 아는 아이, 바로 키에라였다. 그 전날 부모가 해럴드 스퀘어에 마련된 추모 집회에서 서로를 부둥켜안고 있는 장면이었다. 집회에는 그 사건을 기억하는 친구 및 시민을 포함해 200여 명의 사람들이 참석했다. 마이크 앞에 서 있는 그레이스의 두 눈은 울어서 빨갰고 얼굴은 고통으로 지쳐 있었다. 그녀의 옆에 선 에런 템플틴은 초점 없는 눈빛에 얼굴이 일그러져 있었다. 두 사람은 과거의 모습을 잃어버린 그림자였다. 아이리스는 볼륨을 높이고 딸을 잃어버린 엄마의 갈라진 목소리를 처음으로 들었다.

"이제 곧 여덟 살이 되겠구나, 사랑하는 내 딸." 그레이스가 앞에 선 사람들을 향해 말했다. 사진을 보니 키에라가 엄마와 함께 살면서 얼마나 행복했는지 알 수 있을 듯했다. 〈프레스〉와 몇 년 전 텔레비전에서 본 광고 사진과는 너무 달랐다. 활짝 웃는 얼굴에 보조개와 앞니 사이의 틈새가 보였다. 아이의 두 눈이 깊고 순수한 행복으로 빛났다. "네가 자라는 모습을 관찰하고, 네가 넘어지는 모습을 보고, 무릎의 상처를 치료해주고, 밤마다 네가 가장 좋아하는 자장가를 불러주면서 아무 일도 없을 거라고 말해줄 수만 있다면 얼마나 좋을까." 그레이스 템플턴은 떨리는 목소리를 가다듬기 위해 잠시 말을 멈추었다. "너를 바른 아이로 키울 기회가 주어졌다면 얼마나 좋았을까, 우리 아가. 네 이마에 훨씬 자주 입 맞춰 주었다면, 지금 내 두 눈으로 너를 보고 괜찮다는 사실을 확인할 수만 있다면 얼마나 좋을까. 제 아이를 데려간 사람에게 자비를 청합니다. 만에 하나 제 딸이 끔찍한 짓을 당해서 어딘가에 묻혀 있다면 딱 하나만 부탁하겠습니다. 제발 아이가 어디 있는지만 알려주세요, 그래야…." 그레이스가 눈물을 쏟았고 에런이 그녀를 안아주었다. 크리스마스 조명에 둘러싸인 옛 템플턴 부부의 집이 화면에 나타나자 기자의 목소리가 흘러나오며 실종 후 며칠 동안 집 안에 직통 전화를 개설했으나 아무런 실마리도 건지지 못했음을 시청자들에게 상기시켜주었다.

아이리스는 눈물을 펑펑 흘리며 그 영상을 지켜보았다. 이제껏 자신이 그들에게 어떤 고통을 안겨주었을지 제대로 생각해본 적이 없었다. 키에라에게 가족이 있고 그들이 아이를 찾고 있다는 건 알았지만 자신이 안긴 고통의 크기를 가늠해본 적은 없었다. 하지만 온 마음을 다해 아이를 사랑하게 되다 보니 템플턴 부부가 아이를 얼마나 사랑했을지도 이해가 됐다. 그레이스 템플턴이 딸에게 호소할 때 그랬던 것처럼 아이리스의 아랫입술이 떨렸다. 그녀는 그레이스에 대해, 그 부모가 어떠한 지옥에 살았고 자신이 무엇을 해야 하는지에 대해 생각했다.

아이리스의 두 눈에서 죄책감 어린 눈물이 멈출 줄 모르고 폭포수처럼 쏟아졌다. 그녀는 그레이스의 이미지를 뇌리에서 지우기 위해 채널을 돌리려다 우연히 8번 채널을 눌렀다. 그러자 식탁보로 만든 주황색 원피스를 걸친 채 인형의 집을 평온하게 가지고 노는 키에라의 모습이 나타났다.

아이리스는 웃었다.

그녀는 눈물을 흘리면서 짧고 불안한 웃음을 터트렸다. 불현듯 생각할 틈도 없이 미친 아이디어가 하나 떠올랐다. 재앙과도 같은 결과를 초래할 수도 있는 아이디어였다.

아이리스는 윌이 모아둔 비디오테이프로 가득한 선반을 뒤지

다가 다양한 브랜드의 새 TDK 테이프가 담긴 상자를 찾아냈다. 그리고 한참 동안 천으로 테이프를 닦아서 자신이 범인으로 지목될 만한 지문 등의 단서가 발견되지 않도록 주의했다. 그녀는 VCR에 테이프를 넣고 자신이 무슨 짓을 하는지 생각도 하지 않고 녹화 버튼을 눌렀다. 그리고 녹화하는 동안 키에라가 방을 돌아다니는 장면을 지켜보았다. 아이리스는 1분 후 녹화를 멈추고 라벨지에 마커펜으로 '키에라'라고 쓴 다음 다시 지문을 지우기 위해 테이프를 닦았다. 완충제가 든 봉투에 테이프를 넣고 키에라의 방문을 두드리는데 심장이 미친 듯이 뛰었다.

"무슨 일이야, 엄마?" 키에라가 엄마가 다시 나타나자 물었다. "진짜 괜찮아?"

"그럼, 우리 딸… 그게 말이야… 오늘 저녁에 밖에 나가서 친구한테 소포를 줘야 하는데… 나한테 무슨 일이 생길까 봐 말이야." 아이리스는 너무 자세히 알려주지 않으려고 서둘러 말했다.

"가지 마, 엄마." 키에라가 걱정스레 답했다. "친구가 이리로 오면 되잖아. 밖은 위험해. 엄마한테 무슨 일 생기는 거 싫어."

"그래도 가야 해, 키에라. 친구가 몸이 좋지 않아…. 소포를 받으면 도움이 될 거야. 혼자서도 괜찮겠지?"

키에라가 아이리스를 안아주며 귀에 대고 속삭였다.

"응, 엄마. 아무한테도 문 안 열어줄게. 불도 꺼놓을 거야. 하지만 돌아오겠다고 약속해." 키에라가 다정한 목소리로 말했다.

"약속할게, 아가."

56장

미렌 트리그스
2010년 11월 26일
마지막 테이프 도착 하루 전

과거도 지금 현재가 그런 것처럼

그 당시 사람들에게는 낯설게 보였을까?

나는 이튿날 아침 일찍 첫 번째 VCR 수리점에 도착했다. 뉴저지에 위치한 곳으로, 내게 산요 VCR을 판 판매자의 말에 따르면 뉴욕 전체를 통틀어 최고의 수리점이었다. 그곳 사장인 타일러가 자신이 못 고치거나 해결책을 찾지 못하는 물건이 있으면 그 보상으로 수백 개에 달하는 자신의 멀쩡한 기기 중 하나를 준다는 말도 덧붙였다.

좁고 긴 가게 양옆으로 낡은 비디오플레이어들이 놓인 철제 선반들이 안쪽 책상까지 즐비하게 늘어서 있었다. 가게 안에 들어서자마자 이전 세대의 삶을 바꾸어 놓았으나 결국 훨씬 나은 기술이 등장하면서 거부당하고 만 한물간 기술의 공동묘지에 들어선 기분이었다. 하지만 그런 게 진화라는 것이 아닐까? 변화하며 앞으로 나아가고, 뒤에 남은 것들에 대해선 신경 쓰지 않는 것.

60대가량의 남자가 한 선반 뒤에서 불쑥 나타나 나를 반갑게 맞아주었다. 그에게서 90년대 영화가 흠뻑 스며 있는 듯한 따뜻한 편안함이 뿜어져 나왔다.

"어떻게 도와드릴까요?" 그가 물었다.

"안녕하세요… 미렌 트리그스라고 합니다. 〈맨해튼 프레스〉 기자예요."

"기자가 여기에 웬일인가요? 이 가게도 오래 못 갈 텐데. 신문사에서 이런 가게에 관심이 있을 리는 없고."

"그게, 세상이 지금처럼 굴러간다면 우리 같은 언론사가 이런 가게에서 배울 점이 많을지도 모르겠어요." 나는 최대한 활짝 웃으며 답했다. 그의 도움이 필요했다. 이 마지막 시도마저 허사로 돌아갈 수도 있었지만 시도는 해봐야 했다.

"거 말 한번 잘했네요." 그가 웃었다. "그래서 뭐가 필요한데요? 이 가여운 늙은이가 어떻게 도와드리면 될까요?"

"좀 터무니없는 질문일 수도 있는데… 혹시 최근 몇 년 사이에 1985년식 산요 VCR를 수리하신 적 있나요?"

"1985년식 산요 VCR이요?"

"기억하기 쉽지 않으시겠죠. 그 기기를 가진 사람을 찾고 있는데, 이게 제 마지막 시도예요."

“이유를 물어봐도 될까요?”

에잇, 모르겠다, 나는 속으로 생각했다. 정직함도 무기가 될 수 있지 않을까. 최소한 좋은 사람들을 하나로 묶을 때에는. 게다가 그 가게 주인은 마음속 깊은 곳에서부터 선함이 뿜어나오는 것 같았다.

“혹시 키에라 템플턴 사건을 기억하세요? 오래전에 실종된 여자아이요. 한참 있다가 누군가가 그 아이가 찍힌 비디오를 보냈잖아요.”

“네, 당연히 기억하죠. 어떻게 잊겠어요? 그 테이프들 때문에 관심을 안 가질 수가 없었죠. 해를 가하려고 그런 걸 이용하다니… 양심이 단단히 썩은 자들이에요.”

“그 테이프들에 영상을 녹화할 때 쓴 기기가 1985년식 산요 VCR이에요. 마그네틱 테이프의 장력 조절 암의 패턴으로 알아냈어요.”

“산요의 장력 조절 암이요?” 그가 어리둥절한 목소리로 말했다.

“맞아요.”

“필립스 VCR도 똑같은 장력 조절 암을 쓴다는 거 아세요?”

“정말요?” 나는 놀라서 물었다.

“산요 제품에만 산요 장력 조절 암이 있는 게 아니에요. 필립스는 당시 자체적으로 VCR을 제작하지 않았어요. 최소한 전부는 제작하진 않았죠. 그래서 산요에서 자사 브랜드 제품에 사용한 것과 동일한 장력 조절 암을 이용해 필립스의 VCR을 제작해 줬어요. 두 회사 간에 어떤 계약이 있었는지는 모르겠지만 그 시대 출시된 VCR 팬이라면 다들 아는 사실이에요." 그가 당연한 사실을 말하듯 설명했다.

"조사 범위를 필립스 비디오 기기까지 넓혀야 한다는 말씀인가요?"

그가 예의 바르게 웃었다. "네, 그렇습니다."

"그렇다면 혹시… 같은 종류의 산요나 필립스 제품을 수리하신 적 있으세요?"

그가 웃으며 고개를 끄덕였다. 그 순간 심장이 멎을 것 같았다. 나는 눈을 감고 숨을 깊이 들이쉬었다. 어쩌면 이번에는 소득이 있을지도 몰랐다. 이 마음씨 좋은 아저씨가 내 모든 질문에 대한 답을 갖고 있을지도 몰랐다.

"내 기억이 맞다면 지난 3년 동안 해당 모델을 열에서 열두 개 정도 고쳤을 거예요. 그 장력 조절 암이 고장이 꽤 쉽게 나거든요. 어떤 모델은 품질 관리를 제대로 못 하면 5년도 채 못 가서 암이 고장나죠."

"5년이라." 나는 머리를 굴리며 한숨을 쉬었다. "누군가 아직 그 제품을 쓴다면 정기적으로 수리를 받아야겠네요."

"그렇죠. 초기에 샀다면 그럴 거예요. 초기 모델들은 결함이 많아요. 기술이라는 게 항상 그렇잖아요?"

"그러면 혹시 여기서 VCR을 수리받은 고객 명단을 갖고 계세요?”

그가 나를 보고 다시 웃었다. “청구서를 뒤지려면 한참 걸리겠지만… 물론 갖고 있죠. 여기서 기기를 수리받은 고객이라면 인적 사항을 적고 보증금을 걸게 돼 있어요. 몇 시간만 주면 얼마나 있는지 확인해볼게요.” 그가 답했다. 최근 몇 년 동안 내가 들은 가장 희망적인 문장이었다.

나는 문 옆에서 평화로워 보이는 거리 풍경을 바라보며 인내심을 가지고 기다렸다. 키에라든, 아니면 사라진 후 소식이 완전히 끊긴 어떤 누군가든 근처의 어느 어두컴컴한 구석에 있을지도 몰랐다. 그런 생각을 하면 오래전 나를 짓누르던 두려움이 되살아나 공포스러웠다. 두 시간 뒤 타일러가 공책에서 종이 한 장을 뜯어내 문밖으로 들고 나왔다. 거기엔 열한 명의 이름과 주소가 적혀 있었다. 그 낡은 회계 장부에는 그뿐 아니라 부품, 교체품, VHS 테이프, 수리 내역 등 어떤 부분을 수리했는지, 그밖에 어떤 제품을 샀는지, 그리고 몇 날 며칠에 수리 내용을 기입했는지 손글씨로 적혀 있었다. 그의 말에 따르면 은행 업무를 처리할 때 문제가 되지 않도록 카드 결제 내역도 세세히 적어둔다고 했다. 누가 그런 문제를 원하겠는가?

“고마워요.” 내가 말했다. “세상 사람들이 전부 사장님 같다면 얼마나 좋을까요.”

“그런 사람은 이미 많아요, 기자 양반. 기자 양반이 제대로 된 곳을 찾아보지 않아서 그렇지.” 그가 이렇게 답하고 가게 안으로 또다시 사라졌다.

대부분의 주소지가 강 안쪽이었으므로 해가 떨어지기 전에 그곳들을 방문할 수 있을 듯했다.

계획 같은 건 없었다. 무언가 의심스러운 걸 포착했을 때 어떻게 행동해야 할지도 몰랐다. 밀러 요원에게 전화해서 새로 얻은 정보를 알려줄까 고민했지만 그러면 시간만 더 허비할 것 같았다.

나는 목록에 적힌 첫 번째 고객인 매튜 픽스라는 사람의 집을 방문했다. 웬 70대 노인이 문을 열어주었다. 그에게 VCR을 수리한 적 있냐고 묻자 조금의 망설임도 없이 플레이어를 보여주고 나머지 집 안을 구경시켜 주었다. 그는 VHS 테이프 영상 고유의 투박한 이미지와 테이프를 되감을 때의 마법 같은 기다림의 순간이 너무 좋다고 했다. 그러면서 자신의 결혼식도 VHS로 녹화해서, 10년 전 사별한 아내와 결혼하던 순간이 담긴 그 테이프를 죽는 그날까지 매일 밤 볼 거라고 말했다.

나는 따뜻하면서 한편으론 씁쓸한 마음으로 그 집을 나섰다. 그리고 해가 지기 전에 세 곳을 더 들렀다. 결과는 전부 같았다. 다들 DVD나 블루레이로는 구할 수 없는 영화를 본다는 가능성을 잃기 싫어하는 비디오 추종자들이었다.

뉴저지주 파사익 카운티의 클리프턴에 위치한 불을 밝힌 작은 흰색 목조 주택 앞에 차를 세웠을 때는 이미 해가 진 뒤였다. 큰 기대는 없었다. 하루를 희망차게 시작했지만 오후가 되면서 점점 마음이 심란해진 터였다. 문을 두드리자 금발에 곱슬머리를 가진 여자가 근심 어린 표정으로 문을 열었다.

"안녕하세요?" 나는 긴장을 숨기려고 애썼다. "윌리엄… 윌리엄 녹스 씨 댁 맞나요?"

57장

**2010년 11월 27일
마지막 테이프가 도착한 날
뉴저지주 클리프턴**

침묵이 말보다 많은 것을 말한다.

"안녕하세요. 윌리엄… 윌리엄 녹스 씨 댁 맞나요?" 미렌이 폴더를 찾아보며 물었다. 밤 10시라 밀라는 평소처럼 잠든 터였다. 아이의 엄마는 아이가 열다섯이 되었는데도 아이를 여전히 어린애처럼 다루었다.

아이리스는 몸이 얼어붙었다. 수년 동안 어느 누구도 윌을 찾지 않았다. 전화요금 명세서와 은행 계좌의 이름을 바꿨는데도 남편을 찾는 사람이 나타나자 정신이 혼미했다.

"그게… 네, 예전에는 그랬죠. 제… 남편이에요. 몇 년 전에 세상을 떠났지만요."

"그렇군요… 그래서 찾아온 겁니다. 저희가… 남편분의 신용

카드 내역에서 이상한 점을 발견했거든요.”

“무슨 일인데요? 그런 일을 처리하기엔… 좀 늦은 시간 아닌가요?” 아이리스가 재빨리 머리를 굴리며 불안하게 물었다. 밀라는 이미 자고 있었고 거실에는 숨길 게 없었다.

“아… 네. 늦은 시간인 건 압니다만 더 일찍 올 수가 없었어요. 그게 말이죠… 남편분의 신용카드에 문제가 좀 있습니다. 돌아가신 후에도 계속 사용된 것으로 보이는데 그게… 회사 입장에서는 조사해야 할 문제거든요.”

“무슨 문제요? 매달 공과금은 꼬박꼬박 내고 있어요.”

“네, 네. 딱히 문제가 있다는 건 아니고요. 제가 자세히 설명을 안 드렸네요. 그냥 서류만 작성하고 남편분의 계좌에서 지불되는 내역과 관련해 몇 가지 질문에 대답만 해주시면 됩니다. 카드가 도난당했거나 타인에 의해 무단으로 사용되지 않았다는 걸 확인하는 차원이에요.”

“타인이 무단으로 사용해요?”

“생각보다 자주 일어나는 일이에요. 카드를 복제하는 거죠. 소유주가 발견했을 즈음에는 계좌가 바닥나 있는 경우가 많아요.”

“세상에 끔찍해라. 저는 한 번도… 한 번도 카드에서 수상쩍은 내역을 못 봤어요.”

“잠시 들어가도 될까요? 잠깐이면 돼요. 밖에 서 있으려니 추워서요.”

아이리스는 고개를 끄덕였다. 혼란스러웠지만 미렌을 바깥에 세워둘 수는 없었다. 그날따라 얼음장 같은 바람이 쌩쌩 분데다가 이 여자가 위협적인 존재로 보이지도 않았다. 미소를 띤 얼굴과 에너지가 넘치는 시선으로 보아 보험 외판원이 살짝 떠올랐다.

미렌은 티 안 나게 집 안의 이곳저곳을 훑었다. 탁자, 소파, 커피 테이블, 텔레비전, 필립스 비디오플레이어가 보였다. 벽에는 퍼니툴즈에서 파는 감청색 바탕에 오렌지 꽃모양이 수놓아진 벽지가 도배돼 있었다.

"감사합니다, 녹스 부인."

"천만에요. 은행 직원이세요? 처음 본 것 같아서요." 아이리스가 앉으면서 미렌에게도 앉으라고 손짓했다.

"카드 회사에서 나왔어요. 맹세컨대 잠깐이면 됩니다."

"그러세요." 아이리스가 마침내 승낙했다.

미렌은 다시 집 안을 둘러보았다. 긴 복도, 맹꽁이자물쇠가 열려 있는 초록색 찬장, 창가의 얇은 커튼이 보였다. 복도 끝에는 문이 두 개 있었는데 전부 닫혀 있었다.

"무슨 일을 하세요?" 미렌이 소파에 앉자마자 던진 첫 번째 질문이었다. 미렌은 볼펜을 꺼내서 답을 받아적을 듯한 시늉을 했다.

"그게 말이죠…. 대답하기 어려운 질문이네요. 그냥… 살림을 해요. 남편이 죽고 우리한테 꽤 많은 돈을 유산으로 남겼어요.

검소하게 살면… 저축만으로 살 수 있어요.”

미렌의 머릿속에 경보가 울렸다. 그 단순하고도 하찮은 ‘우리’라는 단어에 귀가 쫑긋 섰다.

“자식이 있으세요, 녹스 부인? 서류에는… 안 적혀 있네요.”

아이리스는 목 뒤편에서부터 발가락 끝까지 온몸에 전율이 흐르는 것을 느꼈다.

“아니요… 아이는 없어요. 하지만 개를 항상 좋아했어요… 저한테는 자식이나 다름없어요, 무슨 말인지 아시죠?”

미렌은 대답에 수긍하는 듯 웃었지만 속으로는 어딘가 이상하다고 생각했다. 거실에 개집은 코빼기도 안 보일뿐더러 개 냄새도 전혀 안 났다. 오히려 집에서 꽤 퀴퀴한 냄새가 풍겼다.

“그렇군요… 그럼 넘어가서… 카드 내역을 보죠. 몇 가지 구매 건에 대해 확인해주셔야겠어요.”

“그럼요, 말씀해보세요.”

“3년 전 6월 18일에 누군가 핸슨 수리점에서 남편분 신용카드로 12달러 40센트를 쓰셨네요. VHS 테이프를 구매하신 것 같은데 구매자가 본인인가요?”

“핸슨 수리점이요?”

“이곳에서 10분 정도 떨어진 전자기기 수리점이에요. 타일러 씨라고 아세요?”

“음… 기억이 안 나요…. 하지만 기록이 그렇다면 그런가 보죠.” 그녀가 답했다.

미렌은 서류에 적힌 목록에 줄을 하나 긋고 다음으로 넘어갔다.

"2007년 1월 12일. 같은 가게에서… 64달러 20센트를 지출한 내역이 있네요. 맞나요?"

"2007년이요? 그게… 오래전 일이라 기억이 안 나요. 거기서 여러 번 물건을 고치긴 했는데… 그게 2007년 경인지는 확실하지 않네요."

"괜찮아요, 솔직히 말해서 이런 경우에는 부인이 결제한 게 맞는지만 확인해주시면 돼요. 매장에는 제가 연락해봤어요. 부인이 고객 명단에 있다고 확인해주더군요. 필립스 VCR을 수리했다고 나와 있었어요."

"아 네. 그랬던 것 같네요."

"저기 있는 저거 맞죠?" 미렌이 볼펜으로 VCR을 가리키고 다시 웃었다.

"아… 네."

"보물이죠. 연식이 얼마나 됐죠? 20년? 30년?"

"잘 모르겠어요… 윌이… 윌이 이 집으로 이사 올 때 샀어요. 예전에는 자주 사용했죠. 지금은… DVD며 티브이 때문에… 우리는 잘 틀지도 않아요."

복수형이 다시 등장했다. 뒤이어 불편한 침묵이 흘렀다. 미렌은 이번에는 스스로를 다잡았다.

"좋습니다. 이 정도면 충분합니다."

"정말요? 그러면 남편 계좌는 계속 써도 되나요?"

"그게, 남편분 계좌는… 사망진단서를 제출해서 해지하고 돈은 전부 부인 계좌로 옮겨야 해요. 그렇게 하는 게 정상적인 절차입니다. 처리 과정이 조금 느리긴 하겠지만 그게 최선이에요. 그래야… 귀찮은 문제가 안 생겨요." 미렌은 자리에서 일어나며 답했다. 그녀는 확신했다. 분명 뭔가 있다. 최적의 방법을 찾아내기 위해 머리가 미친 듯이 돌아갔다. 그녀는 여러 선택지를 비교하면서 아이리스를 뒤로하고 문 쪽으로 걸어갔다. 그때 슈모어 교수의 조언이 떠올랐다. "탐사보도 기자의 임무는 가설을 확인하는 거야, 미렌. 네 임무는 마거릿 S. 포스터로부터 그렇다 또는 아니다, 둘 중 하나를 이끌어내는 것뿐이야. 그녀에게 질문하고 반응을 관찰하기만 하면 알 수 있어."

"정말 그게 다예요?" 이번에는 아이리스가 웃으며 질문을 던졌다.

"네… 제가 보기엔… 필요한 건 전부 얻은 것 같네요…."

아이리스가 문을 열어주었고 미렌이 밖으로 나가다가 제자리에 서서 몸을 돌렸다. 막다른 골목에 다다른다 해도 모험을 해야 했다. 심장이 폭발해 수천 조각으로 쪼개질 것처럼 뛰었다.

"그게… 마지막으로 하나 더요." 미렌이 갑자기 말했다. 아이리스는 숨김없는 놀란 표정으로 그녀를 바라보았다.

"물론이죠, 뭐든 말씀하세요."

"혹시 두 분 중 아무나 '스몰러 홈 앤 가든'이라는 인형의 집을 구매한 적 있나요?"

아이리스의 표정에서 온기가 사라지며 순식간에 공포가 서렸다. 인형의 집은 시야에 없었다. 밀라의 방에 있었기에 그 여자가 그 장난감에 대해 알 리 만무했다. 아이리스는 어둠 속에서 무언가를 찾아야 하는 사람처럼 두 눈을 크게 뜨고 문 가장자리를 꽉 붙들었다. 그녀의 입술이 갑자기 갈급해진 공기를 간신히 들이마실 수 있을 만큼 벌어졌다. 그녀는 한동안 아무 대답도 하지 않았다. 그 사이 질문은 그 자체로 대답이 되었고 말해지지 않은 말들은 말을 한 것처럼 수많은 의미를 드러냈다.

"무… 무슨 말씀인지 모르겠네요." 아이리스가 한참 동안 문을 붙들고 있다가 답했다. "이제 그만 가주세요. 제가 할 일이 있어서요."

아이리스는 문을 거칠게 닫았다. 미렌은 혈관을 타고 솟구치는 아드레날린을 통제하려 애쓰며 믿기지 않는다는 표정으로 차로 걸어갔다. 어떻게 해야 할지 감이 안 왔다. 미렌이 차에 올라타 시동을 켜고 거리 끝까지 멀어지는 동안 아이리스는 얇은 커튼 뒤에서 그 모습을 지켜보았다. 마침내 미렌이 시야에서 사라지자 아이리스는 밀라가 놀라 잠에서 깰 정도로 큰 소리로 비명을 질렀다.

"엄마, 무슨 일이야?" 밀라가 복도 끝 방에서 나와 졸린 목소리로 물었다.

"옷을 챙겨라, 아가." 아이리스가 눈물범벅이 된 얼굴로 말했다. "한 시간 안에 떠날 거야."

"떠나? 거리로 나간다고? 무슨 소리야, 엄마? 그럼 또 아플 거야."

"선택의 여지가 없어." 아이리스가 흐느끼면서 말했다. "가야 해. 넌 괜찮을 거야."

"왜? 싫어!"

"밀라. 떠나야 해. 정말이야. 달리 방법이 없어."

"하지만 어디로 갈 건데?" 밀라가 충격을 받은 얼굴로 물었다.

"아무도 우릴 찾지 못할 곳으로." 아이리스가 말할 기력도 없는 기어들어가는 목소리로 말했다.

58장

2010년 11월 27일
마지막 테이프가 나타난 날
뉴저지주 클리프턴

일단 여정을 시작하면 또 다른 여정이 기다리고 있다.

밀라는 엄마가 지시한 대로 옷을 입었다. 스카프로 머리를 감싸고 밖이 컴컴한데도 선글라스를 꼈다. 옷이 온몸을 가려서 창백한 두 손과 분홍색 뺨, 입술밖에 보이지 않았다. 선글라스 때문에 밤길이 보이지 않아 엄마에게 꼭 매달린 채 발걸음을 옮겨야 했다. 언제라도 뇌전증 발작이 일어날 수 있어 염려스러웠다.

밀라는 지금까지 열 번가량의 발작을 겪었다. 발작은 보통 엄마와 말다툼을 하거나, 티브이로 스릴러 영화를 보거나, 양치질을 하고 난 후에 찾아왔다. 발작이 일어날 때마다 엄마는 밀라에게 발작의 원인이 전류, 와이파이, 휴대폰 기지국 등으로 인한 전자파 과민증이라는 신념을 더욱 강하게 심어주었고, 밀라는 바깥세상에는 방사능이 퍼져 있어 목숨을 잃을지도 모른다는 두려움을 안고 성장하게 되었다. 그런 까닭에 그들은 집에 케이블 티브이를 설치하지 않고 아이리스가 중고가게에서 사온 비디오를 재생해 영화만 시청했다. 가끔씩 아이리스 혼자 신호를 연결했다가도 키에라가 있을 때는 선을 뽑았다.

밀라가 짐을 챙기고 채비를 하는 동안 아이리스는 어디에 가서 뭘 해야 할지 고심했다. 시간이 별로 없었다. 그 여자가 인형의 집에 대해 물어봤다는 건 남은 시간이 얼마 없다는 뜻이었다. 아이리스는 여행 가방이 터지도록 짐을 싸고 차로 겨우 끌고 갔다. 10년도 더 된 작은 흰색 포드 피에스타로, 윌이 죽고 나서 장을 보기 위해 구입한 것이었다.

아이리스는 밀라가 차까지 걸어가도록 부축했다. 밀라는 아주 오랜만에 길거리의 찬 공기를 느꼈다. 집에서 멀어질수록 점점 몸 상태가 안 좋아지는 것 같았다. 순전히 세뇌를 당한 것일 뿐인데도 차에 올라타기 직전이 되자 다리에 힘이 풀렸다.

"몇 가지 더 챙겨올 테니 여기서 기다려." 아이리스가 밀라에게 명령했다.

아이리스는 집 안으로 돌아가 아직 뜯지 않은 TDK 비디오 하나를 상자에서 집어 VCR에 집어넣었다. 그리고 예전에 했던 것처럼 지금은 텅 빈 방을 1분가량 녹화했다. 이렇게 하면 그 부모가 딸의 소식을 더 이상 듣지 못한다는 뜻을 알아들으리라 생각했다. 작별 인사, 말 없는 헤어짐의 인사였다. 달리 방법이 없었다. 마음속 깊이 아이리스는 그들을 측은히 여겼다. 자신도 밀라가 없는 삶은 상상할 수 없었기에 그들이 얼마나 큰 고통을 겪었을지 가끔 떠올리며 가슴 아파했다. 사실 첫 번째 테이프도 그렇게 해서 탄생한 것이었다.

아이리스는 어찌해야 할 바를 몰라 밤새 이리저리 차를 몰고 뉴욕을 배회했다. 밀라는 이동하는 내내 낯선 세상에 매료되어 창밖 풍경에서 눈을 떼지 못했다. 이따금 저게 뭐냐고 묻기도 했다. 주유소, 이튿날 판매할 프레츨을 준비하느라 아직 문을 닫지 않은 빵집, 대형 쓰레기통 옆에 텐트를 치고 야영하는 노숙자 무리. 아이리스에게는 이렇다 할 계획이 없었다. 시계가 새벽 5시를 가리킬 때쯤 그녀는 자신이 다이커 하이츠에 있는 템플턴 부부의 옛집 앞에 차를 세웠음을 깨달았다.

몇몇 이웃집은 외부에 벌써 조명등 장식을 설치했지만 이른 시간이라 아직 꺼져 있었다. 정원 곳곳에 순록, 산타, 2미터가 조금 못 되는 장난감 병정이 눈에 띄었다.

매번 테이프를 배달할 때면 그랬던 것처럼 마음이 불편했지만 이번에는 달랐다. 옆자리에서 밀라가 무슨 일이 벌어지는지 알지 못한 채 선글라스로 투명한 피부를 일부 가리고 짙은 스카프로 머리를 둘둘 말고선 그녀를 쳐다보고 있었다.

“밀라, 저 우편함에 이 소포 좀 놓고 올래?” 아이리스가 수차례 심호흡을 하고 용기를 내어 물었다.

아이리스는 한 팔을 뒷좌석으로 뻗어서 푹신한 갈색 봉투를 집었다. 봉투 안에는 밀라가 한밤중에 길거리로 나가야 한다는 불안과 충격에 휩싸인 채 차에서 기다리는 동안 녹화한 테이프가 들어 있었다.

아이리스는 텔레비전을 켜고 8번 채널을 누른 다음 주황색 꽃무늬 벽지가 도배된 그 텅 빈 방의 이미지가 화면에 조금씩 모습을 드러내기를 기다렸다. 그녀는 그 부모를, 종종 뉴스에 등장해 누가 딸을 데려갔는지 몰라도 제발 돌려달라면서 울부짖으며 애걸복걸하던 에런과 그레이스 템플턴을 생각했다.

그들만 생각하면 가슴이 한껏 아려왔다. 그들의 존재가 떠오를 때마다 자신이 버티지 못하고 밀라가 진짜 가족과 마땅히 누려야 할 삶을 살도록 놓아주게 될까 봐 두려웠다. 네모난 방 안에 갇혀서 집 밖에 나가면 나쁜 일이 일어날 거라 믿으며 사는 지금의 삶이 아니라.

하지만 아이리스는 여전히 놓을 수 없었다. 이토록 사랑하는 밀라를 잃을 수는 없었다. 밀라는 아이리스가 존재하는 이유이자, 그녀가 살아 있다고 느끼게 만드는 유일한 존재가 되어버렸다. 설령 훔쳐 온 아이일지라도 아이 하나가 인간을 영원히 바꿔놓는다. 몇 시간 동안 부모를 찾으며 울다가도 어느새 환히 짓는 미소는 마음의 위안이었고, 놀이 중 터트리는 웃음만으로 아이리스는 첫키스를 한 듯 가슴이 벅찼다. '엄마, 사랑해'라는 말은 세상 모든 것을 무의미하게 만들었다. 아이는 사랑에 중독되게 만든다. 아이리스는 밀라와 그러한 유대감을 쌓고부터 아이와 영원히 헤어진다는 생각을 도저히 할 수 없었다. 지금은 10대 소녀가 되었지만 그 어린아이와 너무 많은 시간을 보내고 한없이 깊은 관계를 맺은 탓에 감히 아이와 떨어진다는 생각을 견딜 수 없었다.

미렌이 전날 밤 문 앞에 나타났을 때 아이리스는 어떻게 대응해야 할지 몰랐다. 뒤이어 몇 시간 동안 그녀가 떠올린 대안이라고는 사라지는 것밖에 없었다.

"여기는 왜 온 거야, 엄마? 이 봉투에 뭐가 들어 있어?"

아이리스는 한숨을 푹 쉬었다. 그리고 운전대를 부여잡고서 요동치는 가슴을 진정시키려 애썼다.

"나중에 말해줄게, 알겠지? 우리가 먼 길을 가야 해서… 몇몇 친구들한테 작별 인사를 하려는 거야."

"그래, 알았어, 엄마." 밀라는 잘 알지도 못하면서 동의했다.

밀라는 선글라스는 벗고 머리에는 여전히 스카프를 두른 채 차에서 내렸다. 손에는 숫자 4가 적힌 봉투가 들려있었다. 불이 꺼져 있는 그 집의 우편함으로 걸어가는데 이상한 느낌이 온몸을 타고 흘렀다. 아직 이른 시간이었다. 앞쪽으로 난 한 창문 너머로 크리스마스트리가 환하게 밝혀져 있는 광경이 보였다. 어딘지 친숙해 보이는 집이었다. 이전에 잠깐 본 것 같았지만 언제인지 기억할 수 없었다. 우편함에 도착한 밀라는 문을 여느라 낑낑거렸다. 한 번도 그런 걸 열어본 적 없는지라 방법을 몰랐다. 그렇게 씨름을 하고 있는데 옆으로 그림자가 드리우는 느낌이

들더니 어떤 여자의 목소리가 밀라에게 속삭였다.

"도와줄게, 키에라." 미렌이 최대한 차분한 목소리로 말했다.

밀라는 펄쩍 뛰면서 테이프를 땅바닥에 떨어트렸다. 한편 차에 앉아서 그 여자가 자기 딸에게 황급히 접근하는 모습을 지켜보던 아이리스는 자신이 가장 사랑하는 존재를 순식간에 빼앗긴 듯한 기분을 느꼈다.

아이리스는 서둘러 차에서 내려서 밀라에게 뛰어갔다.

"키에라?" 여자아이가 어리둥절해하며 물었다. "저기… 사람을 잘못 보신 것 같아요."

아이리스가 급히 다가오고 있었지만 미렌은 밀라가 전혀 위협을 느끼지 않도록 몸을 굽혀 조심스레 봉투를 집었다.

"누구세요?" 밀라가 물었다.

"네… 부모님의 오랜 친구란다."

"우리 엄마 아빠를 알아요?"

"그래. 어쩌면… 너보다 더 잘 알지도 모르지." 미렌이 답했다. 밀라는 그 말이 무슨 뜻인지 이해하려 애쓰며 얼굴을 찡그렸다.

"우리가 아는 사인가요?" 밀라가 이렇게 묻는 찰나, 아이리스가 옆에 도착해 밀라의 팔을 와락 붙들었다.

"가자. 가야 돼, 아가. 차에 올라타."

"무슨 일이야, 엄마?" 밀라가 혼란스러운 얼굴로 엄마에게 물었다. 엄마의 행동을 이해할 수 없었다.

"이 사람 알아?" 밀라가 물었다. "엄마 친구라는데."

“거짓말이야! 어서, 차에 올라타.” 아이리스가 절박하게 소리쳤다.

미렌은 우편함에 봉투를 넣고 문을 닫았다. 그녀는 아이리스가 키에라를 차로 끌고 가는 모습을 보고는 뒤를 쫓았다.

“그런 죄책감을 안고 어떻게 살 수 있죠?” 미렌이 물었다. 그 사이 아이리스는 밀라를 차에 밀어 넣고 빙 둘러서 운전석으로 갔다. “어떻게 어린아이의 인생을 송두리째 도둑질할 수 있어요?”

“당신이 뭘 안다고!” 아이리스가 소리를 지르고는 차 문을 열어 올라타려 했다.

“그래봤자 아무 데도 못 가.” 미렌이 이렇게 말하며 총을 꺼내 아이리스의 머리에 겨누었다.

아이리스는 잠시 숨을 참고 미렌을 슬픈 눈으로 바라보다가 이윽고 매달렸다. “제발… 안 돼요. 밀라는… 애가 무슨 잘못이겠어요. 착한 아이에요. 엄마를 잃게 할 수는 없잖아요.”

“알아요. 하지만 그런 비극을 겪을 이유는 예전에도 없었죠.” 미렌이 단호히 말했다.

아이리스는 무력하게 한숨을 내쉬었다. 눈가에 붉은 실핏줄이 드러났다.

“차에 타서 운전해요.” 미렌이 지금껏 내본 적 없는 위협적인 목소리로 말했다. 그녀는 뒷문을 열고 뒷좌석에 올라탔다. 바로 앞 좌석에 겁을 집어먹기 시작한 밀라가 앉아 있었다. “키에라는 진짜 부모에게 돌아가야 해요.”

59장

2010년 11월 27일
마지막 테이프가 나타난 날
센트럴 뉴욕

좋은 친구는 늘 곁에 있다,

눈앞에 안 보일 때조차.

짐 슈모어는 오전 나절 내내 강의실에서 학생들을 가르쳤다. 잠시 동안 그 학생들이 그를 바라보면서 허를 찌르는 질문을 던지고 그의 비판적인 사고를 시험대에 올리는 한 무리의 미렌 트리그스처럼 보였다. 그는 행복했다. 오랜 세월 강의에 열정을 쏟아부었지만 강의실에서 언론인의 영혼을 가진 학생을 단 한 명도 찾지 못했던 터였다. 하지만 그 세월이 마침내 종지부를 찍었다. 이번 학생들은 달랐다. 그가 질문할 때마다 학생들이 이미 똑같은 주제를 놓고 소셜미디어에서 토론한 티가 났다. 페이스북, 트위터, 레딧, 인스타그램 등에서 긴 논쟁을 벌이며 저마다 다양한 견해를 형성한 덕분에 그의 수업은 반론을 즐기는 이들에겐 더

할 나위 없이 훌륭한 토론의 장이 되었다. 인터넷의 즉각적인 속성은 정보와 토론으로 향하는 문을 활짝 열어주었다. 슈모어는 이번이 지금껏 가르친 최고의 수업이라는 데 의심의 여지가 없었다. 물론 소셜네트워크가 잘못된 정보를 퍼트리기도 했지만 특히 이번 학생들은 공식 출처에서 근거를 확인하지 않는 이상 정보를 곧이곧대로 믿지 않았다. 그는 이제껏 본 적 없는 힘과 욕망을 지닌 이 새로운 세대를 가르치는 일에 깊이 몰입했고 큰 보람을 느꼈다. 그래서 자신보다 더 배짱 좋은 이 예비 기자들의 굶주림을 충족시켜 줄 혁신적인 방법을 찾는 데 몇 날 며칠을 쏟아부었다. 슈모어는 그날 아침에만 여섯 시간 동안 내리 강의를 하고, 오후 3시에 컬럼비아대학 교수실에 도착한 뒤 휴대폰에 낯선 번호로 부재중 전화가 여러 통 와 있음을 알았다.

슈모어는 전화를 다시 걸까 말까 망설였지만 그는 저널리스트였다. 풀리지 않는 의문을 남겨둔 채 넘어가는 건 용납되지 않았다.

그는 전화를 걸었다. 전화벨이 세 번 울리자 웬 여자가 전화를 받았다.

"로어 맨해튼 병원입니다, 무슨 용건이시죠?"

"안녕하세요!" 슈모어가 말했다. "이 번호로 부재중 전화가 여러 통 와 있어서요. 무슨 일인가요?"

"성함이 어떻게 되시죠?"

"슈모어입니다, 짐 슈모어요."

“잠시만요… 확인해보겠습니다… 아니요… 착오가 있었나 보네요. 짐 슈모어라는 사람에게 전화한 기록이 없는데요.” 상대방이 무뚝뚝하게 말했다.

“착오요? 그럴 리가요. 부재중 전화가 네 통이나 와 있었어요. 저한테 용건이 있으니 전화하지 않았을까요?”

“네 통이요? 그렇군요. 잠시만요….” 목소리가 수화기에서 멀어지더니 다른 사람을 부르는 듯했다. “짐 슈모어라는 사람한테 전화한 적 있어요, 캐런?” ‘네’라는 조용한 대답이 들려오는 순간 걱정이 솟구쳤다.

“무슨 일인데요?” 그가 놀라서 물었다.

“잠깐만 계세요….” 목소리는 이내 훨씬 나긋하고 따스한 목소리로 바뀌었다. “짐 슈모어 씨세요? 짐 슈모어 교수님?”

“네, 무슨 일인데 그러시죠?”

“응급 시 연락처로 등록돼 계시네요…. 보자… 환자분 성함이….”

“응급 시 연락처요? 그게 무슨 말인가요? 누구의 응급 시요? 무슨 일인 거죠?”

짐 슈모어는 온몸에 땀이 나기 시작했다. 부모님이 뉴저지에 살고 계셔서 두 분 중 한 분에게 무슨 일이 일어났겠거니 짐작했다.

“부모님은 괜찮으신가요? 대체 무슨 일이죠?”

“부모님이요? 아니, 아니에요. 젊은 여자예요. 이름이… 미렌 트리그스네요. 아는 분이세요?”

60장

2010년 11월 27일

키에라 실종 12년 후

브루클린, 다이커 하이츠

혹여 그 모든 어둠이

내 눈을 가린 한낱 눈가리개 때문이었다면

어떻게 하겠는가?

"엄마, 이게 지금 뭐야?" 조수석에 앉아 있던 밀라가 놀라서 울먹이며 물었다.

밀라는 바깥세상에 아무런 준비가 안 돼 있었다. 이런 상황이 두렵고 너무 낯설고 이상한 나머지 밀라는 모든 감각을 차단해 버렸다.

아이리스는 가속 페달을 밟고 북쪽을 향해 속도를 높이기 시작했다. 아침 햇살이 강 건너편에 늘어선 고층 빌딩들을 마치 거대한 황금빛 기둥처럼 환히 비추었다.

"여기서 우회전해서 프로스펙트 공원 방향으로 가요." 미렌이 눈물을 흘리는 아이리스에게 총을 겨누며 명령했다. 그레이스 템플턴이 그 공원 옆에 살았다. 아이리스는 이따금 눈물을 훔치면서 앞만 바라보고 차를 몰았다. 이제 전부 끝났다는 걸 알았다. 곧 끝이 날 악몽과는 전혀 상관없는 10여 대의 차들이 그녀와 함께 달리며 하루를 시작하고 있었다.

"누구세요?" 아이리스가 물었다. "왜 이러는 거예요? 왜 내 딸을 데려가려는 거예요?"

"엄마! 무슨 일이야?" 키에라가 소리 높여 울부짖었지만 차 밖에선 들리지 않았다.

"네 딸? 키에라… 이 여자는 네 엄마가 아니야." 미렌이 목소리를 높였다.

"무슨 소리예요? 엄마, 저 말이 무슨 뜻이야?"

아이리스가 갑자기 속도를 높였다. 공원 쪽으로 차를 돌리라는 미렌의 지시는 무시했다. 온몸이 폭발할 것만 같았다. 아이리스는 가속 페달을 밟고는 왼쪽으로 크게 꺾어 벨트 파크웨이에 진입했다. 트럭이 그들의 작은 포드를 짓이겨버릴 뻔한 것을 간발의 차이로 핸들을 돌려서 피했다.

"뭐 하는 거예요?" 미렌이 소리를 질렀다. "우리는 진짜 부모 집으로 가는 중이에요."

벨트 파크웨이는 브루클린 외곽을 두르고 있는, 지면 위로 높이 설치된 고가 도로였다. 그들 아래로 사무실 건물들과 창고들이 조그맣게 나타났고, 저 멀리서 맨해튼의 마천루가 그리는 압도적인 풍광이 다가오고 있었다.

"진짜 부모?" 키에라가 어리둥절해하며 중얼거렸다.

"저 여자 말 듣지 마, 밀라. 거짓말이야!"

"당신이 직접 말할래요, 아님 내가 할까요?" 미렌이 위협적인 어조로 물었다.

"엄마… 이게 무슨 말이야?"

아이리스는 숨을 쉴 수 없었다. 압박이 너무 컸다. 더 이상 견디기 힘들었다. 진실은 언젠가 밝혀지기 마련이라지만 마음속 깊이 그녀는 이런 날이 실제로는 오지 않으리라는 환상에 늘 사로잡혀 있었다. 자신이 딸을, 그 소중한 공주 같은 아이를, 자기 인생의 전부인 그 아이를 위해 최선을 다하고 있다고, 아이에게 출생의 비밀을 숨기고 고통스럽고 쓰디쓴 진실을 감추는 편이 낫다고 생각했다. 그 진실이란 자기 엄마가 자신을 납치해 친부모로부터, 훨씬 나은 인생을 줄 수 있는 부모로부터 떼놓은 끔찍한 범죄자라는 것이었다. 아이리스는 누군가가 자신의 딸을 감히 데려가지 못하게 하리라는 그 이기적인 목표 하나만으로 밀라에게 공포심을 키워주며 바깥세상을 두려워하도록 키웠다. 이제는 그 결과가 두렵다는 표현으로는 부족했다. 감옥이 두려운 것도, 종신형이 두려운 것도, 심지어 사형이 두려운 것도 아니었다. 그녀가 두려운 건 밀라와 헤어지는 것뿐이었다. 이러한 두려움이 그녀의 인생을 지배해온 터였다. 그래서 밀라를 바깥 세계와 단절시켜 집에서만 키웠다. 밀라는 인생을 통틀어 두 사람밖에 알지 못했다. 바로 아이를 잘 키우는 것보다 갖는 것에 더 관심이 많았던, 기만과 두려움을 이용해 행복한 어린아이를 고립된 10대로 바꿔버리고 죄수처럼 세상과 단절시킨 가짜 부모였다. 부모가 저지를 수 있는 가장 큰 실수는 자식이 하늘을 날 수 없게 날개를 꺾어버리는 것이다.

"당신이 말할래요, 내가 말할까요?" 미렌이 훨씬 위협적인 목소리로 같은 말을 되풀이했다.

마침내 아이리스가 울음 섞인 숨을 내쉬었다.

"미안해… 밀라. 정말 미안해…."

"그게 무슨 말이야, 엄마?"

"너는… 내 딸이 아니야." 그녀가 떨리는 목소리로 사실을 인정했다. "넌… 아프지 않아. 밖에… 밖에 나가도 문제없어. 예전에도, 지금도…."

"무슨 소리를 하는 거야, 엄마? 왜 그러는 건데? 나는 아파." 키에라가 못 믿겠다는 듯이 반박했다.

"난 네 엄마가 아니야, 밀라…." 아이리스가 말을 이었다. "월과 나는… 우리는 1998년도에 너를 데려왔어. 추수감사절 퍼레이드에서 길거리에 혼자 울고 있는 너를 보고 손을 내밀었지. 그랬더니 네가 울음을 그치더구나. 네가 나를 보고 미소 짓는데 벌써… 네 엄마가 된 것만 같았어. 그리고 왜인지 몰라도 우리 집에 가자는데 네가 흔쾌히 좋다고 하는 거야. 함께 걸어가면서 조만간 걸음을 멈추고 방향을 돌려 네 부모에게 너를 데려다줘야겠다고 생각했어. 그런데 너의 조그만 손… 네 작은 발걸음, 네 미소… 어쩌나 밝고 명랑하던지…. 적어도 집까지 걸어갈 때까지 그랬지. 미안하다, 밀라."

"엄마?" 아이리스의 설명이 시작되고 중반쯤부터 키에라가 울기 시작했다. 그 모습이 마치 1998년 퍼레이드에서 막 부모를 잃어버린 어린아이로 다시 한 번 돌아간 것 같았다.

몇 초가 지나고 아이리스가 흥분을 가라앉히고 말을 이었다.

"그러다 윌이 이미 세상을 떠나고… 어느 날… 티브이에서 네 부모님을 봤어. 추수감사절 하루 전날 해럴드 스퀘어에서 열린, 너의 실종 사건을 기억하기 위한 추모제에서 촛불을 밝히고 울고 있었지. 그날 네 친부모가 너를 위해, 내 딸을 위해 울고 있는 모습을 본 거야."

미렌은 말을 끊고 싶지 않았다. 키에라는 붉게 충혈된 눈으로 울부짖듯 흐느끼며 넋을 놓고 아이리스의 말을 들었다.

"전부 거짓이라고 말해줘, 엄마. 제발… 그 말이 진짜가 아니라고 말해줘."

"가슴이 찢어질 것 같더구나…. 너무 마음이 안 좋았어…. 그래서 네가 괜찮다고, 누군가 너를 돌보고 있으니 걱정할 필요 없다고, 너는 잘 지낸다고 어떻게든 말해줘야겠다 싶었어."

"당신은 12년에 걸쳐 세 개의 비디오테이프를 보냈죠." 미렌이 끼어들었다. "왜 보낸 거예요?"

"맞아… 윌이 설치해놓은 카메라를 이용했어…. 네 모습을 녹화해 그들 집에 테이프를 놓고 왔지. 그러면 그들의 고통이 끝날 줄 알았어…. 하지만 잊을 만하면…. 그들이 뉴스에 다시 나왔고, 나는 또 네가 괜찮다고, 너를 내 곁에 그냥 두라고, 내가 너를 남 부럽지 않게 잘 보살피고 키울 거라고 알려줘야 했지. 걱정할 필요 없다고 말이야. 난 그저… 그들이…. 네게 나쁜 일이 일어나지 않았다는 걸 알리고 싶었을 뿐이야.”

“엄마….” 키에라가 난생 처음 우는 것처럼 울면서 아이리스에게 몸을 던져 그녀를 껴안았다. 키에라는 사랑과 슬픔이 충돌하는 모순에서 헤어 나올 수 없었다.

“네 이름은 키에라 템플턴이야, 밀라가 아니라.” 아이리스가 흐느끼며 속삭였다. “미안… 미안해, 아가… 난… 난 그저 너한테 최선을 다하고 싶었어.”

잠시 울더니 키에라가 물었다. “이제 어떻게 되는 거야? 엄마… 엄마, 사랑해.” 키에라가 엄마의 눈물을 닦아주며 말했다. “난 엄마랑 있을래, 엄마.”

자동차가 경사로를 내려가더니 갑자기 배터리 터널 안쪽으로 진입했다. 도시 위로 내려앉은 아침 햇살이 사라지고, 그 대신 띄엄띄엄 깜빡이는 형광등 불빛이 차 안을 채웠다.

“나도 알아, 아가… 하지만 우린 함께 살 수 없어. 안 돼…. 내가 한 짓을 네가 다 알아버렸는데 거울 속의 나를 어떻게 바라보겠니. 이런 삶을 계속 이어 나갈 순 없어, 밀라.”

“하지만 난 엄마랑 있고 싶어. 진심으로 용서할게. 엄마가 무슨 짓을 했건 신경 안 써. 엄마가 나를 어떻게 돌봤는지 알아. 나를 사랑한다는 거 알아."

"자수하세요, 녹스 부인." 미렌이 불편한 마음으로 끼어들었다. "그러면 두 사람이 만날 수 있게 경찰이 면접권을 줄지도 몰라요." 미렌은 긴장을 누그러뜨리고 상황을 수습하려 애썼다. 아이리스는 운전대를 붙든 채 벌벌 떨고 있었고 키에라는 예측할 수 없는 반응을 보이고 있었다. 처음엔 아이를 찾는 것이 곧 구출하는 거라고 생각했다. 하지만 사슬에 묶인 채 자란 아이를 무슨 수로 구출한단 말인가? "아이 부모는 자기 딸이 어디 있는지 알아야죠. 이건 친부모에게도, 키에라에게도 가혹한 일이에요. 아이를 위해서 그렇게 해요. 자수하세요. FBI 사무소가 터널 출구 근처에 있어요. 자수만 하면 모든 게 해결될 거예요. 내 말 들려요?"

"경찰 아니었어요?" 아이리스가 눈물을 흘리며 말을 내뱉었다.

"난 기자예요." 미렌이 답했다. "나는 키에라가 행복하기를, 아이의 친부모가 사실을 알기를 바랄 뿐이에요."

"나도 내 딸이 행복하기를 원해요." 아이리스가 속삭이듯 답했다. 그런 뒤 가슴 속에서 요동치는 감정을 다스리기 위해 한숨을 내쉬었다. FBI 사무소에 도착하면 두 번 다시 그렇게 하지 못하리라는 것을 알았는지, 키에라가 앞으로 몸을 기울여 아이리스를 다시 껴안았다.

아이리스는 함께 눈물을 흘리며 꼬박 1분 동안 딸의 포옹을 느꼈다. 그녀는 딸과 함께 놀던 그 모든 시간을, 비디오테이프에서 흘러나오는 옛날 노래에 맞춰 서툴게 춤을 추며 웃던 순간을 떠올렸다. 아이에게 지어낸 이야기를 들려주며 자신은 마녀를, 딸은 공주를 연기하던 그 모든 시간을 생각했다. 밀라가 자신과 말다툼을 하고 난 뒤면 울다가 미안하다 말하며 따뜻하게 안아주던 순간을 기억했다. 밀라를 집에 혼자 두고 장을 보러 외출할 때마다 얼마나 초조했는지, 밀라가 집을 나가지 않고 그 자리에서 웃으며 기다리고 있었다는 사실을 확인할 때마다 얼마나 안도의 한숨을 내쉬었는지를 기억했다. 시간이 지날수록 그들은 외부의 사악한 힘에 함께 맞서 싸우는 놀이라도 하듯 그 감금 생활의 공모자가 되어갔다. 아이리스는 용무를 보러 외출했다 돌아오면 밀라가 안아주던 순간을, 그 어린아이가 자신에게 이제 다 끝났다고 속삭이던 장면을 떠올렸다. 그토록 많은 순간을 함께 했기에 밀라가 없는 삶을 상상하는 건 죽음보다 끔찍했다. 그러다 불현듯 월의 죽음이 이해되었다. 월이 아이의 사랑을 받지 못하는 공허함에 그런 선택을 했다는 것을.

"진작 이러면 쉬웠을 것을…." 아이리스가 밀라에게 속삭였다.

터널 끝에서 빛이 들어와 아이리스의 얼굴을 환히 비추었다. 눈부신 햇살 속으로 막 나가려는 찰나, 미렌은 아이리스가 가속 페달을 밟았음을, 자신이 아이리스의 이성을 되찾아줄 수 있으리라고 스스로를 과대평가했음을 깨달았다. 미렌은 더 이상의 충격도, 이 여자가 비극적인 결말을 맞이하는 것도 원치 않았다. 하지만 피와 살로 이루어진 진정한 영웅도 실수는 할 수 있는 법. 미렌이 자신이 상황을 통제하고 있다고 생각한 건 오판이었다. 그런 압박감에 놓인 사람의 정신을 통제하는 건 불가능했다. 엄마를 딸로부터 그렇게 쉽게 떼어놓는 것도 불가능했다. 설령 진짜 엄마와 딸 사이가 아닐지라도.

"브레이크 밟아!" 미렌이 아이리스의 머리에 권총을 겨누고 소리쳤다.

"이제 다 끝이야, 아가." 아이리스가 키에라를 향해 숨결처럼 속삭였다.

"엄마!" 키에라가 엄마에게서 떨어져 애원했다. 키에라는 차가 왼쪽으로 갑자기 기울어지는 것을 느끼고 재빠르게 계기판을 짚으며 버텼다.

"안 돼!" 미렌이 비극을 막으려는 마지막 시도로 외쳤다.

총성이 울렸다. 총알이 아이리스의 머리를 스치며 앞유리를 산산조각 냈다. 터널 출구에서 차가 갑자기 시속 110킬로미터가 넘게 속도를 올리더니 왕복 4차선의 중앙선을 넘어갔다. 천만다행으로 첫 번째 차선의 오토바이는 아슬아슬하게 피했다. 하지만 불운은 이런 순간 근처에 숨어 있다가 모든 것을 바꿀 준비를 하고 불시에 모습을 드러낸다. 결국 포드는 짐을 가득 실은 마치 벽과도 같은 묵직한 배달 트럭과 정면으로 충돌했다.

61장

2010년 11월 27일
키에라 실종 12년 후
로어 맨해튼 병원

전부 끝난 것처럼 보일 때가 실은 새로운 시작이다.

슈모어 교수는 평소와 달리 급하게 병원 복도를 걸어갔다. 심장이 쿵쾅거려서 그 순간 걸음을 조금이라도 늦춘다는 건 생각도 할 수 없었다. 미렌 트리그스를 못 본 지는 몇 년이 되었지만 〈프레스〉에서 그녀의 기사는 꾸준히 읽어왔다. 그때마다 그의 얼굴에는 뿌듯한 미소가 지어졌다. 한동안은 미렌에게 다시 연락할까 생각도 해봤지만 언제나 연락하지 않을 핑곗거리를 만들었다.

그는 그날 밤의 기억을 일정한 거리를 두고 간직하며 자기만의 방식으로 그녀를 사랑했다. 어쩌면 그녀 역시 그들이 이상하지만 묘하게 연결돼 있다는 느낌을 여전히 받고 있을 거라는 생

475

각이 들었다. 여러 개의 양쪽 여닫이문이 요란하게 흔들리도록 밀치고 들어가니 조금 전보다 훨씬 길어 보이는 또 다른 복도가 나타났다. 그는 복도를 걸으며 병실 번호가 적힌 표지들을 훑어 보다가 접수원이 알려준 3E에 이윽고 도착하자 문 위로 난 창문을 흘긋 본 뒤 안으로 들어갔다.

그는 미렌의 곁으로 다가갔다. 멍투성이가 된 채 잠들어 있었지만 단번에 미렌임을 알아보았다. 여러 대의 모니터가 그녀의 생체 신호를 감지하고 있었다. 사고로 인해 외상이 뚜렷했음에도 불구하고 감긴 눈꺼풀과 짙은 갈색 머리칼에서 수년 전과 다름없는 그 에너지 넘치고 강단 있는 여학생이 보였다.

그는 자리에 앉아 몇 시간을 보냈다. 이따금 간호사가 병실에 들어와 상태가 괜찮은지 확인하고 다시 자리를 떴다. 그러다 자정이 되기 직전, 미렌이 눈을 뜨고 희미하게 웃었다.

"아… 깨어났구나….” 짐이 따뜻한 목소리로 속삭였다.

"교… 교수님, 왔네요."

"나를 다시 보겠다고 이런 극단적인 방법을 쓸 필요는 없었 잖아…. 넌… 넌 이제 내 학생이 아니야. 교수라고 부르지 마. 그냥… 평범하게 데이트하면 됐잖아."

미렌이 눈을 반쯤 감은 채 웃었다.

"하늘이 도왔다고 하더라." 짐이 미렌을 북돋우면서 말했다. "참 질긴 녀석이야. 듣자 하니, 사고로 누가 죽었다던데."

"그 애를 찾았어요….” 미렌이 진지한 목소리로 말했다.

"누구를 찾았다는 거야, 미렌?"

"키에라요."

"키에라? 키에라 템플턴?"

미렌이 뻣뻣하게 고개를 끄덕였다.

"그런데… 어디 있는 거야? 누가 데리고 있어? 이 사고가 그
애와 관련이 있는 거야?"

미렌이 눈을 감고 한숨을 내쉬더니 이내 말을 이었다.

"부탁 하나 더 들어줄래요, 짐?"

"당연하지… 말해봐, 미렌." 그가 상냥하게 말하며 그녀의 말
이 잘 들리게 조심스레 입 쪽으로 몸을 기울였다.

"템플턴 부부에게 병원으로 오라고 해줄래요? 중요한 일이에
요. 그들에게 어떻게 된 일인지 말해줘야 해요."

잠시 후 밀러 요원의 주머니에서 휴대폰이 울렸다. 막 해럴드
스퀘어에 도착해 도심의 크리스마스 조명에 일순간 불이 들어
오는 광경을 본 순간이었다. 무엇을 해야 할지, 이제 어떤 단계
를 밟아야 할지 모른 채 무작정 시내를 걷다 보니 어느새 키에라
템플턴의 이야기가 시작된 장소까지 와 있었다. 그 어린아이가
바로 이 장소에서 사라졌었다. 아이를 영영 찾지 못할 수도 있다
는 생각에 등골이 서늘해졌다. 만에 하나 아이를 찾게 된다 하더
라도 아이가 부모를 기억하지 못할 수도 있었다. 어쨌든 실종 당
시 키에라는 겨우 세 살에 불과했고, 유아기 때는 기억력이 매우

선택적으로 작동하기 마련이었다. 밀러 요원은 자신의 유년 시절 기억을 떠올리려고 노력했다. 다섯 살에서 일곱 살 사이쯤에 긴 장난감 트레일러를 끌고 다니던 모습이 단편적으로 떠올랐지만 그것도 확실하지 않았다.

화면을 보지 않고 전화를 받는데 모르는 남자의 목소리가 그의 이름을 불렀다.

"밀러 요원님? 밀러 요원님 맞으시죠?"

"네. 누구시죠?"

"저는 짐 슈모어라고 합니다. 컬럼비아대 교수예요."

"대학교요?"

"네. 사무실에 전화했더니 동료분이 휴대폰 번호를 알려주더군요. 당분간 사무실에 안 나온다고 들었습니다."

"네… 그 친구가 굳이 그런….'

"저기, 미렌 트리그스를 대신해 전화했습니다. 미렌이 요원님과 템플턴 부부에게 연락해달라고 부탁했어요. 사고가 나서 휴대폰이 고장 났거든요. 그래서 달리 연락할 방법이 없었습니다."

"미렌 트리그스요? 지금 어디 있나요? 미렌을 찾아야 해요. 그녀의 지문이… 그러니까…" 그는 미렌과 키에라의 지문이 봉투에서 발견되었다는 사실을 그에게 말해도 될지 주저했다.

"미렌은 괜찮습니다. 뼈가 몇 군데 골절되고 가벼운 뇌진탕을 입었을 뿐이에요."

"병원이 어딘가요?" 밀러가 불안한 마음으로 물었다.

“로어 맨해튼이요. 템플턴 부부한테도 알려주세요. 중요한 일입니다….” 짐은 밀러 요원이 집중해서 듣고 있는지 확인하려는 듯 잠시 말을 멈췄다. “미렌이 키에라를 찾았어요.”

템플턴 부부는 병원에 도착하자마자 정문에서 밀러 요원을 만났다. 그들 인생에서 가장 극적인 순간을 마주하기 위해 문을 여는데 심지어 미닫이문조차 칼날처럼 날카롭게 보였다. 에런과 그레이스는 초췌한 몰골에도 불구하고 외관으로는 상상하기 힘들 정도로 빠르게 걸었다. 두 사람의 얼굴에 수년간 쌓인 슬픔이 아로새겨져 있었지만 눈가에 맺힌 눈물 속에는 조심스러운 희망도 담겨 있었다.

밀러 요원이 그들을 보자마자 반갑게 안아주었다.

“벤… 대체 이게 무슨 일이에요?”

“나도 아직 몰라요. 방금 도착했어요. 그런데 미렌 트리그스가 당신한테 해줄 말이 있나 봅니다. 그 자리에 우리 모두 함께하기를 바라더군요. 다른 데는 한 마디도 안 했어요. 정보가 새어나갈까 봐요. 중요한 일인 듯합니다.”

에런이 한 손을 내밀어 그레이스의 손을 잡았다. 수년 만에 처음으로 그레이스는 전남편의 손을 꼭 쥐었다. 그리고 그와 나란히 걸으면서 몇 걸음마다 한 번씩 한숨을 쉬었다.

“상황이 심상찮은 듯하군요.” 밀러가 이렇게 말하고 앞장서서 길을 안내했다.

병실에 들어가자 미렌이 환자복 차림으로 침대 위에 앉아 물을 홀짝이는 모습이 보였다. 미렌은 한결 기분이 나아졌지만 여전히 기운은 없었다. 얼굴은 멍투성이에 오른쪽 팔에는 깁스가 둘러져 있었다.

"밀러 요원님." 슈모어 교수가 그를 반겼다. "아까 전화드렸던 짐 슈모업니다. 템플턴 씨는 이미 미렌 트리그스와 구면일 테죠."

"세상에, 미렌… 무슨 일이 있었던 거예요?" 에런이 물었다. "괜찮아요?"

그레이스는 전혀 예상하지 못했던 전화를 받고 불안하고 초조한 마음으로 전남편의 곁을 지켰다. 두 사람 모두 미렌이 아직 딸을 찾고 있다는 사실을 알았다. 미렌이 그들을 찾아와 키에라에 대한 정보와 실종 당시 경위에 대해 물으면서 적어도 그렇게 말한 터였다.

미렌은 적절한 단어를 고르느라 잠시 시간을 들였다. 수년 동안, 모든 의문이 풀렸을 때를 상상하며 이 순간을 그려왔었다. 그러다 그녀가 벌떡 일어났다. 한쪽 발을 바닥에 조심스레 디디며 괜찮은지 확인한 다음 링거 거치대를 끌면서 템플턴 부부를 향해 걸어갔다.

"미렌… 안정을 취해야 해." 슈모어가 그녀 쪽으로 다가가며 말했다.

"괜찮아요. 그냥… 키에라에게 무슨 일이 있었는지, 내가 어떤 사실을 찾아냈는지 전부 설명할 표현을 못 찾겠어요.”

에런과 그레이스는 머리를 맞댄 채 부둥켜안고 눈을 꼭 감았다. 그렇게 하니 오히려 눈물이 더 쏟아질 것 같았다. 그들은 이런 일을 감당할 준비가 안 돼 있었다. 솔직히 누군들 그럴 수 있었을까. 심지어 미렌조차 자신이 하려는 일에 확신이 없었다. 그녀의 목소리에 미세한 절망감이 묻어 있었지만 순전히 진실을 찾기 위한 고통스러운 세월이 남긴 흔적이었다.

“키에라를 찾았어요.” 미렌이 이윽고 말했다.

그레이스는 더 이상 견디지 못하고 두 손으로 입을 틀어막았다. 그녀가 울음을 터트리며 다급한 목소리로 물었다.

“어디 있어요? 누가 데리고 있어요? 우리 딸….” 그레이스가 흐느끼면서 숨을 내쉬듯 말을 뱉었다. “우리 아가….”

미렌은 답하지 않았다. 미렌 역시 무너지지 않으려고 안간힘을 쓰고 있었다. 따지고 보면 미렌에게 키에라는 자신의 일부와도 같았다. 테이프에서 키에라를 볼 때마다 미렌은 자신이 주황색 꽃무늬 벽지로 뒤덮인 그 방 안에서 아이의 살결을 쓰다듬는 모습을 상상했다. 마치 자기 자신을 찾고 있는 것처럼, 모든 것이 영원히 바뀌어버린 그날 밤 그 원피스를 자신이 아직도 걸치고 있는 것처럼. 미렌은 그 아이에게서 자신의 두려움과 취약함을, 마음속 깊이 꽁꽁 숨겨놓았던 수수께끼, 해결할 수 없는 문제, 내면의 고통으로 이루어진 퍼즐을 보았다.

미렌은 더 이상 기다릴 수 없음을 알았다. 충격에 얼어붙은 부모, 초조한 표정의 밀러 요원, 허물을 벗고 세상에 나오기 전 오직 혼자만 알아본 그 상처 받은 나비에 대한 경외심에 젖은 슈 모어 교수, 모두가 그녀가 입을 열길 기다리고 있었다. 미렌은 병실을 나와서 돌아서서 말했다.

"저를 따라오세요."

미렌은 링거 거치대를 밀면서 절뚝절뚝 걸어갔다. 거치대 바퀴가 미끄러지며 삐걱거리는 소리가 텅 빈 복도에 울려 퍼졌다. 템플턴 부부는 복잡한 감정에 휘말려 어찌할 바를 모르고 미렌이 걸어가는 모습을 지켜보았다. 미렌이 몇 미터 걸어가다 3K 앞에서 걸음을 멈추었다. 키에라의 부모는 당혹감 속에서 서로를 바라보았다. 무슨 일이 벌어지고 있는지 알 수 없었지만 심장이 미친 듯이 뛰었다.

"그레이스, 에런, 이곳에 따님이 있어요." 미렌이 마침내 이렇게 말하며 병실 문을 열자 키에라 템플턴의 모습이 나타났다. 키에라는 규칙적으로 삑삑 소리를 내며 생체 지수를 확인하는 여러 대의 모니터를 달고 잠들어 있었다. 한쪽 다리에 깁스를 하고 머리 일부분에 붕대를 감고 있었지만 누가 봐도 키에라였다.

그레이스는 아이의 턱에 난 오목한 보조개를 알아차리자마자 손으로 입을 가리고 눈물을 터트렸다. 아득한 그 옛날, 아이가 잠을 잘 때 옆에서 수없이 쓰다듬었던, 죽어도 잊지 못할 보조개였다. 그녀는 눈물을 흘리며 아이에게 살며시 다가갔다. 평생을 기다려온 이 아프고도 평온한 재회를 망치지 않으려고 에런도 전부인을 조용히 뒤따랐다. 그레이스가 이윽고 침대에 다다르자 뒤돌아서 에런을 꼭 껴안으며 흐느꼈다. 그리고 그의 귀에 대고 다른 사람들은 알아듣지 못할 말을 속삭였다.

잠시 후 미렌은 세 사람이 오롯이 그들만 재회의 기쁨을 만끽할 수 있도록 병실 안에 남겨두고 문을 닫았다.

밀러 요원이 미렌의 어깨에 손을 올리자 그녀가 고개를 끄덕였다.

"이 긴 세월 동안 어디에서 지냈던 거예요?" 그가 물었다. "누가 데리고 있던가요?"

"엄마 자격이 없는 엄마가요." 그녀가 답했다. "자세한 이야기는 제 병실에서 말씀드릴게요, 수사관님. 저 셋은… 가족으로서 오붓한 시간을 보내야죠." 그녀가 말했다.

슈모어 교수가 수긍의 표정을 보내더니 3E로 되돌아가는 미렌을 따라잡았다. 미렌이 갈비뼈에 날카로운 통증을 느끼고 얕게 신음하자 슈모어가 그녀의 허리에 한 팔을 두르고 걸을 수 있게 부축했다.

"괜찮아?" 슈모어가 물었다. 미렌과 너무 붙어 있다는 사실을 깨닫고 긴장돼서 목이 메었다.

"이제 괜찮아요." 미렌이 감정이 복받쳐 쉰 소리로 답하며 미소를 띠었다.

슈모어는 미렌에게 어깨를 내주고 환자복 아래로 그녀의 따뜻한 체온을 느꼈다. 그 온기가 그의 내면에서 쉼 없이 불타고 있던 그날 밤의 열기로, 그 택시 안으로 그를 데려갔다. 그녀와 함께 한 그런 순간이 또다시 찾아오지 않으리라는 깨달음과 함께. 그는 감정을 억누르려고 애쓰며 마른침을 삼켰다. 자신의 곁에 있는 미렌이 그가 기억하는 미렌과 완전히 다른 사람임을, 이제 가장 본인다운 사람으로 성장했음을 알았다.

"어떻게 찾은 거야?" 슈모어가 마침내 냉정을 되찾고 낮은 목소리로 물었다.

"당신의 조언대로 했을 뿐이에요, 짐." 미렌이 그의 곁에서 조심스레 걸음을 내디디며 온화한 목소리로 말했다. "단 한 순간도 찾는 걸 멈추지 않았어요."

"키에라는 어떻게 지내요? 그 후로 또 봤나요?" 서점 뒤편에서 한 여자가 〈스노우 걸〉을 든 채 물었다.

"네, 봤어요." 미렌이 마이크에 가까이 다가가 대답했다. 음향 장비에 의해 증폭된 그녀의 목소리가 서가에 꽂힌 책등에 부딪치며 훨씬 쉰 듯하고 여린 느낌으로 울려 퍼졌다. 미렌은 책상 아래서 볼펜을 한 손에서 다른 손으로 옮겼다. 행사 중에 긴장할 때면 하는 버릇이었다.

"키에라는 잘 지내고 있어요. 하지만 그 이상은 말씀드릴 수 없어요. 아이가… 스포트라이트를 받는 걸 원치 않아요. 현재 잃어버린 시간을 만회하려고 노력하는 중이고, 그건 어느 누구도 키에라에게서 빼앗으면 안 되는 거예요. 아무리 파파라치들이 집 앞에서 진을 치고 사진을 찍고, 쇼핑하러 나오는 모습을 포착하려고 애쓴다 해도 말이죠."

질문을 한 여자는 흡족한 표정으로 고개를 끄덕였다. 서점은 행사를 주최할 때면 늘 그렇듯 늦게까지 문을 열었다. 뉴저지 교외에 있는 작은 서점으로, 가장 넓은 공간조차 의자 스무 개가 겨우 들어갈 정도라서 대부분의 사람들이 서 있었다. 그리고 모두가 곤경에 처한 어린 아이를 보호하듯 품 안에 책 한 권을 꼭 안고 있었다.

미렌의 책은 누구도 예상하지 못한 미디어 열풍을 불러일으켰다. 억지로 만들어낸 것이 아니라 자연스럽게 나온 반응이었다. 미렌은 병원에 입원한 일주일의 시간을 이용해 키에라 사건의 마지막 기사를 작성했고, 해당 기사는 그녀의 경력에서 가장 중요한 기사가 되었다. 그 기사를 통해 그녀는 키에라 템플턴을 찾게 된 과정과 난임으로 힘들어하던 부부가 어쩌다 꿈과 악몽의 경계선을 넘어버렸는지 자세한 사연을 풀어냈다. 키에라 템플턴이 발견되자 온 세상이 아이가 어떻게 변했는지, 이제껏 어디에 있었으며 어떻게 살았는지 알고 싶어 했다. 〈맨해튼 프레스〉의 그날 1면은 여느 때와는 전혀 달랐다. "나는 키에라 템플턴을 어떻게 찾았나"라는 헤드라인 아래에는 미렌 트리그스의 이름이 적혀 있었다. 신문의 포맷도 평소와 살짝 달랐는데 세월의 풍파를 견딜 수 있을 만큼 고급스러운 종이 1면에 키에라의 세 살 적 사진이 풀컬러로 인쇄되어 있었다. 수요가 높을 것을 예상해 발행 부수를 200만 부까지 늘렸으나 그조차도 충분하지 않았다. 〈프레스〉 기자가 아이를 찾았다는 소문이 퍼지면서 사람들이 신문가판대로 몰려들었다. 온 세상에 어떻게 된 일인지, 미렌 트리그스가 어떻게 지난 20년 동안의 최대 미스터리를 풀 수 있었는지 알고 싶어했다.

미렌이 부모님의 돌봄을 받으며 내내 병원 신세를 지는 동안 정장 차림의 한 우아한 여자가 병실을 방문했다. 그녀는 자신을 미국에서 가장 큰 출판사 중 하나인 스틸먼 퍼블리싱의 편집자 마사 와일리라고 소개하면서 미렌에게 키에라 템플턴을 찾기 위한 과정을 자세히 서술한 소설을 쓰는 대가로 100만 달러짜리 계약을 제시했다.

마사 와일리는 제안을 마친 다음 혹시 기사와 그 사연을 소설로 확장하고 싶거든 연락달라며 전화번호를 남기고 작별 인사를 건넸다. 퇴원하는 날 불안정한 걸음으로 부모님의 부축을 받으며 곧장 할렘에 있는 원룸으로 돌아온 미렌은 이웃인 앰버 여사가 자신이 부재한 틈을 타서 자신의 우편함에 전단지를 가득 채워놓은 것을 발견했다.

미렌은 웃었다. 달리 웃기밖에 더 하겠는가?

위층에 도착해보니 누군가 현관문의 자물쇠를 부수고 침입해 돈이 될 만한 물건을 죄다 쓸어간 터였다. 잠시 후 그녀는 마사 와일리에게 전화를 걸어 소설을 쓸 의향이 있다면서 그녀의 제안을

승낙했다. 머릿속에 소설 제목이 벌써 맴돌았다. '스노우 걸.'

2003년 자신이 작성한 기사에 헌정하는 소설이라 봐도 무방했다. 소설에서 미렌은 자신의 두려움과 불안함, 키에라 사건과의 첫 대면, 그 아이가 서서히 자신의 일부가 되어간 과정을 비롯해 12년 후 마침내 아이를 찾아서 '절대 찾는 걸 그만두지 말자'는 자기 자신과의 약속을 지킨 순간을 솔직히 털어놓았다. 미렌은 계약금으로 웨스트 빌리지의 아늑한 아파트를 임대해 겨울 내내 소설 집필에 몰두했다. 이전에 살던 곳보다 훨씬 안전한 동네라 엄마도 크게 안도했다. 그 동네에서 위험한 곳을 굳이 꼽자면 미렌은 절대 찾지 않는 디자이너 부티크들뿐이었다. 〈스노우 걸〉은 출간 즉시 미 전역에 베스트셀러가 되었다. 그 결과 대중 앞에서 말하는 것을 즐기지 않는 미렌은 지난 몇 달 동안 집필에 몰두하던 은신처에서 나와 계약서에 명시된 열두 개의 공개 행사와 책 사인회에 참석하게 되었다.

맨 앞줄의 한 여자가 손을 들고 미렌과 눈이 마주치자 물었다.

"저널리즘을 포기한 적이 있나요? 아직도 〈맨해튼 프레스〉에서 근무 중인가요?"

미렌이 고개를 흔들면서 진심 어린 미소를 지으며 말을 시작했다. "포기하는 게 불가능해요. 저는 저널리즘을 사랑합니다. 그밖에 다른 건 할 줄을 몰라요. 이해심이 넓은 제 상사가 몇 달간의 휴가를 줘서 지금은 쉬는 중이에요. 마음의 준비가 되면 다시 돌아가 기사를 써야죠. 매주 상사에게 전화해서 다른 기자에게 제 자리를 내주지 못하도록 확인한답니다."

그녀가 웃자 객석에서도 웃음이 터졌다. 그 여자의 옆자리에 있던 남자친구로 보이는 검은 머리 청년이, 미렌이 본인 소개를 부탁한다고 말할 새도 없이 목소리를 높였다.

"당신을 소재로 티브이 시리즈를 만든다는 데 사실인가요? 대형 제작사에서 판권을 샀다는 기사를 읽었어요."

"그게, 맞아요, 지금 한창 진행 중이에요. 현재로선 자세한 사항은 말씀드릴 수 없지만요. 제가 드릴 수 있는 말씀은… 제 이야기가 아니라는 거예요…. 키에라를 찾는 이야기예요. 저는 그렇게… 흥미로운 사람이 아닙니다. 그저 이야기를 찾는 기자에 불과해요. 이 경우에는 키에라 템플턴에 대한 이야기였죠."

남자가 환하게 미소를 지으며 고개를 끄덕이는 것을 보고 미렌은 자신의 대답이 충분했음을 알았다. 미렌은 테니스 경기를 하듯이 단 하나의 질문도 튕겨내지 않고 되받아치며 행사를 한참 더 이어갔다. 잠시 후, 서 있던 한 여자가 자기소개도 없이 또 다른 질문을 던졌다.

"총을 들고 다니는 게 사실이에요?"

행사마다 미렌과 동반한 편집자 마사 와일리가 두 손을 들어 사과했다.

"죄송하지만… 여러분 모두 사인을 받게 해드리려면 추가 질문을 받기는 어려울 것 같아요. 작가님은 질문에 답하고 싶으시 겠지만 오늘 밤에 로스앤젤레스로 가는 비행기를 타야 해서 시 간이 빠듯하거든요. 책에 사인을 받으시는 동안 질문해주시면 감사하겠어요."

"걱정 마요, 마사." 미렌이 말했다. "두어 개 더 받을 시간은 될 것 같아요."

미렌의 편집자가 혀 차는 소리를 내자 독자들이 감사의 미소 를 지었다. 미렌은 행사장 뒤편에 있던 구레나룻을 기른 남자를 지목했다.

"그러니까, 총기를 들고 다니는 게 맞나요?"

"기자 정신이 투철하시네요." 미렌이 웃었다. "아니요, 총기를 들고 다니지 않습니다. 그건⋯ 소설을 위한 극적 장치였다고 해 두죠."

"그러면 교수님과의 썸은요? 그것도 극적 장치인가요?"

미렌은 웃음을 터트리고 대답했다.

"글쎄요, 절대 일어날 수 없는 일이라고는 말 못 하겠네요."

"에이⋯ 말해줘도 되잖아요. 어차피 아무도 몰라요."

〈스노우 걸〉을 움켜쥔 채 서점을 가득 채운 관객들이 폭소를 터트려 거리를 지나가는 행인들의 이목을 끌었다.

"택시 안에서의 그 일은 순식간에 지나갔다는 정도로만 해두 죠." 미렌이 웃지 않으려 애쓰며 넌지시 인정했다.

만족스러운 탄식이 행사장 안을 가득 채웠다. 마사 와일리가 먼저 박수를 치며 서점을 빼곡히 채운 독자들로부터 한 차례 박수를 이끌어냈다. 미렌이 자리에 앉아 있는 동안 그녀의 탁자 앞으로 줄이 늘어섰다. 그녀는 탁자 아래서 두 손을 꺼내 들뜬 표정으로 첫 번째 책을 집었다.

"정말 감동적이었어요. 계속 글을 써 주세요."

"그럴게요." 미렌이 사인을 하며 답했다.

미렌은 조금은 쑥스러운 마음으로 독자들이 건네는 칭찬을 하나하나 받아들였다. 그렇게 과한 사랑을 받을 자격이 없다는 기분이 들었지만 한 명 한 명이 기쁜 마음으로 귀가할 수 있도록 충분한 관심을 주는 것에 온 마음을 기울였다. 미렌은 그들이 자신이 아니라 키에라를 위해 그곳에 왔다고 생각했다. 책이 큰 성공을 거두긴 했지만 자신은 키에라 템플턴도 아니고 그렇게 오랜 세월 고난을 겪지도 않았으므로 자신의 이야기에는 흥미로운 구석이 전혀 없다고 여겼다. 하지만 〈스노우 걸〉을 들고 탁자를 지나가는 모든 이들은 그녀의 선행에 대해 따뜻한 말만 건네주었다. "당신은 영웅이에요." "세상에는 당신 같은 사람이 더 많이 필요해요." "찾는 걸 멈추지 않아줘서 고마워요."

빨간 코트를 걸친 어떤 여덟 살 여자아이는 엄마와 함께 사인을 받으면서 미렌이 상상도 못 한 최고의 칭찬을 건넸다. "나중에 크면 언니처럼 돼서 실종된 모든 아이들을 찾고 싶어요." 미렌의 눈가에 눈물이 고였지만 누가 눈치라도 챌 새라 겨우 속으로 삼켰다.

독자들이 건넨 카드와 선물이 탁자 옆에 자그맣게 쌓였다. 사인회가 끝나고 서점이 텅 비자, 일평생 고귀한 대의를 위해 싸워온 일흔 살가량의 서점 여주인이 단골고객에게만 주는 면가방을 내어주며 선물을 담아 가라고 권했다. 그러면서 자신의 작은 서점에서 행사를 열어준 데 대해 따뜻한 감사의 마음을 표했다.

"저한테 감사하실 필요 없어요. 오히려 이런 공간을 빌려주셔서 제가 더 감사하죠." 미렌은 자리에서 일어나 그녀가 가방에 선물꾸러미를 담는 것을 도왔다.

선물 중에는 〈스노우 걸〉의 미니어처 판본과 그녀가 사인하는 동안 아무 말도 않고 서 있던 한 남자가 건넨 흰 장미, 그리고 1998년도 〈맨해튼 프레스〉 한 부도 있었다. 화염에 휩싸인 제임스 포스터의 사진 옆에 미렌의 첫 기사가 실린 신문이었다. 그 기사를 다시 본 미렌은 깜짝 놀랐다. 그 신문을 마지막으로 본 게 부모님의 집이었는데 관심보다 먼지가 더 많이 쌓인 터였다.

편지는 보통 집에 가거나 호텔에 도착하면 읽곤 했는데 주로 사랑하는 사람이 몇 년째 실종 상태니 찾아달라는 장문의 사연이거나 웃음을 자아내는 데이트 신청이었다. 심지어는 들어주기 힘든 채용 부탁도 있었다. 미렌은 대개 그런 편지를 못 본 척 넘어갔으나 도움을 구하는 편지 중 일부는 해당 실종 사건이 추적해 볼 만한 가치가 있는지 자세히 검토해볼 수 있도록 수첩에 적어두었다.

유독 소포 하나가 유독 사인회에서 받은 산더미 같은 편지 중에서 눈에 띄었다. 두툼한 갈색 봉투 앞면에 마커펜으로 딱 세 단어가 적혀 있었다. "나랑 놀아볼까?"

"이 봉투 누가 놓고 갔는지 봤어요?" 미렌이 편집자에게 묻자 그녀가 고개를 저었다.

사인회가 진행되는 도중 이 소포를 놓고 간 사람을 본 기억이 없었다. 솔직히 탁자 주변으로 사람들이 몰려들어 사진을 찍고 수다를 떠는 동안, 사인하고 감사 인사를 하는 데 집중하느라 관심을 기울일 틈이 없었다.

"누가 작업 거는 거겠죠. 열어봐요, 같이 좀 웃게."

미렌은 코웃음을 쳤다. 하지만 이상한 느낌에 마음이 불편했다. 글씨도 삐뚤삐뚤한 데다 대문자로 적혀 있음에도 그녀가 싫어하는 혼란스러운 느낌이 물씬 풍겼다.

"어떤 미친 팬인가보죠. 어느 작가나 그런 팬이 하나쯤은 있다잖아요." 서점 주인이 농담조로 말했다.

"글씨를 보아하니 그런 것 같네요." 미렌은 진지하게 답했다. 이런 상황이 조금도 달갑지 않았다. 마음 한구석에서 이따금 그런 것처럼 소포를 열지 말라는 경고의 소리가 들렸지만 반대편에서는 몇 시간 동안 그녀를 흡족하게 쳐다보던 사람들의 눈빛 속에서 선함을 발견하고 싶어 했다. 지금이 분위기를 조성할 완벽한 순간이라는 것을 구름도 안다는 듯이 밖에서 비가 내리기 시작했다. 미렌은 소포를 열고 손을 안으로 집어넣었다. 차갑고 매끈한 종이 한 장 외엔 어떤 위험한 것도 만져지지 않았다. 하지만 종이를 꺼낸 순간 미렌은 그것이 화질이 어둡고 구도가 엉망인 폴라로이드 사진임을 알아차렸다. 사진을 본 미렌은 심장이 덜컥 내려앉았다. 사진 한가운데 보이는 건, 승합차로 보이는 곳 뒷 좌석에 입에 재갈이 물린 채 처박혀 있는 금발머리 여자였다. 아래쪽에는 다음과 같은 간단한 설명이 있었다. "지나 피블스, 2002"

이 부분은 이 책에서 가장 재미가 덜한 부분일 수도 있지만 작가로서는 가장 중요한 부분입니다. 제게 감사 인사가 없는 책은 영혼이 없는 책과도 같습니다. 낯선 이름들이 가득한 이 장이야말로 모든 페이지를 하나로 엮어주는 접착제이면서 허구의 이야기가 종이로 인쇄되기까지 거쳐온 그 모든 자취이기 때문입니다. 상자 속에 든 책이 어떻게 서점으로, 서가를 거쳐 결국 버스, 지하철, 비행기에 탄 누군가의 무릎 위에서 펼쳐지게 되는지, 그 여정도 볼 수 있을 겁니다. 어쩌면 안락한 소파에 조용히 앉아 무언가를, 또는 자기 자신을 찾고 있는 사람의 손에 몇 시간 동안 들려 있기까지의 여정일 수도 있겠죠.

언제나처럼 베로니카에게 감사를 전합니다. 그녀가 없었으면 이 책은 아무런 감정이 담기지 않는 글이 됐을지도 모릅니다. 감정에 대해 글을 쓰려거든 경험이 있어야 합니다. 그런 모든 경험을 제게 선사해준 사람이 베로니카입니다. 이 책의 글자 하나하나는 그녀가 제게 안겨준 감정들 덕분에 탄생했습니다.

제 아이들, 갈라와 브루노에게도 감사의 마음을 전합니다. 덕분에 아이들에게 무슨 일이 일어날까 봐 전전긍긍하는 아빠의 마음이 공포로 변하는 경험을 할 수 있었죠. 알고 보니 제 글은 제가 두려워하는 것과 사랑하는 것에 대한 이야기더군요. 그리고 그 두 가지를 동시에 보여주는 존재가 바로 제 아이들입니다.

이미 제 집처럼 느껴지는 곳, 수마 드 레트라스 출판사에도, 그 먼 거리에도 불구하고 옆집 이웃처럼 느껴지는 출판사 팀원들에게도 무척 감사합니다. 특히 편집자를 넘어 이제 친구가 된 곤잘로에게 고마움을 보냅니다. 예기치 않게 제 인생에 나타나, 평소 맥주를 즐기지도 않고 냉장고가 크지도 않은 제가 혹시 그 친구가 찾을지도 모르니 냉장고에 맥주를 채워 넣어야 하나 단번에 고민하게 만든 사람이죠.

아나 로자노에게도 창의성을 독려하는 동시에 엄격함을 유지하기 위해 완벽한 거리를 지켜준 것에 대해, 그리고 모든 것을 새로운 차원으로 바라보는 시선을 제공해준 것에 대해 감사드립니다. 언제나 티 내지 않고 묵묵히 제 곁을 지켜주는 이냐키에게도 감사의 말을 전합니다.

창의성이 넘치는 리타, 결단력이 뛰어난 마르, 선견지명이 있는 누리아, 지혜로운 파치도 빼놓으면 안 되겠죠. 제게 날개와 목소리를 준 마르타 마르티, 가장 특별한 순간에 언제나 완벽한 말을 건네준 레티에게도 고마움을 전합니다. 미셸 G.와 데이비드 G. 에스카미야에게도 지구 반대편으로 향하는 문을 열어줘서 고맙다고 전하고 싶네요. 제 이야기가 제가 생각한 것보다 훨씬 많은 언어로 재탄생하게 해주고, 제 글이 제가 꿈만 꾸던 장소로 여행하게 해준 콘치타와, 마리아 레이나에게도 감사를 전합니다.

저를 따뜻하게 반겨주었던 그 모든 서점 주인분들께도 감사드립니다. 제 책에 열광해주면서 당신들의 서점에서 열린 모든 사인회를 파티장으로 탈바꿈시켜주셨죠.

마지막으로, 저의 가장 중요한 감사는 독자 여러분께 바칩니다. 여러분과 함께 겪는 이 모든 것들을, 독자 여러분이 제게 지니는 의미를 말로 다 표현하기가 어렵군요. 그렇기에 여러분을 직접 만나게 된다면 꼭 말씀드리고 싶습니다. 인생에서 가장 값진 것을, 다름 아닌 여러분의 귀한 시간을 제 이야기를 읽기 위해 내어주어서 감사하다고요.

진심으로 감사드립니다.

반전과 놀라움, 손에 땀을 쥐게 하는 마무리 문장 등을 넣어서 몇 장이고 감사를 이어나갈 수도 있겠지만 그보다는 서로 약속하는 게 더 나을 것 같군요. 저는 멈추지 않고 글을 쓸 것이고,

여러분은 누군가 책을 추천해달라고 할 때마다 〈스노우 걸〉을 추천해주기로요. 혹시 제 책을 재밌게 읽으셨다면 말이죠. 다만 무슨 일이 벌어지는지 미리 말하거나(제발요!) 책 뒷면에 적힌 내용 그 이상의 줄거리는 절대 누설하지 말아주세요. 이것이 우리의 약속입니다. 이 약속만 지켜주신다면 저는 내년에 서점으로 돌아오겠습니다. 완전히 다른 새로운 이야기일 수도 있고, 혹시 또 모르죠, 어쩌면 다른 '아이'와 함께 돌아올지요.

옮긴이 박설영

서강대학교 영어영문학과를 졸업했다. 동국대학교 영화영상학과에서 석사학위를 받았고, 박사 과정을 수료했다. 출판사에서 저작권 담당자로 일했으며, 현재는 전문 번역가로 활동 중이다. 역서로 『오 헨리 단편선』, 『테라피스트』, 『글쓰기에 대하여』, 『위시』, 『노트북』 등이 있다.

스노우 걸

초판 1쇄 인쇄   2026년 3월 18일
초판 1쇄 발행   2026년 3월 25일

지은이   하비에르 카스티요
옮긴이   박설영

책임편집   주소림
외주편집   김미정
디자인   김은영
책임마케팅   최혜령, 박지수, 도우리, 양지환, 송지은, 박주미
마케팅   콘텐츠IP사업본부
해외사업   한승빈, 박고은
전자책   김주리
경영지원   백선희, 권영환, 최민선, 이기경, 강아현
제작   재영P&B

펴낸이   서현동
펴낸곳   ㈜오팬하우스
출판등록   2024년 5월 16일 제2024-000141호
주소   서울특별시 강남구 테헤란로 419, 11층 (삼성동, 강남파이낸스플라자)
이메일   info@ofh.co.kr

ⓒ 하비에르 카스티요

ISBN   979-11-7577-211-3   03840